文学的草场与星空

孟繁华 著

图书在版编目（CIP）数据

文学的草场与星空 / 孟繁华著 . -- 北京 : 中国书籍出版社 , 2020.12

ISBN 978-7-5068-8242-2

Ⅰ . ①文… Ⅱ . ①孟… Ⅲ . ①中国文学－当代文学－文学评论－文集 Ⅳ . ① I206.7-53

中国版本图书馆 CIP 数据核字 (2020) 第 254350 号

文学的草场与星空

孟繁华　著

图书策划　成晓春　崔付建
责任编辑　成晓春
责任印制　孙马飞　马　芝
出版发行　中国书籍出版社
地　　址　北京市丰台区三路居路 97 号（邮编：100073）
电　　话　（010）52257143（总编室）（010）52257140（发行部）
电子邮箱　eo@chinabp.com.cn
经　　销　全国新华书店
印　　刷　阳谷毕升印务有限公司
开　　本　650 毫米 ×940 毫米　1/16
字　　数　295 千字
印　　张　24
版　　次　2021 年 2 月第 1 版　　2021 年 2 月第 1 次印刷
书　　号　ISBN 978-7-5068-8242-2
定　　价　68.00 元

目录

【第一辑】

【第二辑】

【第三辑】

第一辑

文学的草场与星空

中国当代文学研究的“乾嘉学派”

——以洪子诚、程光炜、吴俊等的研究为例

近些年来，学界陆续出版了洪子诚的《材料与注释》，程光炜的《文学史的多重面孔——八十年代文学事件再讨论》《重返八十年代》，吴俊的《中国当代文学批评史料编年》（计划出 12 卷，第一卷 1949—1957 已经出版）、《中国当代文学史料丛刊》丛书等。同时还有一大批学者在做着大致相同的工作，比如以《文艺争鸣》牵头的“中国当代文学史料研究中心”的建立。关注史料、研究史料已蔚然成风。这个现象大约从 20 世纪 90 年代初期就已经露出端倪，那时就有学者提出“回到岗位”，“思想家淡出学问家凸显”，当时概括出的这些现象是有具体历史原因的。20 世纪在 90 年代已经结束，但 90 年代的这一学术变化却不是作为遗产，而是作为当下的一部分进入到新世纪的。不同的是，当代文学研究这方面成果的出现，还是近几年的事情。我把这种现象概括为“中国当代文学研究的‘乾嘉学派’”，都会意会这是一种比喻。我的意思是说，当代文学研究，既有当下的文学批评，同时也有对历史材料的关

注，这样才构成了当代文学研究的完整格局，才会将当代文学做成一门学问。

这方面的成就和影响，首先是洪子诚教授。他是著名的文学史家，虽然也间或参与当下文学批评，但他的主要身份还是文学史家。他的《中国当代文学史》是现在高校普遍使用的教材。而且数十年来，他一直注意材料的发掘，特别是对“十七年”材料的发掘和使用，在当代文学界几乎无人能敌，他通过材料修正了当代文学史的一些通说。

当年给我留下深刻印象的，他通过姚文元的文章《评反革命两面派周扬》，发现了周扬这样的言论：“胡风说，机械论统治了中国文艺界二十年。……如果我们搞得不好，双百方针不贯彻，都是一些红衣大主教，修女，修士，思想僵化，言必称马列主义，言必称毛泽东思想，也是够叫人恼火的就是了。我一直记着胡风的这两句话”。我们通常会把姚文元的文章作为“文革话语”的典型来理解，洪子诚却在这一话语中发现了弦外之音。当然，对材料的重视、考据，最能体现洪子诚功力和治学特点的，还是他的《材料与注释》。这本书收录了洪子诚比较新的论文，主体是对部分当代文学史料的钩沉，以材料与注释相对照的形式——材料包括重要讲话稿、会议记录等，注释补充了相关的历史背景、文学事件、人物关系，展现出历史现场的复杂性。他自己认为：尽管该书处理的六篇文学文献各自独立，但在写作时，也有三点核心的问题意识贯彻全书：一是关注 20 世纪 50 年代至 70 年代文学生产的组织方式，二是考察中国作家协会在这一时期的文学组织发挥的核心作用，三是追踪周扬及其文艺政策的影响，以及他最终失势的过程与原

因。“周扬难题”，洪子诚用权力关系做了有力的破解。洪子诚同时还表示，虽然此书已经完成，但他却仍有困惑，因为这一时期的文学——历史研究的特殊之处在于，同样的材料在不同视野下的处理方法、结论甚至研究者的学术道德都是完全不同的。这里，洪子诚提出了一个新的概念即学术道德。我的理解是，这里的“学术道德”与抄袭剽窃以及不遵守学术规范等无关，它关乎的是一个学者的道德良知以及诚信方面的考量。在我的印象中，洪子诚是一位温良恭俭让的先生，他为人诚恳处事低调。同时，他内心也有激烈甚至桀骜的一面，比如他的学术信仰，他对个人学术道路乃至治学方法的选择，就是可以证实的一个方面。如前所述，“思想家淡出，学问家凸显”，是李泽厚对当时现象的一种描述，李泽厚认为他“并没作价值判断，没有说这是好是坏。当时的情况是，一些人提倡‘乾嘉学术’，认为那才是真正的学问。同时，陈寅恪、王国维、钱锺书被抬得极高，一些人对胡适、鲁迅、陈独秀这批人的评价和研究也就没多大兴趣了”。那场讨论我们记忆犹新，后来文化市场和知识分子集团的一部分改变了问题的路径，使这一学术现象原有的意义被彻底覆盖。但需要说明的是，洪子诚的研究与这一现象和讨论没有关系。只要我们看看洪子诚的主要著作——《当代中国的文学艺术问题》《作家姿态与自我意识》《中国当代文学史》《1956：百花时代》《问题与方法——中国当代文学史讲稿》《当代文学的概念》《中国的新诗史》以及《材料与注释》《我的阅读史》等，就会发现，洪子诚对当代中国文学的研究，无论是问题还是材料，与大多数研究者都不尽相同。他的沉潜与普遍的浮躁形成鲜明的比较，他关注问题的视角和对材料的发掘，甚至对文学史文体的实验，一直处在引领者的地位。如果是这样，可以说，洪子诚的内心一直洋溢着未被察觉的学术激情。这也是洪子诚的研究被重视、被尊重的原因。

程光炜是治中国当代文学的“中生代”学者。我曾在《程光炜与当代文学研究的新范式》一文中有过评介。和洪子诚的研究不同的是，程光炜的成就除了他个人的研究著述之外，更体现在他的课堂教学中。当代文学在百年中国文学史中的特殊性，是它能够相对独立存在的基本前提。它所承载的巨大的历史内容，仍然是我们今天无可回避的精神难题。我注意到程光炜在《文学讲稿：“八十年代”作为方法》一书中关注的问题与“方法”。比如《文学史与80年代“主流文学”》《文学的紧张——〈公开的情书〉、〈飞天〉与80年代“主流批评”》《第四次文代会与1979年的多重接受》”等提出的问题，就是对80年代主流创作与批评的重估；《一个被重构的“西方”》《人道主义的讨论——一个未完成的文学预案》《经典的构筑和变动》等，或纠正了通说，或是发展性的研究；而“文学作品的文化研究”中，对王蒙的《布礼》、刘心武的《班主任》、礼平的《晚霞消失的时候》、韩少功的《爸爸爸》、王安忆“三恋”的重新解读和批评，改写了过去对这些作品的评价方式和方法。程光炜卓有成效的工作，引起了许多学者特别是青年学者的积极回应。他在《教室里的学问》中说：“今天来看，关于八十年代文学的“阐释”已经做完，批评方法上再想有新的突破很难。眼下比较要紧的，是怎么将这些阐释做实，落实为作家作品的故事，给阐释在史料文献上作一些“解释”性的工

作。这样，史料文献的跟进就变得极其重要不可或缺了。比如，以莫言故乡平安庄为中心，方圆几十里有一个“文学地理圈”，这个“文学地理圈”也存在于贾平凹的棣花镇周围，王安忆淮海路周围。我在刚完成的一篇文章中说：“因为迄今，我们只略微知道一点点贾平凹、莫言和王安忆作品‘地方志’影影绰绰的影子，而基本未碰那下边曲折蜿蜒的矿址，知其一却不知其二。例如，商州、高密东北乡和上海淮海中路的历史知识和氛围究竟是什么，作家与它们最真实的关系究竟是什么，仍是云遮雾罩的状态，还没有一个比较充分的清理方案。”这个文学地理圈与他们八十年代以来的小说创作究竟是一种什么关系，还不得其解。另外，莫言的从军、贾平凹上大学、王安忆的插队，他们的读书、交友、个人生涯和文学活动等等，也都与其创作发生了纵横的关系。这些作品“阐释”背后的史料文献，至今没有受到应有的重视，是非常可惜的事情。在这两三年来的课堂上，博士生赵天成的王蒙《夜的眼》和鲁彦周《天云山传奇》、谢尚发的张洁身世、邢洋的1979年代短篇小说评奖轶事，以及李屹和邵部对萧也牧死因等史料的考证，给我留下了不错印象，让我意识到这项工作仍然可以持续地做下去的。因此，这一工作，既是这个团队同历史的对话，也是师生两代人的对话。当然，程光炜是这个学术战略的设计者。

吴俊出身于“学术豪门”，他是钱谷融先生博士研究生的开门弟子，也是唯一硕博都在钱门问学的弟子。少年成名的吴俊，在八十年代的文学批评中就显示了过人的才华。他的《当代西绪福斯神化——史铁生小说的心理透视》，曾使史铁生大为震惊，他认为在批评家面前作家是没有秘密的。2007年吴俊出版的《国家文学的想象和实践——以〈人民文学〉为中心的考察》，综合文化研究的方法，以“国刊”为中心讨论了国家权力与文学的关系，将一个若明若暗尚不明确的关系呈现出来，将当代文学研究的深度提升到一个新的高度。近年来，他的主要工作也集中在对中国当代文学史料的发掘和选择上。《中国当代文学批评史料编年·第一卷：1949—1957》是12卷本《中国当代文学批评史料编年》的第一卷，书系以编年形式著录1949—2009年中国当代文学批评的各类文献资料标题与名称，包含大陆、台湾、香港、澳门、海外的批评史料，包括出版的著作书名，发表的论文及相关文章篇名，举办的会议、活动的主题信息，相关的公开发布的政策文件标题、领导人或领导机构的重要指示与报告标题、报刊、出版物中的其他相关资料，以及与文学批评密切关联的各种文学史现象。这套编年书系12卷，计550万字。规模之浩大，在本学科几乎成为之最。我们还没有看到书系全貌，但吴俊的学术能力和治学态度是完全可以信任的。

当代中国的文学创作和文学研究，一般来说是没有“流派”和“学派”的。这是我们的文化环境决定的。即便当代文学史上似乎已经“铁定”的“山药蛋派”“荷花淀派”等，细究起来也勉为其难。它们只有风格学意义上的差异。我们知道，所谓“文学流派”，一种是有明确的文学主张和组织形式的自觉集合体。这种流派，从作家主观方面来看，是由于政治倾向、美学观点和艺术趣味相同或相近而自觉结合起来的，具有明确的派别性。他们有一定的组织或结社形式，有共同的文学纲领，独立的文学主张，最重要的是在创作实践上形成了共同的鲜明

特色，这是自觉的文学流派。比如中国现代文学史上的“文学研究会”和“创造社”等。另一种类型是不具有明确文学主张和组织形式，但在客观上由于创作风格相近而形成的派别。这种不自觉的集合体，逐渐形成了一个有共同风格的派别。他们被后人从实践和理论上加以总结，被指认为某一流派。这样的流派，如唐代诗坛以王维、孟浩然为代表的田园诗派和以高适、岑参为代表的边塞诗派，宋代词坛的婉约派和豪放派，近现代文学史上的鸳鸯蝴蝶派等。所谓学派，《辞海》的解释为：“一门学问中由于学说师承不同而形成的派别。”这是指传统的“师承性学派”。因师承传授导致门人弟子同治一门学问而可以形成“师承性学派”。《现代汉语词典》的定义是：“同一学科中由于学说、观点不同而形成的派别。”另一方面，以某一地域、国家、民族或某一文明、某一社会、某一问题为研究对象而形成具有特色的学术传统的一些学术群体，同样可称为“学派”，或曰“地域性学派”（包括院校性学派），或曰“问题性学派”，例如“布拉格学派”“法兰克福学派”等。中国当代文学无论创作还是研究，都在统一的意识形态指导下，因此，不可能有相对独立的文学流派或学派。因此，这里将近年来研究当代文学的一种新潮流概括为“中国当代文学研究的‘乾嘉学派’”，不过是一种比附而已。

乾嘉学派已成过去，20世纪90年代关于“思想家淡出学问家凸显”的讨论也早已烟消云散。但是，乾嘉学派百余年间大批饱学之士刻苦钻研中国传统文化，对于研究、总结、保存传统典籍起到的积极作用却没有成为过去。这时，我们在期待当代文学研究在不断有新声新见的同时，也能不断回到“过去”，发现未被发现的“历史”，就超越了那种学术政治或学术的意识形态，而有了构建当代文学研究合理格局的崭新意义。

原载《文艺争鸣》2018 年 2 期

程光炜与当代文学研究的新范式

在研究当代文学的学者、批评家当中，程光炜教授应该是一个比较全面的学者和批评家。他在诗歌、小说、文学史以及八十年代文学诸领域的研究，都取得了令人瞩目的成就。他是当代文学研究会的副会长，理所当然地成为全国性的本学科学术带头人；他是中国人民大学的“杰出人文学者”，在优秀人文学者荟萃的中国人民大学，他仍跻身于“杰出人文学者”行列，足见程光炜教授学术成就得到了广泛的认同。

程光炜最先涉足的研究领域，是对现当代诗歌的研究，著有《中国当代诗歌史》《程光炜诗歌时评》等。其中对李瑛与五十年代社会意识形态关系的研究，对食指诗歌与经典化的研究，是引起广泛注意的成果。1999 年编选的《九十年代文学书系·岁月的遗照》（九十年代诗选），由社科文献出版社出版后，在诗歌界引发关于“知识分子写作”和“民间写作”的大讨论。他对当代诗歌评论的贡献，罗振亚教授曾撰文认为：程光炜是 20 世纪 90 年代以来重要 的文学批评家，他在新诗研究方面做出了突出贡献。他建构起以时间为经、以重点群体与现象为纬的“现代性”述史模式；以强烈的问题意识深入诗歌实际，做深刻的思想阐发；

坚持本体立场，形成了带有诗性的研究风格。他的新诗研究在思想和方法上为后来者提供了无限的启迪。罗振亚认为他是“切近现场的思想言说”；1998 年出版的《艾青传》，被认为是艾青研究第二次高潮的重要成果。1998 年以后，程光炜从现当代诗歌研究和批评完全转向中国当代文学与当代文化、重要小说家和文学史研究、四五十年代文学“转折”研究、“十七年文学”研究，出版著作有《文化的转轨——“鲁郭茅巴老曹”在中国（1949—976）》《文学想象与文学国家——中国当代文学研究（1949—1976）》《中国当代文学发展史》（与孟繁华合著）。近年来，他的注意力主要放在“八十年代文学史问题”的研究上。其中重要的成果有：《文学讲稿：“八十年代”作为方法》（北京大学出版社 2009）、《文学史的兴起》（河南大学出版社 2009）、《当代文学的历史化》（北京大学出版社 2011），主编了《重返八十年代》《文学史的潜力》等。这些成果不仅表达了程光炜先生研究的对象、范畴，而且彰显了他新的文学史研究的视野、方法和观念。程光炜的研究开辟了当代中国文学研究新的空间和范式，他将文学的“八十年代”经过知识化、历史化和系统化告知我们，即便是切近的文学历史，也可以做成“学问”。他认为：“新时期不光确指 1978 年以来的这一历史阶段，而且也是表明这一阶段文学性质、任务和审美选择的一个最根本的特征。更何况，它被视为是一种对‘十七年文学’和‘文革文学’清算、反拨、矫正和超越的文学形态，具有显而易见的‘历史进步性’，充分显示出‘当代文学’对文学性的恢复与坚持的态度。正是这一点，成为它稳固存在的一个相当有说服力的历史依据。”事实的确如此。应该说，在程光炜先生的带动下，对文学“八十年代”的研

究正风起云涌方兴未艾。后来我们看到的关于“八十年代”的访谈、研究乃至创作，虽然不能说受到了程光炜研究的直接影响，但总有千丝万缕的联系是没有问题的。

程光炜对“八十年代”文学研究始于2000年，或者说，他从这一年开始准备，直到2005年，他本人并带领他的博士研究生，开始陆续在学术刊物上发表研究成果。在谈到这一研究缘起的时候程光炜说：“我曾说过八十年代是个制高点，它同时也像个交通枢纽，是联系‘十七年文学’和九十年代文学的枢纽。我们重返八十年代文学，实际上是对过去的八十年代文学批评的反思，是清理和整理性的工作。我们不会简单地认同那个结论，而是把它作为起点，思考那代批评家或作家为什么会这样想问题，背后支撑的东西是什么，我们想回到历史的复杂性里面去。”“我们今天来研究过去几十年的历史，怎么重新获得当时那种历史感？我是亲历者，但对我的‘80后’博士生来讲，他们怎么去获得那个他们还没出生的时候的历史感？作为研究文学和文学史的学者，历史感是很重要的，一定要体贴历史，同情历史，那些作家和作品已经成为历史的亡灵，要跟这些亡灵对话。第二是我们用什么途径进去？也就是研究方法，研究方法并不是现成摆在那的，我们要不断地去寻找、去重建，又要不断推翻，重新怀疑。学问就是怀疑，我们的课堂很平等，学生也经常怀疑我的想法，我也会批评学生，作为研究者，我们是平等的。”从这一立场出发，程光炜不仅建立了自己新的学术研究领地，发表了大量文章和专著，而且他通过这一发现，带出了许多优秀的青年学者——杨庆祥、黄平、杨晓帆等就来自程光炜的“八十年代”讨论的课堂。

我们知道，从80年代中期开始，黄子平、陈平原、钱理群提出“20世纪中国文学”之后，试图将百年中国文学作为“整体”进行尝试的“文学史研究”一直没有终止。至今，以“二十世纪中国文学”为题目的专著或教材已经出版多部。这些研究确实改变了百年中国“近代”“现代”“当代”“三分天下的文学史研究格局，为百年中国文学史研究带来了新的气象和面貌。但是，值得注意的是，在文学史写作实践中，“当代文学”并没有被废除，洪子诚的《中国当代文学史》、陈思和的《中国当代文学史教程》、董健、丁帆、王彬彬的《中国当代文学史新稿》以及我和程光炜的《中国当代文学发展史》，仍然是许多大学使用的当代文学史教材。当代文学在百年中国文学史中的特殊性，是它能够相对独立存在的基本前提。它所承载的巨大的历史内容，仍然是我们今天无可回避的精神难题。如果是这样的话，程光炜将“八十年代”“另辟一章”，与我们对“当代文学”的理解就有了同构关系。我注意到程光炜在《文学讲稿：“八十年代”作为方法》一书中关注的问题与“方法”。一般来说，有价值的学术研究应该做的工作是：填补空白、纠正通说、重估主流和发现边缘。而程光炜关注的问题比如《文学史与80年代“主流文学”》《文学的紧张——〈公开的情书〉、〈飞天〉与80年代“主流批评”》《第四次文代会与1979年的多重接受》等提出的问题，就是对80年代主流创作与批评的重估；《一个被重构的“西方”》《人道主义的讨论——一个未完成的文学预案》《经典的构筑和变动》等，或纠正了通说，或是发展性的研究；而“文学作品的文化研究”中，对王蒙的《布礼》、刘心武的《班主任》、礼平的《晚霞消失的时候》、韩少功的《爸爸爸》、王安忆“三恋”的重新解读和批评，改写了过去对这些作品的评价方式和方法。程光炜卓有成效的工

作，引起了许多学者特别是青年学者的积极回应。而有“学院左翼”背景的李陀、刘禾、唐小兵、贺桂梅、罗岗、倪文尖等学者，也纷纷参与了这一工作。2012 年 6 月中国人民大学文学院文艺思潮研究所与美国哥伦比亚大学东亚系在京联合举办的“路遥与八十年代文学的展开”国际学术研讨会，无论从内容还是问题的提出，都可以看作是对程光炜教授工作范畴的某种延续。

他在《教室里的学问》中说：今天来看，关于八十年代文学的“阐释”已经做完，批评方法上再想有新的突破很难。眼下比较要紧的，是怎么将这些阐释做实，落实为作家作品的故事，给阐释在史料文献上作一些“解释”性的工作。这样，史料文献的跟进就变得极其重要不可或缺了。比如，以莫言故乡平安庄为中心，方圆几十里有一个“文学地理圈”，这个“文学地理圈”也存在于贾平凹的棣花镇周围，王安忆淮海路周围。我在刚完成的一篇文章中说：“因为迄今，我们只略微知道一点点贾平凹、莫言和王安忆作品‘地方志’影影绰绰的影子，而基本未碰那下边曲折蜿蜒的矿址，知其一却不知其二。例如，商州、高密东北乡和上海淮海中路的历史知识和氛围究竟是什么，作家与它们最真实的关系究竟是什么，仍是云遮雾罩的状态，还没有一个比较充分的清理方案。”这个文学地理圈与他们八十年代以来的小说创作究竟是一种什么关系，还不得其解。另外，莫言的从军、贾平凹上大学、王安忆的插队，他们的读书、交友、个人生涯和文学活动等等，也都与其创作发生了纵横的关系。这些作品“阐释”背后的史料文献，至今没有受到应有的重视，是非常可惜的事情。在这两三年来的课堂上，博士生赵天成的王蒙《夜的眼》和鲁彦周《天云山传奇》、谢尚发的张洁身世、邢洋的 1979 年代短篇小说评奖轶事，以及李屹和邵部对萧也牧死因等史料的考证，给我留下了不错印象，让我意识到这项工作仍然可以持续地做下去的。

这是程光炜教授个人和他的学术团队学术战略的一部分。尽管也有人对洪子诚和他的这一学术方向持有怀疑——我曾在现场听到过诸如郜元宝、杨扬等对当代文学史料过于事无巨细研究价值的怀疑。但是，当代文学的不确定性，不仅在于它的发展过程中，同时也隐含于它的研究方法和方向中。在思想退场、学术凸显的时代，这也许是一个情理之中的选择吧。无论如何，程光炜教授已经取得的学术成就，在当代文学研究和批评中，占有极为重要的地位，这是没有问题的。相信他新的学术探索和求证，一定会给我们带来新的启示或灵感。

原载《当代作家评论》2017 年 2 期

李敬泽和他的文学批评

文学批评家、资深文学编辑、中国作协副主席，这三重身份只要有一种，在文坛就足以“权重”。而李敬泽集三重身份于一身，他的重要可想而知。当然，李敬泽的重要显然不是因为他的“身份”。他首先是以一个文学批评家名世。现在批评家并不紧缺，几代批评家济济一堂，不同的背景、不同的知识资源、不同的研究对象等，使批评家在文学领域如鱼得水游刃有余。但是，当细数我们批评家的时候，你会发现，真正有个性、有特点、卓然不群的批评家，又是那么的屈指可数甚至寥若晨星。而李敬泽就是这寥若晨星中的一个。

李敬泽的“不一样”，首先在于他的“陌生”。我们知道，在学院的学术建制内，学院批评家的理论资源虽然多有不同，但他们的文章写法区别不是太大。有人取笑说——都是西方东亚系的毕业论文。文章的引文、注释、内在逻辑、论点或论述过程等，都没什么毛病，可读过之后就是不生动，没意思。更有甚者说，这些文章什么都有，哲学、社会学、宗教、心理学等，就是没有文学。这样说不免夸张。但也从一个方面极端化地表达了当下学院派文学批评的某些弊端。学院批评在 20 世纪 90 年代做出过重要贡献，它在纠正庸俗社会学批评，使文学批评更加专业化方面，起到过重要作用。但是，它一经“体制化”之后，逐渐走向了另一个极端。这是学院批评的重要问题所在。在学院学术建制中，李敬泽是“陌生”的。他的文章不那么讲求“学术规范”，不那么引经据典，他也不“贴着”文本大段征引。而是面对他的对象似有若无、蜻蜓点水、王顾左右。但他的文章就是有才情、艺术感觉极其发达。作家或作品，一经他的点拨或评价，那个作家或小说不一样了。这就是李敬泽的本事。

他评莫言的《生死疲劳》时说：“这是一部关于历史的小说、关于人与土地的小说、关于人与灵的小说，关于生与死的小说，关于苦难与慈悲的小说，也是关于白昼和夜晚的小说。《生死疲劳》中很少写到太阳，但月光下的世界写得极为诡谲华美，这让人想起你的山东老乡蒲松龄：夜色降临时，万物苏醒，大地恢复了灵性，白昼属于人和历史，黑夜属于灵，属于大地。小说中的人物‘蓝脸’，是把夜印在脸上，印了一半，有点像脸谱。”

他评毕飞宇的小说集《玉米》时说：“所以在这本名为《玉米》的书中，我们看到的首先是‘人’，令人难忘的人。姐姐玉米是宽阔的，她像鹰，她是王者，她属于白天，她的体内有浩浩荡荡的长风；而玉秀和玉秧属于夜晚，秘密的、暧昧的、交杂着恐惧和狂喜的夜晚。玉秀如妖精，闪烁、荡漾，这火红的狐狸在月光中伶俐地寻觅、奔逃；玉秧平庸，但正是这种平庸吸引了毕飞宇，他在玉秧充满体积感的迟钝、笨重中看出田鼠般的敏感和警觉。”

学院派的批评家不大会这样用水漫金山式的感受方式写评论，当然也不见得有这样的艺术感觉和修辞能力。他的评论在作家那里获得了极高的评价和礼遇。我们知道，文学史和文学评论，

对作家作品的评论最重要的是“合宜”。袁宏《后汉纪·顺帝纪》中说：“礼制修，奢僭息，事合宜，则无凶咎。”唐代著名诗人姚合《题凤翔西郭新亭》诗：“结构方殊绝，高低更合宜。”合宜就是合适、适中，不高不低，不偏不倚。合宜，说说简单，做到实在太难。特别在当下的批评风气中，大家宁高勿低，尽可能往“大”了说，往“高”了说。“大师”“经典”满天飞。作家、作品因随意“拔高”也早已“超标”。经常参加作家作品研讨会的人都知道，这是一个未被言说的秘密。当然，文学评论和文学史并不完全一样，文学史是盖棺论定，合宜最为重要。文学评论要切中要害、一语中的，但也要合宜。李敬泽的评论文章从某种意义上说，是尽可能“合宜”的。作家李洱有一篇文章《高眼慈心李敬泽》。他自己在夸赞李敬泽的同时，也没忘了转述毕飞宇的评价：“就我所知，他对毕飞宇的评论，被毕飞宇认为是少有的能切中要害的评论。在同代人中，毕飞宇已是个‘庞然大物’，其作品几近佛家所说的‘真俗不二’之境。这样的人，似乎是很难说谁一声好的。前年秋天，在南京秦淮河畔的一家茶馆里，毕飞宇嚼着爆米花，敛住笑，对我说，你想不到李敬泽的哪段文字会一下子击中你，让你不得不停下来想一会儿。”一个批评家能得到作家这样的评价，会让批评家同行感慨万端拍案而起。按说，李敬泽因批评文字——天下谁人不识君，但是，在学院学术建制内，他仍然是“陌生”的。我发现，每年海量的博士、硕士论文，引用李敬泽文字的并不是很多。他的那些文字，比如上述征引的他的评论文字，即便作为引文写进博士硕士论文里，接下来的话，征引者也未必能接上。因为这是两种不同的话语方式——圈内人称那是“敬泽体”。

不在学院学术体制内，使李敬泽的文学批评获得了极大的自由。他可以天马行空随心所欲。他凭着敏锐的艺术感觉触角，只需几句话便鸣金收兵。他的文章大多短制很少长篇大论。其实，批评家大体相似，真的有见地的话、言之有物的话大概没有多少。另一方面，不在学院学术体制内，李敬泽也有了选择读书的自由。他有一本影响很大的书《小春秋》。《小春秋》涉及的几乎都是中国古典文献，经史子集四部都有涉猎。除了四部之外，他对古代诗词、话本、戏剧等，都有一定的阅读和研究。《小春秋》序言中，他引李商隐《碧城》诗："星沉海底当窗见，雨过河源隔座看。"然后说："义山诗中有大寂寞，是一个人的，是岁月天地的。"这种对古典文献的感悟以及将感悟作为方法，是李敬泽评论文体的来路。他坚持数十年读中国古典文献，终于将自己的文章和文字也纳入这个谱系中——他对本土的经典文献，真是读出了味道。他给流行的、强大的学院批评带来了另外一个参照：来自本土文化资源的批评，才有可能与强势文化国家构成对话关系。许多年前，李敬泽在读古典文献的同时，也在探究另外一种可能。于是他写了《看来看去或秘密交流》，这部著作成了毕飞宇时不时要翻阅一下的"枕边书"。许多年后，李敬泽经过修订又增加三篇文章，一时成了洛阳纸贵的《青鸟故事集》。至 2017 年三月，此书发行逾两万册。在谈及它的写作时，李敬泽说："这肯定不是学术作品，我从未想过遵守任何学术规范。"我困惑的是，为什么在封建专制社会完成的古典文献，李敬泽竟读出了文章写作的自由并极大地激发了他的幻想。封建专制社会与自由的文体，这不同的系统是如何被他装置结合在一起的。

李敬泽是一个批评家，也是一个被信任和尊重的资深编辑。

二十岁北大毕业后，他先后在《小说选刊》《人民文学》做编辑，最后做过《人民文学》主编。三十年的编辑生涯，使李敬泽有了相当高的衡文水准和经验。雷达说他是一个优秀的编辑，众多作家都相信他的眼光。于是在青年作家那里他也有了“文学教父”的美誉。作家李洱在同一篇文章中曾说，他通过一篇小说，“看出了我的‘写作能力’。从那个时候起，我就相信，我又看到了一个杰出的小说编辑。倒不是说他夸我几句我就摸不着东南西北了，就要拍马屁了。我其实是想说，一个杰出的编辑除了对文本具有敏锐的判断力以外，还要能够以文及人，看出一个写作者可能会有怎样的发展。为此，一位杰出的编辑甚至能够容忍作者某部作品的失败，并给他以适当的鼓励，所谓高眼慈心。”另一方面，李敬泽又是一个“高傲”的人。毕飞宇说：“我可以负责任地说，他的文本一直‘好看’，你永远也读不到他公开发表的、署名的篇章是敷衍的。在私底下，在夜深人静的时刻，每当他说起‘难看’的文本和‘难看’的语言时，他鄙夷的神情真的能杀人。关于文本，千万不要相信李敬泽的‘宽容’。他这样的人怎么可能‘宽容’？——他的‘宽容’来自他的身份和职业，绝不是他本人。”当然，李敬泽对年轻作家还是“包容”，在年轻作家身上他看到了文学的未来。经他发现或提携的青年作家，可以列出长长的名单。

李敬泽是一个批评家、一个被信任和尊重的资深编辑，同时他也是一个有趣的文人。敬泽好酒喜烟。他的酒量惊人。我自以为是一个“饮者”，多年也曾经历过“豪饮”场面，但见过敬泽的豪饮后，我知道天外有天。他说有一天他曾面对他收藏的几瓶酒，真想一次就把它全喝掉，不然哪天医生通知我不许喝酒了，这几瓶好酒就全糟蹋了。一个豪饮善饮者的形象一览无余。敬泽喜欢吸烟，他云里雾里时神情享受无比。他也经常吸烟斗，那是朋友聚会时。公开场合他不用烟斗。他说在那些老爷子面前吸烟斗，和“犯上作乱”差不多。他说：我压根儿就没有想当一个批评家，三十岁以前我都没怎么正儿八经地写过评论文章。一个人三十岁以前可做的事情是很多的——谈恋爱、喝酒、看闲书，为什么非要那什么呢，是吧？他说：“我基本上就是一个享乐主义者，批评是由此衍生出来的东西，直到现在我也认为，我的理想还是做一个无所事事的读者，而不是读一本书就要想着我怎么写批评文章。”文人李敬泽，除了开会在主席台上“正襟危坐”之外，私下里放松从容随心所欲。起码表面上，他还有那么一种慵懒甚至“颓废”的样子——尽管他经常变换脖颈上的围巾。他是一个“慢”的人，讲话不疾不徐，文章不急不躁，喝酒慢条斯理，玩笑适可而止。这种人生状态，与那些想尽快出人头地暴得大名的文学中人不大一样。我想，这与敬泽的家庭环境、与他读过的经史子集和自我期许有关吧。就他读过的书而言，他确实是见过一些事物。

原载《当代作家评论》2017 年 3 期

我的朋友陈晓明

“我的朋友陈晓明”,这句式一看就是套用的。但我觉得很好。需要说明的是，这个句式不是我最先用的。我有限的了解，孙绍振老师在《出语皆诗的民族》一文中就用了“我的朋友陈晓明先生”，那是在 2015 年 4 月 26 日北大诗歌研究院采薇阁诗歌园开园典礼上的讲话时用的。文章后来发在《福建文学》2016 年 1 期上。那是一个庄重、公开的场合。而且大家都知道孙绍振老师是陈晓明研究生时代的老师。孙老师称“我的朋友陈晓明”，我想与晓明做了中文系主任肯定没有关系，因为即便晓明做了更大的主任，他还是孙老师的学生。孙老师称“我的朋友陈晓明”自是孙老师的谦虚，当然是否还有他用这种方式提携他的学生以及未加掩饰的幽默也未可知。如果孙老师是幽默，我的确是认真的。陈晓明无论从学术影响还是我们个人友谊，这个句式都可称“非虚构”。我们有近三十年的友谊，也曾一起在社科院文学所共事。然后又先后离开了那里。他到我的母校任教，直到做了中文系主任，教育部长江学者。

陈晓明的学术影响、特别是在当代文学研究和批评方面，成就有目共睹。他是一个早慧的人。他曾自述说：从 19 岁就开始读毕达可夫的《文艺学引论》、伍蠡甫的《西方文论选》，一边读一边做笔记。他无意中在图书馆里发现商务印书馆出版的“汉译世界学术名著”，在书架最下面一层，蒙满了灰尘，便抱了一摞回到房间，贴了一张纸条在门上：闲谈请勿超过 10 分钟。他读黑格尔的《精神现象学》和《美学》，读罗素的《西方哲学史》，读柏拉图的《理想国》，奥古斯丁的《忏悔录》。一个学术青年的形象就这样站在了 1978 年代。我只知道陈晓明有深厚的理论功底，却不知道他理论的“童子功”早已练就。

有了扎实的理论功底，又有对学术执拗的自我期许，陈晓明有现在的成就在情理之中。当然，作为当代中国重要的文学批评家，他几乎一出道就陷入一种巨大的争议中。孙绍振老师后来回忆说：1985 年，他的《中国传统思维模式向何处去？》刊《福建论坛》头条，9 月，《新华文摘》全文转载。文章发表后引起轩然大波，毁誉之声同时扑向陈晓明。时讲学于大陆的杜维明将此文视作中国大陆最早“反传统”的观点进行过批判，但学界表现出更多的却是欣喜和希望。孙老师说：“他的一些文章，那的确不是一般的研究生，甚至是当时的教授能够写得出来的。”“我当时就感到，自己对他的估计有些保守。”陈晓明自己也说：“在八十年代中期，能够接受我的硕士论文的人竟然寥寥无几，因此，师友们的理解和鼓励，我迄今为止还铭心刻骨。”陈晓明的学术起点预示了他将处在学术风暴的中心。事实也的确如此，几十年过去之后我们看到，他是当代文学研究和批评的引领者之一。他研究和批评的原创性，几乎很少有人能够比较。

他得到学界广泛认同的著作《无边的挑战》，是研究中国先锋文学最重要的著作。二十年前我曾评论说：九十年代初期的

中国文化曾出现了一段短暂的空场，虽然先锋文学气势如虹，但面对这陌生的文学新军，批评界却表达了无以言说的尴尬。先锋文学放弃了百年中国启蒙的主流话语，他们没有给定的、自我设定的文化目标，面对既有的语言秩序和文化范型，他们实施了一次声势浩大的“无边的挑战”。但当时鲜有人能够解读他们，一些无论批评还是褒扬的文字大半不得要领。这一文学景观令陈晓明兴奋不已，他多年忍耐等待并以求一逞的时机终于来临。这一著作对陈晓明来说重要无比。它奠定了陈晓明先锋文学首席批评家的地位。“陈后主”因此也传诵一时。对于先锋文学，陈晓明后来说：我是由衷喜欢那个时期的先锋小说，不是观念性的，也不是因为读了解构主义，可能是我对语言和文学形式感的天性喜爱所致。那时候读格非、苏童、余华，最喜欢的是格非的小说，读他的小说《迷舟》《褐色鸟群》，像回到精神的家园。所以，格非在我心目中仿佛永远停留在那个年代，那时会在心里把他看作我最亲密的朋友，因为他写出了我最理想的文学。我一度认为《风琴》是他最好的小说，向很多人推荐过。2007 年《无边的挑战》获鲁迅文学奖理论评论奖。他说：“我知道这本书凝结着我最初的敏感和激动，那种无边的理论想象，那种献祭式的思想热情。”“我从存在主义、结构主义和后结构主义的理论森林走向文学的旷野，遭遇‘先锋派’，几乎是一拍即合。”

后来，陈晓明陆续出版发表了《解构的踪迹：历史、话语与主体》《不死的纯文学》《德里达的底线——解构的要义与新人文学的到来》《中国当代文学主潮》《守望剩余的文学性》《众妙之门——重建文本细读的批评方法》等。这些著作是中国当代文学研究的重要成果，某种意义上，它也是中国当代文学研究高端成就的代表。《当代文学主潮》，是陈晓明的代表作之一。2009 年，我评论这部文学史著作时说：这部新出版的文学史著作有勇气去处理当代文学史中的最大的难题，那就是：如何理解中国社会主义文化与文学的现代性意义，只有解释这一根本问题，才能在世界文学的框架中来解释中国这 60 年的文学经验。他试图发掘出中国现代性与中国当代文学史叙事的内在关系，他把中国当代文学放在世界现代性的历史进程中来理解，把它看成是中国的“激进现代性”的一个组成部分。因此，中国的社会主义的革命文学无疑意味着一种新的不同于西方资产阶级现代性的文化的开端，它开启了另一种现代性，那是中国本土的激进革命的现代性。文学由此要充当现代性前进道路的引导者，为激进现代性文化创建提供感性形象和认知的世界观基础。因此，他所描述的中国当代文学“主潮”就有一条清晰的线索，就是中国现代性的历史进程，从激进革命的现代性叙事，到这种激进性的消退，再到现代性的转型。这就清理出一条既有内在性，又与世界现代性对话的文学史叙述的理论线索。因此，基于这样的立场，陈晓明几乎重新解释了社会主义革命文艺开启的历史，给出了这种转变的历史地形图。在众多的文学史著作中，《中国当代文学主潮》的理论性是最为突出的。

2015 年，陈晓明出版了《众妙之门——重建文本细读的批评方法》。从 1993 年到 2015 年，20 多年过去之后，当年那个翩翩少年也已经两鬓飞雪，他面对文学时的激进与冲动也缓解了许多。特别是在文学革命终结之后，我们如何面对已经成为历史的文学遗产和沉积物，可能是我们面对的更为切实的问题。经过八年的时间，陈晓明为我们呈现了他的这部著作。《众妙之门》虽然是文本细读，但是，作者并不是“执着于某一种流派的观念方法，也不是演绎

某一类操作套路，而是回到文本，去接近文本最能激发阅读兴趣和想象力的那些关节，从而打开文本无限丰富广阔的天地”。李敬泽说：“二十多年来，我已经习惯于从晓明先生丰沛的理论思维获得启发。他如果仅仅是天马行空的理论家就好了，但问题是，他竟还是不避庖厨的批评家，把高深的理论锻造成了具有如丝的文本感受力的刀。由此，晓明先生使得以批评为业者——比如我——面对着艰巨的高度和难度。”陈晓明的这些著作以及同行的评价，充分显示了陈晓明在当代文学研究和批评领域中的重要。

然而，让我们惊讶的是陈晓明的自我期许。他说：“我想做完系主任，任何外面的事情不接触，全力专注于自己的学术。某种意义上说，我想保持内心的真实，我的学术还没有真正开始。”他讲这话的时候是 2017 年 2 月 18 日。但是，就在十年前，也就是 2017 年 4 月左右，他就说过“我觉得我还没有真正开始”。我不会将晓明的这些表达当作一种修辞，我认为那是他的由衷之言——以他对学术的执着或迷恋，他完全有理由这样说。可是，可是他究竟什么时候才算开始呢。难道只有学术是他一生钟情的情人，让他苦恋不止吗。

独处中的晓明，应该是个很寂寞的人。他不打牌、不打麻将、不下围棋也不吸烟喝酒。他好像没有什么业余生活，偶尔听说他游泳，迷恋福建茶，别的好像就没什么了。但和朋友在一起，他是一个极其有趣和好玩的人。他喋喋不休地聊天，夸张地讲各种笑话，传播各种道听途说。我记得有一次我们几个朋友：晓明、光炜、福民、清华、绍俊和我，请千里迢迢来北京的张燕玲吃饭。晓明要讲一个笑话给张燕玲听，还没讲他就开始笑，一直在笑，直到最后这个笑话也没有讲成。于是晓明讲笑话又成了一个笑话。

晓明为人处世最大的特点就是周到、厚道。我记得一次在北大开一个著名作家的研讨会，会后不见了主办单位的人，被研讨的著名作家也称有事要离开。这时晓明毫不犹豫地招呼大家不要走，他要请大家吃饭。他说我们也好久没聚了，正好是个机会；还有一次开会，他事必躬亲，单单忘记了买酒。他急得火烧眉毛一样，不断地检讨。晓明是聪明无比的人，他也是一个厚道人。我说厚道人是最聪明的人。晓明就是这样的人。

后来晓明做了北大中文系主任，他对北大也是情有独钟。到北大五年时他曾写道："猛然间才意识到我来到北大已经整整五年了，又是春天，又是在一教上课。银杏树还没有绿，有一种早春的寂寥。说起来，我是喜欢这种寂寥的。即使看着一片浓绿，我欣喜的也只是那种辽阔而单纯的意境，平静、淡泊却有一种定力。在淡蓝的天空下，银杏树让你觉得离现实很远，有一种倔强的历史定力。在这样的时候，我总觉得北大如此宽广，仿佛很深很远。也许那是因为历史的北大存活于书本中，存在活于记忆中，有它的背景在起作用。北大校园里自然有一种深远、空旷与空灵。在这样的时候，我会在如此真切的现实氛围中，却如同与历史的北大有一种私语，仿佛是历史的神话般的北大应邀来访的客人。确实，很多大学没有历史，有历史也已经死去。只有北大总是有着不死的魂魄，而魂魄总是在别处，在别处召唤、吁请、嘱咐……"这自是晓明的一种情怀。情怀这个词，无论在社会还是在学界都已久违了。但真正的学人怎么会没有情怀呢！我真心地祝福晓明的学术道路走得更远，正如像他说的那样：他还没有开始呢。

原载《当代作家评论》2017 年 4 期

张清华：一个有趣的浪漫文人

认识张清华有二十年了。二十年前的清华风华正茂，年纪轻轻才高八斗。用现在的话来说，他个人形象的“辨识度”极高：几缕美髯一头卷发，人威猛高大，但目光忧郁也多有迷离。远处看，他像一个中古时代的猛士，郁郁而行荷戟独彷徨；走近时，又像一个民国时期的抒情诗人，如果是这样，他应该在徐志摩和戴望舒之间，既多情又在雨中迟疑着——犹豫不决。但清华是当代人，这样的人物在高校教书，在文坛驰骋，你说他不如鱼得水又将怎样。他是以学者和文学批评家名世的，他的诸多大作——《中国当代先锋文学思潮论》《火焰或灰烬——20 世纪中国文学中的启蒙主义》《内心的迷津——当代诗歌与诗学求问录》《境外谈文——中国当代文学中的历史叙事及历史意识》《天堂的哀歌》《存在之镜与智慧之灯——中国当代小说的叙事与美学研究》《文学的减法》《猜测上帝的诗学》《穿越尘埃与冰雪——当代诗歌观察笔记》等，已经成为这个时代重要的当代文学学术和批评成果广为流传。青年学子和业内人士都耳熟能详。在许多人看来，清华是这个时代人文学者中典型的“成功人士”：身处名校，名满天下。但是，只要你和他走近了，你就会深刻地感到，他是一个教授和学者，但他更是一个有情有义的朋友和有趣的浪漫文人。

我注意到，张清华被批评界所熟悉并受到广泛关注，应该缘于他从事当代文学研究近十年之后的1997年《中国当代先锋文学思潮论》的出版，这部30多万字的专著一出版便好评如潮。或者说，这部二十年前出版的著作，不仅奠定了张清华作为新锐批评家和当代文学研究者的学术地位，同时由于这部著作扎实的内容和锐利的见解，被多所大学指定为博士、硕士研究生的参考书目。十五年前，我在《当代中国的学院派批评——以青年批评家张清华为例》中曾评价说：这部著作体现出的理性分析和实证的方法，从一个侧面表现了张清华学院批评的品格和特征。研究对象和话题的提出，可以窥见一个研究者或批评家的兴趣或趣味。先锋文学在中国的出现，隐含了中国在新的历史时期改革开放的民间愿望，但它在迷乱的外在形式的遮蔽下，其内在的文化功能并没有——或没有及时地得到揭示。一般地说，在早期先锋文学的研究中，更多的是在技术主义/叙事学的层面上被讨论的。但在张清华那里，他发现了先锋文学和启蒙主义/存在主义的内在关系。在他看来：在当代中国，启蒙主义的概念有了新的含义，由于当代中国在封闭多年之后，与世界现代文化的差距，那些具有当代特征的文化与文学思潮在中国也被赋予了某种启蒙主义的性质。换言之，最终能够在当代中国完成启蒙主义任务的，已不是那些近代意义上的文化与文学思潮，而是具有更新意义的现代性的和现代主义的文化与文学思潮，所以“启蒙主义语境中的现代主义选择”便成为80年代文学的一个基本的文化策略。这一分析显示了张清华宽阔的文化研究视野。或者说，先锋文学产生

的文化背景和新一代知识分子的内心期待，在他的论述中建立起了历史联系。这种新的论证视角不仅使先锋文学获得了新的解读方式，同时也从一个方面揭示了中国知识分子的传统并没有发生真正的革命性的变化——旧的启蒙已经终结，但新的启蒙却替代了它。我们是否同意这种说法并不重要，重要的是在这一宽阔的文化视野里，我们了解了张清华作为学院知识分子对20世纪以来中国思想文化史的准确把握，对包括先锋文学在内的当代中国现代主义文学与启蒙主义历史诉求的合理性推论。因此，即便是在先锋文学被谈论多年之后，张清华仍然以他锐利独到的见解深化了对这一文学思潮的研究。十五年后，我仍然认为当年的评论大体不谬。

作为一个出色的学者和批评家，张清华在后来的岁月里充分展示了自己的身手，他在文学史、作家论、作品论，在小说、诗歌甚至散文随笔诗歌创作领域，都做出了令人瞩目、也令我等佩服的成就。他的研究和批评，总是另辟蹊径，道人所未道，发现新的思路和观点。比如他对莫言获诺奖的看法：

> 我认为莫言获奖不仅是“新时期”文学的总结，也是整个汉语新文学一百年历史成熟的标志。并不是莫言的作品说明汉语“新文学”成熟了，而是整个汉语“新文学”在20世纪90年代后，出现了成熟和收获的局面。这也是莫言能够成为一个世界级作家的背景和基础。事实上应当把鲁迅、巴金、沈从文、老舍、莫言、余华、贾平凹、王安忆、张炜、铁凝、苏童、格非、毕飞宇等作家看成一个整体，汉语新文学就是这样一个整体。从

> 鲁迅到莫言，这是一个谱系，鲁迅就是莫言精神上的路标，莫言就是一个将之发扬光大的传承者。所以，莫言拿到诺贝尔奖，是整个汉语新文学的总结和收获。

这就是张清华的眼光。他的历史感，使他的评论能够穿越历史雾霭，发现一个作家和百年中国文学的血肉和情感联系。这样的看法，在评论莫言的著述中还是第一次；他对张炜、王安忆、余华、苏童、格非、王朔、食指、海子、欧阳江河、翟永明、西川等当代中国重要作家、诗人的评论，都发人所未发，道人所未道。于是，作为小说批评家、诗歌批评家的张清华，理所当然地获得了作家的信任和文学界的广泛瞩目。朋友施战军真诚地说：清华是60后批评家的“领衔主演”。时至今日，清华应该是当下批评界的“领衔主演”之一吧。

清华确实是一个优秀的文学批评家、散文随笔作家和诗人。但是，在我看来，清华更是一位浪漫的文人。一方面，他的文章——无论是论文、评论还是其他创作，都有一股浪漫主义的情怀贯穿始终。比如，他在《中国当代先锋文学思潮论》的自序《个人记忆与历史遗产》中曾这样写过：

> 大约是在1984年冬，还在鲁北小城工作的我，偶然得到了一套丹麦文学史家勃兰兑斯所著的《十九世纪文学主流》，在那些寒冷而常有大雪封门的记忆的冬夜，这部书给我一种从未有过的兴奋和激动。我从未想到，世界上居然还有如此让人喜悦的学术著述，有如同文学作品一样带给人生命感奋和精神愉悦的文学史叙事。它

所描述的青年德意志的文学群像，法国浪漫派激荡人心的文学故事，巴尔扎克式充满挫折又从未退缩过的传奇人生，雨果那样一往无前摧枯拉朽的浪漫风姿，尤其是他的悲剧《欧那尼》上演时，在巴黎剧院中发生的一幕反对者与支持者两派间令人啼笑皆非又惊悚不已的对骂与斗殴……总之，那时在我的脑海里出现了一种超出历史本身的“文学想象”：仿佛历史上出现的那么多伟大作家和作品，他们彼此间是早有契约，互相为对方而出世和出生的，仿佛他们在时间的长河和历史的烟云中是彼此呼应，为了共同构成这些荡人心魄的叙事而走到一起的。

那一年，清华只有二十一岁，刚刚度过少年时代的他，犹如一见钟情般地找到了自己心仪的恋人——他如期而至地看到了勃兰兑斯的《十九世纪文学主流》。有朋友说，人一生读书，可能也就等待那几本书。事实的确如此。但是，正是这几本书改变了我们——我们的情怀、价值观、视野、格局和气象。从事文学批评的人都知道勃兰兑斯对我们意味着什么：我们虽不能至，但高山仰止。当然，在清华的这段文字中，我还读出了一个青年知识分子内心涌动的自我期许的激情和纯粹的、如湖水般晶莹剔透的浪漫。这个浪漫与清华说来是与生俱来如影随形。

过去我不大关注清华的创作。因为我从来没有把他当作作家。2005 年岁初，我偶然读到了清华的随笔《在苍穹下沿着荷尔德林的足迹》，这篇随笔让我激动不已。虽然我们是朋友，但我得承认对清华仍然所知甚少。但读过这篇文章后，我对清华刮目相看——

他随笔写得如此让人沉醉。当然，这让人沉醉的显然不只是它修辞的华美或书写能力以及才华。我是被他字里行间一览无余的情思感染了——在荷尔德林的一生中，海德堡也许不过是最短暂的微不足道的一站，却也留下了这样一条著名的小路，只因为：

在近代以来的艺术史上，已连续出现了多个这样的例证。他们的作品和人格的意义在当世并未获得承认，而在他们死后，却发生了意外的增值。时间越是消逝，他们的价值就越是固执地凸显出来；原先越是遭受俗世的漠视、非礼和误解，身后就是越受到景仰和膜拜。这和那些当世的辉煌者常常正是相反，权贵和荣华随着时光一起烟消云散。得到的越多，那发自人内心的鄙睨也就越甚。

清华就这样深情地书写他的荷尔德林——这个把诗歌当作燃起烈火的人。当然，如果没有他对欧洲文学史、欧洲文化史的了解以及和本土文学、文化的比较，文章也不会有如此强大的震撼力。这条小路的尽头矗立着纪念荷尔德林的石碑，走过这条小路并不困难。但是，这条小路竟是如此的漫长。在这条路上，清华神思飞扬，他历数德意志伟大的先贤。这些具有浪漫主义情怀的大师们，就这样感染着一个来自遥远东方的学子。当然，他也写到了歌德对荷尔德林的轻慢以及席勒对荷尔德林愚蠢的指点。更重要的是，还有海德格尔、雅思贝尔斯对荷尔德林的举荐以及对诗人人格的捍卫。这是见识，也是才华。我甚至可以极端地说，清华仅凭这一篇文章，就可以进入当下最优秀的散文随笔作家的行列。后来，我陆续读过清华很多随笔和诗歌。我确认那些文字有鲜明的浪漫主义文学特征，只因为面对文学，他有一颗孩童之心。我曾在不同场合表达过，我们当代文学，浪漫主义发育的极不充分。这既与百年文学传统有关，也与我们当下对文学的理解有关。可以说，文学在本质上应该是浪漫的。可我们却在不经意间如此地把它不放在心上。

日常生活中的清华是一个有趣的人。面对陌生人他有一些羞怯，还有一点修饰性的木讷；在朋友面前他就口无遮拦了，他也喜欢讲笑话，他有一则讲老师的故事——应该很多人都听过，那真是精彩。清华平时没有烟酒嗜好，但在需要喝酒时他是可以挺身而出的。记得有一次他要请洪子诚老师吃饭，感谢洪老师把他的一本书收到了洪老师主编的丛书中。他让我代请洪老师，我还请了晓明一起作陪。那天大家兴致极高，天南地北天上人间无所不谈。不善酒的清华终于酩酊大醉——他不知道，他带的那瓶酒是 68 度的五粮液。我和晓明将清华送到家中，交给他夫人后便望风而逃。敢于和朋友喝醉酒的人一定是好人。还有一次他曾和我说，他险些就去浪迹天涯。到现在我似乎还没回过神来，他要做什么呢？这事情只要想想就足够浪漫了吧。

到北京师范大学任教后，他在更阔大的舞台上如日中天。他做了文学院的副院长、组建了“北京师范大学国际写作中心”。特别是写作中心，这个学术组织在后来的文学研讨、文学国际交流以及大学文学教学实践改革方面，做出了令人瞩目的贡献。莫言、贾平凹、余华、格非、严歌苓、迟子建、翟永明等被聘为驻校作家，欧阳江河、苏童、西川聘为中心的特聘教授。这真是一个壮举和奇迹。他在接受著名记者舒晋瑜采访时说：“驻校作家”

在各地高校中日益增多，但是如何做得行之有效、名副其实而不是流于形式，却大有门道。张清华认为，关键是学校要有完备的机制和配套的条件，为驻校作家提供好的创作环境和与学生互动的条件，而且要有合理细致的安排。“驻校作家的目的是什么？不是走形式，更不是让驻校作家为高校脸上贴金，而是要推动原有教育理念的变革、推动教育要素的结构性变化，使写作技能的培养成为一种习惯和机制，以此推动教育本身的变革。”心有多大舞台就有多大。他的这些表述，如果没有些许浪漫主义怎能想象。祝愿清华在实现个人学术抱负的同时，也能够在大学文学教育变革中实现他的期许和梦想。

原载《当代作家评论》2017年6期

郜元宝：江南才俊的真功夫

郜元宝是当下20世纪中国文学研究和当代中国文学批评的翘楚。他研究领域之宽泛，研究程度之深入以及独树一帜的文体形式，深受学界的重视和好评。他研究“二周”，研究中国现代文学史、现代汉语与中国新文学的关系史、西方美学和文艺思想等。出版有《鲁迅精读》《汉语别史——现代中国的语言经历》《遗珠偶拾——中国现代文学史札记》《为热带人语冰——我们时代的文学教养》《说话的精神》《在失败中自觉》《惘然集》《王蒙郜元宝对话录》《拯救大地》《海德格尔存在论的语言观》《在鲁迅的地图上》《鲁迅六讲》等，以及诸多编译著。可以说他年纪轻轻就著述等身名满天下。他身在学院，是名副其实的“学院派”。但是，郜元宝的“学院派”是需要做点解释的。他不是那种寻章摘句、著书作文引文注释无可挑剔但确实又“无甚高论”的学院派。他的学院派，在我看来主要表现在“通”上。这个“通”是通古今之变成一家之言的通。当然，这是在形容和比较意义上的使用。但是，在当代批评家中比较起来，郜元宝的学问无疑是一流的。他的文章信马由缰通畅无碍，洋洋洒洒自信且自由，这盖缘于他学问上的“通”。“通”才有自由和从容，“通”才是真功夫。这也诚如他在《批评五噫》中所说：所谓批评家的“学院化”，并不单单是他们在“争创世界一流大学”的名牌学校接受了“学术训练”，沾染了“学院气”，也并不单单因为毕业以后“留校任教”，猝然成为学者。这些都只是批评家“学院化”的表象，并不一定妨碍批评家进行“批评的批评”。批评家的“学院化”的实质，乃是现今的批评家们或者作为内部骨干或者作为外围组织，都已经深深地陷入了或者紧紧地联合着学院体制，和导师、师兄弟、师兄妹们扎堆，人身依附，人格破产之后，就一道同风，齐心合力制造“学术行话”，进行“现代性”的“知识生产”，将围绕“现代性”的全套学术咒语念个不休，同心合力地盼望这套咒语上升为“专利”，从此唯我独有，唯我独尊，然后大家分红——还“批评”个头啊。[①]

元宝平时衣着讲究一丝不苟，确有江南才俊风流倜傥的风范。但无论任何场合——文学会场还是私下聚会，他都不事张扬，为人处事低调得体。但他又是一个有趣的人，他的谈吐甚至举手投足都充满了文学性。我对郜元宝的有所了解，大概是2005年之后的几年。那些年，我一直参与策划“北京文艺论坛”，请过一些上海的学者与会，比如朱大可、吴俊、郜元宝等，他们当然都不负众望，为论坛带来了不一样的海上风暴。元宝每上讲台，真是玉树临风。他发言语速不疾不徐，语调也不慷慨激昂，姿态不是语惊四座。但的确好评如潮。在2008年北京文艺论坛的“传统与文艺”中他说：比如说在任何一个历史关头，不光是我们感到危机的时候还是我们感到重新可以站立起来的时候，我们总是

① 郜元宝：《批评五噫》，《文艺研究》2005年9期。

要付诸传统。然后他从清朝中叶以来的中体西用说，三四十年代，周作人的自诩儒家正统说，抗战时期的“十教授”中国文化本位论的宣言，战国策派，还有冯友兰先生的新儒家，还有左翼文化作为背景的民间形式和民族形式，以至于中国气派还有傅斯年所谓东方学在中国等等，一直到我们今天国学，这种对于付诸传统的自我认同谈起。他认为，因为人最怕的不是他有没有传统，而是怕明天将发生什么，但是我们中国文化从来缺乏对于明天筹划的一个传统，所以我们在想到明天的时候，出于对明天的恐惧我们会无视当下的文化而纷纷走向昨天去，对于明天筹划的一种虚空的理念逼出来的一个传统。我们急于拿这个传统作为我们文化的名片来跟国际友人交往、来建立我们的核心价值。一方面是我们现在的一种领域的一种冲动，一方面是我们传统以来的一种文化的品格造成的，所以发现在文化的宏观的构建中往往有这样的一个倾向，我们亲近古人，而对于鲁迅以来的人我们就比较冷淡。还有远视而近虚。很多东西我们都没有的，但是我们假装还是有，还是很实在的在中国存在，鲁迅早就宣布孔子已经死了，但是我们今天那么多孔子的研究……总而言之在这种情况下面，我们一种被建构的或者是被虚构的传统在我们今天的文化筹划中，它意外的或者是在预料之中的被委以重任。

这一多少有些“鲁迅风”的表达，不啻为空谷足音。

2009 年“北京文艺论坛”讨论的是“现实与文艺”。元宝在发言中说：“就创作题材而言，现实似乎是‘无边的’，但作家应该在无边展开的现实中首先明确这些现实的图景对于你究竟意味着什么，什么样的现实对你是至关重要的。就像对一个房子即将被拆除的普通人，对他说明天地球会爆炸，他恐怕不会在意，因为他面临的最迫切问题是让自己有一个安身之所。所以，文学作品中反映的现实如果使读者觉得离自己很远，他自然会疏远这种文学。尽管大家都声称在表现现实生活，爱写什么就写什么，愿意怎么写就怎么写，但文学的良性状态不应是各自为战，作家之间要有思想的碰撞，建构起更高的精神指向，进而产生更强烈的个体创作自觉，追问一下自己的作品到底是写给谁看的，自己想和谁对话。要认知中国变革中的社会现实状况，关键是看作家是否有能力去把握这种变化的基本含义。……比如一些反映底层生活的作品显得非常概念化，是在一个陈旧的想象下铺陈的。如果作家没有能力整合出一个新的知识体系，写出的东西就会既没有新意，更远离了当下社会实践。"[①] 真是掷地有声振聋发聩。

元宝那些重要的著作比如《鲁迅六讲》《汉语别史——现代中国的语言经历》《海德格尔存在论的语言观》等，我是没有能力评价的。这里，我只想说说他这几篇文章。一是《重读张承志》。这是一篇未必最系统但却是最重要的研究张承志的文章之一。张承志作为一个巨大的存在，甚至被有些学者称之为"张承志难题"。在我看来，研究或评价张承志之难，除了在知识和思想层面与张承志构成对话关系的困难外，同时更隐含着阐释当下中国的困难。但是，郜元宝面对张承志难题抓住了几个关键性的切入点：一是早期浪漫主义；二是精神和文化立场的转移；三是他的文学价值；四是他局限的魅力。以《北方的河》为代表的浪漫主义，酷似《女神》时代的郭沫若。但是"比那时的郭沫若更成熟"，"比《女神》还要深沉，足以代表 80 年代特有的虽然包含几分忧思和伤

① 胡军：《"现实与文艺"关系再度受重视》，《文艺报》2009 年 12 月 29 日。

感但基本保持开放、健康、强劲、清新、爽朗、充满希望与憧憬、以为悔之未晚而来者可追的精神风貌。《北方的河》流淌着满涨的青春朝气，你从中嗅不到一点世故、油滑、绝望和暮气”；在郜元宝看来，张承志放弃小说而转向散文写作，“表面上是一种文体转换，骨子里是根本的精神分化与立场转移”。这是非常重要的发现。关键还不是这一断语而是郜元宝的分析，他认为：

> 分化和转移在有些人那里似乎一蹴而就，在张承志这里却从未止息。按照那些自以为已经完成分化和转移从而心安理得各就各位的人们看来，今日张承志只是独自凭吊古战场的退伍老兵，而在张承志本人精神发展脉络上，他的战斗正未有穷期；他还在不断发现新领域，不断开辟新的问题和文体的空间。他放弃了作为小说的文学，却获得了作为散文随笔（严格来说应该叫“杂文”）这种更加直抒胸臆无所拘束的文学。这种文学的大量创作始于他从海军政治部创作室退伍而转为自由作家之后，恰如鲁迅从小说到杂文的转折最终完成于离开北京的教育部和大学，从厦门、广州辗转来到上海而成为自由作家之后。[1]

张承志早期小说的文学价值几乎无须证明。但对《心灵史》这类著作而言问题可能要复杂得多。《心灵史》当然是一部与宗教有关的小说，但它与我们熟悉的小说类型和讲述方式又多有不

---

① 郜元宝：《重读张承志》，《文学报》2015年08月27日。

同。因此也颇多歧义。郜元宝分析说：

> 他的小说将文学、宗教和历史熔为一炉的写法，使大部分习惯于就文学谈文学、就小说谈小说、缺乏基本历史兴趣和宗教关怀的批评家和读者望而却步。他们将张承志的小说想当然地排除在他们想象的文学共同体之外，这不仅不能证明张承志的作品缺乏文学性，反而暴露了他们对文学的理解有多么狭隘。这一点其实不用多说。世界文学史上，伟大作家都具有恢弘的历史视野和深厚的宗教情怀，不能一见作家涉及历史和宗教，一见宗教和历史学界对这个作家提出学术上和教义上的质疑，就望而却步，宣布这个作家的作品不是文学，以此来掩盖批评的怯懦与无知。

他平白如话分析的穿透性和最大限度的透彻，你也可以不同意，但你试图反驳他时一定会感到为难。元宝评论张承志真是珠联璧合、相得益彰。作为作家的张承志当然有自己的局限，但是如何认识一个作家的局限，是批评家不同的见识。郜元宝对张承志的辩难，表达的不仅是郜元宝对张承志由衷的赞赏，重要的还有大于郜元宝情感范畴的理性分析。一个批评家面对一个作家不可能没有情感因素，他的审美趣味个人好恶或隐或显都一览无余。但是，最有力量的还是批评家的慧眼发现，那是他与作家精神与灵魂的对话，这是一个互相发现的过程。他们道出了我们尚未发现——但的确存在的那一部分。《重读张承志》就是这样的文章。

如果说《重读张承志》，是一篇在“显学”领域表达一个学者或批评家思想见识的话，那么《一篇被忽视的杰作——谈汪曾祺的〈星期天〉》，则犹如一个孤独者在边缘处的自语。作为大作家的汪曾祺，他的《星期天》很少走进批评界的视野。但是郜元宝却在“灯火阑珊处”发现了它。关于小说发表的背景，他做了这样的介绍：

> 1983 年 4 月，上海作协和《上海文学》编辑部召开小说创作座谈会，参会者有王元化、吴强、李子云、茹志鹃以及当时在沪的王蒙等，话题是如何面对“上海创作不景气”的现状，集思广益，鼓励和引导作家“写出上海特色”。《文汇报》《解放日报》配发了一系列文章与记者的跟进报道，汪曾祺器重的青年评论家程德培还专门写过文章。此后上海作家一直朝这个目标迈进，但成绩始终不佳。王安忆的《长恨歌》据说最具上海特色，但迟至 1995 年才发表于《钟山》杂志，而且也有评论家对《长恨歌》的所谓上海特色一直持怀疑态度，可见抵达这个目标非常不易。在这背景下，汪曾祺一挥而就，出人意料地拿出了真正具有 40 年代末浓郁的上海都市气息的小说《星期天》，而且就发在《上海文学》1983 年第 10 期！①

这里关键的一句话是：《星期天》是“真正具有 40 年代末

① 郜元宝：《一篇被忽视的杰作——谈汪曾祺的〈星期天〉》。

浓郁的上海都市气息的小说”。他具体分析说——

> 他找到了本来就属于自己的一笔记忆的财富，欣喜地沉入其中，在80年代初率先描写1940年代末上海的青年男女，写他们如何在天地翻覆的前夜偷安于都市一角，过着无聊灰色的人生，写这种生活里面充斥着的肮脏迷乱的情思欲念，以及偶尔绽放的依然美妙却又稍纵即逝的人性的花朵。①

《星期天》并非郁达夫所谓“自叙传”，更不是纪实之作。恰恰相反，作者努力要跳出自传的限制，全篇采取隐含作者和笔下人物拉开一段距离的叙述方式，追求冷峻反讽的“间离效果”，不是一味沉湎过去，而是对过去的生活进行过滤、沉淀和改造，从而捕捉往昔在记忆深处酝酿升华而凝成的那些闪光的亮点。②

这就是郜元宝的真功夫。他的文学史视野和文本分析能力，成就了他目光的犀利和文学嗅觉的敏锐。在他的分析中，汪曾祺的《星期天》不愧为一篇“杰作”且是曾被“忽视”。我想真正的批评家不是紧追当下不放生怕落下一个潮流或阵仗。真正的批评家不在于他谈论的对象，而在于他谈论了什么。

还值得提及的，是郜元宝对安妮宝贝的评论。安妮宝贝在批评家那里谈论的不多，这不多，不是说安妮宝贝的文字有多么艰深多么难以理解。其中的原因很可能是批评家心理的复杂：评论

---

① 郜元宝：《一篇被忽视的杰作——谈汪曾祺的〈星期天〉》。

② 同上。

作为网络作家或畅销书作家的安妮宝贝，“高傲的”批评家很可能觉得“门槛太低”或“屈就”了自己。郜元宝不怕“屈就”。他有一篇《向坚持严肃文学的朋友介绍安妮宝贝》的文章，认真地推荐了安妮宝贝。通过安妮宝贝的《莲花》，他认为：“‘六十年代作家’的主题是‘先锋逃逸’（结束父兄辈意识形态或精英知识分子情结而逃向语言与叙述的形式游戏、历史虚构或日常生活），‘七十年代作家’的主题是‘另类尖叫’（以身体呐喊提出尖锐却又空洞乃至造作的抗议），安妮的文字则趋于降卑顺服，虽然也还夹带着些许逃逸之气与另类之音。当然，有人会说安妮的文字过于细弱，过于温馨，过于飘忽，或者太甜腻，太封闭而自恋。或许吧。但，如果你读这本《莲花》，应当知晓这一切的背后还有降卑与顺服。在乖戾粗暴的现当代中国文学的背景中，这种精神元素本不多见，所以更容易将它混淆于或有的细弱、温情、飘忽、甜腻与自恋。从作者的角度说，这种元素的真的消失与变质，可能也是很容易的。但现在还不是论断之时。”[①] 他从不同的方面分析了安妮宝贝的过人之处和不同凡响。我想元宝除了对安妮宝贝文章的偏爱，还是颇有一些专业勇气的。后来听说安妮宝贝改名为庆山，不知她近来怎么样了。

元宝是研究鲁迅的专家，他的《鲁迅六讲》《鲁迅精读》，都是深受好评的著作。鲁迅确有一些不为我们所知的“暗功夫”，作为鲁迅研究者的元宝兄也确有一些真功夫的。当然，每个人在不同环境中的不同言论，总会有不同的评价。记得 2007 年 12 月的“北京文艺论坛”上，讨论的话题是“批评与文艺”。元宝对

---

① 郜元宝：《向坚持严肃文学的朋友介绍安妮宝贝》，《当代作家评论》2006 年 2 期。

三代批评家表达了他的一些看法。作为评议人的朱大可教授曾评说：

> 他（郜元宝）像鲁迅一样的评了一下整个批评界，对三代忙碌的批评家作出了一个旁观者的旁白。郜元宝当然是60年代比较杰出的一个评论家，我还是比较器重他。这个词是打引号的，但是他很明显，他这张脸是带着明显的精神分裂的特征。他对50年代的这种怨恨是有具体原因的，我可以理解，但是当他把冰心式的温情的眼光投向自己的时候，我相信他下一步也应该有一个新的调整。就是说无论是50年代、60年代还是70年代，我觉得都应该具有这样一个品质，就是自我反省的品质，我觉得非常重要。无论是哪个年代，批评不怕出问题，批评家也不怕出任何问题，就怕我们丧失了自我反思的能力，最危险的是这个东西。①

记得元宝当时只是会心的、微微一笑并不介意。那个批评时代还是让人心动、让人怀念。2017年9月某天，《扬子江评论》杂志召开“扬子江评论奖”评选会议。我见到的元宝留起了胡须，竟笑了起来。他说，怎么，不好吗？我说：好，好。我想，那也是元宝童心未泯或幽默之一种吧。

原载《当代作家评论》2018年2期

① 《批评与文艺：2007·北京文艺论坛（三）》，见中国作家网2007年12月17日。

王彬彬：一个诚恳真实的批评家

初识王彬彬大约在 20 世纪 90 年代中期的一个夏天，《文艺争鸣》杂志在吉林市丰满召开了一次研讨会，王彬彬和我等应邀参加了会议。那时的王彬彬也就三十出头，他穿一件海魂衫、寸头。头发茂密且齐刷刷地怒向青天。虽然身影青春无敌，但已经大名鼎鼎。原因是《过于聪明的中国作家》一文，就发表在《文艺争鸣》1994 年第 6 期上。此前，八九十年代之交，王彬彬已经发表了诸如对张炜《古船》与贾平凹《浮躁》的比较研究，对余华、残雪、金庸等的评论文章。这些文章虽然也多有惊人之语，有与众不同的看法，但还属于“常规性”研究的范畴，在流播层面很难“影响广泛”；而《过于聪明的中国作家》甫一发表，却迅速传播并被“事件化”。1994 年代，正是“人文精神大讨论”如火如荼的年代，讨论也几乎是“排队划线”泾渭分明。而《过于聪明的中国作家》一石激起千层浪，王彬彬被推到风口浪尖，“二王之争”也顷刻在大小媒体稳居抢眼位置。王彬彬从此便成了“毁誉参半”的人物。在文学界或者在其他什么界，要成为“毁誉参半”的人物并非易事。第一，这人要有真知灼见；其次，真知灼见要敢于公之于世；第三，公之于世后要有强大的心理承受力。有真知灼见的人很多，但敢于像皇帝的新衣中那个孩子一样说出真相就不容易了；一旦说出后，问题便接踵而来。后来的王彬彬说，那篇文章发出后，我吃了多少亏，我自己还不知道吗?

我后来看到了一些关于王彬彬的材料，特别是他复旦博士毕业留校未果，重返部队后的郁闷心情。这时他写了系列随笔式的文章如《渴望跪下》《所谓事业》以及《尊严像破败的旗》。这几篇文章是了解此刻王彬彬的重要材料。特别是在《尊严像破败的旗》中他说：

> 十年后，他已是一所著名大学的博士研究生。在同学、老师以及一切熟人眼里，他都是一个过于清高的人，一个自尊心太强的人。在有的人那里，自尊心是身上最坚硬最牢固最不易受伤的部位，你一斧头砍下去，斧都卷刃了，手都震痛了，从他的自尊心里却流不出一丝血来。……有时候，你想要伤害他们一下，得费好大的劲。你得事先把某句话磨了又磨，磨得自觉锋利无比后，再向他们的自尊心上奋力捅去，就这样，也才能让他们的自尊心小小地痛一阵。他常常用不解的眼光打量着这些人，打量着他们的刀枪不入的自尊，有时甚至有隐隐的羡慕。与这些人相比，他常常觉得自己的自尊是过于敏感过于脆弱了。

这是王彬彬此时的自况。那“过于敏感过于脆弱”的自尊，是否也隐含着难以察觉的攻击性格。如果用心理分析来分析王彬彬的《过于聪明的中国作家》，是否与他那时的攻击性格有关也未可知。但是，2015 年，20 多年过去后，他在《再谈过于聪明的中国作家》中说：

我 1986 年跳槽到中文系当文学专业研究生后，就觉得，一个从事文学评论的人，应该尽可能地说点真话，尽可能说出心中真实的想法，光是吹吹捧捧，“啃招牌边”实在无聊。1987 年到现在，我发表的百余篇习作（确实只不过是习作）中，有“骂”，也有赞，即使对同一个作家，也两者都有。例如，我推崇过张炜的《古船》，而对其《九月寓言》表示过不满；我肯定过张承志近年的散文也对其《金牧场》发表过异议；我喜欢汪曾祺先生的作品但又认为过分的“汪曾祺热”有害；我赞赏过余华前期的小说而对近期的《活着》一类作品表示了厌恶；我佩服王晓明对张贤亮、高晓声等作家的评析，又对他的鲁迅研究发表过不同意见……至于《过于聪明……》以及近期的一些短文，我自己并未特别看重，但居然有了这样的“影响”，我没有理由不为此“庆幸”。借用王朔先生的话说，写作么，不就是为了出名吗？索性学一回王朔，庶几能得到某种曲意的庇护。“王朔不是理论家”，我也不是；王朔是“大腕作家”，而我只不过是一个“文学青年”；王朔骂人骂得比我刻毒，甚至说“知识分子”是“灵魂的扒手”，而我骂得远不如他。对王朔宽容者，主张对王朔的话不较真者，理应对我更持此种态度。不然，便太令人费解了。

王彬彬这段话中，我觉得重要的是“一个从事文学评论的人，应该尽可能地说点真话，尽可能说出心中真实的想法，光是吹吹捧捧，‘啃招牌边’实在无聊”一句。这句话让王彬彬的“攻击性格”不攻自破，他的批判性，是他作为一个批评家的自觉追求。这句话看似简单，但要真正做到或敢于在文学评论中践行，是非常艰难的。王彬彬是这样说的，也在一定程度这样做了。他这样做了必然要成为“敏感人物”，后来他的几篇文章也涉及了我的朋友和曾经的同事，在学界沸沸扬扬好像出了什么大事。其实，那几篇文章并不特别重要。双方的当事人——包括王彬彬自己，后来都成了资深教授或长江学者。他们都是体制内的精英，那种“战斗”还真构不成什么了不起的事情。鲁迅还活着，指不定会说出什么话来。所以，王彬彬真正的贡献和学术眼光，恰恰被这种有意的“事件化”给掩盖或遮蔽了。在我的印象中，王彬彬确实有几篇火力十足的文章。为了突出他的观点或看法，他甚至不惜以极端化的方式做了表达。我宁愿将其理解为王彬彬有意为之的一种修辞术，将某一看法极端化才会达到一定的效果。但这一策略的后果可想而知。他遭到了一连串的质问和批评。当然，王彬彬的文章我更喜欢的是他在《钟山》杂志开设的专栏——“栏杆拍遍”，这是王彬彬式的文章。他获得了第一届《钟山》文学奖。我曾向贾梦玮主编索要授奖词，可惜的是第一届《钟山》文学奖没有授奖词。如果是这样，我想为王彬彬的“栏杆拍遍”补拟这样一个授奖词：

王彬彬的专栏《栏杆拍遍》，以对文史的通识能力，

> 对材料的考据辨识功夫，以老辣睿智的春秋笔法和独特文体，令人拍案惊奇。会心乍有得，抚己还成叹。他古今中外天上人间，无所不能栏杆拍遍。他的思想、情怀、认知等，道人所未道。在边缘处看天下，在风云中论短长。见识与材料在正史之余又在历史之中，他是当今随笔世界的独特存在一大景观。

王彬彬是一个理想主义者。多年前，陈武在《散论王彬彬的文学批评》中说：“当王彬彬对现实中道德理想主义的缺失进行批判的时候，‘人文’的形象早就在大众的心目中模糊了。人们在市场经济的商潮中无所适从不知所措，有不少知识分子也没有逃脱这个厄运，他们在现实面前表现出的怀疑与失落、惆怅与沉沦，都十分鲜明地表现出了对现实世界的妥协与认同，这些表明了‘人文’精神的日渐崩溃和丧失。在这里，物欲改变了失落的知识分子，使他们在巨大的浮躁中偏离了航向。”另一方面：“他在‘道德理想主义’面前所展现出的明智和理性：一方面旁征博引地论述了道德理想主义对人和社会的影响，另一方面，又阐述了道德理想主义极端化产生的灾难后果。他希望对理想有道德的判断之外，还需要有冷静和节制，否则就如同真理进一步成为谬误，或者乌托邦。”这一评价我看是非常中肯的。

王彬彬在批评界是一个独行者，是一个不大有“现实感”的人。同时也是一个不断学习、敢于不断进行自我反省的批评家。据他的学生方岩说：他“每年都会把《鲁迅全集》拿出来翻翻的人，已经把鲁迅变成了自己文字、秉性、生命的一部分”。鲁迅的伟大，百年来鲜有人能与之匹敌，更重要的在于他的人格成就。王彬彬时常读鲁迅，显然有个人的其内心期待。他说过这样一段话：

> 我也常被称作“文学批评家”。这总让我羞愧，觉得自己是在不配。我并不因为自己“理论视野狭窄羞愧”，更不因为自己“不能在新的理论框架中”看待文学而羞愧。我以为，要当一个“框架批评家”，要不断地变换手中的理论，中智之人便可以做到。我之所以羞于被称为“文学批评家”，是因为深感自己语言上的天赋不够。对语言的敏感，是文学创作和文学批评共同的先决条件，对此我深信不疑。后天的努力，固然可以提高对语言的感受能力，但对语言的敏感，同其他许多事情一样，仅有后天的努力是远远不够的，先天的禀赋起着很大的作用。……我最初的人生理想是当一个诗人。胡乱写过许多诗。这个理想之所以破灭，就因为自己语言上的天赋是在达不到一个诗人所需要的水平。发现这一点，曾让自己悲哀不已。而近些年，我更发现自己语言上的天赋也远远不够支撑起“文学批评家”这样的称号。我之所以越来越少谈文学，我之所以越来越想“退出批评现场”，就因为越来越觉得自己不配对文学发言。
>
> 我虽然写了些学术批评，但做梦都不敢自认为是有学问的人。

现在还要多少这样的批评家呢。后来和王彬彬熟了，发现他是一个简单、纯粹、有意思的人。他日常生活是抽烟、喝酒不锻炼身体。他说在家里经常走过的地方都要放上酒，为的是便于随手喝上一杯；他说不要锻炼身体，古人坚持“静”肯定是有道理的。所以，生活中的王彬彬也是不疾不徐地走路，手里似乎永远有一支不熄的香烟在他身前身后烟雾袅袅。这或许是他内心从容、情绪淡定的一种外化吧。

2018 年 6 月 1 日于北京

原载《当代作家评论》2018 年 4 期

丁帆：在现代与传统之间

丁帆有诸多显赫的头衔。最重要的大概是国务院学科评议组成员、中国现代文学研究会会长。这两个头衔在当下大学体制中的重要性自不待言。毋庸讳言，这是一种学术权力。这一权力，可以在现行的大学体制中畅行无阻。能够在这种权力结构中保持一个学者的本色，一定不是一件容易的事情。但是，丁帆首先是一位在现当代文学领域有重要影响的学者和批评家，这是他安身立命的基础。他诸多成果如《中国乡土小说史论》《文学的玄览》《中国新时期小说主潮》（与许志英合作）、《重回五四起跑线》《中国西部现代文学史》《中国乡土小说史》、《中国新文学史》等专著以及数量庞大的论文和评论，成为这个时代本学科重要成果的一部分。特别是《中国乡土小说史》和《中国新文学史》，是本学科相关研究，以及博士、硕士论文引用率较高的两本著作。因此，丁帆的影响主要来自他的这些研究成果。如果说这些专著材料扎实、言必有据、持论合宜，显示了一个学者在学术层面真实地展开人生的话，那么，他的部分评论、演讲等则表现了丁帆作为一个现代知识分子在一定范畴内的风骨和个性。

任何问题的提出，都是不同学者对现实社会关注方式的一种

表征。他援引拉塞尔·雅各比的话说："当论文完成时，它便不容忽视，论文成为他们的一部分。研究风格、专业术语、对特定'学科'的认识，以及自己在学科中的位置，这些标明了他们的心智。还有，完成的论文要由自己的博士导师和专家委员会评定，为此不知又要付出多少长期的、常常是羞辱人的努力。这就形成了一个他们不得不服从的密集的关系网——一种服从——这同他们的人生及未来的事业紧密关联。即使他们希望——而通常他们是不希望——年轻的知识分子也不能把自己从这种经历中解放出来了。"他进一步发挥说：

> 这是雅各比描述的美国60年代后的大学里的知识分子情形，这俨然也成了中国大学里部分知识分子的真实写照。[①]

丁帆对知识分子群体的这一判断所言不虚。在我们的当下经验中，这一群体、特别是学院的教授们，谈论最多的是又拿到了什么重大项目，有多少科研经费，如何争取了一级学科，如何应对了评估。接着是抱怨科研如何难以使用，财务的脸色多么难看，教授如何斯文扫地尊严如何受挫等。这样的场景在不同的大学屡见不鲜。我们得承认，体制的力量是巨大的，很少有人能够抵御体制对我们的规训。同时，一个巨大的悖反形成了难以超越的怪圈：一方面，他们是这个学术体制的既得利益者，他们占有了各种学术资源，他们无形地在维护这个学术体制；一方面，他们又

① 丁帆《消逝的知识分子就消逝在大学里——〈最后的知识分子〉读札》，《东吴学术》2010年2期。

牢骚满腹意气难平。他们拿到了体制的好处，同时，又在下属或同行那里获得义正词严的口碑。因此，就知识分子群体而言，他们真是遭遇了“内忧外患”。

丁帆在其发表的《用历史证明现在，以现在蠡测未来》中自述说：我不是哲学家，也非思想家，只能在翻检历史书籍和哲学文化书籍时，将自己思考的一些问题提出来。虽然我十分痛恶俄苏革命时期毫无人性的专制和屠杀，但是，我又十分羡慕俄罗斯这个民族所拥有的知识分子阶层，正如别尔嘉耶夫所说：“俄罗斯的知识分子对于的兴趣特殊地浓厚，俄罗斯是那样地倾慕黑格尔、谢林、圣西门、傅立叶、费尔巴哈、马克思，这些思想家即使在自己的祖国也没有得到这种殊荣。”是知识分子与有思想的作家们共同锻造了19世纪和20世纪的俄罗斯辉煌的文化和文学艺术，所谓的黄金时代和白银时代“是伴随着他们知识分子的觉醒而崛起的，有许多作家本身就是哲学家和思想家。而我们的百年之中，只有罕见的几个思想的“呐喊者”在“荷戟独彷徨”，而大多数的知识分子都在昏睡着，有的是被阉割了，更有的是被自宫了，连能够思想的个体知识分子都消隐了，有的都是唱着“颂歌”与“战歌”的诗班合唱队员，何来的知识分子阶层呢？丁帆在不同的场合批判了这个群体的价值取向和精神面貌，这里显然也隐含了他的自我批判。在批判这个群体的同时，他也对当下的文学批评深怀不满。他认为当下的文学批评“缺骨少血”。他在接受《中华读书报》著名记者舒晋瑜的采访时说：“我认为马克思主义的批判哲学就是所有人文知识分子所应该秉持的价值立场，这是一个十分高的标准和要求，正因为我们太缺失了，所以，有坚守者就十分不容易了。对，作为一个批评家就应该面对一切

文学现象做出最公正的独立判断，包括你身边最亲近的人，别林斯基对果戈理的严厉抨击就是知识分子良知的显现，他以公正的价值观彰显了一个文学批评家应有的立场。”①

读过丁帆的著述，我们对他的学术背景有大致如下的理解：他是一个受马克思主义文学理论和俄苏文化，以及以鲁迅为代表的中国二十世纪知识分子文化传统哺育的批评家，这是丁帆从事学术研究和文学批评的思想文化背景。在理论批评方面，丁帆或许不那么新潮，当然，这不是说丁帆对新潮理论不了解，不接受。我们从他的《批评观念与方法考释及中国当下文艺批评生态素描》等文章中，大致可以了解他对西方文学批评理论的背景。他的价值观和方法论，是经过学术训练、学术实践，特别是对当下中国现实观察、了解、体悟后的一种自觉选择。如果从他学术实践的批判性、开放性和家国关怀的角度理解丁帆，他无疑有现代知识分子的文化血脉；但是，也正是这样的情怀，也使他成为一个具有浓厚的“传统”意义的知识分子。时至今日，还有多少这样的学者和批评家，我们可能并不乐观。因此，丁帆是“50后”一代很有代表性和典型性的学者和批评家。

另一方面，丁帆还是散文随笔写作的一把好手。他曾先后出版过《江南悲歌》《夕阳帆影》《枕石观云》《江南文化散步》《人间风景》《天下美食》等散文随笔作品。这些作品可以更直观地了解丁帆作为现代文人的一面。通过这些作品，我们可以联想到“五四”一代知识分子的日常生活和个人性情。他们是新文化的先锋、新文学的闯将；但他们也是个人生活的缔造者，他们的从容、

---

① 舒晋瑜：《丁帆：关注乡土就是关注中国——访中国现代文学研究会会长、南京大学文学院教授丁帆》，《中华读书报》2017年6月14日。

自信和随心所欲，昭示了那是得天独厚的一代。他们的风采至今仍令人向往不已。

谢冕先生说，现在的文人最大的缺憾是无趣，没有故事。一个文人、一个教授、一个大学，怎么能没有故事呢。现在的文人群体确实是一个了无趣味的群体，但丁帆的散文随笔和日常生活，有文人的趣味。他的《天下美食》，是一本谈论喝酒和美食的散文集。其中有一篇《士子暮年尚能酒否》，谈了他的饮酒史：

> 第一次喝酒是在六十年代的少年时期，偷喝了父亲放在碗橱上的一瓶四两装的金奖白兰地，现实偷抿一口，觉得辣中有甜；再喝一口，便觉得甜中藏怡。于是乎，一口一口喝将下去，可谓痛快淋漓，兴奋不已，不知不觉一瓶酒全部下了肚。人说酒是壮胆之物，当我喝第一口时，还生怕被父亲发觉要受罚，然而几口下肚，就顾不了那么多了一口一口把自己十三岁的“少年愁滋味”全然吞咽了下去。第一次酒后的感觉甚好，那是一种微醺的境界，理智很清楚，只是兴奋，更有胆气。

喝酒人的少年时期大概都有这种体验，偷父亲酒喝的那个过程，恐慌、忙乱又不能自已，惟妙惟肖。丁帆的这本散文集，有八篇专事写喝酒，他写在国外和同行喝酒，写插队时喝酒，写古今文人雅士与酒的关系，写师生雅居等篇篇有趣。特别是他那一声“断酒如断魂”，一个饮者的形象一览无余、八面威风。

另一本散文随笔新著《人间风景》，是丁帆因访问、会议、讲学等到各地游历的见闻和思绪文章。这些风景既有自然的也有

人文的。我们知道，自柄谷行人在《日本现代文学的起源》中讨论了“风景的发现”后，一段时间里“风景”旋风骤期。这是另外一回事。任何风景书写的背后，都隐含着一个观察或“眺望”的主体，这个主体对风景有选择或“构建”的权力。因此，他看到了什么并不重要，重要的是他要通过这些风景表达什么。梭罗写于1854年的《瓦尔登湖》，在八十年代应该是中国知识界的核心读物之一。它被誉为美国散文作品最早的典范之一。它独特的风格甚至比霍桑等那些天才作家们更富于二十世纪散文的气息。它平铺直叙，简洁和独到的观点，完全不像维多利亚中期散文那样散漫、用词精细、矫情和具体，也没有朦胧和抽象的气息。丁帆有幸去过瓦尔登湖。这水面不大，森林和土地都很有限的区域，只因梭罗而声名远播。但是，透过眼前的景致，丁帆想到的却是另外一个问题：

> 为何梭罗当年也没有能够坚持不懈地在瓦尔登湖上过着原始人的生活，两年后他又回到了城市和人群中。无疑，人类对大自然的破坏是一种罪孽，不过人类要发展，就必须付出一定的代价，但是，如何将代价降低到最低值，让现代文明去除污秽和血，以美好的姿态还自然和原始予人类生活，这才是梭罗作品的全部意义所在。①

丁帆的这类随笔，是游记也是学术随笔。无论怎样的景致，

① 丁帆：《瓦尔登湖旋舞曲》，见《人间风景》5-6页，译林出版社2017年11月。

他总会触景生情“心事浩茫”浮想联翩，自然与人文相互交织自成一格。能有这两幅笔墨的学者，现在已经不多了。

原载《当代作家评论》2018 年 6 期

理论、经验与日常生活

——南帆的文学批评实践与生活趣味

第一次见到南帆，是在 1986 年中国社会科学院文学研究所举办的“新时期文学十年学术讨论会”上，那时的南帆风华正茂、玉树临风，一招一式都是学院风格，我对他非常佩服。后来，除了阅读他的专著和文章之外，我们的接触并不多，大多是文学会议的不期而遇或会议休息期间的闲谈或打球。南帆的个人形象正大，他的谈吐、发言、文章以及举手投足，都表达着他的修养和自我要求。他谦虚谨慎，为人友好；理论功底深厚，批评视野宽阔；他身兼数职但游刃有余。他也是那种眼底江山万里，心中云卷云舒的有胸襟和气度的人物。几十年的文学研究生涯，南帆似乎一直不在潮流之中，但他又一直在潮头之上。在我的印象中，如果把中国文学理论批评比喻成一个交响乐队的话，南帆应该是这个乐队的“根音”，他浑厚而强大，使这个乐队不至于因高亢而飘忽，因激昂而失去节制。这是南帆的一个方面，另一方面是我更喜欢的南帆，他有文人气。他下棋、打球、写字、写散文，偶尔也喝酒吸烟——但都适可而止；更不可思议的是——他会散打。我曾问过他，现在还能打几个人？他说三个人没有问题。南帆会散打这件事，连林那北（南帆的爱人）都不知道。林那北知道后在微信里小心翼翼地说：以后要老实点，免得在家挨一顿揍。南帆身上的文人气，使他生动有趣。他也曾说，我喜欢和文人在一起。

南帆是一个有生活趣味的人，他热爱生活，时常呼朋唤友到他家里写字、下棋或神聊，他对任何一个话题都有兴趣，关键是有见解。他很像他推崇的古代文人苏东坡。东坡先生做官、诗词书画、美食书法一应俱全无所不能，几乎就是一个文人的全能冠军。南帆当然不是苏轼，这只是一个比喻而已。我要说的是南帆生活趣味的广泛。这一方面在他的散文中亦有反映。比如，他写《大妈的"崛起"》，文章曾获得《在新的崛起面前》的作者谢冕先生的大加赞赏。当然，谢先生的"崛起"和南帆的"崛起"不是一回事：

> 大妈社区广场大战高音喇叭，大妈巴黎卢浮宫前展示舞姿，大妈火车车厢即兴起舞；高速公路堵车，大妈集体下车跳舞消遣；一年一度的高考来临，大妈开恩停止跳舞三天……广场舞强劲节拍的伴奏之下，一个剽悍的社会群体突然闯入人们的视野——大妈。

"大妈"的崛起是生活中一大景观。尽管她们的文化中没有贮存"尊重他人的传统"，一如当年的"小脚侦缉队"。通过这大妈突如其来地崛起。他觉得在"红尘滚滚的背后"，一定隐含着什么，一定还有"无限玄机"。

他是"棋迷"，如果有时间有对手，他都会与之"手谈"。

他写下棋：

> 对于一些人来说，下一盘围棋绝非一件随随便便的事情。找一个相当的对手，来到一间清雅的厅堂，沏一壶浓茶，屏退左右。紧锁双眉，寂然凝思。或者经天纬地，或者钩心斗角；激烈的心智搏杀绝不亚于刀枪相向，终局数子的心情犹如大将军收拾旧山河。这么一盘棋可以不断品味，再三复盘，每一手的回忆都伴随着得意、懊恼、后悔、惊讶、愤怒、犹豫。当然，这种棋没法多下。胜者的骄傲或者败者的壮烈都有沉甸甸的重量，负担一局棋的精力以及心理能量得渐渐地积累，谁能每时每刻都在巅峰上过日子呢？

但是，下棋是有品位的，那种“杀一杀”过棋瘾的下法毕竟等而下之。而另一种境界就不同了——

> 抛开了胜负的计较，一身轻松，人们或许会收获意想不到的灵感，甚至收获一些超越攻城略地的奇思妙想。我曾经赢过棋友一局。复盘的时候，我询问他布局时的一着怪棋是什么意思。他一抬下巴，傲然答道：“我觉得下在那里富有诗意！”这种不凡气度迄今仍然让我景仰。既存有胜负的责任心，又不拘泥于胜负而缩手缩脚，二者的平衡几乎是人生的一门学问。渴望功名或者追慕散淡，聚敛财富或者享受生活，入世兼善天下或者出世独善其身，这些问题何尝不是如此？

南帆的散文是名副其实的学者散文，但他又不是那种掉书袋、引经据典卖弄学问的散文家。这样的散文家是容易做到的，但是，南帆的散文是“难的”。他的视角、对象和表达方式，是难以复制的，他的散文本身是一种南帆式的“方法”。他获鲁迅文学奖散文奖是实至名归。他关注的事物与日常生活有关，但在他总会以学者的眼光发现其中蕴含的别一番光景。别一番与“形上”有关的感悟或话语。如果说围棋是一个宇宙，武林就是一个江湖。南帆经常“穿越于宇宙”，“行走于江湖”。他的《纸上江湖》，凡“侠肝义胆”“武功盖世”“人在江湖”“剑侠情缘”“葵花宝典”“华山论剑”“孤独求败”和“金盆洗手”八篇，将“千古文人侠客梦”跃然纸上。对武林的敬意，侠义的憧憬，也都是面对当下的感慨：

> “其言必信，其行必果，已诺必诚，不爱其躯，赴士之厄困”——现代社会，“侠”的品格愈来愈稀少了。严密的科层制度训练出庞大的白领阶层。日复一日地龟缩在写字楼小格子里，还有多少人想得起快意恩仇、铲尽天下不平事的时光？再三品味上司的几句褒奖，因为一套不错的西装暗自得意，出入各家超市搜索一袋物美价廉的奶粉，夜半时分算一算房子按揭贷款的利率……这种生活格局，心思只能盘旋在小恩小惠之间。

“侠客必须一身正气，义薄云天。侠客光临这个世界的意义是扶危济困，而不是插科打诨。”“科层制度”构建的生活格局，哪里还有侠客精神，想来一定是黯然神伤。他在《草书的表情》中说：“纸上江湖，笔墨风月。”这张条幅是为自己写的。从车

水马龙之中脱身而出，一间空旷的屋子，一张大桌，一刀宣纸，一副笔墨，这就是自得其乐的时刻。南帆写了很多与日常生活有关的散文,这类散文有文人气,也有人间性。他不是为了文章的“微言大义”，“自得其乐”才是最重要的。不然我们就不能理解他为什么还要写化妆、面容、躯体、服装、盔甲防弹衣、钱和狗等“形而下”的内容了。对日常生活的关注，就是对生活的盎然兴致。古今圣贤也不是只坐在云端高谈阔论。

南帆有三部没有内部联系，却与他作为散文家的个人气质和情怀有关的作品。这就是《马江半小时》《关于我父母的一切》和《历史盲肠》。将三部散文集联系起来阅读，是一件非常有意思的事情。从内容上可以分别将它们看做是“国族叙事”“家族叙事”和“个人叙事”。《马江半小时》写一八八四年八月二十三日（旧历七月初三）的中法马江之战。这天下午一时五十六分“嘭”的一声巨响，从法军第一发炮弹发射开始，也就半小时的光景，福建水师几乎全军覆没。战事只有半小时，但这半小时背后的人与事、或者说这些人与事的后来，才是南帆要揭示和表达的。他走进历史深处，在阅读分析大量资料的同时，也不乏文学想象地还原了晚清高层的气氛和复杂关系。作品涉及一系列著名历史人物，例如左宗棠、沈葆桢、林则徐、张佩纶、李鸿章、何璟等。南帆细致地描绘了这些人物在重大历史事件面前微妙的心理和处理方式，历史不再只是一个整体性的事件，它是由一个个具体、鲜活的个人构成的。那些看似偶然的犹疑、彷徨或茫然，也预示了一个帝国必然的没落。南帆在后记中说：马江之战内在地镶嵌在十九世纪末期晚清的衰亡史之中，如同这个古老帝国的一次负痛的挣扎。作品的缘起虽然是一个女小说家的

“这不大像一场战事”的触动，其实他内心翻卷的巨大冲动，早已飞向了一百二十五年前的马尾江面。

《关于我父母的一切》是南帆对自己父母深切和沉痛的追忆，这应该是一部“家族叙事”，是一个儿子与父母和他们时代的对话。那里有叹息、惭愧、感慨、迷惑和不解。一代人不只是几十年的距离，那是生者与死者的距离，是亲历与想象的距离。代际有承传，也有巨大的不能跨越的鸿沟。这个鸿沟当然不是两代人难以通约的隔膜，而是他们的历史竟然是那样被书写。他曾怀疑：我们是否真正面对过长辈们的历史，或者说我们对长辈究竟有多少了解。在他看来，革命对于知识分子具有奇特的吸引力。革命表明了另一种全新的生活。一个人企图冲出陈旧的生活牢笼，革命就是不可避免的选择。衣食无忧的时候，知识分子就有时间考虑一些大问题，比如中国往何处去，谁代表了中国的进步势力，生存的意义是什么，为什么人与人之间需要平等，如此等等。一些年轻知识分子力图从死水一般沉闷的日子里发现活下去的价值，这是他们破门而出的理由。只有革命才能提供自由呼吸的空间，他们不是追求几亩田地，几文小钱，或者一个与报酬相当的职位。他们渴望的是一种纯洁的、理想的生活。但是，他们期待和向往的，是否也曾是他们经验的？也正因为如此，他的追忆才是一种“超重的记忆”。

如果说《关于我父母的一切》是关于“家族叙事”的作品，那么《历史盲肠》就是关于“个人叙事”的作品。他讲述了作为历史词汇的“知青”——中国当代历史的一段奇异插曲，也是个人人生经验的一部分。他说到了我们这代人共有的经历，关于饥饿、读书、爱情和悲伤。“‘知青’仿佛拥有了愈来愈多的传奇

意味。天降大任的考验与患难之中的爱情构成了情节的助推器。可是，我的回忆搜索不到多少传奇，我的同伴之中没有多少显赫的企业家或者当权人物。多数人的经历平庸乏味，如今各安天命地生活在不同的角落。我的记忆收藏了他们的琐碎悲欢，这是我更为熟悉也更为相信的历史。”因此，这是一部于我们这一代人说来有切肤之痛的作品，是一部既是个人的也是一代人经历的作品，“是集结在无数知青心灵和记忆中的一段历史盲肠”。

这三部散文作品内容不同，讲述方式不同，但它们有一个共同的特点，就是无论国族、家族和个人的历史，都隐含着南帆超越于具体历史事件的大关怀和大悲悯。他的眼光会透过历史的烟云投射于更遥远的方向。因此，南帆的散文有格局，有气象，有中国文学的抒情传统，也有趣味盎然的细节、典雅正大的修辞；更重要的是他的情怀、眼光和学养。他的《辛亥年的枪声》获第四届鲁迅文学奖散文奖当之无愧。

南帆是一位优秀的散文家。但是，在学界他毕竟以学者名世。他是一位大学教授，是一位著名的文学批评家。南帆是学文学理论出身，他的文章也多有理论色彩，有的甚至是典型的文学理论教材。比如北大出版社出版的《文学理论》等。但南帆的文学理论研究，更多地还是面对中国当下的文化和文学现象，他从中发现新的问题然后表达自己的看法。比如《理解与感悟》《阐释的空间》《文学的冲突》《文学的维度》《隐蔽的成规》《敞开与囚禁》《双重视域》《问题的挑战》《文本生产与意识形态》《理论的紧张》《五种形象》《关系与结构》等等。这与他的问题意识以及发现问题的角度、站位和“理论焦虑”有关——一个批评家提出什么问题，说明他“焦虑”什么问题。这些著作有文化研究的内容，有文学问题的内容。重要的是，这些著作都与当下中国的文化和文学现实密切相关。南帆的立场与视角，一方面与当下文学理论语境发生了重大变化——理论的总体性已不复存在有关。西方二十世纪建构的文学理论大厦已经轰然倒塌，它们难以从总体上解决或俯瞰世界纷繁复杂的文化和文学现象，理论家不得不后退三十里下寨，纷纷成为批评家，“元理论”失去了原有的功效，二十世纪被称为“理论的世纪”终结了。这是事情的一个方面。另一方面，“问题意识”是南帆从事文化、文学研究的最大特点。他的散文从一个方面诠释了他的理论批评关怀，他对日常生活的关注，对日常生活微妙变化的感知，几乎是南帆文化和文学研究的一个“症候”性的表征，他持久地关注当代中国的变化和发展，使他拥有了鲜活的现实感和通透的历史感。因此，历史感与现实感是南帆理论批评最值得重视的方面。

多年前，我读到过他一篇名为《经验、理论谱系与新型的可能》的文章。这篇文章可以从一个方面代表南帆理论批评的特点、视野和方法。这是一篇置身于中国的学者的文章。“中国经验”彰显了南帆理论触角的敏锐和思想概括能力。中国几十年的巨变和问题，使各种理论扑面而来。尽管这些理论气势宏大滔滔雄辩，但是：“中国经验的独特性质并不是若干著名的‘主义’可以化约的。谈论几个大概念，不一定就是谈论我们生活之中最为深刻的内容。我们不要轻易地抛弃日常生活，断定这是一片毫无价值的沼泽地——似乎只有尽快摆脱凡俗的琐碎世界，我们才能对历史总体产生一个清晰的认识。历史的裂变带来了一个后果，社会生活的许多部分正在脱离各种‘主义’的传统控制，理论话语与社会生活大面积重叠的稳定时期已经过去。回顾三个月以来的生

活，我似乎说不清这些日子属于什么‘主义’。这不是坏事——如果这可能拓展出一个新型的文化空间。多数人肯定已经意识到，许多重要的变化正在身边发生，这一切陆续转化为日常生活的某种气氛、表象、感受、细节。无论是遭受的压抑还是反抗或者解放的形式，种种前所未有的新型可能活跃在日常生活之中。这时，理论话语必须摆脱大概念迷信，某种程度地退出宏大叙事，积极从事小叙事的探索，分析、阐释、评价各种具体的文化景象，探索不同的结论。”在他看来，中国经验的一个显著特征是：日常生活遭到了彻底的改造。1976 年 10 月的政治事件仅仅开始了一个表面的转折；一段时间之后，这种转折逐渐抵达每一个人的内心。我说的是“每一个人”，意味了“个人”范畴的复活。只有得到“个人”范畴的接应，历史的巨变才会进入日常生活的圈子。一项决策或者一种观念无法影响日常生活，我们通常消极地弃置不顾。日常生活是历史的底部。一种时尚或者美学观念的悄悄流行，怀疑、厌倦或者怨恨暗中弥漫，政治无意识形成的内在冲击，懒洋洋的惰性或者不满的冷嘲热讽口口相传……这一切时常是日常生活内部种种无形的潮汐。如果理论话语因为迟钝而无视这些动向，那么，当无数细节突然汇聚成巨大的能量冲出地平线的时候，我们可能会因为猝不及防而大吃一惊。

南帆对生活细节、细部的关注，既是他理论批评的着眼点，也是他理论批评的方法论。在他看来，离开这些细节或细部，“中国经验”是难说清楚的。“多变互动的复杂图景”没有呈现在各种“主义之争”的话语范畴之内，这既是“这些针锋相对的观念似乎垄断了历史的全部可能，中国经验内部众多因素的多边互动始终无法进入理论视域”造成的新问题，也是“中国经验”复杂性难以全面呈现带来的难题。这时我们也许才会清楚，南帆的散文为什么对日常生活如此迷恋。只有通过在日常生活中，才会发现一个真实的中国，才会在“理论之后”发现新的理论产生的丰富资源。理论不止是来自预设、空想或逻辑推演，理论也来自我们习焉不察的日常生活。当然，日常生活也必须镶嵌进历史才会得以表达，那些碎片化的生活场景才会具有“意义”和讲述的价值。否则，它便是不可收拾的一地鸡毛。在这篇文章中，南帆表达了他对当代中国文学持有乐观的理由，那是因为，当理论进入了“不伦不类”的时代，文学仍然有可能摆脱理论谱系进入日常生活，顽强的中国经验仍然可以开出绚丽的文学花朵。如果是这样的话，我完全赞同南帆的判断。南帆的研究，涉及文学理论、文化研究、文学评论等诸多领域，但是，在这诸多领域中，他都坚持实践哲学，他的理论从来不是高蹈的，正如他的文学评论一样是有具体对象的。也正因为如此，他的理论和评论才言之有物，才有不竭的话语之流或磅礴而出或涓涓流淌。可以说，南帆个人的学术经验，也是“中国经验”的一部分。

2019 年元月 3 日于北京寓所

原载《当代作家评论》2019 年 2 期

贺绍俊：从北京到沈阳

贺绍俊是当下大名鼎鼎的文学批评家，曾任《文艺报》常务副主编、《小说选刊》主编。谁都知道这个位置对文学界来说举足轻重。但有趣的是，圈子里的朋友都称贺大主编为“小贺”。于是，我们在文学界的各种场合——各大报刊的头条文章、作品讨论会、学术研讨会、茅盾文学奖、鲁迅文学奖、老舍文学奖等各种评奖会上都可以看到“小贺”的身影。“小贺”在文学界的重要和显赫由此可见一斑。

我与“小贺”的交往有 20 多年，是非常熟悉的老朋友。在我的印象里，“小贺”是一个温良恭俭让的谦谦君子，他为人谦和，处事练达，脸上总是写满阳光的笑意。因此，“小贺”无论到哪里都是一个倍受欢迎的人，尤其受到美女们的欢迎。这也让很多人对“小贺”咬牙切齿又奈何不得。“小贺”也是一个很有趣味很性情很“时尚”也很“小资”的人。他嘲笑喝啤酒的我辈没有品位，他要用水晶玻璃杯喝红葡萄酒；他喜欢小注移情偶尔通宵达旦；在我问学生现在流行什么歌曲的时候，“小贺”已经能够声情并茂地高唱《两只蝴蝶》了。这样我就明白了绍俊为什么被称为“小贺”。“小贺”不老的青春我等虽不能至却艳羡不已。

2004 年 6 月，绍俊和我成了同事，我们一起从北京来到了沈阳师范大学，在一个研究所里工作。过去是朋友，只能说是熟悉。在一起工作朝夕相处，才能够说是了解。在我看来，绍俊浪漫、达观，但他确实又是一个成熟的人。初到沈阳时，绍俊经常一个人步行在沈阳街头。尤其是隆冬时节，寒风呼啸，大雪飘飞，他穿着夸张的冬装，将孑然的身影投射到盛京古老的大街上。没有人知道他要做什么。想到北京各种会议上绍俊的万千风采，此时却淹没在东北的万象人间。我想绍俊是不是对北上的决定感到失望甚至绝望了。其实不然，没有多长时间，他就熟悉了沈阳的大街小巷，偶尔提着几个纸袋，像采购了满意商品的中年妇女，得意就这样写在了他阳光灿烂的脸上。

说绍俊成熟，我是指他的宽容。可以说，不涉及原则的事情，绍俊都不计较，他有足够的能力处理各种关系。这当然与他在北京长期做部门领导工作有关，与他积累了丰富的工作经验有关。但我觉得也与他的为人、修养和性格有关。我很少看到他剑拔弩张义愤填膺的时候，很少或根本没有听到他随意臧否人物，随便地说长道短。绍俊更多的时候是爱开玩笑，但决不过分，分寸火候恰到好处，就像一个顶级的高尔夫球手，举重若轻地一杆就将球打进了洞洞里。然后他自己先哈哈大笑起来。绍俊乐观、健康的心态，与他宽容的胸怀和人生智慧是有关的。

当然，绍俊首先是一个文学批评家。在 20 世纪 80 年代，他和潘凯雄联袂出演于文坛，在“双打”的批评家里出类拔萃打遍天下无敌手。从那时起，他就奠定了自己重要的文学批评家地位。他长期做文学部门的领导工作，写作是业余的事情。因此，那时绍俊的文章时文较多，或作家论或作品论。但这些评论都言之有

物，见解独到，是那个时代健康的文学声音，也参与推动了那个时代文学的发展。到沈阳师大之后，学院体制要求学术论文，要求言必有据据必可籍的长篇大论。对有些人说来，这个转变是困难的，但对绍俊说来是水到渠成。大学的工作相对单纯，有充分的时间思考与文学相关的学术问题，于是，绍俊的长篇大论就纷纷出现在各种学术刊物上。

我多次听到陈晓明、程光炜、陈福民等朋友对绍俊文章和见解的夸奖。他们认为，这么多年，绍俊的文章一直在很高的水平线上，是非常难得和不容易的。雷达先生也曾开玩笑说："绍俊的业余爱好可能就是写文章？他的文章怎么那么多。"后来我知道，绍俊不仅才思泉涌，下笔万言倚马可待，同时他的勤奋也很少有人能比。他答应的文章，几乎从没有失信。因此，绍俊在编辑那里的信誉也是屈指可数的。

前面说到绍俊宽容、不计较，那是指非原则的事情。事实上，绍俊也有非常激烈的一面，比如在文学观念上，他从来没有妥协，涉及是非的问题他决不含糊。他的特立独行还经常表现在对流行看法的"反动"，比如，当"宏大叙事"被普遍质疑或批判的时候，他却反其道而行之，提出了"重构宏大叙事"的主张；当媒体批评被普遍不信任的时候，他却认为这一不信任与我们对媒体批评了解的不全面有关；在"天涯若比邻"的全球化时代，他却提出地域、地缘对作家的重要性……凡此种种，都表明了绍俊独立的文学批评品格和理想的文学追求。在当下的文化语境中，这样的品格和追求是有难度的。

绍俊虽然离开了北京，但在各种重要的文学场合，我们依然能够看到他矫健的身影和泛着红光的笑脸，依然可以看到他和男性或女性青年作家亲切交流的感人场景。从北京到沈阳——绍俊的角色变了，但他英姿勃发的青春气没变；从主编到教授——绍俊的地位变了，但他联系群众的作风没变。

原载《文学界》2010年6期

陈福民：文学批评的自觉、有效与节制

文学批评是一种议论别人的工作。同时，文学批评不断遭遇别人的议论也在情理之中。特别是当代文学批评，一直处于波涛浪谷之中，毁誉参半几乎就是它挥之难去的宿命。但是，无论当代文学批评的命运如何，它一直存在并发展，大概也从某个方面说明了它并非可有可无。现在，文学批评家陈福民出版了他的批评文集，名曰《批评与阅读的力量》，也从一个方面证实了我的上述说的并非“妄议”。

陈福民是当代重要的文学批评家。二十余年来，他一直在文学生产现场，重要的文学会议或重要的文学评奖，都有他的身影出现，他有大量的文学批评文章发表于专业媒体上。因此，他对当代文学、特别是小说创作整体状况的了解，几乎了然于心。但是，读过这部文集之后，我更想讨论的，是陈福民对文学批评的自觉、有效和节制的自我要求。这一点并不复杂，但要实践起来，何其艰难：这是一个不写作就死亡的时代，是学界争先恐后地抓项目、找经费、建中心、搞基地、发文章、出专著，为的是能通过评估，保住一级学科、保住博士点或中心基地等的时代。在这样无比浮躁或虚幻的大环境中，文学批评还会有多少真知灼见或诚恳的体会已不难想象。而陈福民的文学批评，不是以文章规模和数量见长，他是那种惜墨如金的批评家，是那种有话则长无话则短的批评家。就像他在研讨会上的发言，不是喋喋不休，而是以真知灼见见长。他形成文章的文字，更是删繁就简、标新立异，这就是文如其人。

说陈福民的文学批评有自我要求，首先与他的见识有关。他在“自序”中说：文学批评“是一个现场行为，具有即时性与随意性，往往不是完全可靠的。这种考量在判断力与审美感受等方面提出了知识的优先性原则问题。譬如我们可以强调文学批评的历史感或历史深度，却旗帜鲜明地反对‘文学史研究批评化’的倾向。这个意思是说，文学批评的现场感由于无法获得必要的间距，由于其具体的经验描述与感知通常会转瞬即逝，难以在知识构成上取得有效性的成绩。这在客观上形成了对于文学批评比较不利的认知，以为文学批评就是某部文学作品阅读之后简单的读后感。更由于随着社会转型、文学商业活动的广泛压力，文学批评经常会在正当的批评活动与商业宣传之间游弋迷走，并因此损失部分荣誉。但没有人能够否认，在文学史所赖以成立的各种要素中，文学批评繁巨的工作与发现是不可或缺的观点与材料来源”。这种对当代文学批评性质和现状的理性认知，不是所有的批评家都能做到的。对许多文学批评家来说这种认知并不是自明的，随波逐流的所谓批评家随处可见。因此，陈福民对当代文学批评的自觉，就显得尤为难能可贵。

陈福民不是那种“鲁迅研究”“文学思潮研究”“文学史研究”等有“术业专攻”的专家型批评家。他的研究对象就是“当代文学”。在这个无比宽泛的领域里，如何选择他的言说对象，

关注怎样的话题就尤为重要。这本文集的文章我此前基本都读过，但一旦集中起来阅读，感觉突然变得鲜明起来。这就是：福民一直关注当下最前沿的话题，从最新发表的作品到新媒体文化，从旧影新知到新文明的兴起。但是，福民绝不是那种追新逐潮的批评家，他的批评与时尚没有关系。这与他作为文学批评家的整体修养有关。在文学学科对当代文学还有怀有偏见甚至歧视的今天，他并非意气用事地指出：当代文学批评是最难的，因为当代文学批评家必须对它的上游知识都要有所了解，对西方相关的学科有所了解。如果不具备这样的条件，当代文学批评是难以进行的。因此，为了当代文学批评的有效性，他对本土古代文学、近代文学，对西方文艺复兴以来的文学，都有相当深入的了解和研究。这一点，我们在他的“当代小说史识”专辑、“批评品格与致知”专辑中一览无余。在其他具体的作家作品批评中，古今中外与论题有关的材料，他几乎耳熟能详信手拈来。这使他的批评文章视野宽阔言之有物而不流于空疏或空转。这就是批评的有效性或历史感。与当下有价值的话题构成对话关系，是一个批评家构建中国当代文学地图努力的一部分。他的话题就是他的关怀所在。福民的优点是他积极参与，但他从不盲从或趋从，他的作为批评家的主体性是不能换取的。

福民工作在社科院，社科院几乎是一块所剩无几的学术飞地。它可以容忍学者短期内不写或者少些文章，而更看重一个学者的综合影响，文章发表在哪里并不能那么重要。“英雄不问出处”，只有在这个单位可以实现。良好的学术环境和个人的自我要求，使福民的文学批评显得不那么急切，不那么功利。他对批评的从容显得非常曼妙，这种曼妙可能很少有人能够体会。我想那肯定是一种很享受、很有意思的一种体验。因此，福民的文章大多以短制为主，类似《理想小说、理想作者与文学史》《长篇小说：历史与人生的风雨卷舒》等下笔万言的文章并不多见。事实上，福民不是没有写过大部头的作品，他论述张承志的博士论文皇皇几十万言，只因他觉得还未达到自己的期许而放弃了出版。文章是否有价值，它的长度并不是唯一的尺度，见识才是文章的命脉。福民那些短制一经发表，总会有人公开或私下议论，或者说，福民节制的言论在文坛总是有反响，在这个时代有这一点已经实属不易。

从事文学批评，也是人生的一种方式，批评文字就是一种人生态度。我感佩的是，福民一边可以积极有效地介入文学现场，紧拉慢唱地表达他对当下文学的看法；一边，他也可以下围棋、聊大天、围观喝酒、开车走遍北中国。他是一个什么样的人？他是一个儒生，他也是一个侠客。

原载《光明日报》2016 年 7 月 18 日

我见青山多妩媚

——汪守德《吾山伊水》序

守德兄是著名的文学批评家和散文家，也曾长期担任军队文化系统的领导工作。就文学批评来说我们是同行，常见他的批评文章发表在各大报刊。有评论集《遥望星辰》《军旅诗情》《寻梦军旅》和专著《世界战争小说》等出版；同时他也是位作家，曾有散文集《岁月的风铃》《秋天的和弦》等问世。还有一些小说、诗歌等发表。因此，守德兄担任军队文化系统的领导工作，本身就是行家里手。可以想象守德兄在任时的意气风发、如鱼得水。

但大江后浪推前浪，自然规律难以超越。不再担任领导岗位的守德兄将会怎样？在我对守德兄有限的了解中，我认为他是一位深受儒家文化影响的现代知识分子。儒家文化虽然是一种进取、介入，有家国情怀和忧患意识的文化，但其中也有巨大的弹性。比如达则兼善天下，穷则独善其身；既可修身齐家治国平天下，亦可功成身退解甲归田忘情山水间。但是，这种所谓的弹性——特别是后者，是不得已而为之罢了。吟诗作文历来被认为是雕虫小技，心怀大志者只是偶尔为之，只是抒怀咏志借题发挥。因此，曹丕的所谓“文乃经国之大作业，不朽之盛事”的文，与文学没有关系，那是文章之学的文。是策论、表、奏、书之类的应用文章，是与经世治国有关的文字。如果是这样的话，那么，离开权力的文人，便会生出壮志难酬或意气难平。我们读到这样的诗句，大体反映了这种心情——夜阑卧听风吹雨，铁马冰河入梦来；壮志未酬人欲老，寒林落雾心茫然；壮志未酬三尺剑，故乡空隔万里山；等等。诗都是好诗，诗人放不下的情绪或心结隐含的还是家国关怀，这着实令人感动。但是，毕竟还有另外一种境界同样令人向往和追随。这就是辛弃疾的《贺新郎》：

甚矣吾衰矣。怅平生、交游零落，只今余几。白发空垂三千丈，一笑人间万事。问何物、能令公喜。我见青山多妩媚，料青山见我应如是。情与貌，略相似。

辛弃疾一生轰轰烈烈挥洒自如。不仅战场上勇冠三军，更有诗文名垂千古。即便岁月老去，仍有“我见青山多妩媚，料青山见我应如是”的潇洒、自信和倜傥风流。我辈虽不能至心向往之。

守德兄当然不是辛稼轩。但他近年来遍游名山大川，祖国的好山河尽收眼底，所到之处，信笔拈来，不拘格律亦不拘平仄。兴之所至，借景抒情，物我两忘。在多媒体时代，他的创作即刻发布。我在分享之余，更多的是为守德兄作为现代知识分子的情怀心胸所打动——离开了权力和身份，他仍有寄托，那便是《吾山伊水》中的江山万里。

于是，寄情山水间，“时光不磨青春老，静观山水此身闲”，“更将手机拍万象，任谁不是摄影家”。“静观”是心态，“任谁”

便是自由。这种“新常态”给守德兄带来的不是怅然更不是落寞，他的欣喜之情几乎溢于言表：“堤岸信步寻春色，戛然一声冰河裂。欣喜几回度微风，桃花杏花看不歇。”（《春之韵》八）“适闻梅花正满山，人在满山梅花间。梅花不被风吹去，我心二月是江南。”（《春之韵》十九）这样的诗句，几乎让我们看到守德兄匆忙的脚步和满面春风。

究其缘由，他在《登燕山》中做了这样的回答：

欣登燕山意若何，云也半坡花半坡。
人间不拟回头望，缤纷天上色彩多。

不料人间回头一望，天上有更多的缤纷色彩，这便是审美移情说。正所谓“心中若无挂碍事，便是人生好时节”。除了放浪于山水的诗作之外，我觉得守德兄的“忆旧诗”写得真挚动人。比如《忆少时》“少年无敌上高房，曾是邻家千杀郎”，一个兴风作浪精力过剩的淘气少年，几乎是不著一字尽得风流。比如“我回故乡荠菜老，泪眼父母墓上草。花黄麦绿新叶红，万千疼爱何处找。”（《清明》二）这是发自内心无须矫饰的诗句，它的普遍性就是游子和儿女心。

守德兄不用新诗的形式，而是用四言、五言或七言。这一选择显然是有意为之的。一方面是守德兄有古诗的修养，一方面古诗的古意可能更适于他表达当下的心境。作为一个文学批评家、散文家，他当然最能把握或掌控自己。废名认为新诗的形式是散文的，内容是诗的；旧诗的内容是散文的，形式是诗的。在我看来，守德兄写诗，无意于诗歌形式内容的辩难或探讨。只要适合表达自己的心情或情怀，新的古的又有何妨。如果是这样的话，那么，守德兄的潇洒、自如和自由，也可看作是追随稼轩的“我见青山多妩媚，料青山见我应如是”的境界吧。

是为序。

2018 年 1 月 23 日于北京

原载《解放军报》2018 年 6 月 25 日

在北中国仰望星空

——于文秀《文化批评与文化阐释》序

一个民族有一群仰望星空的人，他们才有希望。先贤的这一名句曾被许多人引用，或者说它得到了广泛的认同。如果是这样的话，那些认真从事文学创作和文学研究的人群，也是仰望星空的人。于文秀教授就站在北中国仰望星空的人群中。在长久瞩目的星空，她既看到了那些钻石般发光的恒星，也试图辨析那些正在形成的云团。无论是光焰万丈的恒星还是迷雾般的云团，都蕴含着神奇和秘密。探究这神奇和秘密，应该就是吸引于文秀的魅力所在。二十余年来，于文秀就这样仰望着星空。这当然是一种比喻。事实上，从事文学研究和批评的人，其中的甘苦只有自己知道。但是，从事哪种工作没有甘苦呢。不同的是，于文秀用她特有的坚韧，一直坚持在这一领域并取得了令人瞩目的成就。

从这本书的内容看，于文秀从事的研究、批评领域跨度很大。既有现代作家研究、理论研究，也有文化、文学现象研究。在当下学科划分越来越精细的情况下，能够或敢于跨越不同学科从事研究或批评，不仅需要胆识，更需要积累。在这方面，于文秀应该是一个佼佼者。在现代作家研究方面，于文秀选择了鲁迅、老舍、梁实秋和萧红作为对象，也就是选择了现代文学研究的高端题目。对这些作家研究的文章汗牛充栋。优势是有许多已有研究成果可以参照，困难是要想写出新意就不那么容易了。但于文秀在她的有研究中仍有自己独特的体会。比如她对鲁迅“对人的前存在状态的批判”——这一多少有些哲学化的表述就非常新鲜：“所谓人的前存在状态，即指人处于一种非自由自主的，而是消极、被动的没有凸现主体性的生存状态中。在这种状态中，人的生存沉入重复性的当下的形而下的生存中，倚重的是传统、习俗、常识甚至人的盲目性，缺乏主体的理性评价与自主选择，没有达到一种真正意义上的人的存在，即人处于自失状态。”我们可以商榷她“人的前存在状态”的概念，但她通过对鲁迅《坟》《热风》《药》《阿Q正传》《祝福》《明天》《示众》等作品分析得出的结论，起码成一家之说。梁实秋早年曾专注于文学批评，曾批评过冰心的散文，批评鲁迅翻译外国作品的“硬译”方法，不同意鲁迅翻译和主张的苏俄文艺政策，坚持将描写与表达抽象的永恒不变的人性作为文学艺术的观念，主张文学无阶级等。他也曾和鲁迅等左翼作家笔战，被鲁迅先生斥为“丧家的资本家的乏走狗”，毛泽东也曾把他定为“为资产阶级文学服务的代表人物”。尽管时代变了，但客观评价梁实秋也不是一件易事。于文秀敢于纠正大人物的“通说”，认为“梁实秋的文学观充满了形上之思，具有较为深层的哲学关怀和超越性追求，具体来说，这种哲学关怀与超越性追求主要表现为：推崇文学应表现人的本质的形上维度，强调文学的伦理取向与精神提升，坚守文学批评的纯粹性、独立性，以及对文学批评的超越性、精英化品格的强调等等。从

本质上说，梁实秋的文学观、批评观实现了中西文化精神的深层对接。他对文学本质与批评特质的深层追思不仅使其文学批评观在当时新文学主流思潮之外构筑了深沉的人文风景，而且对当下的消费主义文化语境中的文学创作尤有启示性意义”。立论截然不同，除却有时代背景外，也与论者对中外文论的把控、理解有关。在这个意义上，可以说于文秀是一位敢于立论的学者。

如果说于文秀对现代作家的研究是具体的，那么，她的文化现象研究、文学史研究以及西方文化思潮的研究，题目就相对宏大些。比如《文学史的写作困境与现代性的迷雾》《文学史写作的后现代之思》《实然与应然：文学史中的萧红书写探究》《阿尔都塞的意识形态理论的影响及当代意义》《葛兰西哲学与当代批判理论的文化转向》《波德里亚的大众文化批判理论》《西方中心主义与中国学术的深层问题》等。当然，题目的确立与研究对象有关。这些理论性较强的文章，虽然题目较大，但在具体论证时，她践行的还是“小心求证”。比如，她在《文学史的写作困境与现代性的迷雾》中，敏锐地提出了“现代性的研究的知识时尚化倾向”一说。这是事实也是发现，因为大家都说“现代性”，却少有人检讨这一方式；她的第三辑的四篇文章，都与文化研究有关。阿尔都塞、葛兰西、波德里亚等，都是西方当下文化研究名满天下的大师。如果做文化研究，不了解这些经典作家的理论几乎是不可能的。当然，文化研究的理论家远非这几个。像雷蒙·威廉斯、理查德·霍加特、狄奥多·阿多诺、米歇尔·福柯、雅克·拉康、雅克·德里达、哈贝马斯、罗兰·巴特 、瓦尔特·本雅明、斯图加特·霍尔等，都与文化研究有千丝万缕的联系。于文秀关注的这几位理论家更为有代表性。阿尔都塞虽然备受争议，但他的意识形态理论影响仍然巨大，他的理论为“文化研究”方法提供了新的范式。葛兰西被认为是西方马克思主义的“鼻祖”。他的市民社会、文化霸权和有机知识分子等理论，是批判理论文化转向的基础和引领性的理论。波德里亚是后现代理论重要的理论家，他被高度争议毁誉参半。他虽然不承认自己是后现代理论家，但他的大众文化理论、仿真理论和符号理论等，无疑又是后现代理论重要的组成部分。于文秀对这些理论家的评论，加强了我们对西方文化研究方法的了解与理解。当然，文化研究的出现和流行，一方面改变了我们文学、文化研究的有限方法，丰富了我们研究的思想和理论；一方面，文化研究逐渐暴露出的问题，也进一步证明了这是一个人文科学的实验时代。

当然，除了这些立论和对象宏大的论文之外，于文秀也积极介入文化与文学现场。比如对手机文学现象、对萧红研究的研究等，都有不同凡响的见识和看法。通过于文秀这本书的内容，我们可以看到，她的研究基本是文化研究方法，同时又有哲学的思想功底。她自己也说过：“我的研究的真正起步应该说是从读了哲学博士开始（当然这只是我个体的特殊性，我没有将之做普适化推广的意图），1999 年考取哲学博士生后，即在导师引领下，开始阅读文化哲学、西方马克思主义批判理论、后现代文化思潮等方面的书籍，阅读过程的困惑和煎熬自不待言，但却有意外惊喜，因为每一部著作阅后，都令我产生意想不到的思想火花，点燃并升华了已有的文学积累，同时也使我的研究视野不再拘囿于二级学科内，在一定程度上突破原有的研究范式，促使我有能力关注和参与有关文学与文化方面的热点和前沿问题的探讨，走着所谓的文学的文化研究之路。”不同的学科背景，使于文秀的文

学研究呈现出了自己鲜明的特色，这一点是令人羡慕的。

另一方面，于文秀的这些文章，是标准的学院派论文。这是学院训练的结果，但又何尝不是自己的追求呢。当下，学院批评不断遭到诟病，认为学院派的文章言不及义、站在云端说话不接地气、形式大于内容、都是“美国东亚系的论文”等等。应该说这些问题是存在的。但是，作为一种现代的学术文体，有真知灼见的学院派论文，仍然是国际学界通常使用的文体。在我看来，问题不在于是否是学院派，关键还是是否有发现、有见解。无论是哪一学科的研究，问题意识、填补空白、发现边缘、重估主流、纠正通说，都是学术研究的出发点。但我同时也希望于文秀文章的写作方式可以再丰富一点，比如那种感悟式的、随笔式的等等，都可以尝试一下。这也是发现自己的一种方式。

许多年以来，于文秀在北中国仰望着星空，坚守自己的精神麦田，使她成为一个卓有成就的学者。这与她接受的教育背景有关，当然更与她对自己的要求期许有关。一个有抱负的学者与性别没有关系。我相信，她的勤勉和追求，一定会取得更大的学术成就。

2017 年 9 月 1 日于北京

原载《光明日报》2017 年 10 月 6 日

金赫楠：正大和爱的文学批评

我在一篇文章中曾对当下的文学批评表达过如下看法：文学界内外对文学批评议论纷纷甚至不满或怨恨由来已久，说明我们的文学批评显然存在着问题。我们在整体肯定文学批评进步发展的同时，更有必要找出文学批评的问题出在哪里。在我看来，文学批评本身最大的问题就在于它整体的“甜蜜性”。当然，我们也有一些“尖锐”的不同声音，但这些声音总是隐含着某种个人意气和个人情感因素，不能以理服人。这些声音被称为“酷评”，短暂地吸引眼球之后便烟消云散了。因此还构不成对“甜蜜批评”的制衡力量。所谓“甜蜜批评”，就是没有界限地对一部作品、一个作家的夸赞。在这种批评的视野里，能够获得诺奖的作家作品几乎遍地开花俯拾皆是。批评家构建了文学的大好河山和壮丽景象。这一看法当然是对文学批评总体状况的描述和忧虑。我们得承认，任何一种“总体性”的概括或描述，难免挂一漏万，那些“个别”的群落或作为批评家的个人，总会被遗落或埋没。如果是这样的话，金赫楠显然不在这个“甜蜜的批评”的概括中。

我注意到，金赫楠的文学批评有凛然的一面。这一面大概也是她在文坛备受瞩目的原因之一。当批评酿制了甜蜜的汪洋大海

铺天盖地呼啸而来之际，金赫楠反其道而行之，就像在大奖赛上她时常举起的牌子是——“不！”在今天的批评环境中这是需要勇气的。在金赫楠不长的批评生涯中，她批评过许多作家甚至是大作家。贾平凹、余华都不曾幸免。当然，任何作家都没有批评的豁免权，对文学的看法本来是见仁见智的事情，重要的是对这些作家的批评是否有效、是否能够自圆其说或成一家之说。批评一个作家或作品是容易的，但有能力批在要害处，批在痛处，就不那么容易了。在我看来，金赫楠的批评就批到了要害、批到了痛处。能够做到这一点仅有勇气显然不够。看金赫楠的文章，给我印象强烈的是她对文学批评的理解和自觉。金赫楠有良好的学院训练，但当学院批评出现问题的时候，她表现得清醒而理智。她说：“文学作品在学院派批评那里，不是感受、体悟、赏鉴的文本而是学科内容和学术对象。对于学院派批评来说，打开一部作品的正确方式，不是融入其中品鉴语感语调、情感情绪，而是冷峻而缜密地强调材料、考据，竭泽而渔的方法，四平八稳的行文。它的研究兴趣和讨论重点，不是对人的血肉情感的再次触摸，而是强调对某个问题的再次梳理与发现，以及这个梳理和发现在学术链上的精准定位。”这也说到了当下学院批评的痛处。因此，金赫楠在不可妥协地批评一些名家名作的同时，也庖丁解牛般地深入到目光所及——特别“80后”的作家作品中。面对同代作家，金赫楠耐心而体贴入微。她不仅行文慎重，重要的是，她尽可能诉诸理解、同情和爱。当我看到她对马小淘、蒋峰、颜歌、马金莲、张悦然等年轻作家作品的评论时，真有一种会心的感动——批评不同代际的作家作品相对容易些，批评同代人和他们的作品要困难些吧。她说过这样一段话：“我总以为，文学提供的最本质的东西应该是对人心的理解和体恤，写作者就要在那些外在的、简单的是非评定和价值判断之外，看到更多的模糊和复杂；打破想当然的是非对错和善恶忠奸，努力深入人心，接近灵魂，为人物的言行寻找理由、提供理解。优秀的文学作品当中，一定包含着对人深刻的理解与深沉的爱。”在文学批评中，金赫楠是这样践行的，她的正大和爱，也是在这里得到体现和表达的。

好的文学批评，不仅要对批评本身有独立的见解，同时更要对文学创作有深切的了解和感知。用戏曲的行话说那叫——当行。它不是客串更不是反串。只有当行才会专业，才会被业内同行认同和承认。

这一点，我们在其他作家对金赫楠的评价中可以清楚地看到。张楚说：“读过她的文学评论，就会发现，这个人的文字与她的生活态度有着偌大不同。这个长发披肩、喜欢穿裙子的人在另外一个世界里变成了手持利刃、丝毫不拖泥带水的侠女。没错，在关于文学的话题上，她总是保持着犀利独到的眼光和敢说真话的勇气。我怀疑李浩兄口才那么好，见解那么锋利，都是平时和赫楠谈论文学唇枪舌剑时练就出来的。不过赫楠还是挺给我面子，我们也私下聊过文学，不过聊得温和，她说我的小说总是在呈现，而没有切入体肤的追问，这个观点我也赞同。我总是喜欢乱看报纸，有次在报纸上读到篇关于《带灯》的评论，说它暴露了贾平凹从整体上考量、思虑和把握当下乡土现实的无力，面对纷繁芜杂、泥沙俱下的时代，他只能给出一种碎片化的呈现，平面化的描述。当时我也刚读完《带灯》，这作者真是把我的心里话都说出来了，忍不住去看作者的名字，却是金赫楠，不禁哑然失笑。”李浩说：“谈及我在金赫楠批评中的获取，她给予我的：一是对

世俗世相的体贴关照。她屡屡如此警告，针对我过于形而上的‘傲慢与偏见’。她试图培养我对家长里短、平静日常和生活褶皱‘深沉的热爱与真切的理解’，每次，我均竖起尖刺，保持鄙视的刻薄，但这一警告的影响却悄悄进入到我的内心，我的写作中。”像张楚、李浩这些燕赵才子们，虽然内心的狂野深藏不露，但要得到他们的认同也绝非易事。

我还想说的是，金赫楠在文学批评领域取得今天这样的成绩，也与她的成长环境有关。这在她与“河北四侠”的对话或交往中、在文学前辈王力平的倾情举荐中可以一览无余。如果是这样的话，我得说金赫楠是幸运的，这样的小环境实在难得。我祝愿金赫楠在这样简单、友爱、纯净的文学环境中走得更远，有更大的成绩。

原载《文艺报》2017 年 8 月 28 日

舒晋瑜的提问方式

——评舒晋瑜的《深度对话茅奖作家》

舒晋瑜是当下著名的文学记者，也是深受批评界夸赞的记者。她的访谈录《说吧，从头说起》，被誉为“当代文学的心灵地图”，《以笔为旗——军旅作家访谈录》，被誉为“鲜活的军旅作家档案”。我也经常接到她的约稿，也曾接受过她的采访。特别是她的采访，不容你脱口而出、漫不经心，你必须经过认真的思考。现在想来，那就是舒晋瑜的采访或提问，她的采访和提问也是经过认真思考和准备的。当然，任何一个记者的采访都会经过思考，但他们思考的方式和深度并不一样。舒晋瑜的提问方式，最重要的是专业化和针对性。所谓专业化，就是她对采访对象有深入的研究和了解，无论是作家还是批评家，她对你的著作以及影响如数家珍，她在侃侃而谈中，已经隐含着她及物的某种评论。针对性，就是她的尖锐。她的尖锐不是咄咄逼人，更不是盛气凌人，而是那些你不曾想到、但又不容你不回答、甚至带有挑战性的问题——但那确实在专业范畴之内。

近读她的《深度对话茅奖作家》，进一步证实了我对舒晋瑜的这一印象和判断。书中的访谈大都发表过，但集中阅读感觉会大不一样。我们知道，作家或批评家对编自己的文集都非常慎重，作品一经集中阅读，问题会一目了然。访谈恐怕更是如此——有多少有质量又新鲜的问题呢？但舒晋瑜的确与众不同。我们都知道，“茅奖”是我们最重要的文学奖项之一，能够获得这一奖项对自己而言是一个莫大的荣誉。当然，对茅奖的议论也一直没有终止过，就像每年“诺奖”一出，各种声音都有一样，“茅奖”已经构成了当代文学的一种现象。但是，深入的了解茅奖，了解作家、批评家、评委们这些“当事者”怎样看待茅奖以及评奖标准、过程和结果，对于文学界和普通读者来说更有意义。读过这本书后，我认为，这是舒晋瑜经过长期积累、长期准备、认真设计和思考的一本“深层对话”。它的重要价值还不只是让我们进一步了解了茅奖，而是通过对话茅奖作家，我们有机会和可能了解了作家另外一些与创作相关的问题。本书主要有两方面的内容，一是对茅奖获奖作家的访谈，一是对评委的访谈。对获奖作家的访谈更有价值。这主要得益于舒晋瑜的提问方式。这里，我只想对舒晋瑜访谈的几个片段谈谈我的看法。第一个是她对李国文先生的采访——

“《冬天里的春天》的创作运用大量意识流、蒙太奇、象征等艺术手法，打乱了叙述节奏，穿插写作今昔之事，充满新意。写这部作品时，您是否觉得无论创作经验或积累已比较充足？”

李国文回答说了这样一段话：“对这种时空错置，前后颠倒，故事打散，多端叙述，第一人称和第三人称交替使用，东打一枪，西打一炮的碎片化写法，能不能得到读者认可？我一直心存忐忑。直到审稿的秦兆阳先生给我写了一封很长很长的信（很遗憾后来不知被谁借走，遂不知下落），约有十几页，密密麻麻，语重心长，表示认可的同时，提出不少有益的改动意见，并腾出自己的办公室，让我住进人民文学出版社，集中精力修改，我这才释然于怀。”

这个问与答，一是回到了20世纪80年代的历史语境，那是一个乍暖还寒的时代。对一种新的创作方法，评委们是否能够接受？确实是一个不确定的问题。事实是，评委们文学观念的开放程度，已经走在了时代的前面。另一方面，李国文先生透露：审稿的秦兆阳先生曾给他写了一封“很长很长的信，约有十几页，密密麻麻，语重心长，表示认可的同时，提出了不少有益的改动意见”。而且腾出了自己的办公室，让国文先生住进人民文学出版社，集中精力修改。这段话的信息量极大。一、我们可以理解为，那时我们的文学生产仍然是“国家”的生产方式，出版社可以请作家住进出版社；二、作为文学生产组织者和文学编辑的秦兆阳先生，是怎样的敬业。他不仅给作者写亲笔信，具体指导作者修改作品，而且腾出自己的办公室让国文先生修改作品。一个老一辈理论家、编辑家的高风亮节和品德在一个细节中让我们一目了然一览无余。这是舒晋瑜的提问方式决定的，有了怎样的提问，才会有怎样的回答。再比如，采访陈忠实时：

舒晋瑜：《白鹿原》的开头堪称经典，主人公白嘉轩一出场就是娶了6个老婆都死了，整个故事一开始就被架构得引人入胜，而且深度和广度都是极具史诗气魄的大手笔，您是如何构思这个开头以及如何去设置整个故事结构的呢？

陈忠实：关于开场的情节设置，你读过小说就知道，有个情节是白嘉轩的父亲死了以后，他自己也很丧气，不想再娶了，这时他母亲说了一句话，说“女人，就是糊窗户的纸，破了烂了，撕掉再糊一层。没有后代，家有万贯也都是别人的”。关键在这里，一是观念，死掉一个女人，就相当于窗户上破了一层纸。这是他母亲说的，不是他父亲说的。这就说明，在那个年代，女人在女人心中是个什么位置！就要显示这个。如果这话出自他父亲，就没有这么重的分量了。女人把女人都不当人，可见在那个男尊女卑的社会根深蒂固到什么程度！

这个一问一答，从某种意义上说，改变了1993年代对这个著名开头的误解和批评。当年的一些批评家、也包括我自己，对这个开头都曾做过批评。认为这是一个“噱头”，是一个故弄玄虚的商业化的考虑，理由是这个开头与后来的情节并没有关系。但是，经过陈忠实自己的阐释，我们知道那里隐含了对待女性的观念，特别是女性对女性价值的理解。女性悲惨的命运与这一观念密切相关。生活的逻辑远远大于批评家思想的逻辑。这一说明和阐释，不仅让我们理解了《白鹿原》的开头，也进一步加深了田小娥这样女性形象悲惨命运的理解。女性如果不寻求解放，就永远是“一层窗户纸”被糊来撕去永无出头之日。在这个意义上，我们真是应该感谢舒晋瑜的访谈。

还有对王安忆的访谈。

舒晋瑜：你在多次访谈中谈到评论，尤其是谈到陈思和，他的意见你一直比较看重。比如他曾建议你的《启蒙时代》如果再写一倍的字数，分量就不一样；《匿名》的写作，也是他建议你“应该要有勇气写一部不好看的东西”。为什么你如此看重评论家的建议？

王安忆：陈思和于我，不单纯是评论家的身份，可说是思想与文学的知己，我并不将他的话当作评论家的发言。这也见出从 20 世纪 80 年代始的作者与批评的关系。开头好，步步好！我们共同创造一个文学的天地。我想，大约有些接近英国现代文学中弗吉尼娅·伍尔夫和福斯特的关系。他们都是小说家和批评家，从这点说，我希望陈思和有一天也写小说。而这一点是可以期待的。

这段对话我觉得非常重要：多年来，作家功成名就之后，批评家似乎是他们特别不愿提起的话题，这与他们没有成名时情况好像不大一样。我不是说作家的成功一定与批评家有多大关系，但也不是没有任何关系。王安忆与陈思和的关系与其他作家和批评家的关系不大一样。首先，王安忆认为他们不只是作家与批评家的关系，更是“文学的知己”。志同道合是知己，但他们毕竟也有作家和批评家这层关系，“大约有些接近英国现代文学中弗吉尼娅·伍尔夫和福斯特的关系”，这是令人所有作家和批评家羡慕的关系。当年福斯特曾评价伍尔夫说：“她就像是一种植物。种植人原来打算让她生长在错落有致的花坛——奥秘的文学花坛——之中，不料她的细枝长得满地都是，纷纷从花园前的碎石缝里冒了出来，甚至还从附近菜园的石板里硬钻出来。”福斯特发现了伍尔夫强盛的文学生命力、创作力和影响力。作为“意识

流”小说理论的阐述者和倡导者、新小说艺术的实验者和开拓者，伍尔夫在整个文学及文化领域掀起了一场变革运动，揭开了英国文学史上现代主义小说发展的高潮一幕。福斯特的理解、欣赏和支持，对伍尔夫当然非常重要。在中国其实也有类似情况，但我们并没有看到作家谈到这一点。王安忆谈到了。王安忆是让人尊敬的作家。

还有舒晋瑜对贾平凹的采访，她提了这样一个问题——

舒晋瑜：是什么触动了您动笔写作《古炉》？

问题似乎貌不惊人。但是，贾平凹的回答我们特别期待。因为这里有我们希望了解的内容。贾平凹的回答同样没有让我们失望——

贾平凹：我一直想写这段历史。家庭的变故对我的影响刻骨铭心，想抹也抹不掉。这一场运动如“二战”一样，在人类历史上是绕不过去的。我既然经历了那场运动，而且我快60岁了，“文革”中我是十二三岁，比我小几岁的人大概模模糊糊知道一些，再小的就全不知道了，我应该写写，这也是责任和宿命吧。我一直关注着当代，作品都写当代生活，写完《秦腔》《高兴》，就那么强烈地冲动着要写“文革”，于是就动笔了。“文革”过去了那么多年，什么都沉淀了，许多问题都值得反思，我的兴趣在于“文革”之火虽不在基层引发，但为什么火一点，基层就熊熊燃烧了呢？我熟悉基层，我觉得社会基层的土壤应该是最重要的，也是小说最能表现的。我写的是小说，不是回忆录，不是报告文学，小说的兴趣在于人和人性。

这是一个说真话的作家，是一个尊崇生活律令的作家，也是一个敢于面对历史的作家。通过上述对话提出的问题，我认为舒晋瑜的《深层对话茅奖作家》，确实是一部有见解、有眼光的“对话”文集；舒晋瑜当然就是一个了不起的谈话“对手”。更重要的是，无论对作为文学现象的“茅奖”还是对当下文学研究，这部“对话”都将是重要的参考文献而备受重视。

原载《芒种》2018 年 5 期

第二辑

文学的草场与星空

赵树理现象新论

当代中国文学，如果在题材范畴上谈论的话，最成功或者成就最大的，应该是乡土文学或后来被称作“农村题材”的文学。但是在现当代文学的历史叙述中，乡土文学是如何转向“农村题材”？“农村题材”怎样或为什么又重新转向了“新乡土文学”并没有得到说明。这相互关联的三个概念虽然有同源关系，但它们的内涵是非常不同的。“乡土文学”是指反映中国乡村社会面貌或社会性质的文学；“农村题材”是表达意识形态诉求的文学；“新乡土文学”是对“农村题材”的颠覆和对“乡土文学”的接续。这三种文学无论在观念上还在具体的创作方法上，都存在着极大的差别。对现代文学或乡土文学的看法虽然并不一致，比如骞先艾在《文艺报》1984年第一期上发表过一篇文章，认为20年代并没有乡土小说流派（见严家炎《中国现代小说流派史》第47页，人民文学出版社1995年版），但以鲁迅为代表的众多作家作品的存在是文学史实。受鲁迅影响的那些青年作家，写的也是“几乎无事的悲剧”（见鲁迅《几乎无事的悲剧》，《鲁迅全集》第六卷第370页，人民文学出版社1982年版），也与“阿Q”有血缘关系，也有“哀其不幸”“怒其不争”的意识（见鲁迅《摩罗诗力说》，《鲁迅全集》第一卷第 76 页，人民文学出版社 1982 年版），既有田园牧歌的描述，更有对国民性的揭示、剖析和改造的诉求。

1942 年，毛泽东发表了《在延安文艺座谈会上的讲话》之后，延安的文学家们经历了一次走向民间的思想文化洗礼。这场运动之后，“五四”以来形成的知识分子话语方式实现了向民间话语的“转译”过程。贺敬之等的歌剧《白毛女》、李季的长诗《王贵与李香香》以及新秧歌剧《兄妹开荒》《夫妻识字》等陆续面世。特别是赵树理的《小二黑结婚》、孙犁的《荷花淀》的发表，一种崭新的中国农民形象出现了：他们是英姿勃发活泼朗健的二黑哥和水生嫂。他们告别了阿 Q、祥林嫂、华老栓的时代，当然也告别了愚昧、麻木、混沌未开的性格，而成为有鲜明阶级意识和深明大义的新型农民。丁玲的《太阳照在桑干河上》和周立波的《暴风骤雨》发表之后，奠定了“农村题材”创作的基本模型：总体性的目标、史诗的追求、两个阶级的对立、农民英雄的塑造等，就成为“农村题材”文学的基本结构。1949 年之后相继出版的《创业史》《山乡巨变》《三里湾》《风雷》《艳阳天》《金光大道》等，就是这样的作品。

1978 年代以后，人们发现，在那条“总体性目标”的道路上并没有找到他们希望找到的东西，中国广大农村不仅依然破败，农民依然穷困，而且在精神领域同样没有发生革命性的变化。20 世纪七八十年代之交，我们在周克芹的《许茂和他的女儿们》、古华的《爬满青藤的木屋》等作品中看到的情景是：贫困无助的许茂依然是华老栓或祥林嫂式的愁肠百结；盘青青依然生活在精神的不毛之地，作为知识分子的李幸福，面对盘青青的不幸同当年的萧涧秋一样束手无策；王木通的愚昧、无知和自以为是，比阿Q们有过之无不及。正是从这个年代起，“农村题材”所遵循的创作观念和方法逐渐淡出，“新乡土文学”开始与当代中国乡村生活缓慢地建立起了联系，同时也接续了现代乡土文学的传统。

在这一题材创作中，赵树理是一个非常独特的现象：一方面，他是成功实践《讲话》、遵循“革命现实主义”创作原则的作家，“赵树理的方向”被肯定为所有作家都应该学习和坚持的方向；一方面，新中国成立后他又屡屡遭到批评/肯定的反复过程，这个看似矛盾的现象，对赵树理本人来讲是痛苦和不幸的，但对于中国当代文学的发展过程而言，赵树理的遭遇恰恰从一个方面反映了当代中国文学的复杂性、矛盾性和不确定性。从20世纪40年代走向文坛开始，赵树理的写作就一直注意与农村、农民和现实的关系，注意对民间文艺传统的借鉴和改造，注意按照《讲话》的要求为“工农兵”服务。并且因他的内容和形式，也明显地区别于其他农村题材写作的作家。

赵树理是毛泽东文艺思想哺育成长的有代表性的作家。1943年5月毛泽东的《在延安文艺座谈会上的讲话》发表一周年的时候，赵树理发表了他的成名作《小二黑结婚》。1946年8月26日的《解放日报》发表了周扬的《论赵树理的创作》一文，文中盛赞《小二黑结婚》“是在讴歌新社会的胜利（只有在这种社会里，农民才能享受自由恋爱的正当权利），讴歌农民的胜利（他们开始掌握自己的命运，懂得为更好的命运斗争），讴歌农民中开明、进步的因素对愚昧、落后、迷信等等因素的胜利，最后也至关重要，讴歌农民对恶霸势力的胜利”。在艺术上，“作者在任何叙述描写时，都是用群众的语言，而这些语言是充满了何等的魅力啊！

这种魅力是只有从生活中，从群众中才能取得的。”而《李有才板话》，“简直可以说是一个杰作”。从《小二黑结婚》开始，赵树理成为实践《讲话》精神的楷模，是“方向”和“旗帜”，是一位“人民艺术家”。他的作品被视为人民文艺的“经典”。当然，也正是从赵树理开始，在中国现代文学史上才第一次出现了活泼、朗健、正面的中国农民形象，中国最底层的民众才真正成为书写的主体对象。

但是，新中国成立之后，对赵树理创作的评价开始发生了分歧和反复。这不仅与赵树理在这一阶段的创作有关，而且更与激进时期文学观念的变化有关。1955 年 1 月，《三里湾》在《人民文学》杂志连载，5 月出版单行本。这是第一部反映农业合作化运动的长篇小说。也被认为是“我国最早和较大规模地反映农业社会主义改造的一部优秀作品”。（中国科学院文学研究所《十年来的新中国文学》编写组《十年来的新中国文学》，作家出版社 1963 年，第 45 页）小说是以三里湾的秋收、扩社、整风和开渠作为故事的主要线索，以“一夜”“一天”“一个月”为时间线索来结构作品的。小说叙述了三里湾四个不同家庭在合作化运动初期的矛盾和变化。支书王金生一心带领全村人走合作化和共同富裕的道路；村长范登高则满足于自己的致富，有严重的私有观念。小说围绕这一矛盾，交织着四个家庭青年一代的爱情故事，反映了农村所有制变革中的思想和观念的斗争，表现了家庭、婚恋、道德等各方面的深刻变化，同时也提出了推广农业技术、培养农业人才的问题。在艺术上，小说注意运用传统的民间说书手法并加以改造，通过完整连贯的故事情节展开人物性格，语言机智幽默。表达了作家对民族化、大众化道路的一贯坚持。

小说发表之后，受到了褒贬不一的评论。批评者大多沿着相同的路线斗争的思路，认为小说中“当前农村生活中最主要的矛盾，即无比复杂和尖锐的两条路线的斗争”没有得到应有的处理，“看不到富农以及被没收土地后的地主分子的破坏活动”，而且三里湾党的领导者王金生对蜕化分子范登高表现得软弱，“没有流露出应有的愤慨的心情”等。（俞林《〈三里湾〉读后》，《人民文学》1955 年 7 月号）1955 年 10 月，赵树理针对批评发表了《〈三里湾〉写作前后》一文。这篇文章既可以看作是一个“答辩”，也可以看作是一种“检讨”。他陈述了写作经过之后，也谈了作品的“几个缺点”。他说自己在抗日战争初期是做农村宣传动员工作的，后来“职业”写作只能说是“专业”，做这种从工作中来的作者，“往往都要求配合当前政治宣传任务，而且要求速效。这本来是正当的，是优点”。但他还是检讨了三个缺点。其中“对旧人旧事了解得深，对新人新事了解得浅，所以写旧人旧事容易生活化，而写新人新事有些免不了概念化”。他接着解释说：“这一切都只能说是在创作之前的准备不充分，为了迅速地配合当前政治任务，固然应该快一点写，但在写作之前准备得不充分的时候，正确的做法是赶紧把不充分的地方补充准备一下然后再写，而不是就在那不充分的条件下写起来。”（赵树理《〈三里湾〉写作前后》，《文艺报》1955 年第 19 期）

但事实上赵树理对上述批评是不接受的，这不仅表现在赵树理在处理农村矛盾和人际关系时，仍然限定于乡村的伦理秩序允许的范畴之中，同时他也清楚地认识到，即便是农村的党员干部，也不可能因为社会主义的到来，其思想和精神就达到了与时代同步的水准。因此，在批评他的文章发表不到一年，在一次“双百方针”的座谈会上，他说出了自己真实的想法：“我感到创作上常有些套子束缚着作家……有人批评我在《三里湾》里没有写地主的捣乱，好像凡是写农村的作品，都非写地主捣乱不可。”（赵树理《不要有套子——在中国作家协会创作委员会小说组“百花齐放、百家争鸣”座谈会上的发言》，载《作家通讯》1956年6期，《赵树理文集》第四卷）但赵树理这一内心压抑刚刚释放不久，对他新的质疑已经酝酿在急剧变化的形势中。

对赵树理的再度批评，到20世纪50年代后期被提出来。这次批评的缘起主要是短篇小说《锻炼锻炼》的发表。作品发表后，《文艺报》刊发了《一篇歪曲现实的小说》的文章（1959年《文艺报》第7期）。文章认为小说“所持的态度是错误的”，不符合农村现实，对劳动妇女和农村干部进行了歪曲污蔑。但不久《文艺报》又发表了王西彦的《〈锻炼锻炼〉和反映人民内部矛盾》的文章。王西彦读完小说后，“内心充满喜悦，觉得是一篇很好地反映了农村人民内部矛盾的作品”。文章几乎逐一驳斥了武养的观点。认为作品“成功地描写了农村社会里两个落后的妇女，‘小腿疼’和‘吃不饱”（王西彦《〈锻炼锻炼〉和反映人民内部矛盾》，《文艺报》1959年10期），并对轻率粗暴的批评风气提出了批评。对赵树理评价的变化和反复，事实上是文学观念的改变。这个观念主要是塑造什么样“人物”的问题。当代文学批评中经常使用的“英雄人物”“正面人物”“中间人物”“反面人物”等，已经将“人物”作了等级和类型化的区别和划分。创造英雄人物或正面人物的理论依据，来自毛泽东的《讲话》。毛泽东要求文艺工作者创造出“新的人物新的世界”。周扬在第一次文代会上的报告，有专门论述“新的人物”一节，“新的人物”在这里已解

释为“各种英雄模范人物”。他说：“我们是处在这样一个充满了斗争和行动的时代。我们亲眼看见了人民中的各种英雄模范人物，他们是如此平凡，而又如此伟大，他们正凭着自己的血和汗英勇地勤恳地创造着历史的奇迹。对于他们，这些世界历史的真正主人，我们除了以全副热情去歌颂去表扬之外，还能有什么表示呢？”（周扬《新的人民文艺》，《周扬文集》第一卷，人民文学出版社 1984 年，516 页）1953 年 9 月 24 日召开的第二次“文代会”上，周扬在报告中又提出：“当前文艺创作的最重要的、最中心的任务：表现新的人物和新的思想，同时反对人民的敌人，反对人民内部的一切落后的现象。”同年年底，冯雪峰发表了题为《英雄和群众》的文章，参加创造英雄人物问题的讨论。他在论证了“创造正面的、新人物的艺术形象，现在已成为一个非常迫切的要求，十分尖锐地提在我们面前”之后，也提出了如何塑造“否定人物的艺术形象”的问题：“从文学的社会教育的人物来说，描写各种各样的否定人物所代表的社会势力，是为了使读者认识，并鼓舞的斗争，是不能不在描写正面人物的同时也描写否定人物的。对于读者，不仅正面人物的艺术形象是教育和鼓舞的工具。一切否定人物的艺术形象也同样是教育和鼓舞的工具。”（冯雪峰《英雄和群众》，《冯雪峰文集》（下），人民文学出版社 1981 年，第 74—75 页）

这些论述使我们有可能理解“人物”创造问题为什么受到如此重视。在这些论述中我们可以看到，“人物”的创造问题只有纳入到功能范畴内，它的重要性才有可能得到揭示。1962 年，政治、经济的激进主义逐渐退潮后，文学界“现实主义深化”的问题也被提出。同年 8 月，中国作家协会在大连召开了农村题材短篇小说创作座谈会。会议主持人邵荃麟发表了讲话。他分析当时的创作情况时认为，主要问题还是“人物创作问题”。因为“作品是通过人物来表现的”，“英雄人物是反映我们时代的精神的，但整个说来，反映中间状态的人物比较少，广大的各阶层是中间的，描写他们是很重要的。矛盾点往往集中在这些人身上”。“茅公提出‘两头小，中间大’，英雄人物与落后人物是两头，中间状态的人物是大多数，文艺主要教育的对象是中间人物，写英雄是树立典型，但也应该注意写中间状态的人物。”（邵荃麟《在大连“农村题材短篇小说创作座谈会”上的讲话》，洪子诚编《20世纪中国小说理论资料》，北京大学出版社 1997 年，第 429 页、437 页）这一观念的提出，对赵树理的评价又发生了变化。康濯在《试论近年间的短篇小说》中说：“赵树理在我们老一辈作家群里，应该说是近 20 年来最杰出也最扎实的一位短篇大师。但批评界对他这几年的成就却使人感到有点评价不足似的，我认为这主要是对他作品中思想和艺术分量的扎实性估计不充分。事实上他的作品在我们文学中应该说是现实主义最为牢固，深厚的生活基础真如铁打的一般。”（康濯《论近年间的短篇小说》，《文学评论》1962 年 5 期）这样的评价在“文革”前又被否定，“中间人物论”也被作为一种“修正主义”的文学观念遭到清算。因此，多年来文学观念的“不确定性”，是评价作家矛盾和犹疑的根本原因。

对赵树理评价的反复和矛盾，是当代文学“犹豫不决”的表现之一，也是寻找“当代文学”不得已而为之的权宜之计或“必要”的方式。事实上，赵树理坚持从生活出发，在生活中捕捉最感性、生动的文学形象，是完全符合马克思主义认识论原则的。他塑造的人物形象之生动和鲜活，离开了他熟悉的农村生活是不可能做到的。这本来是应该给予鼓励的创作倾向，却因文学思想路线和对文学要求的不断改变而变得迷离和困惑起来。因此，陷于这个怪圈迷惘和不解的就不再是赵树理一个人，而是整个文学界。

原载《文艺报》2012 年 9 月 12 日

在现实主义文学的道路上

——周立波的文学观和小说创作

周立波是一个跨时代的作家，也是百年中国文学史上有重要影响的作家。他 1979 年逝世之后，周扬在 1983 年 2 月 7 日《人民日报》发表了《怀念立波》一文。周扬说："在各个历史阶段中，都可以看出他的创作步伐始终是和中国革命同一步调的。他的作品在一定程度上表现了中国革命发展道路的巨大规模及其具有的宏伟气势。如果说他的作品还有某些粗犷之处，精雕细刻不够，但整个作品的气势和热情就足以补偿这一切。他的作品中仍然不缺少生动精致、引人入胜的描绘。作者和革命本身在情感和精神上好像就是合为一体的。"正是在这个意义上，"立波首先是一个忠诚的无产阶级革命战士，然后才是一个作家。立波从来没有把这个地位摆颠倒过"。周扬的这一评价，虽然不是"盖棺论定"，但至今仍然可以看作是我们评价周立波革命生涯和文学创作的重要的依据。

周立波初登文坛时，主要从事的是文学翻译和文学评论，30 年代左联时期起就写了大量文艺理论文章，积极地宣扬和阐发

"新的现实主义"创作方法，强调文学的"思想性"和"理想特征"，他在《文艺的特性》一文中说："情感的纯粹的存在是没有的，感情总和一定的思想的内容相连接……一切文学都浸透了政治见解和哲学思想……就是浪漫主义也都深深浸透着政治和哲学的思想。"在《文学中的典型人物》一文中他强调："最重要的，是伟大的艺术家，不但是描写现实中已经存在的典型，而且常常描绘出方在萌芽的新的社会的典型……伟大的艺术家是时代的触须，常常，他们把那一代正在生长的典型和行将破灭的典型预报大众，在这里起了积极地教育大众、领导大众的作用，而文艺的最大的社会价值，也就在此。"另一方面，周立波同样重视浪漫主义对于文学的创作作用，他认为"幻想"对于现实主义的独特价值，在《艺术的幻想》一文中说："在现实主义的范围中，常常地，因为有了幻想，我们可以更坚固地把握现实，更有力地影响现实……一切进步的现实主义者的血管里，常常有浪漫主义的成分，因此，也离不了幻想……进步的现实主义者不但要表现现实，把握现实，最要紧的是要提高现实。"从周立波的这些理论表述中我们明确感受到，周立波虽然一直对文学的现实主义理论情有独钟。但是，他并不排斥浪漫主义，甚至认为浪漫主义是"提高现实"的文学手段。在这样的文学思想里我们可以看到，周立波的现实主义不是一个封闭的现实主义，而是一个开放的、可以吸纳其他艺术手法的创作方法和文学观念。

周立波这样的理论视野，与他的文学修养有直接关系。我们知道，在周立波的文学生涯中，从 1940 到 1942 两年间，他曾在延安鲁艺讲授"名著选读"课程。延安时期的文学资料和教学条件是不难想象的，但是，周立波不仅讲授了鲁迅的《阿 Q 正传》

和曹雪芹的《红楼梦》，更重要的是他先后讲授了高尔基、法捷耶夫、绥拉菲莫维奇、涅维洛夫、普希金、莱蒙托夫、果戈理、托尔斯泰、屠格涅夫、陀思妥耶夫斯基、契诃夫以及歌德、巴尔扎克、司汤达、莫泊桑、梅里美、纪德等俄苏和欧洲十九世纪的重要作家。因此，有了周立波的课程，延安鲁艺的文学授课水准就有了世界文学的视野。而这些无论是欧洲十九世纪的文学大师，还是俄苏的文学大师，对周立波的文学观念显然都有潜移默化的影响。周立波在鲁艺的“名著选读”课，是在毛泽东《在延安文艺座谈会上的讲话》和延安整风之前。但是，在这些名著的讲授和分析中，几乎随处可以看到他在左联时期已经具有的革命文艺思想和观点。他在分析托尔斯泰晚年宿命论思想时说：“为了他的永久的宗教的真理，他要创造永久的人性。然而永久的人性是没有的，延安的女孩们，少妇们，没有安娜的悲剧。”在分析莫泊桑的《羊脂球》时说：大艺术，一定积极的引导读者，一定不是人生抄录，而是有选择，剪裁。因为“实际的不是真实的”；“而我们更不同于莫泊桑，不但要表现按照生活本来的样子，而且要表现按照生活将要成为的样子和按照生活应该成为的样子，因为我们改造人的灵魂的境界”。这些，林蓝先生在校注《周立波鲁艺讲稿》的附记中有详细的归纳和总结。

当然，对周立波影响最大的，还是毛泽东《在延安文艺座谈会上的讲话》。毛泽东的文艺思想一直是周立波文学创作的指导思想。周立波 1942 年参加了延安整风运动，1946 年参加了东北的土地改革运动，1948 年完成了长篇小说《暴风骤雨》。1951 年 2 月，周立波曾到北京石景山钢铁厂深入生活，试图描绘社会主义工业建设的宏伟蓝图，创作了反映钢铁工人的长篇小说《铁

水奔流》，但这个尝试并没有达到作家预期的目的。1955 年冬，周立波回到故乡湖南益阳县农村安家落户，与农民生活在一起，并经历了农业合作化运动的全过程，创作也又一次转向了农村题材。其间先后发表了富于乡土情调和个人艺术风格的短篇小说《禾场上》《腊妹子》《张满贞》《山那面人家》《北京来客》《下放的一夜》等，1960 年结集为《禾场上》出版。

周立波反映故乡农村生活的短篇小说，在 50 年代的环境中应该说是很有特色的。虽然他也不免时代环境的影响，但他的创作实践，无意中在“乡土小说”和“农村题材”之间建构起了自己的艺术空间。也就是说，在某种程度上，周立波接续了乡土小说的脉流，试图在作品中反映并没有断裂、仍在流淌的乡村文化；同时，在新的历史环境中，农村巨大的历史变化和新的文化因素已经悄然地融进了中国农民的生活。《禾场上》的场景是南方农村夜晚最常见的场景，劳作一天之后的乡亲，饭后集聚在禾场上聊天，“禾场”既是娱乐休闲的“俱乐部”，也是交流情感、信息的“公共论坛”，既是一种乡风乡俗，也是乡村一道经年的风景。作家将目光聚焦于“禾场上”，显示了他对家乡生活风俗的熟悉和亲切。禾场的“公共性”决定了聊天的内容，在天气和农事的闲谈中，人们对丰收的喜悦溢于言表，但也有对成立高级社的某些顾虑。工作组长邓部长也以聊天的形式解除了农民的隐忧，表现出了他的工作艺术和朴实、细致的工作作风。小说几乎没有故事情节，但“禾场”营造了一种田园气息和静谧气氛。小说在情调上与乡土小说确有血脉关系，前现代的农村生活方式和习俗，并没有终结在新社会的门栏之外。小说以简洁的笔触生动地勾勒出了脚猪老倌王老二、赖皮詹七、王五堂客等人物形象，显示了作家驾驭语言的杰出能力。《山那面人家》是周立波的名篇，曾被选入不同的选本和课本。小说选取了一个普通人家婚礼的场景和过程，并在充满了乡村生活气息的描述中，展示了新生活为农村带来的新的精神面貌。婚礼的场景决定了小说轻松、欢乐的气氛，但作家对场景的转换和处理，不经意间使小说具有了内在节奏和张弛有序的效果。新娘、新郎、兽医的形象在简单的白描中跃然纸上。唐弢评论周立波的这些短篇时认为，它具有“生活的真实”和“感情的真实”。“就《禾场上》《山那面人家》和《北京来客》三篇而论，我们可以清楚地看出，作者是有意识地在尝试一种新的风格：淳朴、简练、平实、隽永。从选材上从表现方法上，从语言的朴素、色彩的淡远、调子的悠徐上，都给人一种归真返璞、恰似古人说的‘从绚烂但平淡’的感觉。”周立波的短篇小说，在他的时代建立起了自己的风格，这就是：散文化、地域特征和阴柔的、不那么阳刚的语言风格。

1956 年至 1959 年，周立波先后写出了反映农业合作化的长篇小说《山乡巨变》及其《续编》。作品叙述的是湖南一个偏远山区——清溪乡建立和发展农业合作社的故事。正篇从 1955 年初冬青年团县委副书记邓秀梅入乡开始，到清溪乡成立五个生产合作社结束。续篇是写小说中人物思想和行动的继续与发展，但已经转移到成立高级社的生活和斗争。在当时的历史语境中，周立波也难以超越阶级斗争、路线斗争的写作模式：比如，对待合作化的态度，一定有左、中、右之分；贫农，尤其是代表农村未来的青年农民，坚定不移地走社会主义道路；中农一定是怀疑、观望、动摇；地主、富农一定是破坏合作化运动，而一些“顽固分子”则要与合作社进行“和平竞赛”；在党内，也一定有推进

合作化运动的干部，也有代表资本主义倾向的干部，这些干部也一定是内外勾结，于是，合作化运动的复杂形式就这样人为地形成了。这当然不是周立波个人的意愿，在时代的政策观念、文学观念的支配下，无论对农村生活有多么切实的了解，都会以这种方式去理解生活。这是时代为作家设定的难以超越、不容挑战的规约和局限。

即便如此，《山乡巨变》还是取得了重要的艺术成就。这不仅表现在小说塑造了几个生动、鲜活的农民形象，同时对山乡风俗风情淡远、清幽的描绘，也显示了周立波所接受的文学传统、审美趣味和属于个人的独特的文学修养。小说中的人物最见光彩的是盛佑亭，这个被称为“亭面糊”的出身贫苦的农民，因怕被人瞧不起，经常没有个人目的地吹嘘自己，同时又有别人不具备的面糊劲。他絮絮叨叨、心地善良，爱小便宜，经常贪杯误事，爱出风头，既滑稽幽默又不免荒唐可笑。他曾向工作组的邓秀梅吹嘘自己“也曾起过几次水”，差一点成了“富农”，但面对入社他又不免心理矛盾地编造“夫妻夜话”；他去侦察反革命分子龚子元的阴谋活动，却被人家灌得酩酊大醉；因为贪杯，亏空了八角公款去大喝而被社里会计的儿子给“卡住”……这些细节都生动地刻画了一个典型的乡村小生产者的形象。这一形象是中国农村最普遍、最具典型意义的形象。当时的评论说：“作者用在亭面糊身上的笔墨，几乎处处都是‘传神’之笔，把这个人物化为有血有肉的人物，声态并作，跃然指上，真显出艺术上锤炼刻画的功夫。亭面糊的性格有积极的一面，但也有很多缺点，这正是这一类带点老油条的味儿而又拥护社会主义制度的老农民的特征。作者对他的缺点是有所批判的，可是在批判中又不无爱抚之情，满腔热情地来鼓励他每一点微小的进步，保护他每一点微小的积极性，只有对农民充满着真挚和亲切的感情的作者，才能这样着笔。”

其他像思想保守、实在没有办法才入社的陈先晋，假装闹病、发动全家与“农业社”和平竞赛，极端精明、工于心计的菊咬金，不愿入社又被反革命分子利用的张桂秋，好逸恶劳、反对丈夫热心合作化而离婚、又追悔不及的张桂贞等，都塑造得很有光彩。但比较起来，农村干部如李月辉、邓秀梅以及青年农民如陈大春、盛淑君、雪君等，就有概念化、符号化的问题。当时的评论虽然称赞了刘雨生这个人物，但同时批评了作品“时代气息”不够的问题。认为：“作为一部概括时代的长篇小说，《山乡巨变》对于农业社会主义改造这一历史阶段中复杂、剧烈而又艰巨的斗争，似乎还反映得不够充分，不够深刻，因而作品中的时代气息、时代精神也还不够鲜明突出。”不够鲜明突出的主要问题是：“没有充分写出农村中基本群众（贫农和下中农）对农业合作化如饥似渴的要求，也没有充分写出基本群众在党的坚强领导下，在斗争中逐步得到锻炼和提高，进一步自己解放自己，全心全意为集体事业奋斗到底的革命精神。”这一批评从一个方面表达了那个时代的文学观念，同时也从一个方面表达作家在实践中的勉为其难。作品中“先进人物”或“正面人物”难以塑造和处理的问题，其实已经不是周立波一个人遇到的问题。批评家对农村“基本群众”的理解和对作家塑造他们的要求，与实际生活相距实在是太遥远了。如果按照批评家的要求去创作“基本群众”的形象，“样板戏”式的“无产阶级文化想象”，在周立波的时代就应该实现了。

周立波自己在谈到作品人物和与时代关系时说：“这些人物

大概都有模特儿，不过常常不止一个人。……塑造人物时，我的体会是作者必须在他所要描写的人物的同一环境中生活一个较长的时期，并且留心观察他们的言行、习惯和心理，以及其他的一切，摸着他们的生活规律。有了这种日积月累的包括生活细节和心理动态的素材，才能进入创造加工的过程，才能在现实的坚实的基础上驰骋自己的幻想，补充和发展没有看到，或是没有可能看到的部分。”但他同时又说，“创作《山乡巨变》时我着重地考虑了人物的创造，也想把农业合作化的整个过程编织在书里。……我以为文学的技巧必须服从于现实事实的逻辑发展。”在这一表述里，我们也可以发现作家自己难以超越的期待：他既要“服从于现实事实的逻辑发展”，又要“把农业合作化的整个过程编织在书里”。这是一个难以周全的顾及：按照服从于现实事实的逻辑发展，周立波塑造了生动的亭面糊等人物形象，这是他的成功；但要把合作化的整个过程编织在书里，尽管他已经努力去实践，但于流行的路线政策的要求，他必然要受到“时代气息”“时代精神”不够的指责。

这是一个难以两全的矛盾。但是如果还原到具体的历史语境，可以说，周立波的创作，由于个人文学修养的内在制约和他对文学创作规律认识的自觉，在那个时代，他是在努力地寻找一条属于自己的道路：他既不是走赵树理及“山药蛋”派作家的纯粹“本土化”，在内容和形式上完全认同于“老百姓”口味的道路；也区别于柳青及“陕西派”作家以理想主义的方式，努力塑造和描写新人新事的道路。他是在赵树理和柳青之间寻找到“第三条道路”，即在努力反映农村新时代生活和精神面貌发生重大转变的同时，也注重对地域风俗风情、山光水色的描绘，注重对日常生活画卷的着意状写，注重对现实生活人物真实的刻画。也正因为如此，周立波成为现代“乡土文学”和当代“农村题材”之间的一个作家。

2018 年是周立波先生诞辰 110 周年，谨以此文向他卓越的文学成就表达诚挚的敬意和缅怀。

原载《光明日报》2018 年 11 月 30 日

《新华文摘》2019 年 4 期

大历史与自叙传

——评宗璞的长篇小说《北归记》

《北归记》是著名作家宗璞多卷本长篇小说《野葫芦引》的压卷之作。前三卷《南渡记》《东藏记》《西征记》，发表之后在读者和批评界引起极大反响。其中第二卷《东藏记》获第六届茅盾文学奖。《北归记》的发表，使我们有机会看到了《野葫芦引》的全貌，有机会看到了一个知识分子书写的大历史和自叙传。应该说，包括《北归记》在内的《野葫芦引》四大卷，是当代文坛的重要收获。

我之所以说这部巨著写的是大历史，是因为在前三卷中，在风雨飘摇国将不国的时代，我们看到了知识分子与时代的密切关系。看到了为人正直慷慨，有一颗拳拳爱国之心的明伦大学教授孟樾孟弗之；看到了学识渊博心系家国，宁死不做汉奸的吕清非；看到了用一死呼吁停止内战的将军严亮祖；看到了参军后壮烈牺牲的明伦大学学生澹台玮；当然还有地下党员卫葑，远征军师长高明全，游击队长彭田力等。这些人物与中国波澜壮阔的现代历史有关，与中华民族仁人志士的家国情怀有关，是他们在国破家亡的时代，共同书写了一个民族浩歌般的抗争史和精神史。小说从北平沦陷，明仑大学南迁写起，然后是抗日军队长沙一战失败，明仑大学不得不再次西迁昆明；1944 年，抗日军队克复腾冲，第二年抗战胜利；1946 年，孟樾和家人返回北平。

《北归记》写的就是孟樾一家回到北平的生活。多年离乱，盼望的和平生活终于到来，离别北平多年的孟樾一家和明仑大学的教授们，心情可想而知。因此，明快的风格是《北归记》的主调。战乱中成长起来的一代，尽情享受和平生活带来的欢乐。他们跳舞、滑冰、听音乐、读书、堆雪人、搞诗歌朗诵会、学术报告会等。小说充满了校园的青春气息。我们知道，作家书写什么表明的是作家关注什么。《北归记》中对日常生活的盎然兴致，表达的恰恰是作家对和平生活的向往和热爱。只有经历了这一切的人，对和平生活的来之不易才有更深刻的体会。而此时，爱情生活如带露的玫瑰，勃然绽放在年轻一代的心头。玹子与卫葑、嵋与无因、之薇与颖书、峨与家穀等，无论是热烈、温婉还是怪异，爱情既是他们的相互选择，同时也是对未来和进步的选择。宗璞是书写青春爱情的圣手，当年的《红豆》曾传诵一时。北大曾有新生到颐和园寻找过江玫与齐虹当年定情处。《北归记》中几对年轻人爱情的讲述，是小说最华彩的篇章。

抗战胜利后，内战接踵而来。因此，教授和青年学子们并不是尽情享受胜利后的和平生活。他们举办严亮祖将军座谈会，组织出版纪念严亮祖将军专辑。这些活动在先后影响到南京、昆明、重庆等地，停止内战的呼吁此起彼伏。反内战、反饥饿是《北归记》记述大历史的基本旋律。即便是在场景描述中，仍隐约透露着这样的痕迹："随着五月的到来，校园里柳枝已经成荫，各类

花朵依次开放，五月的鲜花十分绚烂。桥头的墙壁、大饭厅、各宿舍张贴了许多纪念五四的壁报，也有很多反饥饿、反内战的标语和文章。”尽管内战是知识分子不能阻止的，但他们一定要表达他们的良知和责任。教授和青年学子在表达对时局态度的同时，当然也没有忘记自身的使命。对大学之道的坚守，是那一时代知识分子最值得尊重的文化信念。当一个高级职业学校向教育部申请要将他们的学校设在明伦大学里的时候，卣辰教授说：“职业学校培养的是谋生的手段，这是社会和个人都需要的。大学培养的是独立的全面发展的人，而不只是技术手段。”孟弗之说：“大学培养出来的人，应该有理想有热情，能够独立的自己判断是非，而不是被人驱使。我们培养的是人，不是工具。大学不只是教育结构，还是学术机构，它的人物是继往开来、传授知识并且创造知识。国家的命脉在于此。”大学教授们对大学功能的议论，显然不只是话语讲述的年代，它与讲述话语的年代同样有关。因此，宗璞在讲述个人经验的同时，她也就是在讲述历史。抗日战争全面爆发后，宗璞和全家随父亲冯友兰先生自北京南渡昆明，在西南联大度过了八年时光。亡国之痛、流离之苦、父辈师长的操守气节，给少年宗璞留下了难以磨灭的记忆，这段生活对她而言弥足珍贵，既不可复制也难再经验，即是她丰富的创作素材，也是她灵感的一部分。她年过八旬之后，这段经历历久弥新，可见它对宗璞的重要。她不惜用几十年的时间要完成这一巨著的创作。因此。1989 年，《野葫芦引》第一卷《南渡记》发表之后，卞之琳评价说：“就题材而论，这部小说填补了写民族解放战争即抗日战争小说之中的一个重要空白；就艺术而论，在新时期小说创作的繁荣当中独具特色，开出了一条小说真正创新的康庄大道的起点。”

另一方面，宗璞是重要的知识分子题材作家。特殊的家庭学养和她自己学贯中西的文化根底，使宗璞小说具有的文化内涵和艺术品质有极高的辨识度，她无人可代替。大家闺秀的才情、气质在举手投足间，宗璞的才情气质则在遣词用语和人物的一招一式间。孙犁先生评价宗璞的文字时说：“明朗而有含蓄，流畅而有余韵。”我们发现，《北归记》对日常生活的讲述，多有“红楼风”，“方壶”里外进出的人物以及对话方式，与《红楼梦》确有谱系关系。而小说蕴含的浑然天成的高雅气质，更是令人过目难忘。

《人民日报·海外版》2017年11月22日

秦岭传奇与历史的幽灵化

——评贾平凹的长篇小说《山本》

《山本》是贾平凹的第十六部长篇小说，也是迄今为止他最复杂、最丰富的一部小说。按照贾平凹自己的说法，山本的故事，是他的一本秦岭之志。它不是村志、不是县志，村志县志只要写与之相关的人与事即可。但秦岭是一个巨大的存在，在贾平凹看来，它“提携了黄河长江，统领着北方南方。这就是秦岭，中国最伟大的山”。这是作家写作这部小说的缘起，也是我们理解这部小说的“引言”和向导。在后记中，贾平凹又说：“那年月是战乱着，如果中国是瓷器，是一地瓷的碎片年代。大的战争在秦岭之北之南错综复杂地爆发，各种硝烟都吹进了秦岭，秦岭里就有了那么多的飞禽奔兽、那么多的魍魉魑魅，一尽着中国人的世事，完全着中国文化的表演。”我之所以先推出贾平凹的前记后记中的有关说法，是为了让我们先了解贾平凹创作《山本》的初衷，也就是他为什么要写这本书，这本书和什么有关，而不是凭着只言片语或个别的人与事，或夸大或误解。

《山本》是以涡镇为中心，以秦岭为依托，以井宗秀、陆菊人为主要人物构建的一部关于秦岭的乱世图谱，将乱世的诸家蜂起、血流成河、杀人如麻、自然永在、生命无常的沧海桑田以及鬼怪神灵逛山刀客等，集结在秦岭的巨大空间中，将那一时代的风云际会、风起云涌以传奇和原生态的方式呈现在我们的面前。因此，《山本》是正史之余的一段传奇，是从“一堆历史中翻出的”“另一个历史”（《山本·后记》），小说起始于故事讲述时的十三年前：陆菊人她爹有一块地，这块地被两个赶龙脉的人认为是能出官人的好地方。陆菊人十二岁一过，她爹要送她去杨家当童养媳时，她向爹要了这块地，算是爹给她的一块胭脂地。但这块地阴差阳错地埋了井宗秀的爹。于是“涡镇的世事全变了”。这种风水文化、鬼魂文化以及神秘文化等，是贾平凹中国“魔幻现实主义”的创作实践。而小说历史讲述的废墟化，情节的碎片化和叙事推进的细节化，又使《山本》呈现了明显的后现代主义特征；但是，从人物的塑造和场景、景物描写的真实性而言，现实主义创作方法又是它的基础和前提。

现代小说对于历史的书写，最高的奖掖就是“史诗”。这一文学观念，在西方是以从黑格尔到斯宾格勒建构的历史哲学作为依据，然后作家用文学的方式构建起他们认知、理解和想象的历史，比如《战争与和平》。在中国，明清之际的世情小说原本是“极摹人情世态之歧，备写悲欢离合之致，可谓钦异拔新，恫心戳目”（笑花主人《古今小说序》），但也因此地位不高，于是便“攀高结贵”。手段之一就是将历史小说化，比如《三国演义》《创业史》等。《创业史》被誉为“经典性的史诗之作”，这个时代文学知识分子的地位，几乎达到了最高峰。他们对世界和历史的认知具有指导性和前瞻性，因此他们也是未来的先知，一种

价值观的构建者和引领者。但同时也有另外的情况发生，就像《创业史》中梁生宝一样，历史并没有沿着他的道路前进多久，尽管这并不妨碍《创业史》仍然是一部伟大的小说。作家在社会地位最高的时代，只不过是将一种语言学机制构建出来的关于历史发展的认知，将理想主义的想象镶嵌于对未来的组织之中。后来，叙事学揭示了历史/叙事的关系，揭示了这种文学历史观对文学的历史叙述的宰制和压制。《山本》以传奇的方式对秦岭的书写，恰恰是被历史删除的那部分，是没有被讲述过的部分。对历史叙事秘密的揭示，利奥塔在《后现代状况：关于知识的报告》中说了这样一段话："简化到极点，我们可以把对元叙事的怀疑看作是'后现代'。怀疑大概是科学进步的结果，但这种进步也以怀疑为前提。与合法化元叙述机制的衰落相对应，思辨哲学的大学体制出现了危机。叙述功能失去了自己的功能装置：伟大的英雄、伟大的冒险、伟大的航程以及伟大的目标。"元叙事遭遇质疑后，被压抑的处在边缘的历史叙述有了可能。于是，在秦岭深处涡镇的陆菊人、井宗秀等，方有可能登上历史的前台。井宗秀的出现，是他父亲井掌柜去世后。按涡镇的习俗，亡人殁的日子不好，犯着煞星不可及时入土安埋。是陆菊人的公公杨掌柜，将陆菊人陪嫁的三分胭脂地给了井宗秀才使其葬了父。井宗秀知道真相是在他乘人之危住进岳家大院之后，路遇井宗秀陆菊人告诉井宗秀的：

我就给你说了吧。陆菊人看了看四下，悄声把她当年见到赶龙脉人的事说了，再说了她是如何向娘家要了这三分胭脂地，又说了当得知杨家把地让给了井家做坟地时她又是怎么哀哭过。井宗秀听着听着扑通就跪在了地上。陆菊人忙拉他，他不起来，陆菊人拧身再要走，井宗秀这才站了起来。陆菊人说：那穴地是不是就灵验，这我不敢把话说满，可谁又能说它就不灵验呢？井宗秀只是点头。

经陆菊人一说，井宗秀说知道自己该怎样做了，待陆菊人要离开时，他一连给陆菊人磕了三个响头。过后便送了铜镜给陆菊人。自此，井宗秀与陆菊人的情感关系，一直是扑面而来的游丝般的不即不离的关系——是亲密、亲情、暗恋、暧昧似乎都有，但两人又未越雷池一步。两人的关系一直悬浮于小说之上，即便后来经陆菊人牵线井宗秀娶了花生，两人的关系仍然没有改变，这也是小说中韵味最为悠长的部分。井宗秀后来做了预备旅旅长，但最后还是因阮天宝死于非命。井宗秀是乱世英雄，但他和花生结婚后被爆出了一个惊人的秘密：他是一个“废人”。这个隐喻也从一个方面暗示了作家对井宗秀的评价：他的先天缺陷预示了他终是一个匆匆的过客而已，他不是那种改天换地的大人物。陆菊人是小说中地母般的形象。她是女性，除了善良、坚韧，还深明大义。井宗秀是她人生的寄托，内心也有尚未言说的对井宗秀的爱意。但她恪守传统女人的妇道。她是涡镇和秦岭世事沧桑巨变的见证者，是另一种历史的目击者和当事人，是秦岭民间健康力量的体现者。

《山本》对秦岭历史的讲述，混杂着多种因素。这里有民间的英雄、能人，但更多的是普通民众的参与。在过去的历史叙述中，是演员为公众表演，而秦岭 20 世纪二三十年代的历史剧，民众自己就是演员。因此这里才有“一尽着中国人的世事，完全着中

国文化的表演”的可能。比如阮天宝，他不具有对价值观的判断能力，他身份的几经变化非常正常。但他却有自己的处世智慧。他杀了史三海后，麻县长因惧怕给阮天宝十个大洋让他逃跑。阮天宝却说：“他是辱骂你我才杀了他，我跑了我就是犯罪，还牵扯了你，我不跑我就是立功，你也是除暴安良。你让我把他取而代之，谁也动不了我，更动不了你。”于是阮天宝就做了保安队长。阮天保后来参加的队伍在正史叙述中充溢着救民众于水火的凛然正气，他们是国家民族的未来。但是，任何一个队伍和族群，从来就不曾固化为一成不变统一体。叛徒、败类乃至汉奸都会滋生。就如同当下，权力拥有者也会滋生腐败一样。那个并不具有先进革命意识的阮天保，最终也只是一个专注家族恩仇混迹于革命队伍的、带有草头王性质的另一种刀客而已。

风水、鬼魂等神秘文化，构建了国人对外部世界的认知方式和情感方式。《山本》中的神秘文化在贾平凹的创作中并非突如其来，他以往的作品中一直贯穿着对这一文化的书写。虽然“毁誉参半”，但在我看来，这一内容却也构成了贾平凹小说“中国性”的一部分。他写完《秦腔》后曾说：“当我雄心勃勃在 2003 年的春天动笔之前，我祭奠了棣花街上近十年二十年的亡人，也为棣花街上未亡的人把一杯酒洒在地上，从此我书房当庭摆放的那一个巨大的汉罐里，日日燃香，香烟袅袅，如一根线端端冲上屋顶。我的写作充满了矛盾和痛苦，我不知道该赞歌现实还是诅咒现实，是为棣花街的父老乡亲庆幸还是为他们悲哀。那些亡人，包括我的父亲，当了一辈子村干部的伯父，以及我的三位婶娘，那些未亡人，包括现在又是村干部的堂兄和在乡派出所当警察的族侄，他们总是像抢镜头一样在我眼前涌现，死鬼和活鬼一起向我诉说，诉说时又是那么争争吵吵。我就放下笔盯着汉罐长出来的烟线，烟线在我长长的吁气中突然地散乱，我就感觉到满屋子中幽灵飘浮。”（《秦腔·后记》）包括鬼魂在内的神秘文化，弥漫于《山本》的字里行间。从陆菊人的风水三分胭脂地，到蚰蜒精、花生上坟，猫抓剩剩阻止他去，他去了，回来骑马骨折了。井宗秀要陆菊人帮助经营茶坊，陆菊人心里说，院门口要能走过什么兽她就去。镇上能有什么兽呢？但她偏偏看见了陈皮匠收到的豹猫、狐狸和狼的皮。还有陆菊人的“命硬”说法，以及游击队第一次进秦岭不懂对山神的敬畏，在山神庙撒尿、在山上乱讲滚字，或跌进山崖摔死或山上罗氏砸死，夜行不打草惊蛇被蛇咬死等等，这些无法解释的事物，在《山本》中占有很大的份额。秦岭的巨大本身就是一个神秘的存在，对未知世界难以做出解释时，神秘文化便应运而生。这一文化的一直延续，也自然有其合理性。但更重要的是，即便这些是并不科学、不能证伪的事物，但在小说中能够用合理的方式做出表达，也从一个方面强化了小说的想象力。正如拉美魔幻现实主义一样。另一方面，井宗秀的死亡，使陆菊人神秘文化中期待的那个“官人”彻底落了空。在这个意义上，贾平凹并对神秘文化灵验的肯定是有很大保留的，这个文化并不是万能的，他甚至是怀疑的。同幽灵、鬼魂的对话是小说或其他艺术形式内在结构方式之一种，它也并非自贾平凹始。在莎士比亚那里，哈姆雷特的行为方式都来自于幽灵的驱使，“在德里达看来，鬼魂的出现开启了一个关于复仇和正义的戏剧，如果没有鬼魂的出现，后面的一切事件都不可能，因为正是‘闹鬼’带来了指令，而发出指令也就是‘闹鬼’的内容，鬼魂与指令，形式与内容，两者的结合，给哈姆雷特的心头压上了沉甸甸

的责任，让他认识到，事情没有完结，历史没有终结，希望则在未来，但是行动迫在眉睫，鬼魂将会一直萦绕下去，成为一个永久的精神，敦促和激励自己尽早将指令付诸实施”（郭军《德里达版本的〈哈姆雷特〉或解构版本的马克思主义》，《外国文学》，2007年第5期）。

“极大的灾难，一场荒唐，秦岭山脉也没有改变，依然山高水长，苍苍莽莽，没改变的还有情感，无论在山头或河畔，即便是在石头缝里和牛粪堆上，爱的花朵依然在开。”观念的逻辑与生活的逻辑相比较，当然是生活的逻辑更有力量。无数的观念都曾在秦岭表演过，贯穿过，但时过境迁，生活之流还是按照原来的轨迹前行。观念变了，生活依然故我。因此，小说结尾的这段话应该就是《山本》的主题吧——

> 又一颗炮弹落在了拐角场子中，火光中，那座临时搭建的戏台子就散开了一地的木头。陆菊人说：这是有多少炮弹啊，全都要打到涡镇，涡镇成了一堆尘土了！陈先生说：一堆尘土也就是秦岭上的一堆尘土么。陆菊人看着陈先生，陈先生的身后、屋院之后，城墙之后，远处的山峰峦叠嶂，以尽着黛青。

原载《当代作家评论》2018年4期

什么是淳于宝册性格

——评张炜的长篇小说《艾约堡秘史》

史传传统是中国小说最重要的传统之一，这源于小说在中国传统文化中的地位。因此，小说依附于历史是小说获得“合法性”地位的一种策略。后来，这种策略性的实践“愈演愈烈”，历史叙事变成小说最重要的写作方式，“史诗”成为作家创作的最高理想、批评家评价小说的最高境界或标准。这一标准或境界现在已经时过境迁，叙事学建立之后，我们了解了历史也是一种叙事，历史就是历史学家的历史，历史叙事的多种方式证实了事实的确如此。既有史家书写的被称为正史的历史，也有民间流行或口传的历史，还有记录闾巷旧闻的史籍类型，其内容、体例等与小说相类似的“稗史”。《艾约堡秘史》也是历史讲述的一种形式，通过一段“秘史”，张炜发现了大变革时代新的人物以及人性的无限丰富性和复杂性，发现和创造了淳于宝册这个堪称“典型人物”的文学形象，用文学的方式重新阐释了偶然性、女性、豪杰与历史发展的关系。另一方面，这是张炜写得最为汪洋恣肆酣畅淋漓的小说，他的自信与欣然为他带来了空前的写作自由。

艾约堡是它的主人狸金集团董事长淳于宝册建立的独立王国。这个神秘的所在，我们通过淳于宝册情人蛹儿的视角大致可以了解：淳于宝册曾带着新来的艾约堡主任蛹儿参观了他的府邸。这个府邸不仅阔大无比——它的主体是一座挖空的山包，而且极尽奢华，既像一个神话，更像一个迷宫，并且隐蔽而私密。室内亮起的是温温的尊贵的光，回廊里散发的味道是檀香；内勤人员有领班、守门人、保洁人，居然还有两位速记员。在蛹儿看来，即使花上几天时间，也无法将这个领地熟悉过来。“蛹儿任职一个星期之后还要常常迷路。”保洁人员要注意规避主人，“所有人员恪守最严的即是管住嘴巴，不能对外言说堡内任何物事”。这就是艾约堡的内部环境，它的特点是：私密、隐蔽、奢华、高贵、森严、压抑、封闭。其中最重要的是私密和封闭。这是淳于宝册的府邸，他就生活在这样的环境中。这一环境一方面是淳于宝册自己建造的，是他理想或梦想的个人居住环境；一方面，这个环境也进一步塑造了他的性格和膨胀了他的自我想象：这是一个独立、封闭的个人王国。府邸内一切秩序井然，他就是主宰，就是王。艾约堡的环境与淳于宝册的性格构成了同构关系。在小说人物塑造的逻辑上它是如此的完美。于小说结构而言，这个神秘的所在和神秘的人物，是一个巨大的悬念：一切都有待于被呈现和揭示。

神秘文化，是前现代政治的一大特征。王权的神秘性就在于最大的秘密只掌控在王者的手里。明清电视剧之所以大行其道，就在于观众有顽固的窥秘心理。另一方面，家族——特别是大家族，他们的院落是缩小的宫廷，家族统治者是微缩的王权。如果是这样的话，那么艾约堡就是前现代文明的产物，它具备这一文明的所有要素。神秘是一种气氛，它给人以恐惧和无处不在的威慑；但神秘也有它的魔力，被神秘吸引的人络绎不绝，从知书达理的知识分子到乡间淳朴美丽的姑娘，从饱经沧桑的智者到巧舌如簧的天才。前赴后继一如蛹儿初来艾约堡时和欧驼兰进入跛子大院时的心境。神秘的新奇感和巨大的刺激性，使他们如同置身另一个世界，它令人胆怯、蹑手蹑脚、心跳乃至窒息。神秘会改变人对世界的看法，因此也决定了人后来去向的无限可能性。张炜对中国前现代文明以及这一文明向现代转变过程中的“中国人物”、中国故事是如此烂熟于心。这也是张炜这部小说的魅力所在。

淳于宝册就是这个神秘所在的神秘人物。他是一个私营企业的巨头，一个“荒凉病”患者，一个钟情于三个女人的情种，同时也是一个出身卑微、有巨大创伤记忆的“大创造者”。他是一方霸主，在艾约堡不怒自威，他也可以不理“朝政”，大事小情交给孙子“老肚带”打理。他像奥勃罗洛夫每天委在床上一样泡在浴缸里；他欲望无边，信誓旦旦要“拿下”他垂涎已久的海湾矶滩角，但他真正感兴趣的不是权力也不是金钱，他感兴趣的是那些被称为情种的“特异家伙”；粗俗时他可以脱下员工裤子打屁股，破口大骂那些试图阻止他意愿的人，同时他也是一个慈善家，向社会捐赠很多金钱……他的性格是一个矛盾集合体，在我的阅读记忆中，这是一个从未出现过的人物。对他的判断构成了对我们极大的美学挑战。他将自己的府邸或企业心脏命名为“艾约堡”，既是他的历史记忆，也是他的现实实践。有人问他：你住的地方为什么叫艾约堡？他一概不答。而最切实生动的诠释是：递哎哟“像递上一件东西一样，双手捧上自己痛不欲生的呻吟，那意味着一个人最后的绝望和耻辱，是彻头彻尾的失败，是无路可投的哀求。几乎没有任何一句话能将可怕的人生境遇渲染得如

此淋漓尽致，可以说是形容一个人悲苦无告的极致，也是一种屈辱生存的描述”。那是绝望和痛苦之极的呻吟，只去掉了那个“口”字。这是刻骨铭心的记忆，是无自尊无希望的乞求之声。这一创伤就是他惨痛的童年记忆，他曾不断屈辱地向人“递哎哟”。功成名就之后，那些不堪回首的场景还时常浮现在眼前：

……有一天宝册刚进校门，一个同学就嘻着脸跟上，然后故意学老奶奶一拐一拐走路和做活。宝册一颗心脏狂跳，一声不吭地躲开很远。那个人学得更起劲，呼叫着，又引来几个同学。他们凑上来，他就缩到了墙角。那个人尖尖的鼻子快要碰到他的脸上。宝册一双手涨得难受，想擦一下眼睛，开始刚刚抬起就握成了拳头，不知怎么就落到了尖鼻子上。一声嚎叫，尖鼻子流出血来。几个人退开几步，接着一齐拥上。有人搂住他的腰，他无法动弹，尖鼻子就猛踢他的肚子。他倒下，他们就一块踩踏。他双手护住自己的脸，闭紧双眼，听他们喊：“打！打！打得他‘递哎哟！’”他咬紧牙关躲闪，一声不吭。

这是淳于宝册的前史，类似的场景在小说中不时出现，“附录”中更是比比皆是。因此，在暴力面前“递哎哟”的屈辱，是他挥之难去精神暗区，这个创痛几乎伴随了他的一生。但是，这一经历并没有使他成为“递哎哟”的反对者，他痛恨“递哎哟”，同时也是一个“递哎哟”的实践者。当海湾矶滩角的事情遇到一些麻烦时，他说——

“那是怎么回事？”“这一个胃口忒大，把砖头（成捆的现金）扔回来，说要一条船。”“什么船？”“能出远海那种。妈的，狮子大开口。”淳于宝册大骂：“这个混蛋！”“我让保安处的人揍了他一顿，然后装到麻袋里，直接往冰凉的海里仍，他很快‘递了哎哟’，第二天就老老实实接过了砖头……”

让被征服者“递哎哟”也成了淳于宝册的一大快事。在企业的层面，淳于宝册最大的梦想就是吞噬矶滩角海湾，扩张自己的商业帝国。但是，日常生活中，他的全部焦虑并不在这里。他关注和焦虑的是男女之事。在他看来：

人世间的一切奇迹，说到底都由男女间这一对不测的关系转化而来，也因此而显得深奥无比。有些家事国事乍一看远离了儿女情愫，实则内部还是曲折地联系在一起，不过是某种特殊的转移和反射而已。淳于宝册认为狸金全部的、最高的奥秘都可归结于此，即人与人之间不可思议的吸引力和征服力……这几十年来从狸金到个人的所有结局，都是由那个发端一点点衍生出来的，往后的走向也必定与之有关。天地间有一种阴阳转换的伟大定力，它首先是从男女事情上体现出来的。

因此，这个自命不凡是“大创造者”，从来也没有离开他的凡胎肉身：“我这一辈子也没干别的，就是建立了一个伟大的集团。不过女人的事把我折磨得死去活来，让我不断地‘递了哎哟’，

可是没有她们就没有伟大的集团。”这是淳于宝册的女性观，也是他的历史观。当然，就文学而言，男女之事不仅最具文学性，而且它也能够最集中、最充分地表达出人性。淳于宝册的原配是一个被他称为“老政委”的女人，这是一个几近传奇般的人物。她年过三十，貌不惊人，肤色黝黑，五短身材，最大的爱好是舞枪弄棒，而且比淳于宝册大六岁。但“老政委”自有她迷人的性情，她豪迈、豪爽、深谋远虑、从容淡定。在淳于宝册看来，这是女人中的“稀缺品种”。这场爱情的结果是，“老政委”帮助淳于宝册打下了财富江山、创建了“艾约堡”帝国。她则功成身退，远赴英伦陪儿子“小四眼”生活并在那里度过余生。他时常怀念“老政委”，在情人蛹儿面前也毫不掩饰；蛹儿是淳于宝册的情人兼艾约堡的管家，她对淳于宝册的情感是没有保留地奉献。她容忍主人所有的缺陷包括情感上的放荡不羁。她是淳于宝册生活最实用的那部分。不同的是，她与“艺术家”跛子和“企业家”瘦子的情感前史，一直让淳于宝册兴趣盎然难以释怀。欧驼兰是一个民俗学学者，也是淳于宝册是梦中情人。淳于宝册出身卑微，但人越缺乏什么就一定要凸显或追求什么。他特别聘任的速记员——随时记下他的言论并豪华地装订成册，从一个方面表达了他的内心诉求。因此，与其说吞并矶滩角是一种经济行为，是淳于宝册帝国的扩张行为，毋宁说是淳于宝册为了打压矶滩角的村头——也是他不曾宣告的情敌吴沙原的一次意气用事。征服矶滩角的最大用意更是为了征服欧驼兰。这是小说中最具文学意味的情节之一。试想，为了一个钟情的女人不惜大动干戈，用集团的力量作为抵押并不计后果，这是何等的气派，何等诗意？但是，淳于宝册与三个女人的关系，与其说是爱情，毋宁说是男女关系更本质。与小说中其他男女关系比较起来，比如蛹儿与瘦子和跛子的关系，吴沙原与欧驼兰之间的微妙关系，狸金集团的老肚带与女副总、矶滩角的老鲇鱼与女店主、吴沙原的前妻与海岛少尉关系，更有爱情意味。吴沙原与欧驼兰的互相欣赏，吴沙原前妻竟然与海岛少尉私奔等，是何等富有诗意的爱情——或含情脉脉或轰轰烈烈。因此，淳于宝册对男女关系的理解，更像是他的历史观的一种比附。

历史发展的偶然性以及与女人的关系，应该是文学叙事的原型之一。烽火戏诸侯、伊利亚特、凤仪亭吕布戏貂蝉、安史之乱、吴三桂反明等，女人与历史、与战争、与商场官场的关系，从来没有消歇。即便在作家张炜这里，在他过去的作品中，也可以看到这一观念的延续。比如《丑行或浪漫》，小说讲的是一个乡村美丽丰饶的女子刘蜜蜡，经历重重磨难，浪迹天涯，最终与青年时代的情人不期而遇。但这不是一个大团圆的故事。在刘蜜蜡漫长的逃离苦难的经历中，在她以身体推动情节发展的过程中，我们发现了“历史是一个女人的身体”的叙事，刘蜜蜡以自己的身体揭开了“隐藏的历史”。在传统的历史叙事中，当然也包括张炜过去的部分小说，中国乡村和农民都被赋予了强烈的意识形态色彩：乡村是纤尘不染的纯净之地，农民是淳朴善良的天然群体。这一叙事的合法性如上所述，其依据已经隐含在20世纪激进主义的历史叙事之中。但《丑行或浪漫》对张炜来说大不相同。张炜不再执意赞美或背离过去的乡村乌托邦，而是着意于文学本体，使文学在最大的可能性上展示与人相关的性与情。于是，小说就有了刘蜜蜡、雷丁、铜娃和老刘憎，就有了伍爷大河马、老獾和小油矬父子、“高干女”等人。这些人物用“人民”“农民”“群众”

等复数概念已经难以概括，这些复数概念对这不同的人物已经失去了阐释效率。他们同为农民，但在和刘蜜蜡的关系上，特别是在与刘蜜蜡的“身体”关系上，产生了本质性的差异。因此，小说超越了阶级和身份的划分方式，而是在乡村文化对女性“身体”欲望的差异上，区分了人性的善与恶。在这个意义上，乡村历史是一个女人的身体。在小说的内部结构上，它不仅以刘蜜蜡的身体叙事推动情节发展，而且在一定程度上敞开了乡村文化难以察觉的隐秘历史。特别是对小油矬父子、伍爷大河马等形象的塑造，显示了张炜对乡村文化的另一种读解。他们同样是乡村文化的产物，但他们因野蛮、愚昧、无知和残暴，却成了刘蜜蜡凶残的追杀者。他们的精神和思想状态，仍然停留于蛮荒时代，人最本能又没有道德伦理制约的欲望，就是他们生存的全部依据和理由。张炜没有将刘蜜蜡塑造成一个东方圣母的形象，她不再是一个大地和母亲的载意符号。她只是一个东方善良、多情、美丽的乡村女人。她可以爱两个男人，也可以以施与的方式委身一个破落的光棍汉。这时的张炜自然还是一个理想主义者，但他已不再是一个乌托邦式的理想主义者。他在坚持文学批判性的同时，不止是对城市和现代性的批判，而首先批判的是农民阶级自身存在并难以超越的劣根性和因愚昧而与生俱来的人性“恶”。对人性内在问题的关注，对性与情连根拔起式的挖掘，显示了张炜理解乡村文化和创造文学所能达到的深度。张炜在塑造淳于宝册这个文学人物时，延续了他对两性关系与历史发展偶然性的观念。淳于宝册个人史以及狸金集团的发展史，与三个女人密切相关，没有这三个女人，淳于宝册和狸金集团就失去了讲述的可能。

再回到淳于宝册这个人物。淳于宝册营造了艾约堡的神秘，他是一个神秘人物；同时，他对“未知”的人与事也充满了好奇，或者说，未知的事物在他看来就是神秘。打探神秘是他的一大爱好——他有窥秘心理。他对蛹儿的两任男人一直怀有打探的兴趣：“我早就有个想法，就是将来有机会把你那个跛子、瘦子，再加上村头和少尉几个人请到一张桌子上，大家好好喝一场，这多么有意思啊！”窥秘心理是普遍的心理；对大人物而言，一切都在掌控之中，他只制造神秘，让所有的人都处在不确定性之中，没有安全感，没有保障，只有随遇而安逆来顺受。淳于宝册只是一个商业巨头，他商业上的巨大成功并没有换取心灵世界需要的东西。他对这些无关紧要事物的情趣证实了这一点。另一方面，他敏感、多疑，他有自我保护的本能需要。他对气味的敏感，是他性格的一大特征：“蛹儿仍在熟睡，满屋都是麦黄杏那样的气息，他从来认为这种气味作为一个女人的标识不仅绝妙，而且价抵千金。他曾努力回忆一生中所经历的女子，能够清晰记得的有臭豆腐味儿、蘑菇的清香、铁锈气；老政委则是劣质烟草混合火药那样的气息，一闻而知属于职业军人。”不仅对女性的气味敏感，对各种气味都一概如此。我们经常看到淳于宝册嗅到的是：“浓浓的地瓜味儿”“食物的气味儿”“草垛旁的花斑牛的檀香混合气息”“刺鼻的硝味儿”“浓浓的松脂味儿”“土腥气”“浓烈的香水味儿”“海腥气”“老熊味儿”等。甚至在两性关系上，他也认为：“有的浪子甚至极有可能使用气味，当然也算返祖现象了，他们一见中意的女人就施放出一种气息，那个女人也就被熏晕了，心里飘飘悠悠，再也没法好好过日子了。”在淳于宝册那里，气息是他判断人与事的直觉或尺度。味道、气息，是生活最细微处，能够辨识、洞悉这最细微之处的差异，也就是将生活

的细部写到了极致。

正在构建的“气味学”认为，气味是物质最重要的特征之一，最能代表物质的本质，一种物质一种气味，没有相同气味的两种不同物质，物质不变其气味不变，气味改变了物质一定发生了质的改变；没有绝对不挥发的物质，因此任何物质都有气味产生；任何生物都有呼吸，是新陈代谢活动的表征，而呼吸系统与嗅觉系统是相关联的，因而任何生物体都有嗅觉；任何生物的嗅觉都有一定的感知范围，也必有它的盲区。生物嗅觉的感知范围，仅仅与它的生存需要有关，与生存有益的为正相关，与生存有害的为负相关，与生存无关的气味是它的盲区。氧气、水蒸气、二氧化碳、一氧化碳与生存相关，而人对它们无感觉，是因为它们一直存在于空气中，人们不需要刻意寻求或防范它们，所以人的嗅觉中枢删除了它们的气味信号。沙漠之舟的骆驼需要找水源，它就保留了对水蒸气的敏感。气味是生物界的共同语言；嗅觉是生命的守护神。气味淳于宝册来说，是用来识别人、也用来自我保护的方式之一。他的经验主义未必与科学有关，但作为一个文学人物，他的“气味学”也是他性格的一大特征。因此，淳于宝册作为一个成功的文学人物，就在于他以自己的思想、情感和行为方式塑造了自己的性格。他是按照自己的性格完成他的现实生活与精神履历的，他不是作家观念的产物，不是主题先行的产物，他来自于生活，来自于这个时代的整体气息和精神风貌的一个方面。

我曾在不同的场合表达过，新世纪以来，我们文学已经不再关注人物的塑造。但文学史一再证实，任何一个能在文学史上存留下来并对后来的文学产生影响的文学现象，首先是创造了独特的文学人物，特别是那些“共名”的文学人物。比如法国的“局外人”、英国的“漂泊者”、俄国的“当代英雄”与“床上的废物”、日本的“逃遁者”、中国现代的“零余者”、美国的“遁世少年”等人物，代表了中西方不同时期文学成就。如果没有这些人物，文学的巨大影响就无从谈起。而且，如果没有梁生宝、萧长春、高大泉这些人物，不仅难以建构起社会主义初期的文化空间，甚至也难以建构起文学中的社会主义价值系统。新时期以来，如果没有知青形象、“右派文学”中的受难者形象，以隋抱扑、白嘉轩为代表的农民形象，现代派文学中的反抗者形象，高加林这样个人冒险家的形象，“新写实文学”中的小人物形象，以庄之蝶为代表的知识分子形象，王朔的“玩主”等，也就没有新时期文学的万千气象。但是，当下文学虽然数量巨大，我们却只见作品不见人物。“底层写作”“打工文学”、乡土文学、城市文学等，整体上产生了巨大的社会效应，但它的影响基本是文学之外的原因，是现代性过程中产生的社会问题。我们还难以从中发现有代表性的文学人物。因此，如何回到恩格斯的“典型人物”，塑造让读者过目不忘的文学人物，仍然是当下文学创作应该优先考虑的重要问题。

《艾约堡秘史》是“稗史”之一种。张炜在淳于宝册的“秘史中”塑造了他。作为文学人物，他有阐释的无限可能性，他有现实感、当下性、真实性和形上的普遍性。我们都有淳于宝册性格中的某些方面。他没有安全感，经常无奈无助，心无皈依，前无方向，内心深感“荒凉”而无力自我救赎。他富可敌国，但他就是没有快乐可言。这是淳于宝册吗，这就是淳于宝册。但是，这也是当下我们共同经历的心境和情绪，是我们早已感知却没有道出的那种隐痛。因此，当淳于宝册一出，不啻为惊

雷闪电——他是惊雷，唤醒了我们的切肤之痛；他是闪电，照亮我们的难以名状的精神状况——我们都是淳于宝册。秘史一经解密，它是如此的触目惊心——艾约堡秘史，竟然也是我们的心灵秘史。如果是这样的话，《艾约堡秘史》就是一部忧伤的小说，它艺术上的真实性属于现实主义，而它流淌的五味杂陈的绵长思绪，又具有鲜明的浪漫主义特征。这是一部大作品。

原载《文艺争鸣》2019 年 1 期

大舞台主角的隐秘人生与复杂人性

——评周大新的长篇小说《曲终人在》

周大新的长篇小说《曲终人在》的出版，无论在哪个意义上都注定了它无可避免地引人注目。一方面，毁誉参半的官场小说风行了几十年，官场厚黑学和林林总总的不堪，几乎应有尽有，官场在“官场文学”的讲述中，几乎就是一个关于肮脏和罪恶的大展馆，而且逐渐形成了写作潮流，或者是持久不衰的关于官场之恶的角逐或竞赛。在这样格局中，周大新将用怎样的观念表达他对官场的理解，将会用怎样的方式书写他看到或想象的官场？面对过去的官场小说，他是跟着说、接着说，还是另起一行独辟蹊径。一方面，“反腐”已经成为这个时代的关键词或日常生活的一部分。官场生涯几乎就是“高危职业”的另一种说法，那些惴惴不安的贪腐官员如履薄冰夜不能寐早已耳熟能详。这时，周大新将会用怎样的态度对待他要书写的历史大舞台上的主角，而且——这是一个省级大员、一个“封疆大吏”。如果这些说法成立的话，那么，我们就可以指认《曲终人在》确实是一部“官场小说”。但是，小说表达的关于欧阳万彤的隐秘人生与复杂人性，

他的日常生活以及各种身份和关系，显然又不是“官场小说”能够概括的。因此，在我看来，这是一部面对今日中国的忧患之作，是一位政治家修齐治平的简史，是一位农家子弟的成长史和情感史，是一部面对现实的批判之作，也是主人公欧阳万彤捍卫灵魂深处尊严、隐忍挣扎的悲苦人生。

《曲终人在》，是一个“仿真”结构，在“致网友”的开篇中，作家以真实的姓名公布了本书的完工时间以及类似出版“招标”的广告；虚拟的被采访的26个人，以“非虚构”的方式讲述了他们与欧阳万彤省长的交往或接触。这个“仿真”结构背后有作家秘而未宣的巨大诉求：他试图通过不同人物的不同讲述，多侧面、多角度地“复活”已经死去的省长欧阳万彤，而这不同的讲述犹如推土机般强大，它将塑造出一个立体的、难以撼动的、真实的欧阳万彤的形象。这些被采访者的身份不同，与欧阳万彤的关系也亲疏轻重有别。通过这些讲述我们看到，欧阳万彤除了“省长”这个巨大光环的身份之外，他同时还是父亲、继父、丈夫、前丈夫、朋友、舅舅、儿子、下级、病人、同乡、男人、男主人、被暗恋者等。这不同的身份和“省长”就这样一起统一在一个叫欧阳万彤的人身上。这也是判断《曲终人散》不仅是“官场小说”的重要依据。

应该说，在社会生活的整体结构中，欧阳万彤还不是一呼百应的主宰者或统治者，但他仍可被看作是历史大舞台上的主角之一，他毕竟是一个“封疆大吏”。欧阳万彤的前史，与那个性格执拗大名鼎鼎的乡村青年高加林极为相似，他有抱负，也可以说有野心，他也有一个类似巧珍一样俊美温婉名曰灵灵的未婚妻，当然他也像高加林一样未能与这个青梅竹马的乡下姑娘最终结为秦晋之好。不同的是，高加林决绝地抛弃了巧珍，而灵灵则是在欧阳万彤奶奶的“点拨”下主动放弃了婚约。欧阳万彤从小接受的是爷爷的“精英”教育——“一定要做官”。这个来自祖辈的教育对欧阳万彤的一生至关重要，它影响甚至奠定了欧阳万彤的人生理想和价值目标。这个理想和价值观不仅是儒家“修齐治平”的入世思想，同时更联系着爷爷“长长脸，换换门风、不受欺负”的生存哲学。因此，从读大学开始，欧阳万彤就为日后进入官场做了充分的准备。他不仅个人努力刻苦，同时也积极培养乡党魏昌山。魏昌山谈恋爱时欧阳万彤积极介入，并终于使魏昌山攀上了高枝，娶了一个高级干部的女儿武姿。欧阳万彤告诫魏昌山：“中国的全部历史告诉我们，官场是一个最讲人脉关系最需要人提携的地方，可我的岳父已在‘文革’中被斗致死，我们日后怎么办？在官场里单打独斗？”魏昌山后来在军界如鱼得水成为将军。欧阳万彤对成为将军的魏昌山平日讲排场坐专机，声色犬马挥金如土多有不满，也曾以不同方式对其规劝，而魏昌山不仅不思反悔，反而心生怨恨以致反目成仇。让欧阳万彤始料不及的是，魏昌山最终成为军内大贪官。但是，欧阳万彤在危机时刻，也曾三次得到魏昌山及其岳父的帮助，使其在政界转危为安并终于成为一个“封疆大吏”，这倒也显示了欧阳万彤当年的眼光与谋略。因此，欧阳万彤在政坛中心掌控权力的同时，既受到了来自权力的掣肘，同时也得到了权力的泽被。但是，值得注意的是，欧阳万彤并不是利用这些关系以权谋私，他被撤职是冤枉的。魏昌山的岳父给更大的领导打电话，只是让他有机会澄清了自己；他从省委副书记升任省长，曾受到第二任妻子某些方面的影响，魏昌山利用自己的关系，请一些“关键岗位上工作的朋友”帮忙，为欧阳万彤

赢得了又一次考核机会，也是还了他一个清白，打消了组织对使用他的疑虑而已。而不是弄虚作假违反原则。因此，欧阳万彤的从政的经历，应该说是非常谨慎，对自己有严格要求的。他曾说："我们这些走上仕途的人，在任乡、县级官员的时候，把为官作为一种谋生的手段，遇事为个人为家庭考虑得多一点，还勉强可以理解；在任地、厅、司、局、市一级的官员时，把为官作为一种光宗耀祖、个人成功的标志，还多少可以容忍；如果在任省、部一级官员时，仍然脱不开个人和家庭的束缚，仍然在想着为个人和家庭谋名谋利，想不到国家和民族，那就是一个罪人。你想想，全中国的省部级官员加上军队的军级官员能有多少？不就一两千人吗？如果连这一两千人也不为国家、民族考虑，那我们的国家、民族岂不是太悲哀了？！"如果按照党内原则来说，这番话未必多么冠冕堂皇高大上，但是我们却能够感受到其中的诚恳，或者这里隐含了无奈的"退一万步说"的"底线"承诺。也正因为如此，当妻子常小韫问他"你当官这么多年，有没有做过使你感到良心特别过不去的事"时，欧阳万彤说："我在良心上感到特别不安的事情有两件，一件是让蔷薇进了监狱，不管她有多少错处，其实原因都在我，我没有真正地帮她踩刹车，最终导致了她在政治上的毁灭；另一件，是在我当县长时，因保护自己提拔的干部而导致了一对夫妇的自杀，我至今还记得那个叫阮若的丈夫。我对不起他们，我一直在找他们遗下的女儿，想给那孩子一点帮助，可一直没能找到。我因此常常想，与其他的职业相比，人一生选择当官选择行政管理这个行当，最可能留下无法弥补的人生缺憾，我对阮若的女儿一直存有着罪感……"而阮若的女儿正是他现在的妻子常小韫。一个高级干部能够记得为官从政的缺憾，即便他无法弥补难以完美“收官”，也已实属不易。

但是，这只是欧阳万彤政治生涯的一个方面。他人生更重要的经历是那些隐秘的、不为人知或不足为外人道的“人与事”。这些“人与事”是通过欧阳万彤“辞职”前后披露出来的。“辞职”事件，在小说的整体结构中非常重要：一方面，通过“辞职”呈现了欧阳万彤的执政环境、人际关系以及大变革时代瞬息万变的不确定性特征；一方面，作为“后叙事”视角的讲述方式，使小说悬疑迭起疑窦丛生，小说的节奏感和可读性大大增强。欧阳万彤为什么辞职一直是一个谜，也是小说的核心情节之一。小说最终也没有直接说明他为什么辞职，但在所有当事人的讲述中，呈现出了欧阳万彤辞职的具体原因。比如秘书说，他要求民营企业海富集团因污染问题停业整顿，但海富集团“有通天人物”，他只能改为“边开工生产边安装治污设备，但一定要安装”。虽然他言之凿凿：“不然，一个月后，我还停他的产！”但比起他先前整顿污染企业的决心已大打折扣。京城的某公子要求承包高速公路建设工程未遂，临走前打电话威胁说：“你告诉欧阳万彤，他有点胆大包天了，什么人都敢玩，玩到了我的头上，老子要让他吃不了兜着走，不就是一个鸟省长嘛，让他当他是省长，不让他当不就是一个草民？！”欧阳万彤听到了电话里的骂声，他能做的也只能铁青着脸，把手边的一个铁皮茶叶盒捏扁了。还有，一个副省长竟然敢利用职权隔三岔五睡女大学生，欧阳省长怒不可遏地把这事汇报了上去，但一直没有消息。不仅对同僚的无边欲望束手无策，就是对自己的妻子他又能怎样呢？他第一任妻子林蔷薇急切地要做土地局长，理由是：“告诉你，我不想让别人整天指着我说：那是万彤市长的老婆。我想让别人介绍我说：那是天全市土地局长林蔷薇！我这样要求难道错了吗？你们不是口口声声要解放妇女么，为何解放到我就不行了？你举手之劳就可以办到的事，为什么总想推托？我是不是你的老婆？是不是你儿子千籽的妈？是不是你最亲的人？你为何不想把权交给我反要交给别人？仅仅是怕别人议论你任人唯亲？你睁眼看看现在哪一级领导用人不是在用的自己人？”类似的事情还有无数。更有甚者，同僚和利益集团甚至制造他“老年痴呆”的虚假诊断，不法商人简谦延罗织罪名的举报材料标题就是：省长欧阳万彤又庸又贪，清河近亿百姓苦不堪言，并通过电脑制作下流图片中伤等卑劣手段来实现打压弹劾欧阳万彤。这就是欧阳万彤的执政环境。这个环境是怎样造成的是另一个问题，小说中的欧阳万彤必须面对这些问题对他来说则是一个不可回避的现实问题。

当然，欧阳万彤不是一个完人，他也有他的缺点和人性的复杂性，他也有意乱情迷的时候。面对演员殷倩倩的万种风情，他也难以自持。那虽然是一段“英雄救美”的古旧桥段，但情节的可读性却可圈可点。欧阳万彤可以用喝了酒一时糊涂来搪塞，但那显然没有说服力，那个弱点是男性共同的弱点，他能够浅尝辄止而没有误入歧途已经很了不起。还有，当欧阳万彤谈起与儿子欧阳千籽不和谐关系时非常在意和伤感，他不止一次说他是一个很失败的父亲。他说，儿子小时候非常需要他的陪伴，愿和他在一起，可他那时因忙于官场事务且醉心于在官场奋斗，很少关心过儿子，更少陪伴儿子。等他后来有了闲暇，想与儿子在一起，儿子又不愿和他在一起了。当谈起他认为最坚强的人是自己的母亲时，他除了感佩更有难言的痛楚，是母亲在物资最困难贫乏时代的隐忍，带领全家走出了生存的泥淖而未坠入绝境。这些不经意的笔触，是小说最动人的篇章之一。当然，作为一个高级干部，小说更着意书写了他的胸怀和眼光。比如他对购买美债问题、网络安全问题、稀土出口问题、GDP 问题等的看法，显示出一个政治家应有的独立判断能力；将《新启蒙》杂志舒缓地变为市委内参智库，显示了他处理理论问题和知识分子不同意见的远见卓识和水平。

因此可以说，《曲终人散》是一部对当下中国干部制度有深入研究、对执政环境复杂性多有体认的作品。小说与此前所有的官场小说大不相同，它不是展示官员如何腐败、如何权钱与权色交易、如何胆大妄为肆无忌惮滥用职权。这样的作品我们从和珅到《官场现形记》再到当代官场小说早已耳熟能详。如何写出更有力量更符合生活逻辑和作家理想的小说，是《曲终人散》的追求之一。作为小说，它要提供的是既与现实生活有关，同时又要对生活有更高提炼或概括的想象。因此也才能更本质地揭示出生活的真面目。更重要的是，小说是一个虚构的领域，如何塑造出有新的审美价值的人物，才是小说的根本要义。周大新说：“官员也有各自的苦衷。他们作为一个人生活在这个环境里并不容易，甚至很艰难。前些年我没有注意到官场上的精神氛围，官员看上去非常光鲜，但他们背后其实有很多可以同情、悲悯的地方。”“原来看过一些官场小说，纯粹揭露黑暗，把当官的过程写得很详细，其实带有教科书的性质，我不愿意那样写。”因此，在我看来，《曲终人散》绵里藏针，它不仅讲述了艰难的执政环境，同时也讲述了入仕做官的全部复杂性，它是一部书写大变革时代人间万象的和世道人心的警世通言。它既是过去“官场小说”的终结者，也是书写历史大舞台主角隐秘人生和复杂人性的开启者。小说是

一种讲述，但讲述什么或怎样讲述，都掌控在作家手里。所以，小说最后写的还是作家自己，如果是这样的话，那么，欧阳万彤这个人物，显然寄托了周大新的个人理想。欧阳万彤那理想化的人格、作为以及忍辱负重、壮志未酬的悲苦人生，隐含了周大新对人生理想和抱负、对人性、对男女、对亲情、对朋友等的理解。如果是这样的话，那么，我们就可以认为，周大新通过对欧阳万彤这个人物的塑造，同样表达了他用文学书写官场人生的新的理解。他的这一经验，既是中国的也是他个人的。

2015 年 4 月 29 日于香港岭南大学

原载《文艺报》2015 年 5 月 6 日

革命飞地游荡的幽灵

——评吴亮的长篇小说《朝霞》

这是一部书写“革命时期”的“历史小说”，是以讲述话语的时代重新照亮话语讲述时代的小说，是一个先锋文学批评家冒险的文体实验，更是一个作家对一个历史难题试图做出个人阐释的文学实践。小说发表至今已经两年，批评界微弱的反应从另一个方面折射了面对这部小说的为难。这种为难，与吴亮经意或不经意的文体探索与尝试有关。或者说，他创作的文本与我们习惯阅读的小说方式相去甚远，更与他要处理对象的复杂、混乱甚至至今仍然一言难尽有关。作为一个著名文学批评家，吴亮对古今中外经典著作阅读之广泛，对讲述历史复杂性的理解，以对及个人曾经经历历史的梳理和分析，都决定了这不可能是一部一览无余、晓畅无碍的小说。毋庸讳言的是，文体形式的选择当然也隐含了吴亮的叙事策略的考虑。

对革命时期的思考和重述，曾是一个时代世界性的文学潮流。米兰.昆德拉的《生命不能承受之轻》、帕斯捷尔纳克的《日瓦戈医生》、索尔仁尼琴的《古拉格群岛》、阿·雷巴科夫的《阿尔

巴特街的儿女们》以及“乌托邦三部曲”等，对不同国度的革命时期做了不同的表达和呈现。这些作品为我们重新认识20世纪无产阶级革命，提供了另外一种有别于正史的讲述，对我国文学界产生过重要影响。莫言说他看过《生命中不能承受之轻》和《为了告别的聚会》，很喜欢。跟拉美、美国作家不太一样，昆德拉生活在奉行极左体制的国家。他的小说是政治讽刺小说，充满了对极左体制的嘲讽。小说中的讽刺有一点儿像黑色幽默，又不完全是，形成了一种独特的味道。而且，这种对极左制度的嘲讽能引发中国人的“文革”记忆，人们很容易对那些描写心领神会，很值得一读。昆德拉的小说在结构上也很有特点，除了情节故事，还穿插了大量议论，可以说没有议论就没有昆德拉。其中很多议论精辟、深刻，表现出昆德拉与众不同的思考。帕斯捷尔纳克是一个在主流意识形态之下坚持个性写作的作家，其精神的独立性首先表现在创作的主题上。早在20世纪20年代，帕斯捷尔纳克的诗作就蜚声文坛，他的诗歌多以知识分子的内心世界为描摹对象，与轰轰烈烈的外部世界形成巨大反差。他创作于20世纪40年代末的长篇小说《日瓦戈医生》同样有这样的特点。他在小说中通过主人公日瓦戈医生短短40年的人生中所遭遇的一切来展示俄国知识分子在20世纪的命运。这部小说是作者用自己的笔与心灵发出的对现实社会理智而动情地思考，这也如作家所说：“《日瓦戈医生》是我第一部真正的作品，我想在其中刻画出俄罗斯近45年的历史。”帕斯捷尔纳克追求的是心灵与情感倾诉的艺术，拒绝为了应时和实用而创作。在创作中，他始终坚守着独立的个性和主体意识，拒绝随波逐流；凡是他所描写的事物通常都是他本人直接看到、听到、触觉到、思考到的。他很少受世俗的干扰，不会人云亦云，在从众和媚俗成为时尚的年月里，他拒绝随波逐流，他坚守着独立的自我个性，保持着卓然不群的主体意识。

当然，吴亮的《朝霞》无论是创作的初衷还是小说表达的具体内容，都与上述作家作品不尽相同。但是，就小说的内在气质来说，它显然在这个尚未成为过去的思想和文学的谱系之中。不同的是，在《朝霞》中作家有意略去了红旗猎猎血雨腥风，正面的革命只是小说的红色背景。小说中的人与事并没有和革命发生直接联系——但又很难不发生关系。邦斯舅舅、朱莉、马立克、牛皮筋、阿诺、沈灏、李致行、纤纤、林林、东东、孙继中、“致行爸爸”“沈灏妈妈”、殷老师以及马馘伦、何乃谦、浦卓运等等，这些人物是被革命遗忘的人物，他们幽灵般地游荡在革命的夹缝和飞地中。他们是法国的“局外人”、英国的“漂泊者”、俄国的“当代英雄”与“床上的废物”、日本的“逃遁者”、现代中国的“零余者”、美国的“遁世者”。或一言蔽之，他们酷似圣彼得堡的“多余人”。朝霞满天，但朝霞没有照耀到他们。于是，他们便有了类似于幽灵，在革命的夹缝中游荡、在革命的飞地无所事事的可能。

小说的形式上可以称作“吴亮体”——它没有完整的故事情节，没有核心故事，也不是线性的讲述方式。这是“吴亮话语”的另一种形式。在这种松散的讲述方式中，吴亮为自己设定了广阔而自由的巨大空间。小说不再受惯常形式的制约，东方西方人文地理，他可以自由驰骋。这是吴亮的创造，也是吴亮过人的聪明之处。他用现代派的意识流和后现代主义的碎片化构成了一个“支离破碎”的小说形体，这是《朝霞》文本形式最重要的特征，片段化的叙事一览无余。但在意识流和后现代形式的后面，是严

格的、完全经得起推敲的生活细节，而这些细节，并不是随意设置的，它们都无一遗漏地呈现了那个时代的所有秘密。第八节，邦斯舅舅出现了——

忽有一天，邦斯舅舅说他有个念想，年底回上海探亲想吃陆稿荐酱汁肉，父亲对母亲嘀咕，意思是老四一身毛病，都是从外公遗传来的，要么说大话，要么吃吃吃，还挑剔，指定酱汁肉，红烧肉我们也舍不得吃。他在旁边听了不响，他有点不满意父亲的刻薄，觉得邦斯舅舅十几年蹲在青海劳改，想吃一块酱汁肉不能算过分。母亲打圆场，回邦斯舅舅说熟食店卖酱汁肉红肠要收二分之一肉票，划不来，建议邦斯舅舅去金陵路洪长兴清真馆吃涮羊肉。羊肉膻，南方人不习惯，并且又不收肉票，邦斯舅舅当即接受了这个建议。年底邦斯舅舅坐了两天两夜火车，马不停蹄，到溧阳路行李一扔，直奔洪长兴，那个晚上邦斯舅舅胃口特别好，他和母亲作陪，目睹了邦斯舅舅的狼吞虎咽，最后还用一块脏兮兮的手帕包走了两块剩下的馕。他被邦斯舅舅十根手指的运动迷住了。邦斯舅舅从裤兜掏出一团揉皱的布，打开，捋平，他才看清这是一方手帕。这方手帕包了一副老花镜和一把小洋刀，他眼尖，发现这把小刀柄刻了几个古怪的文字。邦斯舅舅将他的随身装备交予母亲，开始用这方叫做手帕的布，认真仔细地包两块馕，他被眼前的景象打动了，回家路上他一直心不在焉。邦斯舅舅吹起了口哨，他无缘无故想起了青海湖的夜晚。

这是一个有过城市记忆，被流放到青海回上海探亲的男人。他对上海的记忆首先是酱汁肉，一个人越缺乏什么就一定要凸显什么。青海劳改农场的伙食或生存环境，在邦斯舅舅对上海的念想中得以表达。革命为邦斯舅舅带来的不仅是远离都市背井离乡，同时更有肠胃和味蕾的危机。当生存成为问题的时候，他称为“装备”的稀罕之物远不如两块囊重要。《朝霞》虽然由无数个片段构成，但是，在这些片段中，这些细节构成的生活场景比比皆是。细节的真实是《朝霞》的命脉，是最重要也是最具文学性的部分。如果是这样的话，那么《朝霞》在本质上还是现实主义的小说。

《朝霞》中庞杂的人物群体，游离于革命之外，因此，革命的景观和话语方式不可能通过这个群体得以呈现或传达。革命的夹缝处或边缘处是如此的僻静或恰到好处。于是，日常生活的气息就在这个人群中被营造出来。阿诺母亲在楼上让阿诺回家吃饭的呼喊，替代了革命洪流和激进的口号；马馘伦、何乃谦、浦卓运等知识分子的形上讨论虽然迂腐却相当顽固，探讨真理的潜流替代了“两报一刊”言之凿凿的社论；一九七一年九月某日夜饭后，孙继中艾菲搭档，江楚天李致行联手，他们路灯下打扑克，革命狂潮消退，娱乐活动悄悄复辟。而不同写作方法的并用，使革命时期的日常生活在作者的讲述中更加兴致盎然。邦斯舅舅提供的治疗“飞蚊症”的食疗偏方，讲述者不厌其详，一如《红楼梦》宴宾客的菜单。海明威讲戒烟一千次，意在告诉人们，语文就是陷阱，它会把一个问题偷换成另一个问题。甚至在告诫马立克不要恋爱宋老师时，用的几乎是先知的口吻：去爱一个与你年纪相仿的女孩吧，不管你们的初恋是否失败，当然，初恋总是要失败的，你不同意，说分手也行，

反正年纪相仿的年轻男女必须要有同代人话题，你怎么可能懂得大你二十岁的宋老师！你必须爱上新的人哪怕寻找另外一个能使你沉醉的爱之幻影，这取决于你的依恋模式，如果还不是恋爱模式的话。你和宋老师不能算分手，记住。等等。这些没有进入情节的闲言碎语，并不是作者的东拉西扯，这些情境和话语构建了另外一种气息或氛围。它是阿诺们的日常生活——革命在远处规约着他们的边界，他们的游荡、徘徊或无所事事，不可能为所欲为。另一方面，他们也尽可能扩展他们的边界甚至越轨。

比如读书。读书是小说中重要的内容。除了那三个迂腐无用的老知识分子不断地论道追问外，阿诺们也在读书。他们读的是《少年维特之烦恼》《茶花女》《高龙巴》《初恋》《欧根·奥涅金》《圣经》《意志自由论》《巨人传》等，这些书在革命时期应该是禁书，属于封资修的范畴。但是，即便老知识分子如马馘伦在给儿子马立克的信中也说：多读经典是对的，经典来自“船队”的意思，丰富、庞大、有条有理。另外，一部经典作品乃同类书中十分突出的书，后世人对它崇拜得无以复加……这些老老少少不同的人们，将他们的生活区域构成了一片革命时期的飞地，他们彼此也并不相连，与革命更是相去甚远。需要说明的是，《朝霞》开列的那些书单，并非完全是虚构。那个时代的青年应该知道他们当时在读什么书。否则，八十年代一旦来临，他们便如日中天气若长虹就是空穴来风，就是不真实的。革命时期如幽灵般的游荡，也为他们日后的以求一逞埋下了伏笔或奠定了基础。因此，就其有关读书的书目和情境而言，《朝霞》又可以看作是吴亮先生的自叙传。游荡在革命的飞地，他用一个革命的“他者”的眼光，目睹也洞悉了革命带来的一切。读书——是他们身置其间却无能为力的一个表征——所谓百无一用是书生，此之谓也。但是，无用之用，恰恰是吴亮对文学、对小说理解的重要部分。所以说《朝霞》是吴亮的自叙传，是他在革命时期的精神史和成长史，是他蕴藏心中已久的心灵秘史。

如果说读书、论道等，还是精神层面、属于形上范畴的事物，那么，生活中不变的事物对革命来说，则是最有力的比照。革命时期是道德化日益高涨的时期，革命的道德体验将人升华到至高无上的境界，它让人彻底泯灭个人欲望，从物欲到身体。但是，在冠冕堂皇的话语背后，隐藏的恰恰是它的反面。正当的欲望、特别是身体欲望，是一个巨大的表征——禁欲越是严酷，欲望越是横流。《朝霞》中，革命还在继续，欲望仍然无边。沈灏妈妈和致行爸爸，宋老师与马利克，阿诺和殷老师，这些革命的局外人，并没有因革命的兴起而熄灭身体的欲望之火。他们或行鱼水之欢欲罢不能；或“第一次江面就一个暗送秋波，另一个含情脉脉”。在《朝霞》的叙事中，这些最私密的场景和蠢蠢欲动的人性，得到了不同程度的揭示。它之所以有力，就在于它与真实的人性有关。革命没有能力制止欲望，因此，革命高调的道德化一脚踏空了。同时，性活动的私密进行，不能改变的还是凄楚的绝望感：“江楚天说，多少插队同学梦里都想回上海，即便真的回到上海没有工作，日子不知道哪能过。阿诺说，不好多想，再多想下去，觉得无啥地方有前途。”革命时期真实的心境，就这样零碎地镶嵌在他并不连贯的讲述中。批评家程德培先生说：“《朝霞》记录了什么样的人与事？一群被称之为寄生虫、社会闲杂人员、多余的人、卑微者、罪犯与贱民、资产阶级的遗老遗少，他们像废品一样被遗弃，或者像‘丧家之犬’无处藏身。他们都是革命之

后的残余之物，能察觉的只是一丝无可名状的不安，露出的是一种惊惶般的恐惧面容，做着隐藏在‘旧道具’中的梦，过的是紧张不安的日常生活。”（《一个黎明时分的拾荒者》）这个描述是正确的。吴亮先生自己说：“我不知道年轻人是否会对《朝霞》的形式和里面各种人物、景观产生好奇心，《朝霞》对一般读者而言的确有一点障碍，他们可能读不出什么意思，其实我很清楚其中内容的含义，我不是故意要设置这个门槛，而是这里面人物的出现预示着这里面必须要有这种形式和内容。确切说，我这个作品是一个批评家中的批评家写给作家中的作家看。”我们不能把这些话当作吴亮的叫板或任性。实事求是地说，解读《朝霞》确实是一件很困难的事情。除了形式上的乱花迷眼，同时还有“我希望里面大部分信息对读者有用。一小部分信息他们看不懂，你必须要舍弃一些东西，不要求你们全部看明白。这里面有一些东西我故意扭曲了，是为了故弄玄虚。我故意把一些不相干的东西置入，随便加进去一个词，让语法变得不通，让有些人看不清楚”的人为因素。因此，历史的和人为的双重障碍，必定使《朝霞》如雾里看花。但是，《朝霞》毕竟不是一部天书。作为一部“当代艺术”或者“装置艺术”（吴亮语），是吴亮站在今天的视角，用想象的方式重新构建了他曾经的历史。所谓“装置艺术”，是指艺术家在特定的时空环境里，将人类日常生活中的已消费或未消费过的物质文化实体、进行艺术性地有效选择、利用、改造、组合，以令其演绎出新的展示个体或群体丰富的精神文化意蕴的艺术形态。简单地讲，装置艺术，就是场地、材料、情感叠加的综合展示艺术。《朝霞》就是用文字构建的“文学装置”，他略去的部分是他这一“装置”重要的组成部分，作为背景它不再呈现出来，也正因为《朝霞》是小说而不是正史——于是，我们看到了过去不曾看到的革命飞地和那些游荡的幽灵。

2018年8月27日于北京

原载《书城》2018年10期

阿来关注的是人的命运与况味

《尘埃落定》是一部英雄传奇，是叱咤风云的土司和他们子孙的英雄史诗，他们在壮丽广袤的古老空间上演了一部威武雄壮的男性故事，讲述了从前现代走向现代的浪漫历史。于是作家阿来也成为一个传奇，他从遥远的边地一步跨进中国当代文学的中心。此后，他每部作品的出版，几乎都会引起读者和批评界的关注和反响。他不断变化自己的创作，但他的变化并非空穴来风。比如长篇小说《空山》，这是一部和《尘埃落定》完全不同的小说，但是，它却是一部与生活的大变化有同构关系的小说。《空山》几乎没有完整的故事，拼接和连缀起的生活碎片充斥全篇，在结构上也是由不连贯的篇章组成。《随风飘散》是《空山》的第一卷。这一卷只讲述了私生子格拉和母亲相依为命毫无意义的日常生活，他们屈辱而没有尊严，甚至对冤屈地死亡也浑然不觉。如果只读《随风飘散》我们会以为这是一部支离破碎很不完整的小说片段；但是，当读完卷二《天火》之后，那场没有尽期的大火不仅照亮了自身，同时也照亮了《随风飘散》中格拉冤屈的灵魂。格拉的悲剧是在日常生活中酿成的，格拉和他母亲的尊严是被机村普通人给剥夺的，无论成人还是孩子，他们随意欺辱这仅仅是活着的母子。原始的愚昧在机村弥漫四方，于是，对人性的追问就成为《随风飘散》挥之不去一以贯之的主题。《天火》是发生在机村的一场大火。但这场大火更是一种象征和隐喻，它是一场自然的灾难，更是一场人为的灾难。自然的“天火”并没有也不可能给机村毁灭性的打击，但自然天火后面的人为“天火”，却为这个遥远的村庄带来了更大的不测。那个被“宣判”为“反革命”的多吉，连撒尿的权利都被剥夺了，他为了维护做人的尊严，只有舍身跳进悬崖；那个多情的姑娘央金，当她从死神手中挣扎回来，已经是救火战场上涌现的女英雄了。这个女英雄脸上出现了一种“大家都感到陌生的表情”：她神情庄重，目光坚定，望着远方。这是那个时代的电影、报纸和宣传画上先进人物的标准姿态。多吉的命运和央金的命运是那个时代人物命运的两极，一念之差，或者在神秘的命运之手的掌控下，所有的人，既可以上天堂也可以下地狱。《空山》将一个时代的苦难和荒谬，蕴涵于一对母子的日常生活里，蕴涵于一场精心构划却又含而不露的“天火”中。这时我们发现，任何一场运动，一场灾难过后，它留下的是永驻人心的创伤而不仅仅是自然环境的伤痕。生活中原始的愚昧，一旦遭遇适合生长的环境，就会以百倍的疯狂千倍的仇恨挥发出来，那个时候，灾难就到来了。机村琐碎生活的叙述与《尘埃落定》大历史叙述构成了鲜明的比较。阿来从“传奇”来到了人间。

《蘑菇圈》是阿来新近获第七届鲁迅文学奖的中篇小说。这部中篇的容量极大，内容充沛又丰富。小说讲述了主人公机村的阿妈斯炯的一生：她是个不知道自己父亲的单亲女儿，被阿妈艰辛养大；她曾被招进工作组“工作”，被刘组长诱骗未婚生子；

她同样艰辛地养育了自己的儿子胆巴，熬过自然灾害以及“四清”运动和“文革”。接着是商品经济时代对机村的冲击，世道人心的改变。如果这样描述，《蘑菇圈》应该是一部历史小说，阿妈斯炯经历了五十年代至今的所有大事件。半个多世纪的时间，足以让阿妈斯炯阅尽沧海桑田。阿妈斯炯重复的是她阿妈的道路，不同的是斯炯看到了“现代”。但“现代”给她带来的是她的不适应甚至是苦难。如果没有工作组，她就不会见到刘元萱组长，就不会失身成为单身母亲；如果没有工作组，她也不会见到那个女工作组组长，整天喊她“不觉悟的姐妹”。这里“觉悟”这个词由女工作组组长说出来真是意味深长，她和阿妈斯炯在同一个时空里，但她们面对的世界是如此的不同，他们对觉悟的理解更是南辕北辙。这个女组长后来咯血再回不到机村了；胆巴的亲生父亲刘元萱临死终于承认了是胆巴父亲的事实。儿子胆巴进入了父亲生活的权力序列，他前程无量，只是离他母亲越来越远了。机村变了，孩子变了，曾经帮助阿妈斯炯度过饥荒，为她积攒了财富的蘑菇圈，也被胆巴的妹妹、刘元萱的女儿拍成蘑菇养殖基地的广告——那是阿妈斯炯一生的秘密，但现代社会没有秘密，一切都在商业利益谋划之中。只是世风代变，阿妈斯炯没有变。阿妈斯炯对现代之变显然是有异议的，面对丹雅列举的种种新事物，她说——我只想问你，变魔法一样变出这么多新东西，谁能把人变好了？阿妈斯炯说，说能把人变好，那才是时代真的变了。阿妈斯炯有自己的价值观，人变好了才是尺度，才是时代变好了。

蘑菇圈是一个自然的意象，它生生不息地为人类提供着美味，甚至生存条件。它的存在或安好，就是人与自然的和谐或相安无事。人生的况味，是对人生的一种体悟，它开不见摸不到，但又真实地存在于每个人的命运中。一言难尽，欲说还休，晴空朗月，踌躇满志，怀才不遇，等等，都是一种人生况味。小说写了阿妈斯炯和小说中所有人的况味，应该说都是一言难尽。阿妈斯炯受尽了人间苦难，但她没有怨恨、没有仇恨；她对人和事永远都是充满了善意，永远是那么善良。她随遇而安。只要有蘑菇圈，有和松茸的关系，有她自己守护的秘密，她就心满意足，但是她的蘑菇圈最终还是没有了。生活与阿妈斯炯来说可有可无了。她最后和儿子胆巴说“我的蘑菇圈没有了”，她说出了她的绝望。刘元萱和女工作组组长会怎样体会他们人生的况味呢？胆巴、丹雅进入了现代并且习以为常，他们人生的况味将会怎样体会呢？人生的况味与人的境遇有关，人的境遇与社会历史变革有关。阿来小说中人的命运与况味，都密切地联系着社会历史的变迁。况味只可意会、体会，它不是虚构的产物，不是想象的产物，它是一种真实的存在。因此，阿来的小说是在一个严密的逻辑中展开的。

如果是这样的话，那么，小说的上半部应该是《金刚经》，下半部好似《地藏经》。上半部我们看到的是人与自然的和谐似乎有神祇在主宰安排。阿妈斯炯的生活虽然有不快，有挫折，但她有蘑菇圈，她和万事万物没有争执没有怨恨。但是，下半部中商业行为如凶神恶煞地进入了机村，一切凝固的东西都烟消云散了。是什么改变了人性，是什么让人变得如此贪得无厌和冷硬荒寒，是什么让人如魔鬼恣意横行。前现代的乡村不是文化流通的场所，它的个人性却产生了无边的大美。通过阿来的小说我们发现，美，在前现代，美学在现代；美学重构了前现代的美。美学与现代是一个悖谬的关系。如何理解现代，如何保有前现代的人性之美，是现代难以回答的。因此，阿妈斯炯遇到的难题显然不

是她个人的。阿妈斯炯的困惑，就是我们共同的困惑；阿妈斯炯人生的况味，我们也曾经或正在经历。

原载《四川文学》2018 年 11 期

《望春风》与当下乡土文学

新世纪乡土文学的不同叙事：《梁庄》等对乡土溃败的痛心疾首；《湖光山色》《麦河》等的乐观主义；《凿空》《陌上》等对“现代”的处乱不惊。三种不同的叙事表达了当下作家对中国乡村变革的不同态度和期待。从某种意义上说，他们都有合理性。

《望春风》书写的是记忆中的乡村。是作者以自己的城市生活经验照亮的乡村记忆。格非的上海、北京生活经验对他书写他的乡村非常重要。如果格非没有他的城市生活经验，他是不能完成《望春风》的写作的。小说虽然也写到当下乡村的变革，但他很少做出评价。显然，格非对当下乡村变革的评价持有非常谨慎的态度。这与他的历史感有关。我们知道，包括乡村变革的中国变革，它的整体塑型还远远没有完成。如果说这一比那个是一个漫长的链条的话，当下的状况只是这个链条中的一环。如果把一个环节当作整体，显然是缺乏历史感的。这也正如恩格斯在《自然辩证法·导言》中所说：人预定的目的和达到的结果之间还总是存在着非常大的出入。不能预见的作用占了优势，不能控制的力量比有计划发动的力量强得多。只要人的最重要的历史活动，

使人从动物界上升到人类并构成人的其他一切活动的物质基础的历史活动，满足人的生活需要的生产，即今天的社会生产，还被不可控制的力量的无意识的作用所左右。只要人所希望的目的只是作为例外才能实现，而且往往得到相反的结果，那么上述情况是不能不如此的。作为学者型作家的格非，除了有发达敏锐的感性触角，他还有清楚的理性思考在制约他的感性表达。

我发现《望春风》的写作，基本是“史传”笔法，以写人物为主。比如写父亲、母亲、德正、猪倌、王曼卿、章珠、雪兰、朱虎平、孙耀庭、婶子、高定邦、同彬、梅芳、沈祖英、赵礼平、唐文宽、斜眼、高定国、春琴，等等。但作家又不是平均使用笔墨。这也正如《史记》的本纪、世家、列传一样。父亲和赵德正着墨多，母亲少些；春琴着墨较多，其他人少些。通过小说的写法和内部结构。我们也会发现：格非也很难将他的乡村结构成一个完整的故事，他的记忆也是碎片化的。他只能片段地书写一个个乡村人物，通过这些人物发现乡村在今天的变化。因此，格非写《望春风》，不是要解决乡村中国变革的“问题”——而那些试图解决乡村中国变革问题的小说，在今天恰恰成了问题。他还是要对他记忆中的乡村做文学化的处理——努力写出他的人物。这样，《望春风》就有别于那些急切处理乡村变革问题的作品——那是社会学家、经济学家和政治家的事情。

小说中很多细节非常感人，比如父亲从工地带来一碗饭，只是为了让我尝尝数月未知的“肉味”，我则偷偷地将肉埋在饭里，让父亲吃。格非讲得很好，他说，个人经验，只有通过和“他者”构成关系时才有意义。现在的孩子如果愿意，一顿饭可以吃二斤肉。但格非话语讲述的时代，是没有可能的。我们能够理解他在讲述什么。还比如朱虎平和雪兰的“不伦之恋”，这是乡村“差序格局”遭到破坏的一个症候性的情节。乡村中国的秩序，就靠“差序格局”和伦理、礼仪等维系。如果这个格局破坏了，乡村中国的秩序也就不存在了。但格非不是呼天抢地痛不欲生地讲述乡村秩序的“炸裂”，而是通过文学性的情节一览无余。所幸的是，朱虎平和雪兰绝处逢生，那令人忧心如焚的事情还是没有发生。这是作家格非的过人之处。同彬和春琴的恋情虽然是“姐弟恋”，但还在伦理秩序之中。小说中对前现代人际关心的书写，温暖而多有情致。但格非清楚，那一切是只可想象而不能再经验的。

格非在写《望春风》后的一次演讲中说，他曾多次回乡，但后来“突然发现有一个惊人的变化，我发现我不想家了。而且我对家乡感到厌恶，我发现农村已经凋敝到一个没法让我待下去的程度”。“我突然发现，你到了乡村以后，你碰到的乡民，乡里面的乡亲父老，他的价值观突然变得极其单一，就是完全是为了钱，完全为了一些简单的经济上的问题。比如他们会不断地问你的收入，他们会说，你当了大学教授，你拿这么点钱，这种观点在乡村变得非常非常严重。”现代性是一条不归路，它不可能按原来路线返回起点。《望春风》的返乡之旅并不是要回到那个起点。因此，当下以“乡愁”为代表的话题，是向后看的、以煽情为能事的怀乡病，是成功人士和小资产阶级的无病呻吟。它试图建构起一个怀乡的“总体性”，以潜隐的方式抗拒有无限可能性的现代性。这是一种未做宣告的秘密，它与当下乡土文学写作的局限性不在一个范畴里。当任何一个作家都难以讲述今日中国乡村全貌的时候，每一种局限性就都有合理性。不同的是他们讲述乡村的出发点不同，但他们试图认识当下乡村中国的目的是一致的。

我们希望文学在作用世道人心的同时，也能够直接或间接地参与到当下中国的巨大变革中来，推动中国乡村变革朝着更加合理的方向发展。中国的现代性设计了乡村发展的路线图，它有历史合目的性，但左右这个预期和目的的多种力量有不可掌控的一面。乡村改革，就是使尽可能祛除那不可掌控的力量，缩短我们抵达目的的时间或周期，但它绝不是回到过去。这也正是乡土文学的价值所在。

原载《当代文坛》2018 年 2 期（节选）

是他发明了一个时代

——麦家和小说的多样性

麦家现在是享有国际声誉的小说家。他的中、长篇小说比如《解密》《暗算》《风声》《黑记》《蒙面人手记》《刀尖上行走》等，引起了国内外读者和批评界极大的兴趣和关注。麦家成了一个瞩目的焦点。在对小说创作整体评价日渐恶化的时候，麦家像奇迹一样出现在我们面前。麦家带来了新的小说资源，带来了一种神秘和解密同时存在、情节上山重水复、出其不意的叙述以及结局的彻骨悲凉的小说。他的小说富于可读性，在游刃有余、从容不迫的叙述中波澜突起，故事常有出人意料的想象。麦家的小说被称为是“新智力小说”“特情小说”或“当代特工悬疑小说”，不同的命名已经表明读者和评论界对麦家小说的热情。但我认为命名并不重要。重要的是麦家在小说中究竟言说了什么，我们怎样才能有效地阐释麦家为我们提供的这些故事和人物。

麦家的小说世界是我们陌生又深不可测的世界，在这个封闭的、甚至与世隔绝的世界里，麦家的人物生活在另外一种空间，也是另外一种时间里。他们和俗世生活似乎没有关系。在一种崇

高、庄严和使命神话的笼罩下，枯燥寂寞的日子被赋予了意义。于是，《暗算》中的人物成了“听风者”“看风者”和“捕风者”。他们在“暗算”也被暗算。他们“暗算”的是和国家民族利益相关的异国异军的密码情报，而这些天才的特殊工作者所遭遇的“暗算”付出的却是个人生命的代价。因此麦家的小说不仅有题材的先在优越，重要的还是他对人性和人的命运的深刻理解与关怀。《暗算》中的故事确实给我们带来了闻所未闻的新奇感，那里有冷战时代国际风云际会的大背景，有高层决策者仿佛来自云端的指令，有密码破译天才与扑朔迷离变幻无常的绝密数字的神秘对话，也有半个世纪前与国民党军统系统的情报战。这些故事具有极大的“游戏性”，它酷似当代高科技制作的《反恐精英》游戏，或者说，画面上的血腥厮杀和枪战，背后都隐含了一个操纵者。只有操纵者才能洞察全局控制游戏。情报领域的这个游戏也是在操纵者的控制下完成的。不同的是，这个游戏实在是太危险太残酷。它的危险与残酷就在于它时刻都与政治和权力相联系。密码情报从表面上说，它是破译与反破译的高超游戏，但背后却是颠覆与反颠覆、支配与反支配的国家安全和国际政治权力的争斗。因此当这个具有游戏性的活动与政治争斗联系在一起的时候，它的游戏性就彻底消失了，突现出来的就是游戏的残酷性。或者说，麦家的小说用一个游戏的模式颠覆了游戏，它自身具有的这种消解性，使麦家既有现实依据又有虚构想象的小说，蕴涵了不易被察觉的“后现代”性质。

《暗算》是几个不具有连续性的故事构成的长篇。这一点很类似武侠小说，不断有武林高手出现，然后他们都死于非命，他们的死几乎都是宿命性的。《暗算》不同的故事讲述的是不同的人物，但不同人物又有大致相同的悲惨命运。这些人物命运的共同性，述说或揭示了这个游戏对人性的致命伤害。瞎子阿炳、黄依依、韦夫、难产的情报员，他们都死于人的欲望。这个欲望是不可抑制和赤裸的。在封闭的院落里，他们的欲望对象和欲望资源极其有限，但在有限的对象和资源里，他们仍进行了可能的配置。欲望支配下的组合生出的却是相反的结果。阿炳以他天才的耳朵识别出了孩子不是自己的血肉，他不能接受这个事实只能选择了自杀；黄依依受异域自由文化的影响，为所欲为地坚持她的性爱方式，结果死于情敌不共戴天又简略的谋杀；间谍韦夫虽然不是直接死于性事，但他生命垂危之际与美女崇高的献身关系极大；而 50 年前的情报员死于难产，不仅暴露了自己也暴露了她真实的丈夫。这些勉为其难的组合本身也具有游戏性：林小芳以悲壮的冲动嫁给了英雄般的阿炳；黄依依与两个男人的性爱并无障碍；女护士因韦夫的英勇而果敢献身；最具游戏性的是难产的情报员和自己的哥哥假扮夫妇。当然，《暗算》中的性，仅仅是麦家的表意符号，他并不是为了写性而写性，小说中并没有夸张、放大的床上运动，也没有刻意渲染的欲生欲死般的性气息。在麦家那里，人的最基本的要求是当作人性来表达的。

这些离奇的游戏般的性爱故事，如果不是在这个特殊的领域里大概不会发生，或者说即便发生，悲剧的概率也不会这样高。因此，这个酷似游戏的领域并不像《反恐精英》那样具有娱乐性。麦家通过人性的扭曲和变异发现了这个游戏的残酷性和悲剧性。于是，以游戏颠覆游戏，是麦家小说最突出的特征。这个颠覆是由人的悲剧命运来实现的。小说中的那个麦家说："如果一个人可以选择自己的命运，坦率说，我不会选择干破译的，因为这是

一门孤独的科学，充满了对人性的扭曲和扼杀。”但这个残酷孤独的科学领域，却造就了麦家的小说，并使他誉满文坛。真是破译者不幸麦家幸。

《风声》作为长篇小说，是一部在雅俗之间的作品。一方面，小说创作正受到来自社会不同方面的诟病，“文学之死”的声音也此起彼伏。在这样的文学处境中，《风声》一出洛阳纸贵。一方面，小说中的“老鬼”李宁玉的惨烈而死，使这部险象环生丝丝入扣的小说，成为一曲英雄主义的慷慨悲歌。人物和作品一起在绝处拔地而起。因此是一部绝处逢生的作品。

值得我们注意的是，作品表达的生活与麦家没有关系。麦家的出生距风雨飘摇的中国还相当遥远。是一部电影、一个“杀人游戏”、一个教授的“叙述”，点燃了麦家的灵感。它的仿真性，与“贾雨村言”如出一辙。但亦真亦幻的仿真性书写以及对具体细节的描绘和人物心理的刻画，显示了麦家虚构故事的能力和掌控、驾驭小说的才华。节奏紧凑，推理合理的情节，使这部张显智慧的小说令人兴致盎然兴奋不已。所有的人物都是面对面的，但究竟谁是肥原要寻找的那个“老鬼”，每个人都在被怀疑和猜测之中。这个封闭的环境和结构，与流行的“杀人游戏”极端相似。但作品中不同的人物的不同的表现，使“悬疑”真假莫辨扑朔迷离。但小说并非仅仅是一部好玩的游戏或智性的展示。它更是一部英雄主义的悲歌。在一个没有英雄的时代，麦家书写了我们期待和想象的革命时期的孤胆英雄。这个英雄可以说是在国家民族意义上的宏大叙事。这时我想到，在“宏大叙事”经过“祛魅”之后，意识形态“迷思”瓦解之后，包括宏大叙事在内的文学表达，仍然可以写出杰出的作品。或者说，在超验的想象中，过去的历史仍然能够得到合理的再现。麦家的经验证明了这并非是理论预设。

更重要的是，《风声》是一部有是非观、价值观和历史观的小说。当下中国文艺之所以遭到诟病乃至怨恨，在我看来主要是没有是非观和价值观。《风声》是一部有价值立场、有是非观的作品。它在险象环生命悬一线的情节中，表达了一个革命者的庄重情操，维护或捍卫了文学的最高正义。麦家对文学“游戏说”的理解有它的合理性，因为文学有它的娱性功能。文学也不负有证实历史具体细节的义务，那是历史学家的事情。但是，文学必须有它的历史观。如果不是这样，那么文学中的历史就是可以随意建构和想象的。

如果说对《风声》还有什么不满足的话，那就是因间接经验而带来的两个方面的不同问题。一方面，我欣赏麦家敢于书写间接经验。当下小说的直接经验太多，大都是与生活没有距离的直接反映。另一方面，间接经验也会带来想象力的挑战或考验。李宁玉、顾小梦、吴志国、王田香们的内心冲突、矛盾以及人性的多面性，并没有得到更充分地展开，他们的心理经验少有描绘。于是，关于文学元理论究竟应该如何理解，比如文学与生活的关系、直接经验与间接经验的关系等，显然由于《风声》的发表，再次面临着被质疑与重新阐释的问题。

麦家带动了一个题材的创作潮流。多年以后我们发现，麦家是小说一种题材的孵化器，是荧屏银幕文化产业的发动机。他发明了一个时代，这个时代是小说、电影、电视剧等文学艺术的“谍战时代”：《潜伏》《悬崖》《北平无战事》《风筝》《伪装者》《无悔追踪》等。如果没有麦家的《暗算》，这些作品的出现可能要推迟许多年。是麦家的灵感和创作，点燃了一个时代，那是谍战

剧大放异彩的时代。在这些作品中，我们和那些永难经验的人物一起度过了无数个不眠之夜，他们的人生经验填补和丰富了我们。我们知道还有那样一种不可思议的生活或“战线”。我们有幸与他们“相逢”，也在惊心动魄或心有余悸中与他们告别，他们与一个时代同在。仅凭这一点，麦家就功莫大焉。

原载《上海文学》2004 年 6 期

世风的沦陷与小说的凯旋

——评刘震云的长篇小说《吃瓜时代的儿女们》

刘震云是这个时代最具时代感和现实感的作家。自 1987 年他发表“新写实”系列小说以来，他目光所及，笔力所至，无不与当下生活有密切关系。这里所说的“当下生活”，是普通人的日常生活，是通过普通人日常生活折射出的世风世情和世道人心。一个作家反映了这样的生活，他就是这个时代生活的记录者。这是现实主义文学观念对作家创作的基本要求。在这个意义上，刘震云是一位最坚定的现实主义作家。现实主义在不断建构过程中几乎完全被意识形态化的今天，对一个作家的评价，现实主义的标签似乎已经失效，起码已经没有足够的力量。但是，当我们回到巴尔扎克、托尔斯泰、狄更斯和鲁迅的现实主义的时候，我们对现实主义的文学脉流和作家作品，仍然情有独钟。刘震云的小说创作，接续的是欧洲十九世纪现实主义和中国新文学启蒙的精神传统，他是一个真正意义上的“现代”中国作家。

《吃瓜时代的儿女们》是刘震云最新的长篇小说。小说讲述的是价值失范、人的欲望喷薄四溢的社会现实中的人与事。通过

民间、官场等不同生活场景、不同的人群以及不同的人际关系，立体地描绘了当下的世风世情，这是一幅丰富复杂和生动的众生相和浮世绘。它超强的虚构能力和讲述能力，就当下的小说而言，几乎无出其右者。可以说，就小说的可读性和深刻程度而言，在近年来的中国文坛，《吃瓜时代的儿女们》独占鳌头。它甚至超越了刘震云的《我叫刘跃进》和《我不是潘金莲》。在艺术上的贡献可以和《一句顶一万句》相媲美。

按照刘震云的说法，“吃瓜时代的儿女们”，是四个素不相识的人，农村姑娘牛小丽，省长李安邦，县公路局长杨开拓，市环保局副局长马忠诚，四人不一个县，不一个市，也不一个省，更不是一个阶层，但他们之间，却发生了极为可笑和生死攸关的联系。八竿子打不着的事，穿越大半个中国打着了。于是，眼看他起高楼，眼看他宴宾客，眼看他楼塌了。这可以看作是小说的基本框架结构和结局。

小说最初出现的人物是牛小丽和宋彩霞，牛小丽一个普通的乡村姑娘。她为哥哥牛小实花了十万块钱买了从西南来的女子宋彩霞当媳妇。五天后宋彩霞逃跑了。倔强要强的牛小丽决定带着介绍人老辛老婆朱菊花去找宋彩霞。于是牛小丽和朱菊花踏上了寻找的漫漫长途。其间一波三折艰辛无比。在沁汗长途汽车站朱菊花带着孩子也逃跑了。此时的牛小丽不仅举目无亲，而且唯一能够与宋彩霞有关系的线索也彻底中断。牛小丽从寻找宋彩霞转而寻找朱菊花，一切未果又遇上了皮条客苏爽。牛小丽在巨大债务压力下，不得不装作“处女”开始接客。李安邦出现时，已经是一个常务副省长，但突然有了新的升迁的机会：省委书记要调中央，省长接省委书记，省长有三个人选，李安邦在其中。中央考察组十天之后便到该省对候选人考察。考察组负责人是自己的政敌省人大副主任朱玉臣三十五年前的大学同学。如何摆平这一关系，对李安邦来说生死攸关。福不双降祸不单行，李安邦的儿子李栋梁驾车肇事出了车祸，同车赤裸下体的“小姐”死亡；然后是自己提拔的干部、也有利益交换的某市长宋耀武被双规。一波未平一波又起，三箭齐发不期而至，虽然带有戏剧性，但对李安邦来说箭箭夺命。一筹莫展的李安邦想找个人商量，但能说上心腹话的竟无一人。当电话簿上出现赵平凡的时候，李安邦“心里不由得一亮”。赵平凡是一房地产商人，两人有利益巨大的交易。赵平凡此时已退出江湖，他为李安邦介绍了易经大师一宗。一宗大师断言李安邦“犯了红色”，红顶子要出问题，破解的方法就是“破红”，要找一处女。县公路局局长杨开拓因县里彩虹三桥被炸塌，牵扯出豆腐渣工程腐败案被双规，在交代问题中被办案人员发现了一条信息。皮条客苏爽给杨开拓找处女，杨开拓不给钱给工程，然后苏爽再给杨开拓回扣。最后是市环保局副局长马忠诚，他莫名其妙稀里糊涂地当上了副局长，一家人外出旅游庆贺。值班副局长的老娘突然去世，局长要他回单位值班。在车站，他经不起诱惑去了洗脚屋，然后被联防大队捉拿，交了罚款被放出。小说至此结束。

表面看，这四个人各行其是并无关联。但是，小说在紧要处让四个人建立起了“血肉相连”的关系。李安邦找的处女是牛小丽，杨开拓的贪腐通过牛小丽的皮条客苏爽东窗事发，马忠诚在洗脚屋做龌龊事的女主竟是落难后李安邦的妻子康淑萍。这种关系的建立，如同暗道通向的四个堡垒，表面上了无痕迹，但通过权钱、权色交易，他们的关系终于真相大白。通过这些人物关系，

我们深切感受到的是世风的全面陷落。不同群体陷落的处境不同：牛小丽是为了偿还八万高利贷，还是为了生存的层面；李安邦“破处”，是有病乱投医为了升迁；杨开拓是为了金钱；马忠诚是肉体欲望。但无论为了什么，他们在道德、法律和人的基本价值尺度方面，都颜面尽失。对世相的剖析和展示，表达和体现了作家刘震云深切的忧患意识和批判精神。他的忧患和批判，不只是面对官场的腐败，他发现的是社会整体价值观和精神世界的全面危机。90 年代至今，我们在思想和精神领域面对的问题，没有发生大的变化。只要看看这些领域使用的关键词和讨论的问题便一目了然。我们所遇到的这些问题是不能回避的精神难题。归本到底，就是社会已经达成共识的普遍价值观遭遇了颠覆、挑战和动摇。个人利益和欲望横行的结果，就是世风的普遍沦陷。如果是这样的话，那么，《吃瓜时代的儿女们》就是一部与时代生活密切相关、与时代同步的大作品。

在艺术方面，《吃瓜时代的儿女们》同样有创造性的贡献。如果说《一句顶一万句》，在结构上改写了文学的历史哲学的话，那么，《吃瓜时代的儿女们》则改写了小说传统的结构方式。我们知道，凡是与时间相关的小说，作家一定要同历史建立联系。这既与史传传统有关，同时也与现代作家的史诗情结有关。抑或说，如果离开了历史叙述，小说在时间的意义上是无法展开的。但是，《一句顶一万句》从“出延津记”到“回延津记”前后七十年，我们几乎没有看到历史的风云际会，叙事只是在杨百顺到牛爱国三代人的情感关系中展开。这一经验完全是崭新的。《吃瓜时代的儿女们》在结构上的创造，同样是开创性的。小说看似四个团块，四个人物各行其是。但内在结构严丝合缝，没有一丝破绽。表面看，这四个人的联系气若游丝，给人一种险象环生的错觉。事实上，作家通过奇崛的想象将他的人物阴差阳错地纠结到了一起并建立了不可颠覆的关系。小说在时间和空间上的掌控，使小说的节奏和讲述方式变化多样。牛小丽的时空漫长阔大，一个乡下女子在这一时空环境中，作家的想象力有足够发挥的场域和长度。因此小说对牛小丽的讲述不疾不徐。但李安邦要“破解”三只利箭却只有十天的时间，节奏必须短促，短促必然带来紧张。这就是小说的张弛有致。小说题目标识的是一个“主体”，是“吃瓜时代的儿女们”，但又是一个缺席或不在场的“主体”。小说如同一出上演的多幕大戏，这出戏是通过主体“吃瓜时代的儿女们”的“看”体现出来的。这个主体一如在暗中窥视光鲜舞台上演的人间悲喜剧。我们这些“吃瓜群众”看过之后，应该是悲喜交加喜忧参半。世风如是我们很难强颜欢笑，因为世风与我们有关；但是，小说在艺术上的出奇制胜或成功凯旋，又使我们不由得拍案惊奇。我惊异刘震云的小说才能，当然更敬佩的是他对文学创作的严肃态度。多年来，他的每一部作品的发表，都会在文学界或读者那里引起强烈反响。一方面他的小说的确好看。他对本土文学资源的接续，对明清白话小说的熟悉，使他小说的语言和人物，都打上了鲜明的本土烙印。他讲的是地地道道的“中国故事”。另一方面，刘震云的小说并不是为这个“娱乐至死”的时代锦上添花。他的小说无一不具有现实主义的批判性。如果是这样的话，那么，刘震云的价值和意义显然还没有被我们充分认识到。

原载《大家》2018年3期

《芳华》的悲歌

——评严歌苓的长篇小说《芳华》

严歌苓的长篇小说《芳华》，应该是她的《一个女兵的悄悄话》《雌性的草地》《灰舞鞋》等一个谱系的作品。青年时代的从军经历，为她的创作带来了巨大的资源。因此，《芳华》也可看做是严歌苓具有自叙传性质的小说。一群青年男女构成的文工团，在一座小红楼里演绎着他们所理解的时代主旋律。于是，刘峰、小穗子、林丁丁、何小曼、郝淑雯等，在那个时代的前台后台，正兴致盎然地挥霍着他们的青春年华。

《芳华》是一部回忆性的作品，但它既不是怀旧，也不是炫耀曾经的青春作品。话语讲述的是曾经的青春年华，但在讲述话语的时代，它用个人的方式深刻地反省和检讨了那个时代，因此，这是一部今天与过去对话的小说。那是一个简单、透明、单纯和理想的时代。这个时代前台演出的，是革命“样板戏”。这些时代英雄经过不断地“过滤”，几乎了却了人间“念想”。他们一门心思投入革命，要拯救“普天下受苦人”。这一浪漫的理想主义文艺，迅速蔓延至所有的文艺工作团体。无论排演任何节目，“样板戏美学”都是它的核心要素。于是，小穗子的文工团也概莫能外。但是，前台的演出与后台的人间生活并没有建立起“同构关系”。那些少男少女——尤其是文工团的少男少女，他们的小心思、小计俩、小是非、小矛盾以及更加难免的两情两性关系，都在或明或暗、若隐若现没有剧终地演出着。时代的主旋律威武雄壮，女生的小零食欲罢不能。那个不谙世事少不更事的小穗子，在貌似不经意的讲述中，通过女孩之间的秘密、男女之间的秘密，讲述了人性与生俱来的顽强，它是如此的难以规训、难以改变。女孩子之间的关系，与今天比较起来，除了表现形式和程度有所不同之外，在本质上并无差别。但是，小说因为有了另一个人物——刘峰，《芳华》便异峰突起卓然不群。

刘峰在文工团是“名人”。住在红楼——也是危楼的文艺青年们，日常生活中的琐事、麻烦事，大家最好的办法是“找刘峰”。刘峰不厌其烦，他乐于助人、没有坏心眼，是一个极端朴实厚道的山东青年。大家异口同声地叫他“雷又峰”——既和发音有关，也切合他的个人形象。小说极有耐心地书写了刘峰作为好人和模范的先进事迹。在和平年代，做个雷锋式的模范何其艰难。但刘峰做到了。那个时代，一个人如果做了英模，就如同镶嵌进了云端——一如样板戏的人物一样，他们与世俗生活没有关系。但是，刘峰毕竟没有走向云端，他生活的真实环境是小红楼，身边是触手可及的文艺女兵。于是，刘峰多年暗恋的对象锁定了，她是林丁丁。一个偶然的机会，刘峰与林丁丁有了单独在一个封闭空间的机会，慌乱的刘峰罔顾左右，在前言不搭后语中完成了对林丁丁的爱情表白。当刘峰把林丁

丁抱在怀里的时候，林丁丁不仅哇哇大哭，甚至破口喊出了“救命啊”的呼救声。这一声呼救，将在云端的刘峰径直送进了地狱。至于林丁丁为什么有如此激烈的反应——

> 林丁丁说不出来，脸上和眼睛里的表达我多年后试着诠释：受了奇耻大辱的委屈……也不对，好像还有一种幻灭：你一直以为他是圣人，原来圣人一直惦记你呢！像所有男人一样，惦记的也是那点东西！……她感到惊悚，幻灭，恶心，辜负……

假如刘峰的示爱打破的仅仅是和林丁丁个人的关系，林丁丁夸张地认为刘峰的示爱就是对她的“强暴”，虽然尴尬也无大碍。但事情引起了组织的注意并不厌其详地审问了具体内容，刘峰被公开批判了。然后是党内严重警告、下放伐木连当兵。中越边境发生冲突，刘峰回到了他的老连队，野战部队的一个工兵营。战争让刘峰失去了一条手臂。转业后他去海南做生意，老婆跟别人跑了，但刘峰顽强地生活下来。刘峰的顽强，是来自土地和底层的顽强。改革开放高昂的时代与刘峰低迷的人生构成了鲜明的对比。善良的刘峰还是那么具有悲悯心和同情心。他要拯救一个妓女小惠，甚至不惜与她同居；他不麻烦任何人，当战友们联系到他之后，他主动地“消失”。他做好人的历史没有断裂，当年战友的情义也没有断裂。不仅小穗子、郝淑雯没有忘记他，在刘峰人生的垂危时期，那个大家都不待见的何小曼出现了。何小曼的“芳华”时代实在乏善可陈：她是作为一个“拖油瓶”和母亲一起进入一个老干部家庭的，那个家庭气氛堪比炼狱。母亲委曲求全如寄人篱下，何小曼的少年生活可想而知。不幸的童年生活如影随形地带进文工团，她的屈辱远未结束。她进入医院之后，鬼使神差地上了前线并当了英雄。她像当年的刘峰一样到处做报告。她每天接受崇拜，继父、母亲以及战友的欺凌和侮辱，已经千百倍地抵消。何小曼知道自己是怎么成为英雄的，这个巨大的痛楚让她难以超越。于是她得了精神分裂症。三年之后痊愈留在军区医院当宣传干事，也找到了曾经看过她的刘峰。他们走到了一起。但他们既不是恋人、情人，甚至也没有肌肤之亲："我们是好朋友，亲密归亲密。"好人刘峰最后还是因绝症去世了，小曼和小穗子送别了最后的刘峰。

严歌苓说：她写《天浴》的时候还要控诉情绪，但现在拉开了距离，觉得一个人写童年，再苦也不是苦，都是亲的。所以到"穗子"系列虽然都是悲剧，但全是嘻嘻哈哈讲的，那是更高的境界。这是作家的自述，应该无可辩驳。我也认为《芳华》的前半部，确实松弛，那个青春好年华就这样过来了，无大悲亦无大喜。但读到刘峰后来的人生，我们很难再看到嘻哈。刘峰毕竟是个好人，尤其是今天再难见到的好人。他爱林丁丁有什么错呢？他一生执着地爱一个人——尽管这个人最大限度地伤害了他；他一直活在这个巨大的创伤性记忆中，但仍然无法改变他对那个"假想的"林丁丁的爱。这是一个怎样的人啊！他有过自己的芳华，他的芳华却酿成了悲歌。因此，《芳华》不是一部怀旧之作，也不是有关于"芳华"的嘻哈之作。我想，2016年在柏林定稿《芳华》的严歌苓，显然是在同她的"芳华"时代对话——那个时代并未终结，它一直和我们生活在一起。

而且——人生之短暂、人生之无常，是任何人都无从把握的。但是，好人会被记住，他合乎人性，它会温暖我们。

原载《名作欣赏》2017 年 22 期

平民立场与“好人文化”

——评梁晓声的长篇小说《人世间》

从二十世纪八十年代初至今，梁晓声一直是当代中国文学的核心作家之一，也是知青文学最重要、最具代表性的作家。他一直秉持的理想主义精神和情怀，使他的作品有极高的辨识度，从而在文学界和读者那里有深远且广泛的影响。他的《那是一片神奇的土地》《今夜有暴风雪》《雪城》《年轮》等小说，应该是改革开放40年来文学的核心读物的一部分。因此，梁晓声也是当代中国最有影响力的作家之一。

《人世间》与上述提到的作品完全不同。它规模巨大，皇皇三大卷，一百一十五万字。小说以周氏三兄妹的人生经历为主线，写出了城市平民近五十年来生活的巨大变迁。这一规模从一个方面表达了梁晓声超强的叙事能力和耐心。这是一部近半个世纪中国城市平民的生活史，是半个世纪中国社会的变迁史，是底层青年不懈奋斗的成长史，也是一部书写“好人文化”的向善史。小说强烈的人文关怀和平民意识，给我们留下深刻印象。《人世间》不是以人物情节大开大阖、跌宕起伏取胜，它像一条小溪，缓慢

地沁入我们的心田，让读者看到从1972年到2017年近半个世纪间中国社会究竟发生了什么，让我们感受到普通人生活和命运的巨变。《人世间》从1972年写起，以周家两代人的生活及其变迁作为核心内容。先后写到了知青插队、三线建设、工农兵大学生、知青返城、恢复高考、文艺界八十年代中后期的走穴、国企改革、“下海”、职工下岗、棚户区改造，一直写到反腐的今天。七十年代是一个特殊的年代，混乱的年代，也是物资极度匮乏的年代。小说中出现的一些事物比如购粮证、户口本、粮票、厕所、洗澡票以及过年时的鸡鸭鱼肉票等，对今天的年轻人来说不仅陌生甚至会不解。那个年代的生活的确如此。社会生活的混乱，必然使周家的生活也破碎不堪。周家人出现的时候，只有周秉昆和他的老母亲两个人，父亲周志刚在贵州，其他孩子下乡。二十岁的周秉昆待业在家。就是母子两人，家里也不得安宁：姐姐与诗人冯化成的恋爱让母亲愁肠百结寝食难安。另一方面，那个年代的物质生活异常艰难，大年三十群众还买不上肉。即便如此，人心还是善的。因为洗澡要澡票，秉昆母亲好像从来没去浴室洗过澡。秉昆带母亲去浴室洗澡，他出来时，看见一个年轻人露着胸脯穿着棉袄，下面穿着裤衩就出来了。原来一个五十多岁的老爷子在浴室滑倒了，他给送出来去医院了。周志刚在贵州去看女儿，看见一个女孩要卖一只小狗，因没有成交要弃之不顾时，周志刚将小狗放在怀中收留了它。蔡晓光是一个普通人，他非常喜欢或深爱着周蓉，但周蓉已经名花有主。他为了不让其他青年骚扰周蓉，便枉担虚名地仍然假作周蓉的男友。这些细节并不惊天动地，也不是什么了不起的事情，但确从一个方面表达了那个年代普通人的善良和朴素。梁晓声说：我写作这么多年，一直认为文学是时代的镜子，作家是时代文学性书记员。文学要反复不断建立人性正能量的价值。有人强调思想，我更强调善。一个善良的人，弱点都是可以被包容的。因为善良，周家三兄妹以及周围的人，不管这四十多年时代如何变动，只要活在人世间，就互相给予温暖。随着科技、经济的发展，我有时也会困惑，人类社会究竟要走向何方？但我始终认为，人类作为地球上的高级物种，让自己进化为最有善性的一个物种，才是终极方向。文学应该具备引人向善的力量，能影响一个人成为好人。

《人世间》也是那个时代青年的成长史。父亲周志刚虽然是个老工人，但对子女读书求学一直有要求，他坚信知识改变命运。周秉昆有文学才能，主要是因为大量的阅读。他后来借调到了群众文艺馆，成了编辑部代主任。但父亲对他没有考大学的事还是耿耿于怀颇为失望。而秉义、周蓉都考上了北大。周秉义后来从知青干部入伍到了沈阳军区，走了另一条道路。对青年婚姻爱情的书写，是小说重要的也是比较精彩的部分。周家兄妹三个，谈情说爱男婚女嫁是迟早的事情。但是娶什么人家的女、嫁什么人家的郎，那个时代并不全是当事人自己的事情。哈尔滨虽然是大城市，甚至是比较西化的城市，但是，市民的前现代思想与城市发展并不同步。父母对孩子恋爱婚姻的操心或干预，应该是家庭生活中的核心内容之一。于是，以周蓉恋爱婚姻为核心的周氏三兄妹的情事与婚事，便是周家父母主要关心的对象。但事实上，每个人的情感婚姻最后还是要个人承担和处理。周家兄妹这方面最复杂的还是周蓉。虽然蔡晓光一往情深，但她偏偏爱上了诗人冯化成。事实上冯化成除了能写几句诗几乎一无是处，而且生活作风极为混乱。周蓉离婚后还是同蔡晓光结成了夫妻。周秉昆与

小寡妇郑娟的感情一波三折，但秉昆最后还是娶了她，显示了秉昆对爱情生活理解的并不流俗，他们生活艰窘但情感生活却平和美好。另一方面，小说虽然写的是平民百姓的生活，但时代的大环境仍然是一个巨大的背景。比如周蓉经常发一些惊人之语，哥哥秉义和嫂子冬梅都很谨慎。时代性在个人性格中仍可以见微知著。读《人世间》，看到周家三个孩子，很容易联想到《平凡的世界》孙少平、孙少安。孙家兄弟是农民后代，起步更低。他们要出人头地，要成功更加困难。所以《平凡的世界》成了底层青年阅读的文学“圣经”，其中隐含了他们希望成为孙少安的自觉或不自觉的诉求。但《人世间》是一部通过周氏一家反映社会历史变迁的小说，也是周家儿女和他们那一代人几十年成长的小说。作家的基本诉求是通过平民立场讲述好人文化。这才是《人世间》的情怀和热望。

原载《文学报》2018 年 4 月 2 日

生活末端的人间大戏

——评陈彦的长篇小说《装台》

《装台》是一部充满了人间烟火气的小说，说它是民间写作、底层写作都未尝不可。重要的是《装台》的确是一部好看好读又意味深长的小说。“装台”作为一个行当过去闻所未闻，可见人世间学问之大之深。因此，当看到刁顺子和围绕着他相继出现的刁菊花、韩梅、蔡素芬、刁大军、疤子叔、三皮等一干人物的时候，既感到似曾相识又想不起在哪见过——这就是过去的老话：熟悉的陌生人。

以刁顺子为首的这帮人，他们不是西京丐帮，也不是西部响马，当然也不是有组织有纪律正规的团体，他们是一个“临时共同体”，有活儿大伙一起干，没活儿即刻鸟兽散。但这也是一群有情有义有苦有乐有爱有痛的人群。他们装台糊口没日没夜，靠几个散碎钞票勉强度日。在正经的大戏开戏之前，这个处在艺术生产链条最末端的环节，上演的是自己的戏，是自己人生苦辣酸甜的戏。如果仅仅是装台，刁顺子们的生活还有可圈可点之处，他们在大牌导演、剧团团长的吆五喝六之下，将一个舞台装扮得

花团锦簇五彩缤纷，各种“角儿”们粉墨登场演他们规定好剧情的戏，然后“角儿”和观众在满足中纷纷散去。这原本没有什么，社会有分工，每个人角色不同，总要有人装台有人演戏。但是，问题是刁顺子们也是生活结构中的最末端。他们的生活不是享受而是挣扎。刁顺子很像演艺界的“穴头儿”或工地上的“包工头”。他在这个行当有人脉，上下两端都有。时间长了还有信誉，演出单位一有演出需要装台首先想到的就是刁顺子。他的弟兄们也傍着他养家糊口。在装台的行当中，刁顺子无疑是一个中心人物。但是，生活在生活结构末端的刁顺子，他的悲剧性几乎是没有尽头的：女儿刁菊花似乎生来就是与他作对的。刁菊花三十多岁仍未婚嫁，她将自己生活的所有的不如意都归结为“蹬三轮”的老爹刁顺子身上。她视刁顺子第三任妻子蔡素芬为死敌，蔡素芬无论怎样忍让都不能化解，她终于将蔡素芬撵出了家门；她也不能容忍刁顺子的养女韩梅，知书达理的韩梅也终于让她逐出家门远走他乡；她还残忍地虐杀了小狗“好了”。其手段无所不用其极。但刁顺子面对菊花除了逆来顺受别无选择，他的隐忍让菊花更加看不起他这个爹。除了刁菊花，他还有一个哥哥刁大军。这个哥哥是十里八乡大名鼎鼎的人物，挥金如土花天酒地——他终于衣锦还乡了。他的还乡除了给刁菊花一个离家去澳门的幻觉之外，给刁顺子带来的是无尽的麻烦和烦恼。刁大军嗜赌如命，平日里呼朋唤友大宴宾客。糟糕的是刁顺子经常被电话催去赌场送钱餐厅买单，一次便是几万。刁顺子的赚钱方式使他不可能有这样的支付能力，刁顺子每当听到送钱买单消息的时候，内心的为难和折磨可想而知。更要命的是，刁大军在赌场欠了近百万赌债后连夜不辞而别，刁顺子又成了债主屡屡被催促还赌债的对象。刁顺子的日子真真是千疮百孔、狼狈不堪。

当然，刁顺子也不只是一个倒霉蛋，他也有自己快乐满足的时候，特别是刚把第三任妻子蔡素芬领到家的时候，让他饱尝了家的温暖和男欢女爱。但对刁顺子来说，这样的时光实在太短暂了。他没有时间也没有机会去体会享受，每天装台不止、乱麻似的家事一波三折，他哪里有心情享受呢？果然好景不长，蔡素芬很快被菊花撵得不知所终；菊花也和谭道贵远走大连；刁大军病在珠海，被刁顺子接回西京后很快一命呜呼。读到这里的时候，情不自禁会想到“冤冤相报实非轻，分离聚合皆前定”，“好一似食尽鸟投林，落了片白茫茫大地真干净！”《红楼梦》是琼楼玉宇，是高处不胜寒。在高处望断天涯路不易，那里的生活大多隐秘，普通人难以想象无从知晓；而陈彦则从人间烟火处看到虚无虚空，看到了与《好了歌》相似的内容，这更需世事洞明和文学慧眼。

看过太多无情无义充满怀疑猜忌仇恨的小说之后，再读《装台》有太多的感慨。刁顺子的生活状态与社会当然有关系，尤其将他设定在“底层”维度上，我们可能有很多话可说。但是，看过小说之后，我们感受更多的还是刁顺子面临的人性之扰，特别是女儿菊花的变态心理和哥哥刁大军的浑不吝。刁顺子能够选择的就是无奈和忍让，他几乎没有个人生活。这是刁顺子性格也是他的宿命。我更感到惊异的是作家陈彦对这个行当生活的熟悉，顺子、墩子、大吊、三皮、素芬、桂荣等人物，或粗鄙朴实，或幽默狡诈，都栩栩如生跃然纸上；对如何分配装台收入、“装台人”如何相互帮衬体谅，都写得细致入微滴水不漏。当疤子叔再次见到病入膏肓的刁大军时，他的眼睛一直在刁大军的脖子、手腕、手指上

游移，那里有金项链、玉镯子和镶玉的金戒指。疤子叔的眼睛“几乎都能盯出血来了”。寥寥几笔，一个人内心的贪婪、凶残形神兼具。于是，当这些人物在眼前纷纷走过之后，心里真的颇有失落之感。好小说应该是可遇不可求，这与批评或呼唤可能没有太多关系。我们不知道将在那里与它遭逢相遇，一旦遭逢内心便有“喜大普奔”的巨大冲动。陈彦的长篇小说《装台》就是这样的小说，这出人间大戏带着人间烟火突如其来亦如飓风席卷。

原载《人民日报》2015 年 12 月 11 日

《主角》与新世情小说

——评陈彦的长篇小说《主角》

陈彦写“主角”，的确是当行不是客串。他对梨园行的熟悉，是从内到外由表及里，一招一式说念唱打无所不通；对梨园人物的熟悉，几乎信手拈来如数家珍，生旦净末丑文武两场一览无余。有了这两点，《主角》必胜无疑。《主角》以忆秦娥为中心，写的是梨园行。但是，小说写的更是四十年来的世风世情，它是一部“新世情小说”。所谓“新世情小说”是与旧世情小说比较而言的。笑花主人在《古今小说》卷首以《喻世》《警世》《醒世》三言为例，说世情小说“极摹人情世态之歧，备写悲欢离合之致，可谓钦异拔新，洞心戮目。”这是明中期以后古代白话小说的基本形态。因此，小说四部不列，被称作“稗史”，也就是“正史之余”的小说观念，不少作者更是直接标识以“稗史”“野史”“逸史”“外史”等，表明小说的史余身份或正史未备的另一类型。陈彦的《主角》（此前的《装台》也可一起讨论）之所以“钦异拔新，洞心戮目”，也在于它写了人情世态之歧，悲欢离合之致。但是，它毕竟不是旧世情小说，它

是新世情小说。所谓新世情小说，就是超越了劝善惩恶、因果报应等陈陈相因的写作模式，而是在呈现摹写人情世态的同时，更将人物命运沉浮不定，融汇于时代的风云际会和社会变革之中。它既是小说，也是“大说”，既是正史之余，也是正史之佐证。

小说写忆秦娥十一岁到五十一岁，也就是1976年到2016年的四十年间。这四十年，与中国改革开放的历史基本相契合。小说写的是梨园行，这一行当我们似乎耳熟能详，读过小说之后我们才明白，其实我们一无所知。我们知道的是，小说以梨园为题材，注定了它的一波三折风生水起。小说是主角招弟、易青娥、忆秦娥的成长史和命运史。三次命名者分别是：亲生父亲、业内人士亲舅舅和编剧八娃。三次命名，按女性主义的分析，是命名者对忆秦娥行使的三次权力关系。忆秦娥的命运一直在男权的掌控之中。但小说显然绝不这样简单，忆秦娥所面对的世界，远远大于性别构成的权力关系。忆秦娥面对的世界和命运遭际，是男女两性共同面对的。另一方面，忆秦娥的命运，很难用幸和不幸、好或不好来判断。作为演员，她成了“角儿”、功成名就，这是她的幸运，但是她一言难尽“成角儿”的苦难历程，又是不幸的。她自己甚至几次想回到秦岭深处的九岩沟放羊。她在省秦腔剧团出了大名，进了中南海演出，受到中央领导人的接见，当了省秦二团团长，她是幸运的，但是，她遭受的妒忌、不幸的婚姻、不慎失去的智障儿子等，让她几乎历尽了人间所有的苦痛，她又是不幸的。因此，忆秦娥的命运有复杂的多面性和不确定性。更重要的是，忆秦娥的命运与时代的风云际会有密切关系，比如，如果不是1978年的改革开放，如果不是黄主任的调离，就不可能有忆秦娥演旧戏的机会和可能；但是，时代的变革，能改变楚嘉禾对她的妒忌，能改变刘红兵对她的死缠烂打、始乱终弃吗？因此，忆秦娥的命运与时代变革有关，同时更与世风世情和人性、人的关系有关。如果分析忆秦娥的性格谱系，我觉得可能与林黛玉有关系。林黛玉是一个伟大的文学典型，但如果把林黛玉幻化到生活中，这是一个不可理喻的人物，她心胸狭窄、小肚鸡肠，而且尖酸刻薄；忆秦娥虽然没有林黛玉的毛病，但生活中不谙世事、木讷、一根筋，特别与刘红兵的关系中，她要承担一部分责任。另一方面，她经历的世事，又使她在人生观中有了贾宝玉的一面。她到莲花庵的选择，是她难以解释世事、厌倦世事的一个例证。但是，忆秦娥毕竟是当代人物，因此，她不可能重复林黛玉，也不可能重蹈贾宝玉的覆辙。她的性格应该是林黛玉和贾宝玉的一个混合体。

《主角》如果只写了忆秦娥，当然构不成世情小说。之所以说它是新世情小说，重要的是它写了众多的性格鲜明的、与世情有关的其他人物。比如舅舅胡三元、演员胡彩蝶、米兰，黄主任，司鼓郝大锤、楚嘉禾，厨子宋师傅、廖师傅，“忠孝仁义”四个老戏人物，封导，以及“外县范儿”和“省城派”的人物等。是这些有性情、有性格的人物一起，将梨园和时代的世风世情演绎得风生水起活色生香。特别是刘红兵这个人物，在忆秦娥的命运和小说的内结构上，起到了很大作用。这是小说中的一个奇葩。但他也不是天外来客，他自有他的来路。他不是牛二，也不是西门大官人，但他有这些人的血统。如何评价这个人物是另一回事，他的鲜活、生动以及令人无奈等性格，让人过目不忘。他最后的悲惨命运，也是他个人性格的必然结果。这也应验了所谓“性格

即命运”的真理性。

我们指认《主角》是新世情小说，同时也在于它呈现内容的丰富性。“忠孝仁义”四个老艺人对易青娥的举荐，是基于对传统老戏的尊重。对于老戏的传承与创新的问题，现实中仍然各执一词。小说对四位老人的态度以及省秦排练《游西湖》两种势力的斗争，“外县范儿”和省城派的斗争，是戏剧界关于传统与改良的不同观念。现实的戏剧界同样面临这个问题，甚至至今也没有终结。但小说的情节示喻了作家的情感态度。事实上老戏如果随意改造，还是老戏吗？如果创新，可以另起一行。传统是要保护的，它就是要原汁原味而不是变形不是金刚。因此，“忠孝仁义”四位老人的出现，特别是古存忠为老戏拼了老命的情节，是小说对传统的深情眺望和致敬。小说中业务干部和行政干部的冲突，则表达了作家的隐忧。对待传统和人才的矛盾，朱副主任的无奈和黄主任的跋扈，是不同人对人的价值判断的体现。所谓人的命运与偶然性的关系，说的大概也就这个意思吧。我们还发现，专业人士与管理者之间的巨大差异。专业人士对人才的渴求、珍惜和举荐，管理者对局势的揣摩思量和犹疑等。小说的细节不经意中透露的却是与时代有关的重要信息。这就是细节真实的力量。

新世情小说在四十年来的文学中，已经形成了一个不大不小的传统。汪曾祺、刘绍棠、冯骥才、林希、贾平凹、刘震云等，都以自己的方式创作了大量作品，受到了读者和批评界的广泛好评。作家陈彦接连创作了《装台》和《主角》，是近年来出现的重要新世情小说，也是优秀的小说。除了塑造了刁顺子、忆秦娥这样的典型人物外，重要的是作家陈彦对本土文学传统的继承、发扬和再创造。这是中国文学保有活力、能够同世界文学进行有效对话的可靠保证。如果是这样的话，那么陈彦的经验和贡献，就值得我们认真研究和总结。

原载《人民日报》2018 年 5 月 22 日

在现实与传统之间

——评荆永鸣的长篇小说《北京时间》

多年来，荆永鸣一直以“外地人”的身份和姿态进行小说创作。他的《北京候鸟》《大声呼吸》《白水羊头葫芦丝》等为他赢得了极大的声誉，他成了“外地人”写作的代表性作家。这篇《北京邻居》还是他“外地人”写的北京故事，还是他以往外地人看北京的视角。实事求是地说，这些年“北京故事”或“北京往事”渐次退出了作家笔端，书写北京的人与事已不多见，其间的缘由暂付之阙如。荆永鸣的“北京故事”与以往老舍等“京味小说”并不完全相同：老舍的“京味小说”是身置其间的讲述，他就是老北京，因此，关于北京的四九城、风物风情、习俗俚语都耳熟能详信手拈来。而荆永鸣则是外来视角，是通过观察和认知来描摹北京的。但有一点相同的是，他们写的都是平民的北京。这一点非常重要，今天的北京表面看早已不是平民的北京，它是政治、文化、商业精英和中产阶级以及白领阶层的北京，是这些人物在主导着北京的生活和趋向。因此，如果没有北京平民生活的经验，要想写出北京平民的魂灵是没有可能的。

荆永鸣多年“飘”在北京，他的生活经历注定了他对当下北京的熟悉，在他的小饭馆里，五行八作三教九流都穿堂而过，永鸣又是一个喜欢并善于交结朋友的人，这些条件为他的小说创作提供了丰富的资源。现在，我们的主人公就要住进北京四合院了。他目光所及，院子是这样的：

> 从旧的布局上看，甲32号院就是一座老式四合院。据院里的邻居讲，在清朝年间，这里曾住过一位武官。如今大门外的胡同里还残留着一块不完整的上马石，只是不见了清朝的人和马。这个古老的院落，留给现在的已经不是当年的古色古香。伴随着时间的推移和历史变迁，院里“天棚、鱼缸、石榴树”的景致已全然不在，就连当初的整体格局业已面目全非。原来的“二进式”院落，不知在什么年代，出于什么原因，被隔成了一前一后两个院子。一些不同年代翻盖或新建的房子则高低不等，大小不一。有的小库房、小煤屋甚至是用砖头砌成的。走进院子里，给人的感觉零零乱乱，到处是门：厨房、煤棚，还有某户人家用来淋浴的小木板屋等等。屋宇式的门楼下，两扇木制大门，厚重，古旧，原有的红漆已经剥落了，斑驳着一种烟熏火燎的底色。

北京发生了天翻地覆的变化，但是北京的底色没有变。什么是北京的底色，荆永鸣描述的甲32号院就是。北京时间一日千里，但北京人、特别是北京胡同里的底层人，他们还是按照

过去的生活方式、特别是在处理人际关系方面，还是那老礼儿和热情。小说写了众多的小人物：房东方长贵、方悦，邻居赵公安、胡冬，八旗后裔海师傅、小女孩楠楠、李大妈、冯老太太等，这些人物是北京胡同常见的人物，也都是小人物。他们和老舍的《四世同堂》《骆驼祥子》里的人物身份大体相似。但是社会环境变了，这些人甚至与陈建功“辘轳把胡同”里的人物也大不相同。荆永鸣在处理与这人物关系的时候，几乎用的是写实的手法，比如找房子租房子，找朋友牵线搭桥，比如与赵公安“抄电表”时的冲突，海师傅的从中调停，小酒馆里的温暖话语，小女孩楠楠和小朋友的对话等，小说充满了北京的生活气息。不仅如此，荆永鸣的过人之处还在于他对所有有文学价值的生活细节的关注，比如他初入出租屋时发现的那个小日记本记录的个人收支账目。用叙述者的话说：“这些不同的物件和信息，既朴素又动人。它让我发现了生活的丰富与多彩，同时给了我多少关于生命的想象！我在想，原先的房客，无论他们有着怎样不同的生活烦恼、不同的生活激情、不同的生活目标和不同的生活信念，对于这间小屋而言，都已成为过去了。”这样的文字，并不惊心动魄，但那里隐含的对于生活的理解，远远高于正确而空洞的说教。

虽然“外地人”有自己生活的难处，虽然皇城北京人有先天的优越，但他们都是好人，都是善良的普通平民。小说最后，方悦从日本打来了电话，与小说叙述者有一段非常爽朗又暧昧的对话，重要的是，方悦回国还要和他在“老地方”见面。他们要说什么和做什么已经不重要，重要的是，普通人之间建立的那种不能磨灭又发乎情止乎礼的情感。于是，《北京时间》就意味深长了。

它虽然写的是当下，但却浑然不觉间写出了当下瞬息万变转眼即逝的历史时间，这个变化之快实在是太惊人了。仅此一点，《北京时间》就不同凡响。

原载《文艺报》2014 年 6 月 28 日

陈世旭的胆识和功力

——评陈世旭的《老玉戒指》

陈世旭是文坛宿将。1979 年发表在《十月》创刊号上的《小镇上的将军》，让陈世旭名满天下。正气凛然的将军和小镇上多情重义的人们，至今仍在我们的记忆中。这是只有那个时代和那个时代的作家才会出现的小说。

将近四十年过去之后，陈世旭写了这部《老玉戒指》。主人公危天亮不是那位落难的将军，将军落难仍有余威，他身躯矮小瘦弱但军人的风范仍一览无余。这个危天亮不同了。危天亮生性呆板木讷，不善交际不解风情，认死理。在作家讲习班里，他是一个被取笑被轻视的对象。大家都在比情人多少、轻浮地谈论男女关系的时候，他是一个不知发生了什么的局外人。和他唯一发生关系的，是一个热爱自己作品的读者沁沁。这个远在太行山年轻的乡村女教师，对他表达了那么多美好的情感，让风流作家陈志羡慕不已。而危天亮不为所动甚至逃之夭夭。危天亮正当地处理男女关系反而遭到嘲笑甚至人身攻击。陈世旭用一种极端化的方式状写了当下的世风和人心。

逃出讲习班的危天亮从一个困境进入了另一个困境：他们的编辑部正在选聘编辑室主任。知识分子成堆的地方，甚至表面的斯文都荡然无存，为了这个职位大家各显神通暗通款曲。只有危天亮不为所动一如既往。但这还不是小说要说的。小说主要关系还是集中在陈志和危天亮之间。按说危天亮有恩于陈志，是危天亮的精打细磨陈志的作品，让陈志一夜之间暴得大名，而陈志平日间又是最能打趣和消遣危天亮的。近则不逊远则怨说的就是陈志这种人。而危天亮并不计较。在陈志嫖娼交不出罚款时，还是危天亮遣夫人解了陈志的难堪。危天亮性格最光彩的，一是被社里利用，找父亲在香港的老关系——包氏公司大公子，捐赠巨额款项盖房子。社里达到了目的，并允诺他可以先选最称心的房间，危天亮果断拒绝了。二是与“老玉戒指”有关。当陈志们认为“谍战片”抢手，有利可图的时候，他又想到了危天亮。危天亮的父亲做过特工，危天亮本来也想写一篇这个题材的短篇。这时陈志找到了他要写长篇电视剧。经过半年多的创作，剧本完成了。拿到定稿的时候，危天亮已经住院三个多月了。他醒来后——

示意林慧瑛把剧本凑近他，他一点一点地把手指移到编剧名单三个名字中排在第一位的他的名字上，弓起一个指头，想划拉却控制不了。林慧瑛猛然醒悟，赶紧从包里摸出笔，把“危天亮”三个字划掉，只留下陈志和导演的名字。之前危天亮再三说过，《老玉戒指》只要能开拍播出就行了，他决不署名，他不想让人觉得是儿子给老爸老妈树碑立传。另外，如果有稿费，不管多少，都捐给沁沁那儿的学校。

《老玉戒指》的开拍和播出都很顺利。

编剧只署了加黑框的危天亮的名字。

我感佩的是陈世旭的胆识和艺术功力。他塑造了一个家庭视尊严和高洁为生命的两代人。我们知道，塑造正面人物历来是文学创作的难点，这方面的经验我们还相当稀缺。尽管我们有漫长的正面人物甚至英雄人物的创作历史，但成功的经验并不多。陈世旭从《小镇上的将军》到《老玉戒指》，都是写正面人物或英雄人物的。他的人物真实可爱，有血有肉。他们是英雄也是普通人，他们不是神。另一方面，陈世旭能够用同情的方式处理在价值观或道德方面有严重缺欠的人物。比如陈志，他有那么多的问题，但最后当危天亮去世之后，剧本的署名只有加了黑框的危天亮，在这里陈志显然已经洗心革面重新做人了。如果是这样的话，那么陈世旭的经验显然是值得我们重视的。

原载《北京文学》2018 年 2 期

值观的搏斗与人性的转化

——评老藤的中篇小说《手械》

老藤的中篇小说《手械》（《长江文艺》2018 年 4 期），是一篇奇绝和超乎我们想象的作品。小说故事情节的缘起未必惊人：侦察连长出身的狱警司马正被彻底毁了。死缓犯人 024 外出“打蚊绳”时越狱，而且就在他眼皮底下。这个重大事件让司马正“一切都碎成满地瓦砾”，他被双开了。小说开篇未必石破天惊：越狱当然是大事件，但无论小说还是其他资讯我们早已屡见不鲜耳熟能详，越狱手段不同，但结果都大同小异——警察继续追捕逃犯，最后胜利而归。但《手械》不同。司马正被双开之后，面临的第一个问题是今后怎么办。他需要寻找新的出路，或重新就业，或设法谋生，但司马正没有。024 是在他手里逃跑的，倍感耻辱的他对大胡子监狱长发誓：我要给自己一个说法！我要逮住 024！大胡子监狱长给了他一副紫铜材质的手铐，名曰“手械”。司马正已经不是警察，他没有资格抓捕犯人，不能用手铐。监狱长给他的“手械”号称是自己的“小制作”。于是，司马正带着这副“手械”上路了。

司马正寻找024——也就是死缓犯人沙亮，应该是为了荣誉而战。沙亮的逃跑，是他作为一个狱警的耻辱。犯人逃跑越狱司空见惯，但沙亮不同，沙亮是在自己手里逃跑的。司马正挽回这一耻辱的唯一办法，就是把沙亮追捕回来，让他重新入狱。这是一个正常的逻辑。作为一个狱警和曾经的军人，他的这一选择完全合乎正常的逻辑；另一方面，促使司马正追捕024的，还有一种外在的力量，这就是老监狱长的期待。监狱长即便退休了，但还经常光顾司马正的小石屋，了解追捕情况。退休以后，他那抓不住逃犯不剃的胡须由红变黄、由黄变白。苍老的监狱长和他迅速变化的胡须也成为一种无形的压力。这是司马正一定要缉拿024的内部和外部两种环境。但是，这一理由表面上合乎逻辑，却还没有充分揭示司马正信誓旦旦的全部理由。事实上，司马正内心最深刻的原因，或者说被那些表面理由遮蔽的，是他强烈的“报复”心理。司马正追捕024是要还法律一个公道，同时也要还自己一个公道。因此，是那种未被言说的复仇心理，是小说内在的发动性力量。小说中有这样一个情节：“司马正每到阴历十四、十五、十六三天，会选一个夜晚带着一瓶高粱烧、一包酱鸡头到草屋来，两人月下对酌。时间一久，石谷发现了问题，问他怎么只爱吃酱鸡头，就不能带点别的？司马正摇摇头：吃酱鸡头，是解我心头之恨，你不知道，那个024就像一只瘦鸡崽！”司马正无意中一句话，道出了他内心最真实的想法。

于是，司马正踏上了追捕024的漫漫长途。作为职业的狱警和曾经的侦察连长，司马正虽然有专业的追捕计划，但过程艰难而复杂：他到024沙亮前女友朴红的家乡红山沟乡找朴红，找到朴红后发现，她与沙亮确实没有联系并且很快嫁人。朴红的线索断了。司马正又判断，024有浓重的口音，他不可能到外地打工。于是他扮成打鱼人到逃犯家乡石门、关门两乡排查。放网打鱼看到了一户人家：男人是个胖子叫石谷，开荒种地兼卖渔具；女人叫苇子，有癫痫病，曾是县剧团演员。远亲不如近邻。司马正常来与石谷喝酒聊天。在与石谷交往过程中，得知这里有一个育婴堂，是中医沙居士沙宝善办的。沙居士乐善好施并许下宏愿重建北山坳里毁弃的慈恩寺。司马正直觉沙居士与024有瓜葛，并试图通过沙居士了解024沙亮的情况。但沙居士就是避而不见。司马正无计可施的时候，想到了024遁水逃跑时也在场的犯人石德成。已经重病的石德成讲了这样一件事情：

居士沙宝善为重建慈恩寺一点点积攒建材，北山坳空地上存放着他辛辛苦苦弄来的木材。这件事村里人都知道，村民有钱出钱，有人出人，这捐献的木材里面有几棵是村民进山偷偷砍伐的杉木，村民是好心犯了律条。这件事叫村主任石猴子知道了，他起了歹心，想独吞这些木材，便带着公安、木材贩子到山坳里没收木材。沙宝善闻讯赶到时，木材已经装车，石猴子正在数钱。沙宝善怎么解释也不行，石猴子硬是把木材卖给了木材贩子。石德成在场看见了这一切，沙宝善满脸眼泪，就差给石猴子下跪了，公安人员本来要抓人，看沙宝善不是故意犯法，就没有抓。当天晚上，石猴子带着办案人员在食堂吃饭，石德成炖了一锅河豚。他不能伤害包括两个公安在内的其他人，只在石猴子那碗河豚汤里加了一勺河豚籽，就把他放倒了。石德成说现在他也不后悔，总算替沙宝善出了一口恶气。河豚籽是剧毒，是沙宝善用大白菜捣烂成汁给石猴子洗胃，才救了他一命。石猴子只瞎了眼睛。石德成讲完这件事后说：沙亮是个好人。不久石德成就死了。经过

司马正深入的调查，石谷就是石德成的侄子。当石谷糖尿病多种并发症发病住进医院，护士为他量血压抬起他胳膊时，一条紫褐色蝎子般的胎记出现了。石谷就是024沙亮，他在水库洗澡逃跑前，司马正曾看得清清楚楚。这时的司马正“触电一样戳在那里，手中的豆腐脑‘啪嗒’落在水泥地上，脑浆一样溅了一地”。

司马正追捕024沙亮的过程，也是司马正价值观自我搏斗和人性转化的过程：十二年来，他从一个为荣誉而战、为复仇而战的人，从一个愤懑焦虑衣寝难安的人，终于放下了。这个过程中，沙居士起到了关键性的作用，他不计仇怨，以善报恶；石谷——这个024沙亮，水遁之后心如止水，安贫乐道助人为乐。当他听到司马正复仇的誓言时说：“誓言有时候就像一张大网，只能挂那些大鱼，把自己看成小鱼儿，就不会被挂住。石谷说，该放下的就放下，你看苇子，过去心里有锣鼓镲，就容易犯病，住进草屋来，让百虫鸣叫取代锣鼓镲，就好多了。”司马正追捕沙亮过程中遇到的沙居士、石德成、石谷等人，都是恪守善的人，是善的价值观彻底改变了司马正的复仇心理。最后，司马正“从腰里解下那副紫铜手械，掂了掂，然后用尽全力将它远远抛入水中”，完成了他从荣誉、复仇到释然、放下的个人性格的自我塑造。当然，这里有前提，就是024沙亮不是一个十恶不赦的重犯，如果沙亮确实是重犯，那么司马正的行为在法律面前就没有合法性。在这一前提下，司马正十余年来经历的人与事，比如石谷的积德行善、沙宝善救恶人于生死的宽容大度、石德成临死时将侄子赔偿金捐赠给沙居士等，深刻地改变了司马正的世界观。于是，通过痛苦的自我搏斗，司马正实现了个人性格的完成。如果是这样的话，那么，《手械》无论在思想上还是在艺术上，都不只是一部值得赞许的佳作，重要的是它在人性转化复杂性的表达上，在人物价值观自我搏斗的心理书写上，确实有突破性的想象和贡献。

原载《文艺报》2018年4月20日

被现代之光照亮的人与事

——评潘灵的中篇小说《奔跑的木头》

潘灵的中篇小说《奔跑的木头》，讲述的是一个土司时代的故事：一个木头般呆傻、从不知疲倦的青年，被土司的神职人员毕摩看上了。他要用两头牯牛向他的父亲换这个青年——为即将巡视领地下肢残疾的女土司当“背脚”。忠诚于土司的毕摩虽然一波三折，最终还是实现了他的愿望。在木头的陪伴下，毕摩识破了头人阿卓和汉人“小诸葛”的设下的“鸿门宴”，而且不知疲倦神勇的木头背负毕摩一起逃出了险境。于是，被信任的木头又背起了年轻漂亮却也残疾的女土司阿喜，踏上了巡视领地的路途。因此，“背脚”木头和土司阿喜是小说塑造的两个主要人物。

木头原本是一个机灵无比的少年。他出生在一个医药世家，爷爷是著名的药师，也曾是一个传奇少年。当年，头人为了向土司表达仲家人足够的善良，以求寄人篱下，要求他去医治患病的吉联土司，他眉头都没皱一下就应承了。在吹鼓手吹吹打打的护送下，少年来到了土司的行营中。少年药到病除，不仅医好了土司，还成功说服土司，让仲家人在这河滩地上扎下根来。后来的木头曾被寄予厚望：他也会成为他爷爷一样的人。但是，爷爷黄老药师去世后，他“成天去老药师坟头，默默地坐，有时连家也忘了回，依着坟就睡了。他那爹，人简单粗暴，认为儿子是偷懒不想干活，有天在坟头找到他，就揪了他的头发，往坟头的石头上撞，就撞成了现在的样子”。残暴的父亲就这样毁掉了一个少年，他木讷、呆傻、不知道什么是累。当他被毕摩发现时，也就是两头牯牛的价值。但是，峰回路转，木头遇到了年轻漂亮的女土司阿喜。在木头的背负下，阿喜带着浩浩荡荡的队伍出发巡视了。巡视的路途山高水远苦不堪言。但是，一个奇异的场景出现了——

阿喜的眼前，是一坡盛开的马缨花。这些马缨花，开得喧嚣、自由而放肆。那些怒放的花朵，仿佛要点燃山坡。美得如此放任，美得如此潇洒，让阿喜土司惊叫连连。她甚至振臂惊叫了起来。于是：

木头把阿喜土司从身上放下来，把她抱了坐在山冈的青石上，就朝着那开满马缨花的地方跑去。阿喜土司看到，木头被汗水浸透的后背上，有丝丝缕缕像雾气一样的东西蒸腾了起来。

木头采来了一大抱马缨花，面无表情地朝阿喜土司走过来。他来到阿喜土司身边后，将大朵大朵的马缨花围着阿喜土司铺开来。他不断地重复着采了铺，铺了采的动作，直到把阿喜土司最终置于一片怒放的花海中。

阿喜土司开心极了，她笑得就像这马缨花一样。

木头木讷的脸，像坚冰受了春风，轻融中泛起了一丝浅浅的笑容。这浅浅的一笑，还是被阿喜捕捉到了。

你哪是木头？阿喜大声说，你不是木头！

阿喜手指了木头，咯咯地笑了，她的话语和笑，被风一吹，仿佛就撒满山冈了。

木头忍不住也嘿嘿笑了。他笑得连绷着的腰杆也弯成弓了。

山冈上，两个年轻人的笑声，被山风扬开去。世界，此时似乎也变得美好而年轻了。

阿喜和木头沉浸在自然和人性的美好中，他们忘记了等级和身份，忘记了他们身处的历史语境。人性和自然之美在山冈和山花中绚丽绽放。回到现实，木头遭到了管家的呵斥和辱骂，他又沉默无语。但他那颗对外部世界和个人身体没有感知的心，却在满山马缨花和阿喜的爱意中悄然复活了。

阿喜是土司父亲的继承者。她年少娇弱，下肢瘫痪。在弱肉强食的农奴社会里，她显然也是一个弱者，那些虎视眈眈的土司们，已经把自己的猎物锁定为吉联家族了。但是，她受到了现代文明的教育和启蒙。她不仅怀疑毕摩的神灵，而且有勇冠三军的胆气和英豪。她要破除彝人用“打冤家”的方式解决土司之间矛盾的传统。这不仅与阿喜接受的教育有关，同时也与她的切肤之痛有关。阿喜的哥哥，那个长得像一头豹子一样孔武有力的年轻帅气的小伙子，曾经是阿爹振兴吉联家族的希望。但在与目阿土司因山林纠纷“打冤家”的过程中，被活活劈掉了半边脑袋。当哥哥的尸首被抬回来，看见爱子惨状的阿爹一病不起。自知来日无多的阿爹，才让人接回了瘫痪的自己，不情愿地让她成为一个女土司。阿爹至死都没合上双眼。于是，当安日火头人向阿喜讲述金沙江对岸的撒玛土司因仇怨要前来报复时，阿喜果断地说：“不能让撒玛土司发出木板令！”如果木板令一发，土司与土司之间“打冤家”的事就不可避免。为了制止这场“打冤家”，阿喜不顾自身危险，带上木头，去见比豺狼都狠的约涅木乃头人和撒玛土司。一个势单力薄的弱女子在两个雄壮无比的男人面前，她临危不惧据理力争。而撒玛土司突发奇想要和木头比赛脚力——

> 比赛消息比江风还快，迅速就传播开去，原本举了火把赶来聚集打冤家的人们，顾不得长路的疲惫，纷纷赶来看稀奇凑热闹。一时间，瞰山坪因要打冤家骤成的恐惧压抑的气氛，又迅速被喧嚣和莫名的兴奋替代了，瞰山坪，似乎在这黑夜里，被一种近似于节日的快乐笼罩了。谁也没有去想它背后的残酷：这是一个土司，在用命去跟另一土司赌输赢。

在木头的奋力争取下，终于赢得了在约涅木乃头人家训马场的脚力比赛。阿喜和木头胜利，撒玛土司同意讲和，不仅避免了一场非死即伤的“打冤家”，同时终结了彝人这一前现代的愚昧传统。阿喜的胜利，显然是现代文明的胜利。同时，阿喜的勇武，也极大地感染了木头。小说一波三折，当我们以为事情可以收场的时候，撒玛土司突然又提出又提出——

“都说血债血偿，”撒玛土司看一眼快刀，又看着阿喜土司说，“你们杀死杀伤了我们三个人，我总得给他们的亲人们有个交代吧？就算他们偷了你们的牛，罪不至死嘛。我今天不要你阿喜土司以命抵命，但我得见血！哪怕你在你那没知没觉的腿上刺一刀，我也认。”

就在阿喜土司举起刀，正欲给自己腿上重重地刺一刀时，一直呆立着的木头，伸手抓住了阿喜土司握刀的手，并迅速将刀夺到了自己手中。然后一扬手，把刀深深地刺进了自己的腹中。他拔出刀时，鲜血溅了撒玛土司满脸。木头从容地将衣服撕成条状包扎了自己的伤口，背起阿喜土司，走出了约涅木乃头人家重兵把守的大门。

我欣赏的是潘灵用极端化的方式塑造的两个人物。木头本来的是一个聪慧机灵的少年，由于父亲的暴力致使他身体和心智受到重挫。他虽然力大无比，但他的呆傻木讷还是被众人取笑或无视，他的忠厚和勇武又使他令人生畏。他不仅在一百圈比赛中战胜了二十四个土司兵，而且在搏斗厮杀中徒手将这些豹子般的土司兵打得一片狼藉。更令人慨叹的是，他因阿喜土司的爱变得无所畏惧大义凛然。为了阿喜的情义他不惜以命相报。阿喜用现代文明，即爱和怜惜唤醒了木头的自我意识。这个从不知疲倦的青年，终于体会到什么是“累”了。木头最后昏了过去，获得的却是自我意识和身体的感知和体悟能力。木头从混沌蒙昧到自我觉醒，是通过阿喜实现的一个自我比较，一个幡然醒悟。当然，他的“累”，还有作家潘灵的一个现代想象：一个一文不名的穷小子被一个公主、一个女土司爱上，岂有不累之理。但是，作为刚刚复苏的一个土司的臣民，他是没有能力感知这样问题的。因此，他的所谓“累”，还是心智复苏后对身体的感知。阿喜形象的完成，同样是一个自我比较过程：一个土司的女儿，一个柔弱无比的残疾青年，她的命运似乎已经注定。但是，因为现代文明的伟力，使这个人物的力量超越了她本身：她不仅解决了领地内部的问题，识破了安日火头人私种罂粟的诡计，而且面对人多势众的撒玛土司敢于单刀赴会舌战群雄，面对烈酒尖刀毫无惧色。更重要的是，她对人的平等、悲悯和长空皓月般的大爱。她和木头在山冈上马缨花间的笑声和意犹未尽的短暂相处，是小说中最为感人的段落。如果没有现代文明的养育，阿喜无论如何也不会有这般情思和情怀。从一个柔弱女子到一个女英雄，是阿喜作为成功的文学形象的凯旋。可以说，没有阿喜也就没有后来的木头。

其他人物虽然笔墨不多，但都栩栩如生跃然纸上。其他人物是在相互对比中完成的：比如木头的爷爷和父亲，爷爷是一个著名药师，青年时代就敢于担当，是一位至今被仲家人怀念的老药师；木头的父亲则是一个性格暴躁、缺少人性的人物，当毕摩要用两头牯牛换木头时，他竟然毫不犹豫。这是父子两代的对比。土司家族的神职人员毕摩和仲家人的神职人员摩公，同样形成了对比关系：毕摩把自己看成是神的儿子，对土司鞍前马后忠心耿耿；摩公在对待自己的职业却比毕摩现实多了，他几乎没有神圣感，他热爱自己这份神赐的职业，是看重这份职业的游手好闲。同一个与神相关的职业，对神和世事的态度大不相同。阿喜土司和撒玛土司也形成了比较关系，一个是改变土司时代冤冤相报传统，走向民族内部和谐的新型领袖；一个是固守恶习顽冥不化的老土司。人物形象的多种比较，使小说的人物具有了鲜明的性格，

不同性格的指向，也预示了前现代旧土司制度的即将瓦解。因此，无论人物关系还是小说的整体氛围，都是现代之光照亮了过去，文明的新思想取代了野蛮的旧时代。

我曾在不同场合讲过，生活已经有了太多的“细思极恐”，如果文学还要雪上加霜，把被讲述的生活描述得更加惨不忍睹，那么，我们为什么还要文学？文学于我们说来还有什么价值。潘灵用他奇异的想象和人间暖意创作了如山花般烂漫的《奔跑的木头》，一如空谷足音让我们内心为之一振。我们在他的小说中看到了人与人关系的另一种讲述方法，我们看到了期待和想象的人与人的那种关系和情感。因此，这确实是一篇可圈可点的好小说。

原载《民族文学》2018 年 9 期

陈志国与我们

——评马晓丽的短篇小说《陈志国的今生》

马晓丽是军人，约定俗成地被称为军旅作家。她没有大红大紫过，但她仍然是这个时代重要的小说家。她的《楚河汉界》《云端》《杀猪的女兵》《俄罗斯腰带》《阅读父亲》等作品，在读者和批评界有广泛的影响和好评。这些作品之所以重要，就在于它们的精神品质也如“云端”般的意象，在云卷云舒大气磅礴的气象中，有一种高山雪冠般的品格存在。这既与她创作的题材有关，也与她个人的理想和内心期许有关。但是，读到《陈志国今生》的时候，我不能说是惊讶也确有些许惊诧。马晓丽的题材经常写到生死，《陈志国的今生》亦如是，小说的开篇是这样的情形——

陈志国是在天放亮时咽气的，当时只有我一个人守在身边。

前半夜，陈志国一直在嚎叫，声音凄厉而惨烈。我不忍卒听又束手无策，只能不停地抚摸他。陈志国趁势

> 抓住我的弱点，以他一以贯之的顽劣秉性，不依不饶地死缠着不让我撒手。只要我的手在他身上，他就安静下来不吭气了，但只要手一离开，他立刻就开始大声哀嚎，连一秒钟都不间隔。这样活活折腾了大半夜，就在我支撑不住眼看要崩溃了的时候，电话铃响了。
>
> 电话是女儿打来的。女儿与陈志国感情最深，听说陈志国不好，决定明天一定回来。然后嘱咐母亲替她把《金刚经》放在陈志国身边，再点上沉香云云。

这是《陈志国的今生》开头的文字。初读这段文字，无论是谁，都会对陈志国和守护者的痛苦深感难过或不忍：陈志国就要离开人世还这样折腾自己也折腾别人，哀嚎、撒娇、不依不饶，用各种方式表达了对人间的流连和迟迟不肯离去，待到咽气时已经“天放亮”了。这时的守护者被折腾了大半夜，已几近崩溃。这个生死离别的场景确实惊心动魄。可这个陈志国究竟是谁呢——陈志国是一条抱养的狗，这是一篇关于狗的小说。

作为狗的陈志国长得漂亮。无论人还是狗，漂亮总是讨人喜欢。陈志国有多漂亮——“他是那种醒目亮眼、瞬间吸睛、立刻就能把人拿住的漂亮。我就是这样被他拿住的。我无论带陈志国去哪，他都会吸引众多的目光，像明星一样被围观、被赞美，甚至被要求拥抱、抚摸。”人被狗的漂亮“拿住”，也只有真心喜欢狗的人才会体会。于是，陈志国就这样走进了主人的家庭生活。但是陈志国毕竟是狗，它不仅不喜欢被围观、被骚扰，甚至突然翻脸发脾气。进门的第一天，陈志国狗的主体性便彰显出来：它坚决不睡主人特意给它买的小床，一定要睡在主人的大床上。几次拉锯战，陈志国完胜：它不仅获得了睡在大床的特权，而且一定睡在主人夫妇之间。陈志国还经常无缘无故发脾气，甚至抓伤主人皮肤。主人看电视，陈志国也一定要坐在两个主人之间，而且在“第一主人”那里争宠，母女都要让着陈志国。一段时间过去后，主人对陈志国的评价是“除了长得漂亮没第二条优点”。陈志国的“问题”愈演愈烈：主人一出门它就要去“同去”，不被允许就在主人走后大哭大闹，然后花样翻新地“报复”——拉屎、撒尿、“打粑粑腻”——每次回来见到的都是一身狗屎满屋臭气，主人的心情可想而知。于是，主人后悔了，后悔把陈志国这尊大神请到家里。终于有了一次“放逐”陈志国的机会：主人一家要去三峡旅行，带陈志国实在不方便，便托一个朋友的亲戚照管。大家都很放心，甚至有了解脱感。但事情远远没有结束。陈志国离开了主人却没有离开主人的生活。就像发生过的历史，虽然已经成为过去，但它并没有结束，仍在影响着当下生活。陈志国就这样像幽灵一样一直在主人的情感生活中。

小说的高潮在主人重新找到陈志国的那一刻。陈志国寄养在朋友的亲戚家，但这位亲戚嫌陈志国毛病太多，于是就送了人，而且是偏远的乡下。找到陈志国并不困难，说几句好话、给些钱也就放了陈志国。主人见到陈志国时，它在一群鸡鸭鹅之间，龟缩在角落里——

> 我激动地大喊：陈志国！陈志国！陈志国先是愣了一下，然后突然像发炮弹似的弹射过来，咣当一声撞在了门上。紧接着，陈志国就开始疯狂地往门上冲撞，在门上抓挠，拼命想要出来。我们俩隔门相望，我一声一

> 声地叫，他一次一次地冲撞。陈志国见实在撞不开门，又想从门下面的缝隙往外钻。我见那缝隙太小，就拼命想阻止他。但此时，陈志国已经什么都不顾了，他一意孤行死劲从缝隙里往外挤，一下子把自己卡在了门下面，卡得他手脚乱扑腾。我惊叫了一声，冲上去不顾一切地用手扒土。幸亏大门下面是土地，陈志国才有可能钻出来，但他是太急切了，到底还是生生地把后背蹭掉了一层皮。一钻出来，陈志国就扑向我的怀里，我一把抱起陈志国，眼泪哗哗地往下流。陈志国倒没哭，他只是非常非常紧张，两只小手紧紧地抓住我，一副誓死也不会再松手的架势。才半个月不见，陈志国就变得又瘦又脏。我摸着他瘦骨嶙峋的小身子骨，心疼地一个劲儿地对他说，对不起，对不起，对不起……

这一情形不啻惊雷滚地骇浪滔天——那不只是久别重逢，也不只是挂碍顷刻释然，而是犹如一场冤案终于平反，一场误会终于大白，一只无望的危帆终于到达了港湾——令人喜忧参半的陈志国终于得救了。当然陈志国从此也改变了自己的性格。或者说，陈志国的“创伤记忆”改变了它的性格：它因恐惧而屈从；它不再上大床睡觉；过去走路横冲直撞，现在是蹑手蹑脚地溜着墙根走并且目光惊恐；以前吃饭挑食，现在盆光碗净还私藏食物；做错了事之后，它有知错就改的表现。当然，陈志国变化最大的还是眼神，“过去，陈志国的大黑眼珠子明亮清澈，坦荡放肆，从不回避躲闪。现在陈志国的眼珠子虽然还是那么大，还是那么黑，但目光中显然缺少了生气。”后来，陈志国终于双目失明了。失明后的陈志国的生活是不难想象的。陈志国活了十七年，已经是个长寿的狗了。

《陈志国的今生》最感人的，是写到了人心最柔软的地方。马晓丽说："从那以后我才发现我变了，不知道从什么时候起，我对生命的感觉不一样了，陈志国就像是一把为我量身定做的锉刀，一点一点地挫去了我包裹着内心的外壳，挫薄了我的心包膜，让我的心变得格外地敏感，格外地柔软了。"当然，她还谈到了一些哲学问题，诸如印度哲学家克里希那穆提关于对抗习性等问题。但是这些问题好像陈志国是难以理解的。在我看来，小说的精彩，还是对陈志国——狗的习性、情感等诸多细节的生动书写，以及小说在节奏等方面的掌控。比如陈志国进入家庭带来的烦乱，陈志国离家后家人旅途的默然，陈志国的归来的悲喜交加，然后是陈志国黯然的暮年。一波三折的讲述，使陈志国的今生今世风生水起，一如普通人平凡也趣味盎然的一生。这一点，《陈志国的今生》几近小说情节设置的教科书。

我们的文化对狗的态度大概历来不好。这可以从语言中得到证实：鸡鸣狗盗、狗头军师、人模狗样、狼心狗肺、狗嘴里吐不出象牙、狗胆包天、狗仗人势、狐朋狗友，凡是与狗有关的词语，几乎没有褒义的，要想贬损什么，狗倒是大可派上用场。但另一种文明不一样，他们认为狗是人类最忠实的朋友。这一认知，我们可以在加思·斯坦的《我在雨中等你》、石黑谦吾的《再见了，可鲁》、努阿拉·加德纳的《友如亨利》等作品中可见一斑。我们小说对狗的情感变化，大概是近几十年的事情。比如张贤亮的《邢老汉和狗的故事》、郑义的《远村》、陈应松的《太平狗》、欧阳黔森的《敲狗》、迟子建的《穿过云层的晴朗》《世界上所

有的夜晚》、李兰妮《我因思爱成病》等。这些作品对狗的情义、狗的忠诚以及狗的人格化的想象，都做了非常有益的尝试。或者说，对待狗的情感，我们同另一种文明在逐渐接近。但是，在这样的小说环境中，马晓丽的《陈志国的今生》还是不一样。她的陈志国，不是隐喻，不是比附，也不是象征。她是实实在在地走进了狗的世界，以无比真实的细节描摹和刻画了作为狗的陈志国的今生今世。如果是这样的话，那么《陈志国的今生》就是一篇关于狗的小说。但是，这又不只是一篇关于狗的小说，它同时也与我们有关。陈志国除了动物的属性与我们不同之外，在马晓丽的理解中，人性与狗性、我们和陈志国有许多相似之处：我们都有卑微的心理，都有与生俱来的对习性的抗拒——我们缺乏什么就要凸显什么。无论合理与否，我们潜在的诉求是需要体恤和不被冷眼，希望远离或没有傲慢和无视。狗性和人性一样都有弱点，这又是多么可以理解的弱点。当然，狗性大多是本能的，我们是通过对狗的认知来理解狗的。因此，《陈志国的今生》大大地提高了我们小说的思想品性。这篇小说和马晓丽以往的创作比较，在题材上可能大异其趣，但其内在精神却仍在一个谱系里。这就是对人类文明基本价值的维护，对自由、平等的恪守，对所有生命的尊重，对弱势生命的悲悯和同情。这种悲悯和同情，没有建立在等级关系中，没有人的优越、施舍和傲慢。在对狗的理解过程中，人却可以进一步认识和理解人本身。这个情感交织过程中蕴含的理性，就是《陈志国的今生》要告诉我们的吧。

2018 年 2 月 27 日于北京

原载《北京文学》2018 年 4 期

林那北和她小说的表情

——评林那北的小说创作

林那北原来笔名叫北北，这谁都知道；北北是名作家，这也无须说。重要的是北北改名林那北之后还是名作家。北北 / 林那北有人缘，走到哪里都受欢迎。批评家南帆说：“机警、俏皮、调侃更像是林那北的生活姿态。这种生活姿态时常与逛街、购物、时装或者网上冲浪汇合成兴高采烈的日子。”此外，据说还画画，画大漆，还种地。南帆在给林那北《屋角的农事》的序中说：“她自诩为这些植物的领袖，兴致勃勃地将一把菜籽埋入泥土，却无法像老农那样一眼认出丝瓜还是秋葵。她的理想是，某一天这些菜籽听得懂她的点名，例如喊一声‘丝瓜’或者‘秋葵’，某些菜籽就会向前跨一步，雄壮地回答‘到！’”如果是这样的话，那么北北 / 林那北在生活中就应该是一个有趣的人。但是，南帆又说：“然而，某一天我突然有了一个结论：此人确实拥有小说家的才分，她的小说更多来自兴高采烈的背面。我逐渐发现，这个世界带给她如此之多的不安、惊惧、无奈与不满。紧张地锁上门窗之后，一声沉重的叹息犹如折翅的鸟儿颓然落地。我愿意猜

测，小说的闪电即是在这个时刻倏地划过。林那北的小说四面伸出了探究的触角：周围的世界怎么了？如果有可能，她肯定想在自己的小说里恢复对于这个世界的信心。她将自己的某些向往，零星散落在小说里了。”[①] 南帆和林那北住在一个寝室，他对林那北的评价当然就是权威发布。

林那北至今已经创作了长篇小说和作品集二十余部，还写地方风物志《三坊七巷》，电视纪录片《闽南望族》，长篇散文《宣传队运动队》等，可谓“著述颇丰”。现在出书容易，出书二十余部的大有人在。因此，我要说的不是林那北出了多少书做了多少事，重要的是她的创作的综合影响力和与众不同的个人风格。她的综合影响力是当下的重要作家，她的个人风格，是她那别具一格的小说表情。我了解林那北的小说，大约是 2003 年，北京召开了“崛起的福建小说家群体”研讨会。会上针对林那北的小说创作，我提出了文学的“新人民性”的看法。林那北的《寻找妻子古菜花》《王小二同学的爱情》《有病》，以及后来的《转身离去》《家住厕所》等，对底层生活的关注和体现出的悲悯情怀，作为一种“异质”力量进入了当时为杂乱的都市生活统治的文坛。我认为：当代小说的世俗化倾向，使小说越来越多地呈现出快感的诉求，美感的愿望已经不再作为写作的最低承诺。因此，我们在当下小说创作中，已经很难再读到诸如浪漫、感动、崇高等美学特征的作品。但是文学作为关注人类心灵世界的领域，关注人类精神活动的范畴，它仍有必要坚持文学这一本质主义的特征。林那北在她的小说中注入了新时代内容的同时，仍然以一种悲悯

① 南帆：《小说的闪电》，林那北《唇红齿白·序》，凤凰出版社 2009 年版。

的情怀体现着她对文学最高正义的理解。我们在儿童王小二的经历中，在王大一的“现代愚昧”中，在路多多惨遭不幸的短暂生涯中，在王二颂本能、素朴的“剪不断、理还乱”的人性矛盾中，在李富贵寻妻、奈月坚贞的爱情中，读到了久违的震撼和感动。林那北以现代的浪漫、幽默和文字智慧，书写和接续了文学伟大的传统。在全新的文化语境中，林那北作为一个重要作家所提供的文学经验，以及持久坚持书写中国当下生活的耐心，已经成为中国文学经验的一部分。

文学的新人民性是一个与人民性既有关系又不相同的概念。人民性的概念最早出现在19世纪20年代，俄国诗人、批评家维亚捷姆斯基在给屠格涅夫的信中就使用了这一概念，普希金也曾讨论过文学的人民性问题。但这一概念的确切内涵，是由别林斯基表达的。它既不同于民族性，也不同于“官方的人民性”。它的确切内涵是表达一个国家最低的、最基本的民众或阶层的利益、情感和要求，并且以理想主义或浪漫主义的方式彰显人民的高尚、伟大或诗意。应该说，来自于俄国的人民性概念，有鲜明的民粹主义思想倾向。此后，在列宁、毛泽东等无产阶级革命导师以及中国“五四”运动时期的文学家那里，对人民性的阐释，都与民粹主义思想有程度不同的关联。我这里所说的“新人民性”，是指文学不仅应该表达底层人民的生存状态，表达他们的思想、情感和愿望，同时也要真实地表达或反映底层人民存在的问题。在揭示底层生活真相的同时，也要展开理性的社会批判。维护社会的公平、公正和民主，是“新人民性文学”的最高诉求。在实现社会批判的同时，也要无情地批判底层民众的“民族劣根性”和道德上的“底层的陷落”。因此，“新人民性文学”是一个与现

代启蒙主义思潮有关的概念。

新世纪初期，对底层人群生存状况和心理环境的关注，是林那北小说最动人的地方。这些人物，一方面表达了底层阶级对现代生活的向往、对现代生活的从众心理；一方面也表达了现代生活为他们带来的意想不到的后果。王小二只有八岁就会写情书，王大一因现代资讯的影响怀疑王小二不是自己的儿子，于是为了报复妻子蓝彩荷而北上做生意，与肖虹肖君姐妹同居，期待这两个如花似玉的北国姑娘给他生一个自己的儿子，结果酿出了一出让人啼笑皆非的悲喜剧；《有病》中的陆多多如果没有现代都市欲望的诱惑，她也不会得最“时髦”的艾滋病。北北在她的小说中注入时代内容的同时，仍然以一种悲悯的情怀体现着她对文学最高正义的理解。北北的小说始终关注人的心灵苦难，日常生活的贫困仅仅是她小说的一般背景，在贫困的生活背后，她总是试图通过故事来壮写人的心灵债务。《转身离去》叙述的是一个志愿军遗孀芹菜卑微又艰难的一生。短暂的新婚既没有浪漫也没有激情，甚至丈夫参加志愿军临行前都没有回头看上她一眼。这个被命名为“芹菜”的女性，就像她的名字一样微不足道，孤苦伶仃半个世纪。她不仅没有物质生活可言，精神生活同样匮乏得一无所有。她要面对动员拆迁的说服者，面对没有任何指望和没有明天的生活，她心如古井又浑然不觉。假如丈夫临行前看上她一眼，可能她一辈子会有某种东西在信守，即便是守着一个不存在的婚姻或爱情，芹菜的精神世界也不致如此寂寞和贫瘠；假如社会对一个烈士的遗孀有些许关爱或怜惜，芹菜的命运也不致如此惨不忍睹。因此，“转身离去”，既是对丈夫无情无义的批判，也是对社会世道人心的某种隐喻。

《唇红齿白》是北北改名林那北后的第一篇小说。小说的秘密在当代家庭内部展开：一对双胞胎姐妹阴差阳错地嫁错了人，本来属于杜凤的男人娶了杜凰。这个名曰欧丰沛的人官场得意无限风光，但在风光的背后，杜凰与其分居多年。在杜凰出国期间，欧丰沛诱奸了有求于他的杜凤。杜凤一次染上性病，矛盾由此浮出水面。杜凤丈夫李真诚不问妻子问妻妹，妻妹杜凰平静地帮助姐姐疗治。但此时的杜凰早已洞若观火掌控事态：虽然分居多年，但欧丰沛仍然惧怕杜凰，从实招来。对杜凤实施了“始乱终弃”的欧丰沛没了踪影，自惭形秽的杜凤只能选择离异。小说将当下生活的失序状态深入到了家庭内部，或者说社会结构中最小的细胞已经发生病变，欺骗、欲望几乎无处不在，任何事情都在利益之间展开，最亲近的人都不能信任，家庭伦理摇摇欲坠危机四伏。不仅杜凤走投无路，杜凰、欧丰沛、李真诚又有什么别的选择吗？林那北在不动声色间将弥漫在空气中的虚空、不安、无聊或无根的气息，切入骨髓地表达出来，特别是对生活细节的处理，举重若轻，不经意间点染了这个时代的精神际遇。

林那北的小说一直与当下生活有密切的关系，但《风火墙》与她此前作品的风格和题材大变。她离开了当下将笔触延伸至民国年间。文字和气息古朴雅致，一如深山古寺超凡脱俗。表面看它酷似一篇武侠小说，突如其来的婚事，却隐藏着寻剑救人的秘密。那是一把价值连城的剑，然而一波三折寻得的却是一把假剑，几经努力仍没有剑的踪影。但寻剑的过程福州侠女新青年吴子琛一诺千金、智勇过人的形象却跃然纸上。如果读到这里，我们会以为这是一部新武侠或悬疑小说。但事情远没有结束。新文化新生活刚刚勃兴，吴子琛寻剑是为救学潮中因救自己而被捕的老师。

小说在隐秘的叙事中进行。李家大院不明就里，新婚多日李宗林听墙角也没听出动静，新人神色正常毫无破绽。表面越是平静，李宗林的内心越是波澜涌起。没有肌肤之亲的百沛与妻子吴子琛却情意深长心心相印。是什么力量使两个青年如此情投意合，李宗林当然不能理解。新文化运动虽然只是背景，但它预示了巨大的感召力量。形成对比的是没有生气、气息奄奄旧生活的即将瓦解。李宗林与太太的关系一生都没有搞清楚究竟是一种怎样的感受。在这个意义上说，《风火墙》也是一部女性解放的小说。但这更是一部关于爱情的小说。有趣的是，北北将情爱叙述设定为一条隐秘的线索，浮在表面的是摇摇欲坠分崩离析的家族关系。父亲李宗林秉承家训，宁卖妻不卖房，但内囊渐渐尽上来的光景，使李宗林力不从心勉为其难，他急流勇退将家业交给了儿子百沛料理。一个日薄西山的家族喜从天降，大户人家吴仁海愿将千斤吴子琛下嫁给百沛。但这个婚事却另有弦外之音。吴子琛处乱不惊运筹帷幄，虽然将李家搜索得天翻地覆，但芳心仍意属百沛。她心怀叵测但百沛却毫无怨言——“由着人家指东打西”。不入李宗林眼的吴子琛在百沛那里却是：

> 我自己没有遗憾，我自己觉得挺庆幸的，挺值得。子琛本来在北平上学，她就是假期时回福州也很难让我碰上面。但一把剑将她引来了。这辈子我不可能再遇到第二个这样的女子，我就要她了，别人就是天仙也入不了我眼。……我可以重申一下的：我这辈子我只跟子琛相依做伴，她是我唯一的妻。

新文化新女性的魅力不著一字却风光无限。我惊异的是北北的叙事耐心，她不急不躁不厌其烦地描述着李家的外部事物，但内在的紧张一直笼罩全篇。没有信誓旦旦的海誓山盟，就是这样的新生活新爱情，连行将就木的李宗林也被感动得“鼻子一酸”。“这一刻，他真的在羡慕百沛。”精心谋划的结构和深藏不露的叙事，是《风火墙》提供的新的小说经验。

《校医常宝家》，是一篇揭示人的窥视心理的小说：校医“杜医生老婆常与一个男人亲密出入，那男人不是杜医生，但也住在杜医生家里；杜医生老婆在家办舞会，没有请别人，在地动山摇的音乐声中，杜医生、杜医生老婆、那个外来的男人，就他们三个人跳来跳去跳一个晚上或者一个周末……”这个情况发生在二十世纪八十年代末期，而且是一所中学里。于是，书记华田为了校园秩序开始处理这个事件。这是一件让人兴奋又必须按捺的事件。隐秘的事件与隐秘的内心在小说中跌宕起伏，三人的同时消失又使小说在结束时扑朔迷离。林那北对人物隐秘心理的揭示和处理，提供了一种新的经验。

我注意到对林那北小说这样的评论。比如岳雯说：

> 林那北不大写怎么吃算“玉食”，但是对于怎么穿才叫“锦衣”是有提示的。柳静穿的是“藏蓝色的Levi’s牛仔裤，本白的阿玛施圆领绒衣，正版阿迪达斯”，看上去是朴素，朴素里有一份好品味在。关于这一点，柳静有她的心得：“关于‘特色’，柳静其实一直保持警惕，年轻时她不敢放胆乱穿主要由于职业的局限，对奇装异服确实也暗自动过心，但现在不会，现在心很淡，

反映到外表上就是简练、纯净，却又品质蒸蒸日上。花哨是年轻人的事，而过了40岁，还在形式上下功夫，不免就透出傻气了。”因此，以柳静看李荔枝，当然会“暗叹了一口长气”。与柳静相比，李荔枝的改良式唐装确实不叫人提气。李荔枝当然也热爱锦衣华服，陷在物质里的她把自己装扮成了“一棵灿烂的树，被五彩灯细密缠绕，一脱下白大褂，就按亮开关，满树霎时艳丽闪烁，让别人目不暇接。”林那北果然够毒舌，可是焉知李荔枝这般华服缠身不是为了驱逐内心漫山遍野的荒凉呢。好了，你现在明白了吧？不是花团锦簇、云蒸霞蔚、锦绣万端就叫“锦衣”，在林那北看来，那是低段位的表现。内心安宁了，淡定了，又有足够的能力享受物质生活，那才叫“锦衣玉食”。[①]

我也注意到林那北在一部小说后记中的自述。林那北在创作《锦衣玉食》之后说：“当世界偏于肮脏时，有精神洁癖的人总是活得局促，许多隐秘的疼痛起伏于世俗的庸常间，如果不握手言和，就必定格格不入。这就是柳静的命运。我对她感兴趣，是因为她宁可老公真心出轨，去干净地爱一个人，也不能为了往上爬而把美女部下当成礼物献给上司。作为一名普通中学语文老师，她对错别字的不容忍，扩大到对一个人应该活得干净的渴望。她错了吗？每一个个体其实都担负着社会职责，如同一棵棵树都健康蓬勃，一整座森林才能显现美好。我很喜欢这个叫柳静的女人，

① 岳雯：《要锦衣玉食，也要云淡风轻》，《甘肃日报》2015年5月6日。

她别扭得让人内心搅动不安。活了几十年，她始终娴静淡然，从不向世界争半分利，却把内心的城墙垒得坚不可摧；生活中她不具进攻性，骄傲地后撤是她唯一的进攻。她带着我走，把那股绝不屈尊的坚定丝丝缕缕注入文字，我看得见她的容颜以及举手投足，甚至闻得到她淡淡的气息，气味芳香。”①

评论和自述都在讲述一个作家的内心和修养，表达一个作家对文学讲述方式的理解和实践。也有评论说林那北“写作如同瓦片打水漂一般轻松”，这个说法也有一定道理。“打水漂一般轻松”，应该是林那北日常生活中的表情。尤其她的散文，机智、俏皮，常有惊人之语让人忍俊不禁。这时用“文如其人”评价林那北是大体不谬的。但是，她的小说就不一样了。小说中林那北的表情似乎也轻松，但这个“轻松”，很可能是林那北不经意中对自己“姿态”的暗示——她对优雅和得体以及分寸的意属，使她即便讲述人间苦难时也不至于披头散发乱了方寸。于是，小说中林那北的表情是这样的——

她不止一次表示，这个世界总体上是让人失望的，疮痕遍地，伤口累累，自私和残忍似乎从未减少，我们可以期待什么呢？

但是，具体的事情上，她似乎又格外乐观，愿意一件一件事情去做——包括一篇一篇地写小说。在我看来，二者之间的张力很可能即是写作的动力。世事纷扰，人生百态，林那北有时会固执地表现出一种略为苛刻的精

① 林那北：《世界是扇形的》，《锦衣玉食·后记》，百花文艺出版社 2014 年 11 月版。

神洁癖。对于某些人物或者某些事件，她的判断简洁明了：肮脏。她的慷慨陈词背后涌动着某种不无天真的社会学激情。这个世界必须是有序的，安全的，公正的，和睦的，因此，交通秩序、食品安全或者医疗职责等等都应当如此这般。这些主张通常合情合理，但是多半无法实现。至少在目前，这个世界隐藏了摧毁有序、安全、公正与和睦的强大冲动，这些冒险精神大部分来自高额利润的诱惑。现今，仅仅提出某种合理的秩序是不够的。完善的设计必须回答，合理的秩序应该坚固到何种程度，以至于可以有效抗御欲望的凶猛攻击？这个时刻，林那北显然已经丧失了理论的耐心。她移开了眼光，转身回到了作家的位置上。她更擅长也更乐意研究的是人物性格、内心波动、纠纷的情感，甚至一个眼神、一句对白、一声叹息，如此等等。不言而喻，这才是小说驰骋的领域。尽管如此，我相信她的社会学激情仍然集结在小说的某一处。近几年，林那北的小说内涵愈来愈沉重厚实了。她如此热衷于众多小人物的故事，专注地考察贫贱表象背后动人的悲欢离合，这种兴趣怎么可能与公正的理念毫无关系呢？①

我之所以大段引用南帆兄的评论，是因为我实在难以比他写的更精准。这里，我最为欣赏的是南帆兄正确地指出林那北内心涌动的“社会学激情”，尤其她的中篇小说创作。

① 南帆：《小说的闪电》，林那北《唇红齿白·序》，凤凰出版社 2009 年版。

后来，林那北的小说创作发生了变化：她将关注当下生活，尤其是底层生活的目光投向了历史。这部《我的唐山》就是她转型后的重要作品。小说从光绪元年写起（1875）写到《马关条约》签订的光绪二十一年（1895），这一年台湾人民组成义军，阻止日本人入台但惨遭失败。这段历史是真实的历史。但小说不是历史著作，而是以真实的历史作为依托或依据，通过虚构的方式，呈现或表达这段历史中人的情感、精神以及人与历史、人与人之间的关系。在这个意义上可以说，这类小说既是历史著作，又是艺术作品。《我的唐山》以陈浩年、陈浩月兄弟，曲普圣、曲普莲兄妹，秦海庭、朱墨轩、丁范忠等人物为中心，表达了作者对大陆移居民众和台湾的一腔深情，充分体现了台湾和大陆休戚与共的历史事实。

历史小说最困难的不是如何讲述历史，历史已经被结构进历史著作中。只要熟读几部与小说相关的历史著作，小说中的历史事实将大体不谬。历史小说最紧要处是虚构部分，比如人物，比如细节。这是考验一个作家有怎样的能力驾驭历史小说。《我的唐山》恰恰在虚构部分显示了林那北的才华和能力。她抓住了这段历史中人的颠沛和离散，抓住了人物命运的阴差阳错悲欢离合，使一段我们不熟悉的历史，因林那北的艺术虚构形象地展现在我们面前，而人物的命运、生存和情感的苦难，更是令人感慨万端唏嘘不已。可以说，“情和义”是小说表达的基本主题。其间陈浩年、陈皓月和曲普莲、曲谱圣和陈浩年、丁范忠和蛾娘等的情意感人至深。小说中的陈浩年是梨园中人，因唱戏和朱墨轩的小妾曲普莲一见钟情。曲普莲并非轻薄之人，她是为哥哥和母亲做了朱墨轩的小妾，但朱墨轩性无能，其景况可想而知。糟糕的是

两人第一次夜里约会陈浩年便走错了地方。私情败露曲普莲误以为是陈浩年告密，便道出实情。县令朱墨轩大怒，误将陈浩年的弟弟陈浩月带回衙门。陈浩月和曲普莲到台湾后，陈浩年为了寻找曲普莲，也去了台湾，但到台湾却发现普莲已为弟媳。陈浩年为情所累苦不堪言，曲谱圣为解脱陈浩年跳崖而亡，妻子秦海庭难产而死。这种极端化的人物塑造方法，给人留下了深刻的印象。陈浩年在台湾再见到曲普莲时，我们看到了这样的情形：

> 陈浩年看到，曲普莲眼里也有泪光。她没有变，脸还是那样粉白，但瘦了，下巴尖出，不再圆嘟嘟的，眼眶因此显大了，显深了，显幽远了。“普莲！”他仍叫着，伸出手，走到她跟前。曲普莲却蓦地一个转身，钻出人群，小跑起来。陈浩年也跑，追上她，张大双臂拦住。他说：“普莲，认不出了吗？我是陈浩年啊，长兴堂戏班子的那个……”
>
> 曲普莲头扭开，不看他。“你认错人了，我不是普莲！”
>
> “你是普莲，曲普莲！”
>
> “曲普莲已经死了。”
>
> “你……没死，你就是曲普莲……”
>
> 一架车在不远处出现，是架牛车，曲普莲一闪身又小跑起来，然后上了牛车。车子启动，向镇外驰去。
>
> 陈浩年把趿在脚上的烂鞋子踢掉，跟着车跑起来。
>
> 见到曲普莲了，终于找到她了，他不能眼睁睁地再失去她。

对“情和义”的书写，对一言九鼎、对承诺的看重价值连城重要无比。从某种意义上说，是林那北对传统文化的怀念和尊重。是试图复活传统文化的努力。这不只是林那北个人的主观意图，同时更符合传统文化的核心要义。《我的唐山》要讲的也是这个。传统文化的核心不只是艰深的经典文献，它更蕴含在如此朴素的“礼义廉耻”中。

大陆与台湾在民间的关系，与北方的闯关东、走西口有很大的相似性。在这个意义上《我的唐山》也有移民文学、迁徙文学、离散文学的意味。在民间的传统观念里，“故土难离”“父母在不远游”的观念根深蒂固。因此“怀乡”成为现代中国文学的一个基本母题或叙事原型。“怀乡”或“还乡”以及“乡愁”，是现代中国以来文学常见的情感类型。《我的唐山》继承了这一文学传统并在题材上填补了当代小说创作的空白。如果是这样的话，林那北的贡献功莫大焉。

林那北从事文学创作从“1983 年一则不足三百字的小文发在《福州晚报》副刊版上”至今整整三十五年了，“从艺”三十五年完全可以说是一个“资深作家”了。但林那北自有自己的说法——

我一直在认真写作——这句话挺酸的，之前我从没这么表达过。所谓“认真”，指的是忠于自己的内心，而非有什么宏大理想指引推动。因为别无长处，唯有这事还可让我长久地关注与兴奋，便做了，可能还要再做多年。我讨厌计划，也反感目标，人生已经如此僵硬沉

> 重，再额外给自己增加框框套套，必然更平添了几分不自在。在现实中这当然不可行，比如单位年初不计划上级怎么肯罢休？又比如国家五年不计划各行各业不就乱成一团？但个人在这些之外，写作更不在此列。还要写多久，决定着我能将“林那北”这个笔名用多久，但“还要写”与“还能写”是两个不同的概念，也许明天我就写不动了或者不想写了，那么，这个“林那北”在还没被人认可之时，就已经匆匆夭折了。即使这样，说真的，仍然没有关系。①

她积极、乐观，但也并不强求。这也可以看作是林那北关于创作的表情吧。

原载《小说评论》2017 年 5 期

2017 年 11 月 28 日于北京

① 林那北：《更改笔名：从北北到林那北》，《作家》2008 年 15 期。

“师徒关系”的背后与深处

——评刘建东的几部中篇小说

我曾在不同的场合表达过，中篇小说是百年来成就最高的叙事文体，当然也是新时期、新世纪以来文学成就最高的文体。创作这个文体的作家，也是最有追求、最有文学情怀的作家。刘建东创作了很多作品，长篇、短篇都有很好的作品。但他的创作成就最高的，也是中篇小说。他近期创作的《阅读与欣赏》《卡斯特罗》《完美的焊缝》《黑眼睛》以及《丹麦奶糖》等，集中显示了他的创作成就。我注意到，他的这些作品，基本是以工厂生活为背景的，传统的说法是“工业题材”。工厂的生活非常难写。百年来，我们很少见成功的“工业题材”小说。或者说，工厂为文学提供的创作空间非常狭窄。因此，像金斯利的《奥尔顿·洛克》、柯切托夫的《叶尔绍夫兄弟》等给人留下深刻印象的这类题材的小说，非常稀少。在中国，这更是一个稀缺题材。当年蒋子龙的工业题材小说震撼文坛，一方面是他敏锐地书写了改革开放初期观念的搏斗，更重要的是，他塑造了霍大道、乔光朴等重要的人物形象。除此之外，鲜有这方面有成就的作家作品。近年来，这

一题材有影响的作家，大概也只有辽宁的李铁、河北的刘建东等。

刘建东的中篇小说，是近些年来中国最优秀的中篇小说的一部分。既写稀缺的工厂生活，又写的很出色，刘建东的重要就可想而知了。工厂的小说，最常见的关系莫过于师徒。无论是手工作坊还是现代大工业，师徒关系是工厂最基本的关系，一如学校中的师生。这一关系看似简单——它是谱系、流派，甚至堪比家族。但是它的诡秘、怪异和特殊，也是非当事人难以想象的。于是，师徒关系几乎就是刘建东构建他小说的基本关系。这一关系的构建看似并无特别之处，但是，如果我们从当代文学史的角度看就会认识到，“师徒关系”改写或颠覆了一个大叙事，就是过去工业题材文学确立的“工厂 / 个人”“国家 / 个人”的结构模式。比如胡万春的小说、从深的话剧《千万不要忘记》等，这些写工厂生活的文学作品，其基本关系的设定，是在国家、工厂与工人的关系中建立起来的。这种关系决定了文学作品一定是一种观念的斗争，在观念层面展开矛盾。而“师徒关系”是人与人的关系，人与人的关系就一定是在人性层面展开矛盾，一定是以人为中心的小说。这一关系的改变，改写了工厂题材小说的重要观念。因此，刘建东的小说是有大贡献的。

《阅读与欣赏》中的“我”与师傅冯茎衣、《卡斯特罗》中的陈静等与老庄、《完美的焊缝》中的郭志强与师傅等，在这种“师徒”关系中，刘建东以他独具的慧眼发现了工厂生活的特殊性和普遍性。所谓特殊性，是工厂生活的特殊性决定的。工厂的高度组织化、知识化和技术性，决定了工厂生活与社会生活的差异；但是，即便是特殊的生活，也是人的生活。因此，与人性相关的普遍性在工厂生活中仍然难以超越。 在我看来，很多工厂生活的小说之所以写不好，是因为作家要处理的是工厂事务，是工厂外部的各种关系。这些关系对工厂很重要，但那是需要工厂相关部门处理的。作家要处理的，还是工厂里的人与人的关系和人性的问题。刘建东抓住了这一要害。他通过“师徒”关系，写出了这一关系的复杂和丰富。《阅读与欣赏》通过“我”——小刘眼睛的阅读，发现了师傅冯茎衣的另一面，塑造了一个离经叛道卓然不群的女师傅的形象。一个中文系毕业的大学生，和一个热爱文学、有文学情结的三十岁的“女师傅”结成了师徒关系。师徒二人关系密切，他们应该是同代人。但因“师徒”身份又仿佛是姐弟、师生。冯茎衣是工厂的名人：貌美如花，技术过硬，为人豪爽，舞姿曼妙。但是，冯茎衣光鲜外表的背后，却有诸多不为人知的故事。徒弟是一个“旁观者”、一个见证人，他目睹了师傅冯茎衣荒诞不经的放荡生活和惨不忍睹的家庭境遇。他更目睹了宰制日常生活中的隐形之手——成见、舆论、权力等对一个人的伤害。尤其作为女性的师傅——一个弱势个体，在情场、欢场她凭借个人的自然条件，可以柔韧有余如鱼得水，一旦东窗事发，受到伤害的一定是女性。我们看到，冯茎衣生活作风“有问题”时，对她的各种风言风语纷纷扬扬地“在厂里的各个角落疯狂地生长着，如同夏天的野草。在长达两年的时间里，虽然没有人和我说过，但是我知道，他们把我描绘成一个什么样的人。就和你们书中写的那些女人一样”。但是，当她改正了生活作风，已经成为工厂的模范时，她还是不被接受，她仍然在舆论中心被诟病被轻慢。那个马大姐就说：“‘你说，你师傅怎么可能成了这样一个人！’按照马大姐固有的想法，我师傅就应该是三十五岁以前的冯茎衣，她就应该风流成性，招蜂引蝶，这是她的宿命。马大姐的消息很

可靠，因为她丈夫是劳动人事处的处长。马大姐补充了一句让我很是不满，她不屑地说：‘转变得跟神似的，不见得是什么好事。’”。冯茎衣的遭遇是在工厂里，但这一遭遇和在社会上没有什么区别。所以刘建东将人物设定在工厂的背景上，他写的还是人性和人际关系。师傅冯茎衣是一个对小说都能够做出评价的人，或者说，她是一个对生活有自己独立见解的人。她对个人的生活方式需要别人引导吗？即便说冯茎衣的行为方式在道德领域有问题，但作为小说人物，她是一个站得住的人物。她矛盾、立体、抢眼。尤其她的敢于担当、勇于忏悔的性格，使这个人物有极高的辨识度，也使那些男人比如王总或丈夫杨卫民等更加猥琐和不堪。当然，也可以把《阅读与欣赏》看做是一篇成长小说，“我”在“阅读”过程中看到了各种关系背后的人与人性，看到了工厂生活的更深处。《阅读与欣赏》写了王总、杨卫民等人的冷酷无情，但也最大限度地写出了“我”与师傅冯茎衣的深情。这个感情有师徒之情，也有说不清楚的暧昧之情。可能也正因为这情感的暧昧或欲说还休，才更有艺术的魅力。

《完美的焊缝》是一篇单纯又丰富的小说。从郭志强和小苏的关系看，很像是一篇80年代的小说：一对青年男女在火车上邂逅，因为诗歌恋爱。恋爱过程也是诗情画意，枯燥单调的工厂生活，邢台到石家庄火车上的拥挤、气味等，都因爱情而被过滤。他们拥有的就是浪漫无比的爱情。小说当然不是为了写一段纯情之爱。在这一比照之下，它要写的还是“师傅”。师傅的性格、为人以及师徒之间的关系。这条线索深不可测，师傅就是气氛，就是环境，就是一个徒弟心境、情绪乃至命运的决定者。这种权力关系更隐秘，更不容易被发现，因此也就更加触目惊心。十二个徒弟中，只有郭志强一个不合作的“异数”。“不合作”就是对师傅的不认同，对师傅的不认同，与对社会主流价值观的态度是一个逻辑。黑格尔讲过“通行证”理论：一个人对社会的认同程度，决定一个人在多大程度上进入社会或被社会所认同。同样的道理，一个不认同师傅的徒弟，他显然也进入不了师傅统治的“共同体”，他被孤立、不被信任，经常去边远的地方出差、驻扎等就不可避免。那么一个人将要怎样面对师傅给予的这一切，就是小说要解决的。

师傅三十八岁以后喜欢徒弟给他祝寿，喜欢徒弟们和他打麻将，也喜欢徒弟们送的各种礼物。但是，当孟海军的女儿得了白血病需要钱的时候：“师傅给我们十二个徒弟开了个会。大意就是，我们要想尽一切办法，把这笔巨额的费用给凑齐了。先是师傅让我们出主意想办法，我们七嘴八舌，吵吵嚷嚷，却说不到正点上。然后师傅才说出了他的主意，很显然，他已经胸有成竹。师傅想到了我们检修时换下来的那些旧的设备，泵啊，管道啊，阀呀，甚至还有火炬顶端白金的探头。如今，它们都静静地堆在车间的仓库里。师傅说，它们待在那里真是可惜，真是浪费，虽然不能再为装置服务，不能为我们厂创造价值，如果能发挥余热，废物利用，挽救一个孩子的生命，它们也是生的伟大，死的光荣了。师傅是在打那些旧设备的主意。他想把那些旧设备弄出来，转手卖了，把钱交给海军治病。师弟们都低下头没有说话，只有我提出了反对意见。我说了我的理由，仓库里的东西都是国家财产，我们把它弄出来，转手卖掉，那就是犯罪。我说得振振有词，反应却寥寥。我说完，看到大家都看着我，像是在看一个怪物。师傅铁青着脸，问我，你能拿出那么多钱？我回答说不能，但我

们可以想办法。我的声音很微弱，没有得到任何的响应，师傅说，我们投票吧。师傅喜欢投票，一遇到要大家解决的问题，师傅总是采取投票的方式。当然，在投票前，师傅会把他的意见先说出来。投票的结果就会完全按着师傅的意图产生了。这一次，师傅把决定权也交给了投票。”师傅处理问题的方式当然也是一种隐喻，它确实来自于生活，他给我们带来了诸多联想。但是，无论如何，师傅也确实是为孟海军孤注一掷——

> 也就是两天之后，我就听说车间仓库里的旧设备被盗了。整整一屋子的设备，竟然在神不知鬼不觉的情况下，被风刮走了，被夜色吞没了。仓库的大门、窗户安然无恙，一点也没有被撬过的痕迹。厂公安处忙活了一个月，一无所获，没得出任何结论，草草结了案。

师傅不惜冒着巨大风险，甚至是触犯法律的风险，为自己的徒弟在危难时刻铤而走险。因此，师傅自是一个有魅力的师傅。当然，小说最终站在了郭志强一边：师傅和其他徒弟的生活都破了产，他们纷纷来到郭志强的公司，而郭志强最后还是接纳了给他不尽痛苦的师傅。小说最后还是“大团圆”模式，稍稍有些遗憾。如果用点曲笔，不这样简单或许更好，更有味道。不管这里是否情愿，有一点是肯定的，那就是郭志强毕竟接纳了整个师门。郭志强还是一个情深义重的人。

对小说技术、小说内在规律的探寻与尊重，是刘建东小说创作另一个值得关注的特点。他的小说有意思、好看又有意味、有深度，与建东的这样追求有关。我发现，他小说内部都有一个强大的驱动力，也就是小说内部的发动性力量。比如，《阅读与欣赏》冯荃衣行为方式背后境况的设计，她父亲、丈夫以及母亲等的非正常关系，为小说叙事带来了宽阔的空间，也为冯荃衣的行为奠定了人物性格的基础；比如《完美的焊缝》，开篇就是师傅郑重地说道："你们当中有一个人出卖了我。"就是这一句话，构成了小说讲述不尽的内驱力：谁背叛了师傅，有没有背叛，为什么背叛，怎么背叛等，小说将按着逻辑自然发展。这一后叙事视角，使小说呈现得扑朔迷离深不可测。另一方面，这是一句有巨大威慑力的话，因为它是师傅说出的。因此，这句话也奠定了小说压抑、灰暗、冷峻的气氛。还有《卡斯特罗》中的绿皮笔记本，一个道具影响、决定了小说的整个走向，也合理地牵扯出了各色人物。作家还善于用对比的手法，这一手法具有结构性的意义和价值。比如冯荃衣外表的潇洒、美丽、豪爽等，背后隐含的却是难以想象的悲惨人生；郭志强和小苏诗意爱情的后面，又是诗意荡然无存的分崩离析。爱情如果如诗如画，一定是短暂的。生活不是诗歌，诗歌只能在远方，只能作为一种情怀营养我们。如果把生活当作诗歌，生活的幻灭就是迟早的事情。我们知道，生活常常有一种现象，一个人越是缺乏什么，越要凸显什么——贫困的人要凸显富有，富人要表现节俭，抑郁症有时更加快乐，专制的帝王要表现以民为本，懦弱的知识分子要表现勇敢等。小说恰如其分地使用对比，使小说一波三折跌宕起伏。另一方面，作家还适当地汲取了大众文化的一些元素，比如郭志强和小苏、林芳菲的"一个男人和两个女人"的三角关系，对"背叛"的调查也有侦探小说、悬疑小说的因素等，都为其所用。还有，就是刘建东小说拥有的爱、悲悯和同情。这是刘建东小说有力量、感人的重要元素。徒弟小刘面对冯茎衣被非议时的目光以及后来案发时的谈话，郭志强对师妹林芳菲爱情矛盾时真诚的帮助等等，都给人微风佛面般的暖意。在小说大面积出现“情义危机”的时候，刘建东小说在这方面的努力和有效探索，是特别值得我们关注的。

原载《文艺争鸣》2017 年 10 期

弋舟和张楚

弋舟和张楚，都是当下出类拔萃的小说家。他们风头正健，在文坛已跃马扬鞭驰骋经年，各大文学刊物头条经常看到他们的小说，名家选本争相选录，各种文学排行榜居高不下，更有批评界评论文章见诸各种媒体。在文学不断式微的时代，他们还坚持将文学作为志业，实在是一件不容易的事情。把他们放在一起说，不只因为他们齐名，而且他们是朋友。我曾经看过张楚写弋舟的《完美主义者的悲凉和先锋者的慨然从容》和弋舟写张楚的《无论那是盛宴还是残局》。读过之后，让我感动的不只是他们的才华，更是他们的情谊、理解和相互欣赏。

2018 年弋舟获第七届鲁迅文学奖短篇小说奖，是实至名归意料之中。但是否一定授予《出警》获奖并不重要，只要奖没发错人就没问题。鲁奖授予《出警》当然很好。但我觉得作为短篇小说《随园》可能更好些。《随园》无论是小说技术还是内容，几乎都少有可挑剔之处。小说整体就是一个巨大的隐喻，将当下生活欲说还休欲言又止的纠结、矛盾和复杂跃然纸上淋漓尽致。杨洁、薛子仪、诗人老王，都没有行走在自己勾画的蓝图中，个人意志在大时代的环境中不过是想象而已，水到渠成时一切都变成了另一种结局。这是什么？是生不逢时？是天机？是宿命？都是又都不是。所有的慨叹都为时已晚。别人的生活不是想复制就可以复制的，时过境迁，生活早已不在文人的想象之中。小说余音绕梁三日不绝，读过之后感慨万端又拍案叫绝。今年弋舟发表的《巴别尔没有离开天通苑》，也是一篇与现实生活非常密切的小说。小说通过一只猫被偷与归还的故事，讲述了生活在都市底层人群重新选择生活的故事。问题尖锐但必须面对。“我”与妻子小邵在天通苑的生活已经捉襟见肘难以为继，没有工作着落的“我”只能靠妻子小邵养活。心情一如偷了美短猫巴别尔一样，生活也如“贼”一样不堪。在归还美短猫之后，夫妻双双离开了天通苑。离开既出走，这是小说的叙事原型之一。但小说呈现的故事和问题宏大无比：现代性的进程不仅偏离了它既有的方案，同时也远远超出了我们的想象。过去我们曾预言现代性是一条不归路，那些进入城市生活的人不会轻易离开城市，欲望都市魅力无边。小说反其道而行之——“我”小邵走出了情感选择而敢于“弃城出走”。他们试图在城市之外重建生活，当然也是重建信仰。小说当然是作家的虚构，但现实中在“驱离”的巨大压力下，“活着”是硬道理。他们出走之后将会怎样？这是后话了。我激赏弋舟敢于面对现实的志向。当然，关于他的“现代性的方案”是否能够实现，弋舟不负有这样的义务，只要小说符合人物的选择和心理逻辑，他就大功告成了。

弋舟声名鹊起于小说“刘晓东”系列。他们分别是《等深》《而黑夜已至》和《所有路的尽头》。这组系列小说，或通过双亲死于车祸的姑娘徐果，偶然发现父母死亡的真相，酝酿了对肇事者富豪的百万元补偿计划；或借助于一个优秀学生出走失踪的故事，切入到时代精神的深处；或通过讲述几个人物隐秘的历史和情感经历，报告了这个时代的精神状况。弋舟这组小说之所以引起批评界的重视，就在于通过他笔下的人物透视和发现了我们共同的精神病患和心理难题。它的深刻性，在“刘晓东”诞生的年代几近无人能敌。

弋舟的小说一直面对现实，尤其是面对现实社会中人的精神状况。这是他小说的力量和魅力所在。我认为，一个小说家写历史和写现实都没关系，但写历史也必须以现实为参照，是通过历史来透视现实而不是逃避现实。也就是克罗齐说的一切历史都是当代史。弋舟通过对当下人的精神状况的呈现介入现实，接续了现代主义文学传统。现代主义文学无论还是表现主义、意识流、荒诞派戏剧还是魔幻现实主义，其旨归都在于对现代人精神焦虑、扭曲、不安、恐惧等精神病症的呈现或揭示。在这方面，卡夫卡和加缪对中国作家影响最大。弋舟学绘画出身，他在绘画中的现代主义和文学中的现代主义都汲取了丰富营养和经验。但是，弋舟不是一个纯粹的文学的现代主义者。他是将十九世纪现实主义和二十世纪现代主义结合起来的一个作家。他关注人的精神状况，也使用现代主义的技术方法，但他小说的基本手段还是现实主义的。

对人的精神世界和世道世风的描摹和呈现，是弋舟始终不渝的追求。在评论2015年短篇小说“情义危机”时，我曾着重讨论了弋舟的两篇小说《光明面》和《平行》。实事求是地说，这也是两篇非常优秀的小说。将其放置在那一年代短篇小说整体格局中，可以认为它们为“情义危机”起到了推波助澜的作用。但是就小说本身而言，仍然有它的独特性。《光明面》写一个没落、潦倒和已经破产的老板，坐在在自己公司沙发上里做最后的喘息——他在处理后事：那座被抬上楼来的铜牛被安放好之后，这个破产的仪式基本就结束了。他的绝望、沮丧可想而知。这时几个人物相继出现：曾经合作的朋友、前妻、母亲、跟了自己多年的老出纳和一个来应聘的女孩。这些人都在用不同的方式鼓励这个中年老板：朋友说“嗨，你要重拾生活的勇气”；母亲说“没什么了不起，失败了还可以重来”；前妻的越洋电话说“不要这样，你要重新拾起生活的勇气”；老出纳说“你还年轻。你要重新拾起生活的勇气”。但是，这些友善或励志的鼓励并没有给这位老板带来任何触动，倒是一个来“应聘”的女孩改变了老板的沮丧颓唐和绝望。小说讲述的是，流行的空话套话已经浸入到我们的日常生活，即便是最亲近的人也难免口吐莲花言不由衷。诚挚和发自内心的关爱几近奢侈。那么，究竟什么样的话才是有力量的，什么样的生活态度才是有感染力的，小姑娘还没有被社会虚假话语污染，她才是生活的“光明面”。另一方面，小说用的是后叙事视角：老板曾何等风光怎样破产，小说并没有讲述，它讲述的是老板破产之后怎么办。这与流行的讲述富人阶层的小说就这样划开了界限。《平行》，是他只可想象尚未经验的小说，年轻的弋舟与“老去”甚远。因此，这是一篇“不可能”的小说，那是一个虚构的地理学老教授的经验。老教授在已经老去的时候突然产生了追问什么是“老去”的问题，这与人生的终极之问只有一步之遥。老教授经过几个人之后，获得了外部世界的答案：哲学老教授虽然一以贯之地说“这会是一个问题吗？”同时他用勃起和射精次数回答了他，哲学教授的意思是，你不会勃起和射精，“明白了吗？老去就是这么回事”；前妻用旧情未忘回答他；小保姆用她弃之不顾回答他；儿子用将他送到养老院回答他。这些直接间接的回答，从不同的方面回答了地理学老教授的追问。“老去”真是一个悲凉的事件，除了前妻在离婚离家时，因教授追出来给了她一把老式的黑伞，避免了她被抢劫和毁容的危险而对他念念不忘外，其他所有的人，没有一个人真心关心他或认真对待他的追问。

老教授终于被自己那个冷漠的公务员儿子送进了养老院。面对一个陌生的环境，老教授陡生了一种莫名的恐惧，一如一个孩童进入了幼儿园。于是他决定“出逃”。他从养老院通过大半天的时间，乘公交车几经辗转，居然穿越了大半个城市回到了自己的家里，居然自己煮熟了半袋冰冻饺子，然而，他依旧“老去”到忘记了关好煤气阀门。意外的“出逃”成功，“一次新的重生似乎就在不远的地方等着他。这种感觉不禁令他百感交集，眼里不时地盈满了热泪”。地理学老教授终于找到答案了：“老去”，只能用自己的体验找到答案。“老去”就是躺倒，就是与地面平行。“老去”在与地面平行的同时，也就是解脱，就是获得了自由。人生的终极意义付之阙如，当“老去”时，一切是如此现实，“悲凉”几乎是“老去”的另一种解释。但是，当你离开这些“关系”——“如果幸运的话，你终将变成一只候鸟，与大地平行——就像扑克牌经过魔术师的手，变成了鸽子。”这个浪漫主义的虚无结尾，虽然只属于弋舟对“老去”诗意的想象，但是，除此之外“老去”还能怎么样呢?

近些年来，弋舟一直在追问人的生存与精神困境，追问人的终极价值和意义。不同的是，此前弋舟是在社会层面展开的，是外部世界挤压和人的反抗过程，那里多是无奈、屈辱甚至绝望；

而这篇小说完全回到了人的自身，是生老病死，是临终关怀。即便如此，弋舟还是抵抗绝望与虚无，即便“老去”也要拒绝绝望和虚无。这是弋舟的执拗，当然也是他的世界观。

张楚，燕赵俊男。人长得魁伟、英武。善饮。我对善饮的男人有好感，迅速可以成为朋友不论长幼，然后推心置腹，大喝一场后约好下一场时间地点。张楚从未爽约，对信守承诺的朋友我尤有好感。但张楚说话不多，他说话时似乎还有些许腼腆，他还像个男孩子一样。

他就生活在唐山滦南小城，所有的记忆应该都是小人物。后来他走南闯北，外国也去过了。这两样事对他都很重要：小城生活让他有了对真实生活的了解，尤其是那些最细微的生活细节；后来看到了外面的世界，外面的世界照亮了滦南小城的生活。照亮就是重新发现。于是，张楚专事小人物的传记。现在他的小说已经名满天下。他专攻中短篇小说，还没有长篇发表。他没有急吼吼的功利，好像就要做好一件事情，慢慢做。他果然做得好。其实他的小说不大好评论，他的小说真实生动，但也诡异，甚至有难以望穿的模糊。也许这就是张楚小说的魅力。他的小说很难用谱系的方式找到来路，那里有诸多元素：他深受西方十八九世纪文学、现代派文学和后现代文学的影响，也受到中国现代小说的影响，甚至受到《水浒传》以及其他明清白话小说的影响。经过杂糅吸收和重新铺排，诞生了这个奇异的张楚。他的每篇作品，在生活的层面几乎都无可挑剔，生活的质感、细节和真实性几乎达到了“非虚构”的程度，但是整体来看，其虚构性甚至诗性又都一目了然。在亦真亦幻、真假难辨之间，张楚的小说像幽灵一般在我们眼前飘过。

他的新作《人人都应该有一口漂亮的牙齿》，与其以前的小说有了很大的变化。这是一部与“叙事”有关的小说：关于牙齿，三个人讲了三个故事。女性讲的是奶奶假牙的故事。孝顺的父亲为奶奶装了假牙。“那副假牙她只戴了一天就偷偷摘掉了。她觉得这幅牙齿太昂贵了，如果整日里戴着，不仅要咀嚼大米小米、谷子高粱、花生红薯，还要咀嚼黄豆、绿豆、蚕豆、野枣跟核桃，逢年过节了，还要咀嚼猪排、羊排、牛肉和鱼刺，就是老鼠的牙齿也禁不住如此折腾，何况是副洁白的瓷牙？”奶奶要省着用。奶奶九十六岁那年的一天，假牙突不见了，无论如何也找不到。父亲知道奶奶不用假牙，力劝不必伤心。可奶奶硬是一病不起，半月后便离世了。那假牙是奶奶的“念想”，“念想”没了人也就失了心气。于是奶奶不在了。男 2 因喝酒摔掉了两颗门牙。居然因祸得福在剧组被台湾籍的女化妆看上了。他们度过了一段柔情蜜意的时光——除了上床他们做了所有的事情。男 2 想到了结婚。于是去北京装上了两只门牙，而且是进口烤瓷的。可是装上门牙之后，女化妆的眼神变了，行为变了。后来竟不辞而别去了别的剧组。残缺这东西在不同人眼里感觉竟然如此不同。女化妆出于什么考虑离开了男 2 呢？我们不得而知。男 1 的故事更令人匪夷所思：一个女人嫁给了高中同学，郎才女貌。只是男人工作经常在外，半年回家一次。她寂寞难耐，在手机里认识了一个男人，为男人做了一顿饭，同时也有了鱼水之欢，然后又断了联系。不日，女人在床脚突然发现了一颗牙齿——一颗白净的牙齿。丈夫没有掉牙，母亲没有掉牙，自己没有掉牙。这颗牙齿成了神秘之物。后来女人丈夫的朋友讲了一件事：这位朋友曾到这位丈夫的老家出差，丈夫深明大义地将妻子的手机告诉了这位朋友，并让妻子

请这位朋友吃顿饭。朋友说她确实请自己吃了饭。这时他已经从丈夫的公司辞职多时了。小说没讲这位朋友的牙齿是如何遗落在朋友家里的。但一切都已真相大白。张楚就这样用非常现代的方式书写了一篇与牙齿有关的世情小说，这是张楚的一大发明。

此前，他的《良宵》一鸣惊人。那位被儿子认为命比草还贱的老太太，曾经是红极一时的舞台上的名角，但舞台上的她只是昙花一现。晚年的她只身从大都市逃离到了乡下。乡下不是她的世外桃源，生存的艰窘以另一种方式如影随形。此时的老太太遇到了同样是逃离的孤儿。孩子的父母在外打工时被骗去卖血染上了艾滋病，父母、奶奶相继身亡。这个“有毒”的孩子为了免于追打，也逃离于村外的黄土岗。孩子一次次偷吃老太太的食物，老太太一次次视而不见佯装不知。当老太太得知孩子身世后，又一次次请孩子吃饭。两个被生活遗弃的一老一少的相遇，使绝望的生活成为“良宵”。良宵美景不在物的豪华中，它构建在人的心里和对其感知和想象中。让我惊异的不是张楚组织情节和故事的能力，而是他发现了现代性过程中最稀缺乃至消失的人心和情感。人心和情感已经退缩到我们生活的边缘处，物的增长与人心的退化是这个时代最为触目惊心的景观。我们已经为此付出了代价，张楚在他的麻湾村黄土岗上重新发现了它。《良宵》获鲁奖的授奖词说：“张楚的叙事绵密、敏感、抒情而又内敛，在残酷与柔情中曲折推进，虽然并不承诺每一次都能抵达温暖，但每一次都能发现至善的力量。《良宵》以细腻平实的手法描写了一位颇有来历、看惯人世浮沉的老人与一个罹患艾滋病的失怙男童之间感人至深的情意，在寂寞的人物关系中写出了人性的旷远。在一个短篇的有限尺度内，张楚在白昼与夜晚、喧哗与静谧之间戏剧性地呈现当下的复杂经验，确立起令人向往的精神高度。”文如其人，情义是《良宵》的内聚力量。张楚对情义的理解一如他为人的情感方式。

他的《野象小姐》同样是一篇杰作。在一个“病态”的环境中，张楚塑造了一个被称为“野象小姐”的清洁工形象。这个坚韧、强大和至善的女性，用她的方式书写了人的真正尊严，也用她的方式照亮了灰暗绝望的病房。杨庆祥说张楚是县城里的契诃夫，真是说得好。之所以如此，就在于张楚赋予了他笔下所有小人物丰富的人性和情感世界。外部世界远不美好，没有人能改变它，但人的内宇宙是可以按照个人的方式建构的。这个形如慵懒大象的清洁女工，就这样让我们在几重比较中感受了人的另一种可能。他的《老娘子》写的是年迈的老人，她们遇到的问题不是生老病死，却比生死更为严峻。小说开篇平淡无奇：为给刚出生的重孙子做衣裳和虎头鞋，老姐俩聚到了一起，画样剪裁缝衣。这是老年人平和的日常生活。但是这平和的生活是如此的短暂，一股强大的异质力量从天而降——拆迁开始了。各种说辞、各种人物粉墨登场，但老娘子处乱不惊，依然为重孙子纳鞋缝衣。最后，铲车来了——他们不知道，老娘子是见过阵势的，她们过去有英武的历史，鬼子汉奸都不在话下，铲车算什么呢？只见那——“苏玉美缓缓坐进铲斗里。她那么小，那么瘦，坐在里面，就像是铲车随便从哪里铲出了一个衰老的、皮肤皲裂的塑料娃娃。这个老塑料娃娃望了望众人，然后，将老虎鞋放到离眼睛不到一寸远的地方，舔了舔食指上亮闪闪的顶针，一针针地、一针针地绣起来。”《老娘子》在谈笑间完成了历史与当下的讲述，不动声色却有千钧之力：老娘子的生活破碎了，但老娘子的形象却巍然耸立。《略

知她一二》，是一篇色调抑郁的小说。一个二十岁的在校大学生与一个看楼的女宿管、一个半老徐娘发生了不伦关系。这种本应是浪漫、有情调的男女之事，却无论如何让人难以祝福。表面看这是一篇多少有些“色情”的小说，但“色情”只是这篇小说的外壳，里面包裹的是惨不忍睹的悲惨人生。宿管安秀茹的生活如果没有这层表面色情是无法揭开的。小说写得沉重，读过之后一点色情感都没有，它意在言外。读到后来我们发现，张楚将一个根本不会被人注意的普通女人的善良、隐忍甚至浪漫，写得淋漓尽致跃然纸上。在一个最边缘、最底层的地方，绽放出了一朵茁壮和夺目的文学花朵。张楚小说人物的处境都不乐观，有的甚至在危机的边缘。但他们最后都可以化险为夷。因此，张楚的小说和他的人物，是“绝处逢生”的典范。

张楚的《长发》《七根孔雀羽毛》等名篇，早已被读者熟悉。他现在是炙手可热的作家，但张楚懂得节制，一如他的为人，低调，毫不声张。于小说来说，他却“居高声自远”。

原载《作家》2018 年 12 期

当下中国文学的一个新方向

——从石一枫的小说创作看当下文学的新变

自白话文学发生以后，中国文学从来没像现在这样繁复多样和复杂。因此，对于当下文学的评价之分歧，也从来没有如此意见纷呈各执一词。无论出于哪种考虑，这都是一种全新的文学格局，或者说，“就是我们的文学生活”。但是，只要我们走进文学内部，就会发现我们的文学依然与现实结合得非常紧密，当下生活的每一个细部被表达得完整而全面。从这个意义上说，文学仍然是时代生活的晴雨表，作家仍然是时代生活的记录者。一个时代有一个时代的文学，但文学传统的巨大力量仍以惯性的方式在承传和延续。诚如贾平凹所说：“作为一个作家，做时代的记录者是我的使命。”这也是文学仍是这个时代高端精神文化生活主要形式的原因。作家记录时代生活，同时也必须表达他对这个时代生活的情感和立场，并且有责任用文学的方式面对和回答这个时代的精神难题，特别是青年的精神难题。比如二十世纪八十年代文学，在今天不仅是一个研究对象，同时也更是一个怀念和不断想象建构的对象，原因就在于八十年代的文学不仅整体上塑

造了一个“青年”形象——高加林、返城知青、青年“右派”、青年叛逆者等，还一起构成了二十世纪八十年代文学绵延不绝的青春形象序列。这些青春形象同那个时代的“星星画展”、港台音乐、校园歌曲以及崔健的摇滚、第五代导演的电影等，共同构建了八十年代激越的文化氛围和扑面而来的、充满激情的青春气息。任何一个时代的文化心理、氛围和具有领导意义的潮流，都是由青年担当的。因此，没有青春文化和没有青春形象的文学，对任何时代都是不能想象的。同时，八十年代的文学更揭示和呈现了那个时代青年的精神难题，比如潘晓问题的讨论以及青年经过短暂的亢奋之后的迷茫、颓唐等。正如北岛的《一切》和舒婷《也许》的中诗句：“一切都是命运 / 一切都是烟云 / 一切都是没有结局的开始 / 一切都是稍纵即逝的追寻”；“也许我们的心事 / 总是没有读者 / 也许路开始已错 / 结果还是错 / 也许我们点起一个个灯笼 / 又被大风一个个吹灭 / 也许燃尽生命烛照别人 / 身边却没有取暖之火 ”。那个时代青年的精神难题就这样被诗人提炼出来，于是他们成了八十年代的代言者和精神之塔。

上述与文学有关的现象或作品，几乎都与社会问题有关。社会问题小说，是新文学重要的流脉，也是自 1978 年以来文学最发达和成就最高的领域。这一状况不仅与中国的社会历史语境有关，同时也与作家对文学与社会关系的认知有关。社会问题小说一直是最丰富、最多产的。比如八十年代。但是，今天由于新媒体的出现，社会资讯的发达程度远远超出了我们的想象。更严峻的问题是，各种关于社会问题的消息蕴含的信息量或轰动性、爆炸性，是任何社会问题小说都难以比拟的。要了解社会各方面的问题，网络、微信等无所不有。因此，当今时代的各种资讯对社会问题小说提出的挑战几乎是空前的。但是，文学毕竟是一个虚构的领域，它要处理的还是人的心灵、思想和精神世界的问题。从这个意义上说，文学仍然占有巨大的优势，仍然有巨大的空间和可能性。精神难题是社会难题的一个方面，但网络、微信传达的各种信息，还不能抵达文学层面，这也正是文学至今仍然被需要的缘由。如果是这样的话，我认为青年作家石一枫是新文学社会问题小说的继承者。他不仅继承了这个伟大的文学传统，同时就当下文学而言，他极大地提升了新世纪以来社会问题小说的文学品格，极大地强化了这一题材的文学性。石一枫和一批重要作家一起，用他们的小说创作，以敢于正面强攻的方式面对当下中国的精神难题，并鲜明地表达了他们的情感立场和价值观。作为一种未做宣告的文学潮流，他们构成了当下中国文学正在隆起的、敢于批判和担当的正确方向。

一、仍在辩难的文学观念

每个作家都有自己不同的文学观念。这是文学创作自主化或曰创作自由在今天的具体体现。不同的文学观念都有它存在的理由，它支配着作家对文学和文学实践的理解。因此，作家创作出具有不同思想内容的文学作品，起决定性作用的，还是作家的文学观念。当下文坛虽然没有形成规模的关于文学观念的冲突，但通过不同的文学作品，我们仍然可以感受到文学观念的辩难并没有终结。从某种意义上说，这是二十世纪八十年代文学观念搏斗的延续，也是八十年代仍然“活在”当下的一部分。八十年代先锋文学以及构建的文学形式的意识形态，彻底改变了当代中国文

学“一体化”的格局，以兵不血刃的方式，溶解了政治 / 文学的难解之谜，从而打破坚冰，迎来了百舸争流的文学大时代。它巨大的历史意义已经写进了不同的当代文学史。但是，今天看这段历史也许更清楚的是，那是一个别无选择的文学策略。文学是以巨大的内容牺牲为代价换取了新的文学格局。后来，当“先锋文学”被当作唯一的“纯文学”被推向至高无上圣坛的时候，它也就走向了末路。

时至今日，先锋文学的巨大问题正在被日益深刻地检讨。先锋文学发源地之一的法国，许多重要的理论家对文学的形式主义、虚无主义和唯我主义等，做了痛心疾首的批判。托多罗夫认为：“应该承认文学是思想。正因为如此，我们还在继续阅读古典作家的书，通过他们讲述的故事看到生存要旨。当代文学，尤其是法国文学，却常常显示这种思想与我们的世界业已中断了联系。当务之急，是要言明文学不是一个世外异域，而属于我们共同的人类社会。”他在《文学的危殆》中声言：“二十一世纪伊始，为数众多的作者都在表现文学的形式主义观念……他们的书中展示一种自满的境遇，与外部世界无甚联系。这样，人们很容易陷进虚无主义……琐碎地描述那些个人微不足道的情绪和毫无意思的性欲体验”，“让文学萎缩到了荒唐的地步”。托多洛夫还说：“第三种倾向是唯我独尊，原本始于唯有自己存在的哲学假设。最新的现象为‘自体杜撰’，意指作者不受任何拘牵，只顾表现自己的情绪，在随意叙事中自我陶醉。”作者的结论是：从二十世纪到二十一世纪初，形式主义、虚无主义和唯我主义在法国形成了占统治地位的意识形态，从而导致一场空前的文学危机。南茜·哈斯顿也指出：“这种精神分裂症在我们中间蔓延开来，造成一种分化局面。一方面，舆论把虚无主义文学吹捧上天；另一方面，庶民的生活意愿则遭冷落……我感到，这是放弃，几乎背叛了文学的圣约。”她列举了伯恩哈特、耶利内克、昂戈、乌埃尔贝克和昆德拉等当今走红的欧洲作家，表示无法赞同他们的创作倾向。因为，对他们来说，“唯一可能的认同，是读者应赞同作家傲慢地否定一切，再加上对文学体裁和文体神圣意念的超值估价。读者唯一合乎时宜的应和，就是赏识作家的风格和清醒的绝望，而后者则过细地肆意描绘，从而唾弃眼下这个不公平的世界”。针对这种现象，南茜·哈斯顿写了《绝望向导》一书，指斥虚无主义派作家，“面对着一些绝望向导，一些狂妄自大，而又绝顶孤僻之辈，一些憎恨儿童和生育，认为爱情愚蠢之至的人，怎么还能来构思一种大体还过得去的日常生活呢？”托多洛夫更一针见血：“这种虚无主义的思潮，不过是对世界前景极端的偏见。”这种情况不仅发生在法国，第二次世界大战后，德国文学很快与文学现代派接上了轨。到了八十年代，德语文学已滑到了世界文坛的边缘。人们责备德语小说的艰涩、思辨以及象牙塔味十足。德国作家说：“德国人不欣赏他们的当代文学，是因为他们不欣赏他们的当代。”德国文学和读者缓慢地重新建立联系，也是因为德国作家面对社会，“碰到了那根神经，抓住了时代的脉搏，找到了正确的声音”。因此，注重文学与时代的关系，不仅在中国，西方文学世界同样有这样的要求。

在中国文学界，对这种所谓“纯文学”的反省、检讨甚至抵抗也已由来已久。早在 2003 年，著名作家吴玄也在《告别文学恐龙》中说：“二十世纪的八十年代，在中国，大约可以算是先锋文学的时代。那时，我刚刚开始喜欢文学，对先锋文学

自然是充满敬意了，书架上摆满了卡夫卡、普鲁斯特、乔伊斯、加缪、福克纳、博尔赫斯……二十世纪而又没有标上先锋称号的作家，对不起，他们基本上不在我的阅读范围之内。”“我也算是一个相当纯正的先锋文学爱好者了。爱好先锋文学，确实也是很不错的，它在相当长的一段时间内，给我带来了很好的自我感觉，那感觉就是总以为自己比别人高人一等，常有睥睨天下的派头。因为阅读先锋文学实在是不那么容易的，不好看通常是先锋文学的标准，它一般可以在五分钟之内把大部分读者吓跑。最经典的先锋文学，往往是最不好看的，它代表的据说是人类精神的高度，或者是心灵探寻的深度，很是高不可攀又深不可测。这样的经典被生产出来，其实不是供人阅读的，而是让人崇拜的。譬如《尤利西斯》，这样的小说无疑是文学史上的奇迹，阅读几乎是不可能的，不过没关系，你只要购买一套供奉在书架上，然后定期拂拭一下蒙在上面的灰尘，你也就算得上精神贵族了。”他还讲了一个真实的故事，这个故事很有普遍性：他参加过《尤利西斯》的研讨课。《尤利西斯》的故事不算复杂，只是乔伊斯采用了一种空前的手段，叫作“时空切割”，企图在线性的语言里做到在同一时间再现不同空间的不同人物。此种手段针对语言艺术，显然是疯狂的，不可能的。不过，后来的电视倒轻而易举做到了，电视屏幕可以随便切割成九块、十六块或二十四块，同时再现九个、十六个或更多的频道。这是一项简单的技术，这项技术用在小说上，却是把小说彻底粉碎了，《尤利西斯》也就成了天书。在研讨课上，似乎没人敢对《尤利西斯》发言，大家的表情不同程度地都有点白痴。事实上，所谓研讨课，发言的只是教授一人。后来，吴玄和教授成了朋友，他们又研讨起《尤利西斯》来，吴玄说不想再装了，《尤利西斯》他根本没看完。教授高兴说，是啊，是啊，老实说，我也没看完。教授的回答很是出乎吴玄的意料，他说不会吧。教授说，就是这样，我估计，全世界真看完《尤利西斯》的读者不会超过一百个。吴玄说，可是，你没看完，却阐释得那么好。教授笑笑说，这就对了，《尤利西斯》就是专门为我们这些文学教授写的，拿它当教材再好不过了，反正学生不会去看，我可以随便说，即使有学生看了，也不知所云，我还是可以随便说，而且显得高深莫测，很有水平。这些现象本来不足为外人道，但它却更真实地反映了教授、批评家与所谓“纯文学”的态度。即便在二十世纪八十年代，批评家和教授们会上大谈先锋文学，腋下夹着金庸小说的也大有人在。“纯文学”背后隐藏着那么多不真实的面孔早已是公开的秘密。

文学批评家邵燕君说：“自恋的‘纯文学’写作纯粹是一种任性的写作。有钱才能任性。有人买账才能任性。难看不是你的错，但逼人看就是你的错了。在一个‘注意力’经济的时代，真正有权任性的是读者，没钱都可以任性。作为一个职业批评者，我已被逼多年。如今我也任性起来了——有本事你就把我勾引起来，不管是‘高雅欲’还是‘世俗心’，专业兴趣还是非专业兴趣。要么你帮我认识这个世界，要么你帮我对付（忍受）这个世界。否则，你的文学世界与我无关，就像你的存折与我无关一样。”实事求是地说，后来以“纯文学”名世的先锋文学，有巨大的历史功绩。我们甚至可以这样说，是否受过先锋文学的洗礼，其作品的文学性是大不相同的，而且，客观地说，先锋文学已经作为文学遗产存活于我们今天的小说创作中。当它成为常识的一部分的时候，它已不再高傲或放下身段的时候，它的价值仍然活在“当下”。但是，先锋文学或“纯文学”必须放弃自以为是或为所欲为，必须放弃“不好看”的标准。后来，我们在余华的《活着》《许三观卖血记》《兄弟》，格非的“江南三部曲”、《望春风》《紧身衣》等作品中，看到了这一巨大变化。我们甚至可以说，如果没有余华、格非等当年先锋文学的宿将，自觉放下“先锋”身段并写出上述作品，他们就不会是今天的余华和格非。当然，我们也看到，当年有些先锋作家后来试图进入正面写小说的时候，他的捉襟见肘和力不从心使得他们的文学能力与先前相比判若两人。这时的“不好看”与当年的“不好看”不是一回事，当年的“不好看”是看不懂，现在的“不好看”是真的不好看，因为那是可以看懂的“不好看”。因此，我们可以说，先锋文学是可以模仿的，但是，正面强攻式的小说创作是不能模仿的。

这个整体背景，对正在成长的青年作家不能不产生巨大的影响。石一枫文学观念转变的经历证实了这一点。石一枫 1996 年十几岁就在《北京文学》发表小说，2009 年起，先后发表了长篇小说《红旗下的果儿》《恋恋北京》《我妹》等，翻译了外国小说《猜火车》。他和同代作家一样，进入文学创作时，大多是从个人经验开始的。但他后来检讨说：“现在回头看，这段时间的写作状态比较懵懂，老想说点儿什么而不知道自己应该说什么。”几年之后，他修正了自己的文学观念：“我文学的观念这几年变得越来越传统了，好小说的标准对于我而言就是：一、能不能把人物写好？二、能不能对时代发言？这都是老掉牙的论调了，但我逐渐发现，这两条要做到位真是太难了，不是僵化地执行教条那么简单，而是需要才华、眼界、刻苦和世界观。”应该说，多部长篇的发表，让读者认识了青年作家石一枫，但并没有为他带来文学荣誉。而恰恰是他为数不多中、短篇小说——尤其是中篇小说《世间已无陈金芳》《地球之眼》《特别能战斗》《营救麦克黄》等，使他声名鹊起，成为这个时代青年作家中的翘楚。在谈到个人经验的时候，石一枫说："最大的经验就是能把个人叙述的风格与作家的社会责任统一起来，算是手段与目的的统一吧。小说写作是比较个人化的艺术，需要具有鲜明的辨识度，需要腔调、气质、语言有特点，但小说又是一个社会化的文学形式，不能仅限于为了艺术而艺术，为了风格而风格地玩儿技巧。过去我一直困扰于这个问题，就是如何既写自己能写的、擅长写的东西，又写身处于这个时代所应该写、必须写的东西？用套话说，怎么才能既写出人人笔下无，又写出人人心中有？这篇小说似乎在一定程度上做到了。"石一枫能够取得今天的成就，除了他个人的才华、禀赋，与他逐渐形成的文学观有直接关系。

二、直面当下中国的精神难题

新世纪以后，虽然有很多青春文学，但是文学中的青春形象逐渐模糊起来，我们很难在这样的文学中识别当下的青春形象。即便偶然看到校园或社会青年的形象，他们也不再是八十年代"偶像"式的人物。当然也不是曾经风行一时的叛逆的、个人英雄式的形象。这个时代的青春形象，特别酷似法国的"局外人"、英国的"漂泊者"、俄国的"当代英雄""床上的废物"、日本的"逃遁者"、中国现代的"零余者"、美国的"遁世少年"等，他们都在这个青年家族谱系中。"多余人"或"零余者"是一个世界

性的文学现象。但是我不认为这只是一个文学形象谱系的承继问题，而是一个与当下中国现实以及当代作家对现实的感知有关。这些形象，与没有方向感和皈依感的时代密切相关。在这一文学背景下，我们读到了石一枫的“青春三部曲”。这三部作品分别是《红旗下的果儿》《节节只爱声光电》和《恋恋北京》。三部作品没有情节故事的连续关系，它们各自成篇。但是，它们的内在情绪、外在姿态和所表达的与现实的关系上有内在的同一性。因此我将其称为“青春三部曲”。

三部作品都与成长有关，与“80后”的精神状况有关。《红旗下的果儿》写了四个青年的成长，他们的成长不是“50后”“60后”的成长，这几个年代的青年都有“导师”，除了家长还有老师，除了老师还有流行的时代英雄偶像。因此，这几个时代的青春大多是循规蹈矩亦步亦趋的。“80后”这代青春的不同，在于他们生长在价值完全失范的时代，精神生活几乎完全溃败的时代。他们几乎是生活在一个价值真空中。生活留给陈星们的更多的是孤独、无聊和无所事事，因此，他们内心迷茫走向颓废是另一种“别无选择”。《节节最爱声光电》是写出生在元旦和春节之间的“节节”的成长史。这个有着天使般模样的北京小妞，成长史却远要坎坷，父母失和家庭破碎，父亲外遇母亲重病。节节是一个十足的普通女孩。一个普通孩子在这个时代的经历才是这个时代真实的感觉。《恋恋北京》虽然也是话语的狂欢，但隐匿其间的故事还是清晰的。赵小提的父母希望他成为一个小提琴家，他还是让父母彻底失望成为一个“一辈子都干不成什么事”混日子的人。与妻子茉莉的离异，与北漂女孩姚睫的邂逅，与姚睫的误会和三年后的重逢，是小说的基本线索。这个大致情节并无特别之处，但在石一枫若即若离不经意的讲述中，便成了一个浪漫感伤并非常感人的情爱故事。看似漫不经心的赵小提，心中毕竟还有江山。他对人世间真情的眷顾，使这部小说有了鲜明的浪漫主义文学色彩。因此，石一枫的“青春三部曲”不止让我们有机会看到了“80后”内心涌动的另一种情怀和情感方式，同时也让我们看到了这代青年作家对浪漫主义文学资源的发掘和发展。浪漫主义文学在本质上是感伤的文学，从青年德意志到法国浪漫派，从司汤达到乔治桑，诗意的感伤是浪漫主义文学的核心美学。石一枫小说中感伤的青春，从一个方面显示了他从生活中提炼美学的能力，显示了他的历史感和文学史修养。这是一个多变的时代，无论是流行的时尚还是社会风貌，“变”是这个时代的神话，它的另一个表述是“创新”。但我还是希望我们能够经常看到有一些不变的存在，比如对人类基本价值的维护。有些时候，坚持一些观念更需要勇气和远见卓识。“青春三部曲”的主人公对爱情的一往情深，就是不变的和敢于坚持的表征，当然也是小说感人至深最后的原因。

石一枫不是王朔，也不是朱文和韩东。应该说，这三位作家对石一枫都有一些影响，但这些影响都是外在的，是姿态性的，比如语言。但在文学气质和价值观上，石一枫远没有上述三位作家决绝。应该说石一枫在这一层面上要宽厚得多，当然也有些软弱，这是石一枫的性格使然。他没有刻意解构什么，也不执意反对什么。他只是讲述了他所感知的现实生活。在他狂欢的语言世界里，那弥漫四方灿烂逼人的调侃，只是玩笑而已，只是“八旗后裔”的磨嘴皮抖机灵，并无微言大义。因此，我们看到的也只是难以融入这个时代的“零余者”。如果是这样的话，石一枫的小说可以在吴玄、李师江这个流脉中展开讨论。当然，将石一枫

归属到“哪门哪派”并不重要，重要的是，石一枫在小说中重新“组织”了他所感知的生活，而他“组织”起来的生活竟然比我们身处的生活更“真实”，更有穿透性。他让我们看到，生活远不那么光鲜，但也不至于让人彻底绝望。他的人物是这个时代“多余的人”，但是恰恰是这些“多余的人”的眼光，为我们提供了理解或认识这个时代最犀利的视角。他们感到或看到的生活，也生活的一部分。而且是重要的一部分。因此，石一枫的小说对我们来说，也是“关己”的，在这个时代我们依然困惑，这使他的小说表达的问题超越了年龄界限。当然，石一枫的几部长篇小说有鲜明的小资产阶级情调，好处是有温情，坏处是它遮蔽了生活中更值得揭示和批判的东西。这也诚如石一枫自己所说，这时的“写作状态比较懵懂，老想说点儿什么而不知道自己应该说什么”。因此，这几部长篇小说可以视为是石一枫初登文坛的试笔之作。

石一枫引起文学界广泛注意，是他近年来创作的中、短篇小说，尤其是几部中篇小说。这几部作品，从不同的角度深刻揭示了当下中国社会巨变背景下的道德困境，用现实主义的方法，塑造了这个时代真实生动的典型人物。我们知道，道德问题，应该是文学作品主要表达的对象。同时，历史的道德化，社会批判的道德化、人物评价的道德化等，是经常引起诟病的思想方法。当然，那也确实是靠不住的思想方法。那么，文学如何进入思想道德领域，如何让我们面对的道德困境能够在文学范畴内得到有效表达，就使这一问题从时代的精神难题变成了一道文学难题。因此我们说，石一枫的小说是敢于正面强攻的小说。《世间已无陈金芳》，甫一发表，便震动文坛。陈金芳出场的时候，已然是一个“成功人士”：她三十上下，“妆化得相当浓艳，耳朵上挂着亮闪闪的耳坠，围着一条色泽斑斓的卡蒂亚丝巾”，“两手交叉在浅色西服套装的前襟，胳膊肘上挂着一只小号古驰坤包，显得端庄极了”。这是叙述者讲述的与陈金芳十年后邂逅时的形象。陈金芳不仅在装扮上焕然一新，而且谈吐得体不疾不徐，对不那么友善的“我”的挖苦戏谑并不还以牙眼，而是亲切、豁达、舒展地面对这场意外相逢。

陈金芳今非昔比。十多年前，初中二年级的她从乡下转学来到北京住进了部队大院，她借住在部队当厨师的姐夫和当服务员的姐姐家里。刚到学校时，陈金芳的形象可以想象：个头一米六，穿件老气横秋的格子夹克，脸上一边一块农村红。老师让她进行一下自我介绍，她只是发愣，三缄其口。在学校她备受冷落无人理睬，在家里她寄人篱下小心谨慎。这一出身，奠定了陈金芳一定要出人头地的性格基础。城里乱花迷眼无奇不有的生活，对她不仅是好奇心的满足，而且更是一场关于“现代人生”的启蒙。果然，当家里发生变故，父亲去世母亲卧床不起，希望她回家侍弄田地，她却“坚决要求留在北京”。家里威逼利诱甚至轰她离家，她即便“窝在院儿里墙角睡觉”也“宁死不走”。陈金芳的这一性格注定了她要干一番“大事”。初中毕业后她步入社会，同一个名曰“豁子”的社会人混生活，而且和“公主坟往西一带大大小小的流氓都有过一腿”，“被谁‘带着’，就大大方方地跟谁住到一起”。一个一文不名的女孩子，要在京城站住脚，除了身体资本她还能靠什么呢？果然，当“我”再听到人们谈论陈金芳的时候，她不仅神态自若游刃有余地出入各种高级消费场所，而且汽车的档次也不断攀升。多年后，陈金芳已然成了一个艺术品的投资商，人也变得“不再是一个内向的人了，而是变得很热衷

于自我表达，并且对自己的生活相当满意”。“给人们留下的印象，她与任何人都能自来熟，盘旋之间挥洒自如，俨然‘摆开八仙桌，招待十六方’社交名媛。三言两语涉及‘业务’的时候，她嘴里蹦出来的不是百八十万的数目，就是那些如雷贯耳的名号。”陈金芳穿梭于各种社会交场合，她在建立人脉寻找机会。折腾不止的陈金芳屡败屡战，最后，在生死一搏的投机生意中被骗而彻底崩盘。但事情并没有结束——陈金芳的资金，是从家乡乡亲们那里骗来的。不仅姐姐姐夫找上门来，警察也找上门来——从非法集资到诈骗，陈金芳被带走了。

陈金芳在乡下利用了“熟人社会”，就是所谓的“杀熟”。她彻底破坏了乡土社会人际关系的伦理，因坑害最熟悉、最亲近的人使自己陷于不义。在没有人物的时代，小说塑造了陈金芳这个典型人物，在没有青春的时代，小说讲述了青春的故事，在浪漫主义凋零的时代，它将微茫的诗意幻化为一股潜流在小说中涓涓流淌。这是一篇直面当下中国精神困境和难题的小说，是一篇耳熟能详险象环生又绝处逢生的小说。小说中的陈金芳，是这个时代的“女高加林”，是这个时代的青年女性个人冒险家。

《地球之眼》的故事，是在人的心理的层面展开。这是三个男人的故事：我——庄博益、安小男和李牧光，三人是同学关系。不同的是安小男是理工男，学的是电子信息和自动化。安小男一出场就是一个“异类”：一个学理工的学生，一定要和历史系的庄博弈讨论历史问题，并且异想天开地要转系，要把历史系的课从本科听一遍。转系风波还导致了历史系与电子系“杠”上了。这时历史系的“名角”商教授出场了，这个轻佻的教授尽管见多识广，但他在安小男“历史到底有什么用”“研究历史是否有助于解决中国的当下问题”的追问下王顾左右时，安小男一字一顿地说：“我认为您很无耻。”这个木讷、羞怯甚至有些自卑的安小男，真诚而天真地希望通过历史来解决他的困惑，而他一直纠缠当下道德问题不是没有原因的，当然这是后话。安小男没有转系当然他也不可能转了。他虽然在文科同学那里名声大噪，但他的处境和心情可想而知。

李牧光一入学就与众不同，这朵“奇葩”痴迷地热爱睡觉。能够进入名校学习不是因为他嗜睡的天才，历史系一个被灌醉的老师起了底：“他父亲是东北一家重工业大厂的一把手，专门在厂里为我们学校设立了一个理工科的‘创新基地’，其实就是赠送一块地皮，供学校在当地开办形形色色的收费班，贩卖注水文凭；而这么做的条件，是学校要给李牧光一个免试入学名额，并且保证他顺利毕业。”李牧光出手阔绰，性情随和，除了嗜睡没有让人不愉快的毛病。于是大家相安无事。他与讲述者庄博益上下铺，真正发生关系是大四快毕业的时候：嗜睡的李牧光终于也有睡不着的时候了，他父亲又如出一辙地通过“慈善款项”安排他去美国继续读书，虽然不用考试但必须交一篇专业论文。李牧光出两万元钱请庄博益帮忙。庄博益利用安小男和自己的前女友郭雨燕，一个写一个翻译，各给五千元，庄博益自己落下一万元。本来就皆大欢喜了，毕业就是各奔东西。但是三人的关系恰恰是在毕业之后有了不解之缘：庄博益几经折腾去了一家地方电视台下属的节目制作公司，在拍“校漂”纪录片时，庄博益与安小男又不期而遇。这时的安小男租了挂甲屯破旧的一间房子，身世也逐渐清楚了：安小男十岁出头的时候，父亲去世了，母亲在肉联厂洗猪肠子。天长日久，母亲的手已经被碱水烧坏了，眼睛也被熏得迎风流泪，视力大不如前。庄博益虽然口无遮拦满嘴胡吣，但他有口无心心地很善良，他很想帮助安小男。这时李牧光从天而降——他从美国回来了。从美国回来的李牧光已经是一家玩具批发公司的老板了。几经周转，安小男终于成了李牧光在中国雇佣的雇员。他为李牧光监控远在美国的仓库，他的专业和敬业受到李牧光极大的赞赏。安小男自然也改变了落魄的处境。但是，安小男通过监控录像发现了李牧光巨大的问题：李牧光的玩具生意根本不赚钱，他的巨大财产是其父转移到国外贪污的巨款，李牧光是利用国际贸易洗钱。巨大的问题终于暴露了。这时对三个人都是一场巨大的考验：李牧光要庄博益阻止安小男的进一步行动能够实现吗；庄博益偏软的底线是否能守得住；安小男是否一定破釜沉舟？

安小男如此希望解释道德问题是事出有因：安小男的父亲曾是一位土木工程师。他十岁以前，家里的日子很好。父亲很年轻就被提拔成了公司的副总，但厄运从此也来了。他进了管理层之后，发现公司的几个领导没有一个不贪的。他们把钢筋的标号降低，用来路不明的劣质水泥代替品牌货，居然连地基的深度也敢改，克扣下来的钱都揣进个人腰包里了。那些人还拉他入伙，他不敢答应，然后成了众矢之的。后来终于出事儿了，他们公司承建的一个会展中心发生了垮塌，砸死了几个工人。事故的原因是使用了不合格的建筑材料，可那几个领导却买通了监察部门，还走了上层关系，硬把责任扣到了这位工程师头上，说是他的设计方案不合理导致的。父亲就地免职，还被公安局的人监控了起来。最后父亲从十九层办公楼跳了下去。父亲临死前和安小男最后的一句话是：“他们那些人怎么能这么没有道德呢？”于是，一个巨大的困扰在安小男那里挥之难去：

刚开始我和我妈一样，恨的只是我爸生前的那些领导和同事。但后来渐渐就变了，我觉得我爸所说的“他们”并不是那几个具体的人，而是世界上的所有人；我爸讲到的“道德”也不是一件事情上的对与错，而是笼罩着整个儿地球的神秘理念。但道德究竟是什么呢？它既然那么重要，为什么又会被人轻而易举地忘却和抛弃呢？一看到这个词我就想哭，一说到这个词我的心就会发抖，在我看来，我爸不是死于自杀也不是被人害死的，他是为一个浩浩荡荡的宏大谜团殉葬了……为了解开这个谜，我曾经求助于历史和人文学科，可最后还是失败了。你还记得我写过的那篇文章吗？我在里面说中国人已经没有道德可言了，但那只是在承认失败，是为了让自己认命。其实我不是那么想的，因为那种痛彻骨髓的感觉仍然存在。在没有道德的社会里，怎么会有人为了道德而疼痛呢……

这是安小男一直追究道德问题的来自内心深处的隐痛和动因。他追究李牧光的问题，还与李牧光投资邯郸的项目要拆迁的民居有关，那恰好是安小男母亲居住的地段，母亲就要居无定所，安小男又没有能力安置母亲。他内心流血的疑问是：“怎么有人活得那么容易，有人就活得那么难呢……”因此，安小男追究的道德问题，从一开始就不是一个纯粹的理论问题，它与个人的身世、经历以及生存状况都密切相关。至于安小男能做到哪一步那是另一个问题。但通过安小男的追究和行动，我们不止看到了一个青年知识分子因艰难困苦造就的孤傲倔强性格，而且通过安小男也看到了社会众生相。因此，这篇貌似写青年群体当下截然不同状况的小说，本质上恰恰是一篇社会问题小说：高校教授没有节操的无耻、学校见利忘义的没有原则、社会腐败弥漫四方的无孔不入，等等。安小男可以将他监测的“眼睛”安放到地球的任何一个角落，他可以守株待兔地洞悉地球上任何风吹草动。但是，他能够解决他内心真实的困惑吗？安小男不能解决的困惑和问题，也就是我们共同不能解决的困惑和问题。小说当然也不负有这样的功能。我深感震动的是，石一枫能够用如此繁复、复杂的情节、故事，呈现了当下社会生活的复杂性，呈现了我们内心深感不安、纠结万分又无力解决的问题。一个耳熟能详的、也是没有人在意的关乎社会秩序和做人基本尺度的“道德”问题，就这在《地球之眼》中被表达出来。因此，《地球之眼》是一篇在习焉不察中发现道德危机的作品。

《营救麦克黄》同样是一篇令人感到震惊的作品：麦克黄是一条随主人黄蔚妮姓的狗。主人黄蔚妮是广告公司的销售副总。在黄蔚妮看来，“这个世界上，大部分的狗狗都生活在水深火热之中”，“主荣狗贵”，麦克黄因为跟了黄蔚妮生活，因此它不属于“大部分狗”。但黄蔚妮的闺蜜颜小莉，一个广告公司的前台雇员，看到的是，“在这个世界上，大部分人还都生活在水深火热之中呢”。两人属于不同阶层，但起码表面上她们是莫逆之交。一个突发事件——麦克黄丢了。麦克黄的失踪使小说波澜骤起。寻找营救麦克黄成为黄蔚妮的头等要事。黄蔚妮的两个追求者——某知名报社社会新闻部主任尹珂东和富二代徐耀斌，虽然各怀心腹事，但“营救麦克黄”的行动使他们达成了一致。在逼停一辆载狗的大货车时，惊慌失措的卡车司机夺路而逃。逼停了卡车，可是却没有麦克黄。在追车过程中，颜小莉却恍惚间看到卡车在急拐弯时撞到了一个小女孩。这时小说才进入主题——营救麦克黄转变为营救郁彩彩。救或不救、如何救成为小说不同人物的核心问题。新闻部主任尹珂东驾车重走了一遍当时的路线，其目的却是为了验证沿途有没有摄像头，并自欺欺人地认为：“一件事如果没有确凿的证据支持，那么就相当于没发生过。”颜小莉在向黄蔚妮求助未果后，别出心裁地联合于刚策划了对黄蔚妮的“要挟”——他们利用技术手段把以假乱真的虐待麦克黄的视频发到网上，以“勒索”的方式迫使黄蔚妮拿出三万元赎金作为彩彩的手术费。这一方式在生活中属于“敲诈”，但在小说中它却合乎人物的情感逻辑——为了救助一个弱者，颜小莉可以“不择手段”。当然，石一枫并不是站在弱者立场为了赢得道德的掌声，而是通过麦克黄和郁彩彩的不同境遇，以及黄蔚妮、颜小莉、于刚、尹珂东、徐耀斌等对得人与狗的态度，表达了当下的道德困境。小说是这样结尾的：

颜小莉清楚地看到，那辆卡车的车斗也被改造成了铁笼，笼子里面装的都是狗。那是一些毫无品种可言的菜狗，一个个蔫头耷脑的，却也不声不响，仿佛对即将到来的命运毫无怨色。这种狗就算被送到狗肉馆里去，八成也不会有人来救它们吧。

颜小莉凝神与其中一只黄白相间的狗遥相对望，竟感到那狗有些许言语想对她说。

这些菜狗，就是“底层狗”，它隐喻的当然是那些人间的“沉默的大多数”。因此它也是关于人的阶层划分、等级划分的隐喻。

石一枫近期的创作，几乎一直在“道德领域”展开，一直关注当下中国的这一精神难题。他的另一篇小说《老人》，讲述的是一个老知识分子的故事。小说的环境是校园，人物也只有周老师、保姆刘芬芬和研究生覃栗。三个人物集聚在周老先生家里，发生了一段难以说清的关系纠葛。周老先生虽然年过七旬，但仍对女性跃跃欲试；保姆刘芬芬要保住自己的位置一定要和比自己年轻漂亮的覃栗较力；覃栗的青春和研究生身份虽然优越，但还要表现得更加抢眼。于是，爆发了“三个人的战争”。这场战争首先是心理暗战，继而转换为两个女性的真刀真枪。小说通过书房、厨房以及各自的利益诉求，逼真地表达了三个不同年龄、身份、性别的人物性格和心理。特别是对知识分子的心理刻画和描述，既趣味盎然又入木三分。周老先生的形象虽然有些夸张或脸谱化，但戏谑中这个道貌岸然和卑微猥琐的知识者的形象跃然纸上。

我之所以把石一枫的创作称作“当下中国文学的新方向”，是因为当下许多作家都在积极面对当下中国的这一精神难题。道德困境已经成为我们这个时代最大的困境。比如黄咏梅的《证据》，写了夫妻之间的瞒与骗，深刻地塑造出了一个不谙世事的单纯女子和一个心机颇深的老到男人的形象。相差 21 岁的律师和一个艺术院校出身的女孩组成了家庭。女孩从此成了家庭“全职太太”，男人在外立万扬名。女孩倒也心甘情愿，但从此也失去了自我甚至自由：女孩说要给一个蓝鲨配一个伴儿，男人说要讲风水，一个月之后才可以；女孩要和同学聚会在外过夜，男人说，你“睡熟以后，鼾声如雷，简直，简直不可想象”，这样的美女有这样的毛病不等于毁容吗？女孩上微博，但男人总是在后面掌控，经常删她的信息。女孩耐不住寂寞也为了秀一下恩爱，她将他们买鱼时让老板娘拍的照片发到了网上——

> 她看到了自己，笑得眼睛只剩一条缝，她也看到了大维，他们头碰着头，各自手上举着两只鱼缸，里边的那几条鱼，现在正安闲地游弋在他们右侧的大鱼缸里。这些鱼顿时消灭了沈笛对这张照片的陌生感，这就是那天他们去水世界让老板娘拍的合影。

就是这张照片引起了轩然大波：几乎就在同一个时间，又有一条关于男人的微博：“我在澳洲圣安德鲁大教堂前为此刻抗争的弟兄们祈祷。”于是，缺席一个重要案件的著名律师遭到了网友的诟病和质疑。女孩甚至为男人开脱说自己说了谎。几天后男人真的去了澳洲，他是为那件“要事”去的吗？女孩在临睡之前在自己对面架起了摄像头，她要取下这一夜作为“证据”。她是否打鼾将不证自明，这个男人说的所有的“名人名言”也将不攻自破。著名律师的不可靠告诉女人的是，一个女人不能像婚纱摄影师说的那样：“只要傻傻地看着老公就好。”女人的独立性对女来说大概是最可靠的。这应该是近些年来最为令人震动甚至惊悚的写夫妻之间关系的小说。

情义危机说到底是道德危机的另一种形式。这些作品构成了当下小说创作的新方向，也就是敢于直面当下中国精神难题的努力。石一枫的不同之处就在于，他关注的精神难题不仅限于男女

情感或亲情伦理，而是在更广阔的背景下，通过他的主要人物呈现了我们耳熟能详又习以为常的社会疾患——它既弥散于世道人心，又落地于人们的行为实践。更重要的是，他并不是站在道德制高点，以道德的优越表达他的发现。他深刻地触及了这个时代的神经和脉搏，因此他更有气象和格局。

三、精神难题如何成为“文学”

当下中国的精神难题或道德危机，表现在“公德”与“私德”两个方面的全面陷落。“公德”是指在公共利益、公共秩序、公共安全、公共卫生等“公共”领域，发生在作为社会公共道德、社会性道德的“公德”领域。在传统中国，“公德”历来缺乏。梁启超曾指出：“我国民所最缺者，公德其一端也。”但在前现代社会，百分之九十的人生活在乡土社会，“公德”的问题并没有凸显出来；而“私德”领域又有相对完备的规范。费孝通先生在《乡土中国》中，分析了传统中国的社会生活与西方的差异就在于，乡土中国是“差序格局”。“差序格局”的概念虽然没有严密的理论论证，是在一种类似于随笔的表达中提出的，但是，这一概念却准确地概括了中国传统社会以宗法群体为本位的社会结构和人际关系的特点。在差序格局中，社会关系是私人联系的增加，社会范围是一根根私人联系所构成的网络，因此，传统社会里所有的社会道德也只在私人联系中发生意义。费孝通先生明确地讲到是以家庭为核心的血缘关系，而“血缘关系的投影”又形成地缘关系，中国传统社会以这两种关系为基础，形成“差序格局”模式。或者说，“差序格局”本质上是以“己”为中心的：

“以己为中心，像石头一般投入水中，和别人所联系成的社会关系，不是团体中的一分子立在一个平面上，而是像水的波纹一般，一圈圈推出去，愈推愈远，也愈推愈薄。”“在这种富于伸缩性的网络里，随时随地是有一个‘己’作为中心的，这并不是个人主义，而是自我主义。”在中国传统社会中，“己”不是独立的个体、个人或自己，而是被“家族和血缘”统治着，他是从属于家庭的个体。二是，“己”作为心理意义上的符号，它是人格自我；但在中国传统社会，“己”不具有独立的性格，它被“人伦关系”制约着，“己”是一种关系体。因此，它也是乡土中国“熟人社会”的基础。进入现代后，“熟人社会”处在不断解体的过程中，但“熟人社会”的观念依然故我。这种变化的博弈的过程或缝隙，就是文学生长的所在。

陈金芳从“熟人社会”的乡村走进城市，而城市人际关系的最大特征是“陌生人社会”。但她的处事方式仍然在“熟人社会”的逻辑中展开。她不断建立或扩大自己的交际圈子，不断将陌生人转换为“熟人”，就是还试图将乡村社会的处事方式置换到她不熟悉的城市生活中。但城市的“陌生人”在本质上是不可能转换为“熟人”的。城市之庞大不同于乡村，乡村的邻里在咫尺之间，而城市在相互利用为基础的临时建立的“熟人”关系，一旦利用已经实现，他人的消失，就如同一滴水融进了大海。即便再“熟悉”，也不能改变来无影去无踪的可能。因此，费孝通先生认为，只有在现代社会中，由于社会变迁，在越来越大的社会空间里，人们成为陌生人，由此法律才有产生的必要。因为只有当一个社会成为一个“陌生人社会”的时候，社会的发展才能依赖于契约和制度，人与人之间的交往才能通过制度和规则，建立起彼此的

关系与信任。契约、制度和规则的逐步发育，法律就自然地成长起来。所以，陈金芳用前现代的人际关系，在现代城市做投机生意，她失败的命运已先于她而存在了。

但是，在我看来，《世间已无陈金芳》之所以成为一部获得普遍好评的小说，不只是说石一枫通过陈金芳提出了当下中国的精神难题，是一部难得的社会问题批判小说，更重要的是他在处理这一问题时的文学方法。石一枫清楚地认识到："作家贯穿在写作中的对时代的总体认识，应该是一种'文学的总结'，而不是'社会学的总结'或者'经济学的总结'，这种总结是灵活多变的，千人千面的，而非单一地用某种理论对社会进行图解分析。没有理念思想的作家比较低矮，但理念思想如果缺乏原创性，可能也是一种虚弱的高大。"陈金芳为了"只是想活得有点儿人样"，不惜在"公德"和"私德"两个方面洞穿底线，但并没有引起我们对她彻底的厌恶或憎恨。小说明显高于同类题材的作品，重要的一点就是石一枫写出了陈金芳的多面性或复杂性——一方面，她是一个带有于连·索黑尔、盖茨比式的人物，为了目的她不择手段；一方面，她又是一个向往美好、性格上甚至还有些浪漫主义的色彩。这与石一枫在小说总体构思中设置的一条情感线索有极大的关系。"我"与陈金芳就是一个同学关系，两人在学校时过从并不密切。即便多年后再度相遇，也没有情感方面的瓜葛。但是，两人的关系又是一种若即若离、似有还无的关系。在两人的关系中，陈金芳是态度积极的一方。这缘于中学时代陈金芳对"我""提琴生涯"的好奇或迷恋。一天晚上"我"练琴时——

我在窗外一株杨树下看到了一个人影。那人背手靠在树干上，因为身材单薄，在黑夜里好像贴上去的一层胶皮。但我仍然辨别出那是陈金芳。借着一辆顿挫着驶过的汽车灯光，我甚至能看清她脸上的“农村红”。她静立着，纹丝不动，下巴上扬，用貌似倔强的姿势听我拉琴。

也不知是怎么想的，我推开了紧闭的窗子，也没跟她说话，继续拉起琴来。地上的青草味儿迎面扑了进来，给我的幻觉，那味道就像从陈金芳的身上飘散出来的一样。在此后的一个多小时中，她始终一动不动。

这一场景从第一天开始，演奏者和倾听者的身份就“固定下来”，陈金芳每晚八点左右会准时出现在“我”的窗下，而“我”在拿琴试音之前也会情不自禁地看看有没有那个人影；而且“我”发现，陈金芳在发生着变化：她个头高了，身体的轮廓也发生了变化。“如果仅看剪影，任谁都会认为那是一个美好的、皎洁如月光的少女。不知何时开始，我的演奏开始有了倾诉的意味，而那也是我拉琴拉得最有‘人味儿’的一个时期。”这一讲述的态度或口吻，我们会明显体会到，那里有一种隐约流淌的涓涓细流，它与情感有关，同时也为后来两人进一步接触埋下了伏笔。对陈金芳而言，这几乎是她少年时代唯一的美好记忆，这个记忆不仅是同学年少的怀旧，同时那里也有微茫的、还没有被她认识的“诗意”。台湾学者黄文倩认为音乐在陈金芳内在自我形成中起到了重要作用，并讨论了“底层的精神幻象及其生产”。她认为，小说中的我“对中国资本主义化与现代性的虚幻性，仍未能找到更有效地质疑与克服的法门，‘我’的各式主体困境，跟陈金芳的

上升困境，在这个意义上，共同作用出中国目前的底层的‘精神’幻象”。这一看法是一个角度，但离小说过于遥远。事实是，音乐或小提琴的声音一直弥漫在小说中，它几乎是陈金芳少年时代唯一值得珍视的“高级文化”记忆，她仰望并且神往，正是这一“声音”，构成了陈金芳与“我”的情感线索。“我”也曾经感慨“面对着现在的她，我已经无法想起十来年前站在我窗外听琴的那个女孩了。当年的她仍然在我的记忆里存在”。因此，音乐在小说中作用，不只是为情节发展穿针引线，同时也是一个与人物有关的“情感线索”。这一线索看似不经意，但恰恰是小说的神来之笔和高明之处。

当然与其说陈金芳喜欢音乐，毋宁说陈金芳更喜欢“我”。当她听说“我”早已不再练琴时，流露出的是倍加惋惜；她在自己的生日晚上，甚至请来了世界顶级室内乐团来“唱堂会”。陈金芳真实的想法是希望“我”能在这样乐团的伴奏下露一手，定下的曲目都是“我”最熟悉的柴可夫斯基的《D大调弦乐四重奏》。但这却极大地伤害了“我”那脆弱的自尊心，同时也将“我”惯于任性撒娇的性格推向了顶点。当然，一个人的生活并不完全是由他的爱好或精神向往决定的。陈金芳虽然向往高级文化生活，喜欢与音乐有关的“我”，但这些并没有改变她追求物质生活的终极目标。那对高级文化生活的向往，也最终沦为她极度虚荣、装点身份“等级”的一部分。

小说中的“我”，貌似无关紧要，但他从另一个方面“映照”了陈金芳。或者说，如果没有“我”的游手好闲、漫不经心，陈金芳膨胀的野心就不会凸显得这样彻底或抢眼。“我”代表这个时代另一种精神样貌：既不像陈金芳那样没见过世面急于出人头，也不像那些心怀发财梦的专业投机客。他心无大志，更无大恶，酷似先锋文学或后现代小说中走出的人物。他为陈金芳介绍各色人等，也混迹其间，看似热闹，内心却茫然不知所终。“我”的精神状况，是这个时代精神状况的一部分。“我”的虚无主义同样是当下的精神难题。如果从更广阔的意义上说，石一枫的小说不仅接续了十九世纪文学的批判现实主义的传统，同时也吸纳了二十世纪现代主义、后现代主义文学的元素。在关于“我”的讲述中，尤其体现了石一枫的语言才华。石一枫的小说语言有极高的辨识度，流畅无碍中机智生动、趣味无穷又有不可置换的时代色彩，他文学语言的个人性一览无余。

石一枫还有一篇专门写于音乐有关的小说《合奏》，小说只有两个人物。读过《合奏》，我内心惊诧不已。这篇小说应该不是这个时代的小说，它特别酷似我八十年代读过的礼平的《晚霞消逝的时候》、胡小胡的《阿玛蒂的故事》或者是郑义的《枫》等。《合奏》里流淌的是二十世纪八十年代的情感和处理方式。如果是这样的话，我更加坚信我的判断，石一枫是这个时代为数不多的还怀有理想主义情怀的青年作家。《地球之眼》是通过庄博益、安小男和李牧光三个同学不同的生活道路和内心追求来结构小说的。但是，小说又非常写实地铺设了一条安小男的身世——他十岁时父亲蒙冤跳楼去世，母亲在肉联厂洗猪肠子。不公平是安小男追问道德问题的生活依据。他的事出有因，不是建立在虚无缥缈想象基础上的。《营救麦克黄》本来是寻找营救一条狗，但小说峰回路转变换为营救一个乡村小女孩。不同的线索，构成了小说对话、互动和隐喻关系，使小说的内涵更为丰富而避免了简单和直白。

八十年代以来，中国文学经历过欧风美雨的沐浴，但是现实主义一直是文学的主潮。值得注意的是，现实主义并不是一个保守的、一成不变的文学观念。甚至可以说，包括先锋文学在内，有价值的因素都被吸纳到现实主义的文学创作中，构成了现实主义全新的、具有极大包容性的一个文学观念和系统。当然，创作方法部分地涵盖了作家对生活与文学关系的认知，但还不是全部。更重要的还是在于作家的价值观。石一枫也认为："我认为小说是一门关于价值观的艺术。所谓和价值观有关，分为三个方面，一是抒发自己的价值观，二是影响别人的价值观，三是在复杂的互动过程中形成新的价值观。在文学兴盛的时代，前两个方面比较突出，比如古人'教化'的传统，还有二十世纪八十年代的思想解放运动。然而到了今天，文学尤其是纯文学式微了，影响不了那么广大的人群了，也让很多人认为过去坚守的东西都失效了。但我觉得，恰恰是因为今天这个时代，对价值观的探讨和书写才成为了文学写作最独特的价值所在。"这是新一代作家关于文学价值观的宣言，他是在向传统致敬。他在回到传统、回到人间，让我们在文学中驻足的同时，也体味了我们置身的这个时代的悲痛与欢娱、沉重与希望。也正是对文学有了这样的认识，石一枫才有了敢于直面当下中国精神难题的勇气。而他充分的文学准备，为他们的文学腾飞、继承一个伟大的文学传统，提供了坚实的专业基础。因此，我们有理由对他怀有更大的期待。

2017 年 2 月于北京

原载《文学评论》2017 年 4 期、
《新华文摘》2017 年 24 期

在地缘与历史的纵深处

——评张承志的散文

在文学界，无论是热闹还是萧条，张承志总是一个不断被提及的作家。这样的作家在中国几近唯一。张承志之所以一直被一些人关注，是因为在这个时代他重要无比，他是一个不可忽略的存在和参照。他的价值和意义，我们只能用“重大”来评价。这样的表达显然过于空洞，几乎等于没说。事实上，许多批评家都试图接近他，最后几乎都难以如愿。于是，他被称为“张承志难题”。这个难题，最终还是对话关系的艰难——我们与张承志的文化认同、知识背景、个人禀赋、思想能力以及情怀、才华等，都难以构成对等的关系。我们的困窘可想而知。因此，我只能避难就易，具体地评价他几篇著名的散文作品。

《夏台之恋》，是一篇写于20多年前、发表距今也已十多年的散文。一篇已经过去十年、二十年的散文，还一再被提起，它的魅力或价值已被证实。我们知道，张承志是一位不断行走的作家，他走过世界许多地方。而中亚腹地，则是他沉迷甚至沉醉的所在。他一次次地走向哪里，也一次次地书写那里，只为那里

别样的风光和别样的人们。《夏台之恋》写的是夏台，这个地方我们一无所知。在张承志眼里，这里的自然风光，“组成了天山北麓最美丽的一条风景线”，它是世界最美的地方；而历史上，这里是一条著名通道的起点。而这条冰岭古道却没有被“聪明的知识分子们留意”。然而，张承志热爱、迷恋夏台，更重要还不是它的自然风光和悠长历史。而是他看到和感受到的夏台人们的生活和日子。这里汇聚了东干人（回族）、俄罗斯人、乌兹别克人和塔塔尔人等不同民族。在他有限的接触中，他挥之难去的是这样一些人和场景——

女孩子娜嘉十五岁就通晓五种语言。“创造她的是夏台的小小社会，和平的，多族属多语言多文化的、美好的夏台社会。”

然后是震撼和征服他的夏台的歌声，那是哈萨克的歌声：“歌者凝视着松林中穿过的风，凝视着这天山牧场、这家乡、这银发的老母亲和毡房正中的红红篝火；或者，心里想着难以对她启齿的美女。然后他激动了，诉说起来。”

还有那个丈夫是柯尔克孜人的女人家，天山上下了大雨时，他被淋得湿透，落汤鸡一般从工地跑进她家时，她迎着他喊道：“我的孩子。”

当然，还有雷班长建造的一个半地穴的地窝子。他将他的地窝子挖成了单元住宅。这对生活该有多么热爱才会激发出如此的才华和匠心。这就是夏台。面对夏台的生活和日子。张承志由衷地赞美了它：“夏台的美好，夏台的安宁，夏台的和平，不知为什么使人感伤，似乎真有一种无形的巨大神力创造了如此动人的和平，如此美好的夏台。她太美好了；以至人不能不担心，当力量移变时她会不会被破坏和被侵犯。”创造美好的事物不易，但要毁坏它也许就是瞬间的事情。就在那时——

> 在南部斯拉夫，在亚洲和非洲，只因族别不同人们就在相互残杀。西方导演了一切然后又在布施和平。我命定不能以享受美而告退下阵。我只能一次次拿起笔来，为了我深爱的母国，更为了我追求的正义。
>
> 夏台形式一刻刻地在我的思想中清晰起来，使我开始意识到：它远远不仅是一个美丽的小地方，它的形式是人们必须遵守的生存的准则。

张承志迷恋和赞美的夏台，就在于它的安宁、和平、丰富和情义。因此，他写的夏台，不是一个观光客、一个旅人的见闻记，不是为了游记的散文。他身在夏台，而目光所及几乎遍及世界。他要捍卫和赞美的夏台，就是在捍卫和赞美人类生存的准则。

《冰山之父》，当然也是张承志的散文名篇。文章写于 1995 年 10 月。那个时节，中国思想界正在经历着一场空前大裂变，激烈的论争旷日持久。“两间余一卒，荷戟独彷徨”是那时张承志心境的一个方面。作为争论一方的代表性人物，张承志对知识分子的思想状况和日下的世风，做了没有商量的批判，当然他也满身箭羽。然后，他踏上长途向大山投奔。“大自然，以前是向往和憧憬的对象，但今天是逃难的去处。远在围攻还没有兴起时，我就决定夏天之前，一定要竭力接近雄大的山脉，找到牧人和自然还有清冽的空气，渡过这个思想的闰八月。”于是他连续探访了祁连山、天山和帕米尔的冰山。

对风景的认同是一种政治。风景不仅是一种客观的、纯物质

形态的存在，也不只是一种自然景观或者传达空间存在的视觉对象，因此，风景在这个意义上也绝不只是一个简单的美学问题。人作为风景的选择主体，与个人的文化、身份、趣味、权力等诸多因素密切相关。对风景的体认、想象和书写过程，一定有选择者鲜明的思想文化印痕。于是，自然风景此时便成为一种表达某种思想文化和意识形态诉求的象征符号或媒介。

张承志游历了这三座大山。特别是他到帕米尔看到冰山时："高原之顶的万仞冰雪，会强大地改变人的心情。"而此时他应该是心情大好。但我注意到，他看到这些高山冰川时，并没有大段的抒情。面对这些景物，他那如铁的文风应该是恰逢其时。但他没有。我们看到的动情之处，还是他笔下朴实无华的少数民族边民。他们是裕固人、东干人和塔吉克人。这些长久生活在高山冰川的人们不仅美丽，更是坚忍。他们忍受的是比游牧更辛劳的痛苦，牢牢抓住的却是骄傲与美貌。我还注意到，在去塔合曼乡的路上，文章中有这样一段——

一路藏着的任性突然按捺不住。过来的每一步，都像进入帕米尔的山岭，被灼烤得碎裂焦旱。水冲来时，岩石的山一片片翻倒下来，坍塌如泻。我们表情平静，我们忍受失散。他们百无禁忌，我们缄口不言。迎着过于巨大的命题，人会渐渐学会平和，为歧视而害羞，为压迫而叹息。在遭逢危机时，连孩子气的弟弟都成熟了。不仅如此，在诱骗和蓄意的围逼中，我们竭尽全力，为着古代的情义，掩护颓垮的文明。我们走遍了西域，在一个个异族的聚落里学习寻觅，远远地避开了自己。我们冲进东川，在孤单的逝者身边，为母亲和孩子、为女人和亲人、为自己和大家，念完了辛酸的章节。我们分手在乌鲁木齐，兄弟几乎流泪。小伙子们居然会那么眷恋，但我还是走了。就在这样的穷途，就在这样如同逃亡般的道路的终点，我看见了你；你的姓名就是启示，Musutag Ata，冰山之父。

这段文字与张承志来说重要无比——张承志内心的强大，就在于他不在乎流行观念或知识分子的几个关键词。他见过广袤的亚洲腹地，与黄土高原、河西走廊比较起来，文人的见识实在是过于短浅。而那广袤无垠的冰山大川，恰如英雄与美人——它会让英雄情怀更辽远、胸襟更阔大、眼光更深邃、担当更勇武。但是，这段文字会让我们领会张承志的另一面：他游历冰山大川，他约见亲如兄弟的边民，也是为了让内心更柔软，而不只是一味地战斗。只有内心柔软的人才会知道为什么战斗。

黄河在国人心里，已经不只是一条河流，它被赋予的象征意义与母国同等重要。或者说，在一般的意义上说到黄河，就是在说祖国：黄河的文明史，从某种意义上就是中华文明的发展史。因此，那些吟咏黄河的名篇诗句，在歌颂赞美黄河的同时，也是在吟诵自己的祖国："黄河西来决昆仑，咆哮万里触龙门""黄河落天走东海，万里写入胸怀间""西岳峥嵘何壮哉，黄河如丝天际来""九曲黄河万里沙，浪淘风簸自天涯"等等便是如此。甚至抗战时期诞生的艺术经典也是《黄河大合唱》。

张承志是一个行走不止的作家，他不止一次写到黄河：《北方的河》《大河家》以及这篇《大河三景》就是佐证。《北方的河》

写黄河给了他父亲般的尊严和慈爱，他得到过它伟大力量的赐予，感受到黄河父亲般的博大和宽广，同时在黄河寻到了他的根；《大河家》写他离国两年之久，“从归国那一瞬起便觉得它们在一声声呼唤。真是呼唤，听不见却感觉得到，在尚未立稳脚跟放下行李前，在尚不能马上去看望它们之前，该先在纸上与它们神交”。这是写黄河吗？当然。但那更是写他对母国的思念。母国不是一个抽象的概念，它是具体的。热爱母国也不是一句空谈，它总是与祖国的山河、故乡、父母、亲友等有关。

另一方面，游历高山大河的经验，对一个作家的见识、胸怀、情操等有重要影响。同时那也是一种求知形式。此前，张承志总是在黄河上游游荡，他迷恋甘青两省两岸的风光与风物。而《大河三景》则如黄河一路咆哮，进入了黄河中游地带。这三景便是：壶口、龙门、三门峡。

写壶口，诗文名句比比皆是。大多写壶口的波澜壮阔如狮河吼：烟雾迷蒙壶口边，旋流洪波涛如山。张承志看到的却是“裸露的河床石槽”。他看到了河槽，也看到了亘古时间，看到了那是荒漠水流的作品。重要的是他对黄河也“有了批判的感觉：它的水量竟如此之小！这么一点点水，究竟能有多少文化的耐力——从那一天起我开始若有所思”。这就是大作家的与众不同。他看到的总是别人看不到的。看到龙门的风姿，他想到的是：“无声无息之间，胸中积蓄了大河的风姿，在处处津渡，到处都静卧着我的堡垒户。”在三门峡，他敢于正视的恰恰是它“半是干涸的苦相”。但是，这写实的笔触，没有阻止拔地而起的万丈思绪：“巨匠唯有在限制中创造。唯有处在持久的苦难里，才会得到含蓄的丰满。黄河如一个文学大师，唯因环境险恶，才有名作连连，给后世留下阐释的残业，暗自圆缺，如姣好的月色。”

观大河三景，如看其他名山大川一样，张承志都是在陶冶自己的情操和心智，他让自己放浪于高山之巅大河两岸。让凌厉而浩荡的山风、一泻千里的滔滔河水写入胸怀间。

对自己母国的由衷热爱，这是张承志内心的高贵所在。一个作家如果不爱自己的母国，如果一味讲述个人的苦难或不平，便格局已定。如果是这样的作品，我们会扭头便走。

张承志的散文写作，从地域的角度看，大多写于中亚腹地——中国的大西北。他的足迹几乎踏遍了新疆、宁夏、甘肃、青海和内蒙古。他很少写到南方。1994 年的端午节，他终于完成了一篇与南方有关的散文，这就是《南国初访》。一个北方人初到南国，巨大的地缘差异，映入眼帘的首先应该是风情风物。比如椰子林、相思树，比如亭台楼阁、鸟语花香，等等，产生联想的也应该大多与风花雪月才子佳人有关。但是，《南国初访》没有一行这样的文字。这当然与作家的关怀有关，与产生这篇作品的时代环境有关。它的开篇是这样一段文字——

二十一世纪将是一个古怪的时代。

豪富和赤贫，餍足和饿死，脑满肠肥和瘦骨嶙峋，艾滋病和饥馑，摩天楼和贫民窟——总之，一切对立和差别，正义和背义，都将在这个隆隆来临的时代并立共存。

时代鞭挞着催人抉择。所以开始心向南转，盼望去

看大江大海，看近代的英烈故里。不仅如此，总觉得山雨欲来，已经十分紧急，我该去看看南国，近代的人才及革命的故乡。

1994年，人文精神大讨论刚刚展开不久，思想界的刀光剑影在混战中隐约可见。张承志“心向南转”为的是看大江大海英烈故里，为的是看南国“革命的故乡”和“烈士美文”。

一个人书写什么，表明他在关注什么。在海南通什民族博物馆，他看到了一通古代伊斯兰教徒的石刻墓碑。说明牌上注明着：唐代。这个文物普通人可能一闪而过，不会太过注意。但是，在张承志这里，他发现的是——“这是一件注解古代东西交通和海南岛开发的大事。”这当然与他学习历史的专业敏感有关。更重要的是，他疑虑，“被物欲大潮裹挟着不问明日的海南人，他们愿意成为遥远的唐宋先民的继承吗？”因此，张承志对历史的关注更是意在当下。

与海南和湖南有关的具体人物，他谈到了海瑞和屈原。这当然是两个非常不同的人物。海瑞“极其罕见的激烈血性，不是孔孟之道的文化可能孵化出来的。或许连他自己也不知道，虽然他的气质在中国的政治中几乎绝无仅有”；而屈原“楚之贵族，他藉楚俗而放歌，把一系列招魂典礼、国事民风都书刻入简。即使生逢战国，在流放中也有车骑女须，巫祝随童。他的自疏远流，也许并不是那么苦。也许他只有内心的极度苦楚”。但我们最终看到的，还是一个唯美主义者的决绝，那难道不是屈原的血性吗！于是，在《南国初访》里，我们没有看到南国俏丽的风姿，当然也与风花雪月无关。但是，我们却听到了张承志心中关于南国的轰响，听到了与海瑞、屈原有关的源远流长的中国文化传统的久远回声。

张承志的散文从不同的角度阅读，可以获得不同的体会和评价。多年来，对张承志散文的评论大多集中在它的思想观念或社会认知的价值层面，这固然很重要。甚至可以说，这也是张承志散文成就最重要的一个方面。但另一方面——张承志的思想和价值观是通过什么形式表达出来的，作为文学作品，它文体形式的内结构是一种怎样的形态，同样是非常重要的。张承志从《骑手为什么歌唱母亲》开始，他的作品一直回响着他的“元记忆”或“元话语”。他的与知青有关的小说、与青春有关的小说以及像这篇——《午夜的鞍子》等相近题材的散文，都明确无误地标示着他的“元记忆”或“元话语”。所谓“元记忆”，就是人对自己客体记忆的认识和评价。简单地说，元记忆就是人对自己的记忆过程的认知和控制。它的本质是内记忆，也就是对内部记忆活动的记忆。元记忆是元话语的基础。所谓元话语，是作家用语言最初表达或讲述的内容，是他一直坚持和不曾偏离的话语形式，并在这一形式中构筑了他特殊的文体，负载了他持之以恒的思想和价值观。因此，元话语不只是一个语言学的问题，对作家而言，也是作家文体内结构的基本要素，是表明作家情感态度和思想倾向的语言资源。

张承志的散文，因其元记忆和元话语构筑了一种全新的文体。在这个意义上，我们也可以说张承志是一个文体家。他将经过选择的个人经验和间接获得的历史知识，自然地镶嵌于他对当下事物的表达中。通过他关注的经验和历史，彰显他的思想情感和价值立场。这独特的文体形式，是他散文价值和文学

性的一部分。《午夜的鞍子》就是一篇这样的散文。在北京令人心惊肉悸的夏夜，他想起了凉爽的草原——

> 包括山峦、营地、一张张熟悉的脸、几匹几头有名有姓的马和牛，都因为思念太过——而不是像别人那样忘得太净——而蒙混如水，闪烁不定了。往事，连同自己那非常值得怀疑是否存在过的 19 岁，如今是真的遥遥地远了。

草原令人神清气爽，不止因为那里的自然气候。更重要的，那里是青春的见证，是作家思想情感萌芽的原乡。一个马鞍子，一个镶银的马鞍子，他写得极端耐心不厌其烦。这不是作家的琐屑和啰唆，这样的风格不属于张承志。他所以这样写，是因为鞍子与马有关、与草原有关、与骑手和额吉有关、与草原那别样的人群有关。于是，我们似乎又看到了张承志“骑手为什么歌唱母亲”的元记忆和元话语。就在这平淡无奇的“马鞍子”中，我们不仅理解了它与骑手重要无比的关系，同时也理解了作家情感深处那绵长不绝的午夜的怀念。

“丝绸之路”的命名，与德国地质学家李希霍芬有关。十九世纪末，他在《中国》一书中，把“从公元前 114 年至公元 127 年间，中国与中亚、中国与印度间以丝绸贸易为媒介的这条西域交通道路”命名“为丝绸之路”，这一命名很快被学界和大众所接受并使用。在我们的印象里，丝绸之路是欧亚物流和文化交流的斑斓金桥——客栈酒肆商贾云集，马帮驼队络绎不绝。多少世纪，帝国通过丝绸之路向世人夸耀着它的繁荣或霸主地位。于是，与它相关的不仅是从事具体贸易的商人以及服务于商人的“第三产业”各色人等，同时还有帝王将相、美酒佳人以及金戈铁马血雨腥风。因此，丝绸之路的兴衰史也可以理解为中国西域社会的发展史或演变史。有趣的是，在历史的讲述或演绎里，丝绸之路成为一个可供想象的无尽空间；同时，演绎也将西域古道塑造为一个扑朔迷离的神秘所在。

张承志是学历史出身的作家，他常年徜徉流连于这个空间里。他完全可以用另一种方式书写闻名于世的“丝绸之路”。但是，恰恰相反，张承志放弃了思古之幽情，文字内外浸透的是对历史讲述的参悟，是对历史与叙事了然于心的洞若观火。因此，他有意选择了搁置历史而面向现实。他说——

> 道路、古迹、事实、人生，其实这四者必须循着一个合理的逻辑。古来谬论流传说，秀才不出门全知天下事，其实大谬大错。秀才须出门，才知天下事，唯有两脚沾上泥巴，或能知真实之一二。心懒足疾的酸书呆子，其实什么也不知道。但推开门户扑面有风就够了么？不，还要怀着一些分析的能力。再数一遍：道路、古迹、事实、人生。它们互证互疑，互作逻辑。

再回到命名“丝绸之路”的李希霍芬。他在他的著作中，记述了北中国贫穷的现实，那里森林被毁、水土流失、气候恶劣、交通不便。战乱或叛乱为这块带来的是无尽的灾难。作为杰出的学者，李希霍芬当然也难免他的国家意志和立场。我相信张承志比李希霍芬更了解北中国和西域古道。因此他才有可能最

后说——“趁这歇息的时辰，我又由北向南地，把这条古道的上下仔细看了一遍。消失在天尽头的烽火台，蜿蜒在山谷处的羊肠道，村子，寺，焦焦的坡地，都没有变。不管我是想着丝绸之道还是想着百姓生计，这天下都没有变。”只因为古路依旧。

原载《励耘学刊》2017 年 2 期

传统文化与当代性

——评王充闾的散文集《国粹：人文传承书》

王充闾是当下重要的散文大家。他皇皇二十余卷文集，以其正大的面貌、浩瀚的雄姿、澹然的笔触和云卷云舒的万千气象，展示了他丰赡、多样的散文创作成就。他曾有多种社会角色，但他本质上还是一位学者和作家。他书写日常生活的片段感受，抒写清风白水的恬淡情怀，他的文字里有仙风道骨也有人间冷暖；但他更沉迷的，似乎还是几千年来的华夏本土文化历史，这些文字里有一个民族的精神血脉，有人文世界的日月星辰和江山万里。最近，北京大学出版社出版了他一部主题性的散文集——《国粹：人文传承书》，精选了他与“国粹”有关的散文作品，让我们有机会集中领略了王充闾与“国粹”的对话、思考和文学表达。这种对话、思考，就是王充闾与“国粹”的当代性关系。

可以说，在当代作家中，就国学修养而言，很难有人可以和王充闾比较。他不仅是位学问家，重要的是他站在当代对“国粹”的理解和阐发。所谓“人文传承”，就是在这种理解和阐发中实现的。这是对文化传统的延展更是丰富，是继承更是激活。当然，

自“五四”新文化运动始，对“国粹”的争论至今没有终结。即便是士阶层——传统或现代知识分子内部，关于居与处、进与退、道统与政统的矛盾和选择，也并没有完全解决，更遑论面对整个浩大而庞杂的传统文化了。因此，如何指认“国粹”、如何评价“国粹”，不仅是“文化权力”，更是一个知识分子的文化担当。

我注意到，王充闾在传承、阐发“国粹”的时候，他有一种明确的文化自觉。文化自觉，是费孝通于1997年提出的。费先生认为：所谓文化自觉，是指生活在一定文化历史圈子的人对其文化有自知之明，并对其发展历程和未来有充分的认识。换言之，是文化的自我觉醒，自我反省，自我创建。费先生说：文化自觉是一个艰巨的过程，只有在认识自己的文化，理解并接触到多种文化的基建上，才有条件在这个正在形成的多元文化的世界里确立自己的位置，然后经过自主的适应，和其他文化一起，取长补短，共同建立一个有共同认可的基本秩序和一套多种文化都能和平共处、各抒所长、连手发展的共处原则。

王充闾的文化自觉，首先在于他“读史”的方法。他认为：读史，主要是读人，而读人重在通心。读史通心，才有可能“进入历史传统深处，直抵古人心源，进行生命与生命的对话”。而“历史传统是精神的活动，精神活动永远是当下的，绝不是死掉了的过去”。二是他强调感同身受，理解前人。他援引法国年鉴学派史学家马克·布洛赫在《历史学家的技艺》中的话说：“理解历史才是历史研究的指路明灯。”三是不仅读人通心，而且要对“作史者进行体察，注意研索其作史心迹，探其隐衷，察其原委”等等。要同“国粹”对话，首先是对“国粹”的基本态度。王充闾面对文化传统的这种自觉，是他能够写出篇幅浩瀚的历史散文的前提和“秘诀”。

本书凡四章，分别是“祖先：人生命脉”“人文：生命符号”“河山：文明大地”“传统：生活智慧”。开篇讲的就是“祖先：人生命脉”。先后对轩辕黄帝开创的人间乐园，对孔子、墨子、庄子、孟子、秦始皇、松赞干布、文成公主、李白、苏东坡、宋徽宗赵佶、秦良玉、纳兰性德、袁枚、曾国藩等，或是传说、或是诸子百家、或是帝王、或是重臣、或是文人墨客的书写。一方面，这些人物几乎构成了几千年的华夏历史，轩辕黄帝创造了人世间的乐园，诸子百家奠定了中国文化的元话语，帝王重臣的丰功伟业、文人墨客的锦绣文章等，有了他们，我们的文明史才会如此璀璨、光耀人间；另一方面，作家也践行了他“事是风云人是月”的历史观和文学观，书写历史主要还是写人。但无论写哪些人、做怎样的评价，都隐含着作家对历史、对人生况味的理解。那篇《道家智者》最为典型。他用算数的方式比喻三种人物，即做加法的一类人，做减法的一类人和加法、减法混合用的。儒家、墨家是做加法的，孔子、墨子率先垂范，大禹治水十三年如一日，诸葛亮鞠躬尽瘁，死而后已，都是典范；也有先用加法后用减法的，如清代袁枚、明代状元杨升庵、春秋时代的范蠡、汉代的张良、明代的刘伯温以及勉强算一个的曾国藩等都是；而终生都做减法的，就是庄子。庄子终生不仕，以快心适志。庄子生活上自甘清苦，心态上化苦为乐，思想上崇尚自由。庄子的思想多为文人崇尚，那的确是人生理想的境界。但是，人大概也越是缺乏什么也就越凸显和想象什么。庄子的境界大概是最难实现的，才为历代文人所向往吧。

“人文：生命符号”，写贺兰山岩画、《周易》、竹林七贤、

古诗词、楹联、姓氏、座次等，这里的内容既有实物，也有文字，既有文人骚客的华章丽卷，也有日常生活的观念习俗。这些符号是“中国人的根脉，也是中国人特有的引以为荣的生命符号。它滋养着我们的心灵世界，激发我们的生活勇气，是中华民族一代又一代生存下去的底气”。这些符号是只有中国才具有的符号，它支配着我们的生活和情感。《座次格局》中情形我们时常经历，我们知道这里是有讲究、有学问的。但古今“座次”的含义，可能大不相同。作家讲述了“鸿门宴”的座次，里面是“玄机”；《陈丞相世家》讲的是“以示敬重”；《淮阴侯列传》讲的是谦恭；而《南越列传》讲的则是尊卑了。古代中国讲求“礼”，“座次”是“礼”的范畴。所谓“礼仪之邦”，“座次”是具体体现的一个方面。这个礼，和后来费孝通先生在《乡土中国》中讲的“差序格局”应该有相近的意思吧。当然，充闾先生在这里显然不只是讲述一个历史知识，他的用意还是对当下说话。他援引了一则消息：一次大会，服务员在收拾主席台桌面时，不慎把一把手左右两侧座位的标示牌给弄颠倒了。结果是，没等班子成员入席落座，会场上的人们就窃窃私语，乱哄哄搅成一团。会后办公室主任还挨了批评写了检讨。大、中学校庆活动与会校友的座次，也都按职级、身份、地位排列。但 2012 年南京大学庆祝建校一百一十周年时，破例实行了“序齿不序爵”，“银发校友”在前排就座，主持人介绍嘉宾也是先介绍两位最年长的老校友，社会各界普遍好评。长幼亦是尊卑。所以，充闾先生历史散文的当代性，亦体现在他对当代事物的批判精神。他不只是学者，同时也是一位有当代价值立场的知识分子。

“河山：文明大地”和“传统：生活智慧”，一写人文地理，一写生活观念。写人文地理，不是触景生情、借景抒情，而是将空间与时间交错起来，时间是历史，空间是存在。空间未变时间在变，时间变了，空间的文化与审美存在也在变化。这种纵横交错的联想、想象，使同一景观发生了奇妙的变化。于是——便有了属于王充闾的三峡、皖南、同里、退思园、周庄、晋北、凉山、库尔勒等。对人文地理的书写，历史文化仍是主线。写生活智慧，写孟母、地域文化、隐士、世袭嫡传、爱情、科举等，这些与生活相关的人与事，告知我们的，是生活观念大于思想观念。思想观念处于不断变化和流动的过程中，但生活观念是恒常或变化缓慢的。在充闾先生的叙述中，我们似乎看到了那缓缓流淌的生活河流。

面对浩如烟海的传统文化，摒弃什么、传承什么，还是一个时代的大命题。当下，求新求变几乎无处不在。当然，求新求变，是时代的要求，是一个国家民族发展的要求。但是，求变必须知常，数典不能忘祖。这本来是常识，但常识往往最易忽略，最易不被理解。这时，我们回头看看，放缓一下脚步，有益无害。

祖先崇拜、思想文化、人文地理以及生活哲学等，也是历史学家、思想史家要处理的对象。那么，王充闾的文化历史散文为什么还有独特的价值，这就是王充闾散文的文学性。王充闾散文内容的丰富性，与《史记》《左传》《资治通鉴》等中国典籍有谱系关系。这些中国古代典籍是华夏文化的元话语。我们可以将其作为历史著作来读，也可以将其作为文学著作来读，当然，那里也蕴含着中国特有的哲学智慧。王充闾的散文继承了这一传统。他的笔下有历史，有中国哲学的智慧，同时也更具文学性。他谈论的是历史的人与事，但常常枝蔓开去，或联想、或抒情、或状物，

天上人间信马由缰，既撒得开也收得拢，既鲜活又形象。他深得中国传统文章神韵和作法。他的文字用“庾信文章老更成”形容，是再贴切不过了。读充闾先生的文章，也进一步明白了什么是文如其人。充闾先生为人温文尔雅、和颜悦色，他的修养我辈是无论如何也做不到的，望其项背也难；他的文章给人的感受也不是大开大阖，醍醐灌顶，而是如涓涓细流，沁人心脾。我们在他娓娓道来中润物无声地受到感染和滋养，他的知识储备、讲述方式以及面对历史的理解、同情和会心，都给我们通透、明了的启发。如果是这样的话，王充闾先生就是这个时代融汇古今、学贯中西的大学者和散文家。

2017 年 9 月 1 日于北京

原载《光明日报》2017 年 10 月 10 日

黄钟大吕写春秋

——评李舫的散文

散文诗最古老的文体，也是不断焕发新生机的文体。特别是一些中青年作家，近年来他们的散文呈现出的新样貌，预示了这个古老文体无限的可能性。其中，李舫就是一位成就突出引人瞩目的散文作家。李舫是个女性作家，但读她的散文，却有一种不让须眉的丈夫气，一种气贯长虹的浩然之气。她的气象、情怀和修辞，如黄钟大吕响遏行云。她的散文，按照批评界惯用的说法，多为“宏大叙事”。“宏大叙事”是一个具有贬义性的概念，它本意应该是批评那种大而无当、空洞浮泛没有内容的作品。但是，真正意义上的“宏大叙事”——那种具有家国情怀、有内容、有担当的作品，理应得到重视和肯定。李舫的散文，就是我说的后一种“宏大叙事”且雄迈无敌。只要看她的题目诸如：《苟利国家生死以》《春秋时代的春与秋》《千古斯文道场》《在火中生莲》《纸上乾坤》等，就知道李舫书写什么，关注什么。她写的人与事，对中华民族是“铸魂”的人与事，是确立中华民族元记忆的人与事。延续伟大的民族传统，铸造民族恒久不灭的灵魂，是这些篇章最

初的动因和基本思想。因此，这样的宏大叙事通过文学化的表达，我们就如同面对长江黄河泰山昆仑，心中升腾起的是敬意、尊崇以及阔大无边的情怀和向往。

李舫的散文取资范围相对集中、影响较大的作品，几乎都与历史有关。历史就是时间——“时间，也许更是一代宗师‘苍繁柳密’的武林手段、‘风狂雨急’的江湖脚跟。在无数个刀锋扑面而来，闪烁在令人窒息的时间碎片里。儿女情怀，时代风云，武林快意，在雨滴烟横、雪落灯斜处，淡淡晕染。天下之大，一块饼到底是一个武林还是一个世界，其实并不重要，重要的是作为一个人，不论居庙堂之高还是处江湖之远而心忧天下的情思。”这是李舫瞩目历史——时间的原初想法。她意在告知我们，历史已经远去，时间不会倒流。但远去并不是过去，历史仍在今天挥发着巨大作用。于是，她纵横于中国古代历史立马横刀任意驰骋。从先秦诸子百家一直到大清王朝乃至当代，古今事，笑谈间，她对史料的把握和文学性的处理，独具匠心别具一格。在历史散文的汪洋大海中，仍见她的桅杆高高矗立，在波涛中起伏自如游刃有余。她有一名篇《春秋时代的春与秋》，是专述孔子与老子的篇什。春秋时代是一个伟大的时代，锦绣瑰丽巨人辈出。它如诗如画气象万千，又如远在云端魅力无边。那个时代，是我们民族的元话语时代，民族的思想瑰宝钻石般地光耀千秋万代。因为有了那样的时代，中国文化才可以在世界民族之林中被尊重被敬慕——

> 在雅斯贝尔斯提到的古代文明中，有两个中国文化巨人，一个是孔子，一个是老子。孔子专注文化典籍的

整理与传承，老子侧重文化体系的创新和发展。一部《论语》，11705 字，一部《道德经》，5284 字，两部经典，统共 16989 字，按今天的报纸排版，不过三个版面容量。然而，两者所代表的相互交锋又相互融合的价值取向，激荡着中国文化延绵不绝、无限繁茂的多元和多样。

李舫援引黑格尔的话说：“一个民族有一群仰望星空的人，他们才有希望。”而两千五百年前的长夜里，老子与孔子就是两位仰望星空的智者，他们刚刚结束一场人类历史上的伟大对话，旋即坚定地奔向各自的未来——一个怀抱“至智”的讥诮，“绝圣弃智”“绝仁弃义”“绝巧弃利”；一个满腹“至善”的温良，惶惶不可终日，“累累若丧家之狗”。在那个风起云涌、命如草芥的时代，他们孜孜矻矻，奔突以求，终于用冷峻包藏了宽柔，从渺小拓展着宏阔，由卑微抵达至伟岸。正是因为有他们的秉烛探幽，才有了中国文化的纵横捭阖、博大精深。

这是李舫的想象，也是李舫站在今天向伟大先贤的致敬。《千古斯文道场》，写的是稷下学宫的流变。稷下学宫，又称稷下之学，战国时期田齐的官办高等学府，始建于齐桓公田午。稷下学宫是世界上第一所由官方举办、私家主持的特殊形式的高等学府。中国学术思想史上这场不可多见、蔚为壮观的“百家争鸣”，是以齐国稷下学宫为中心展开的。它作为当时百家学术争鸣的中心园地，有力地促成了天下学术争鸣局面的形成。当然，那也可以看做是整个民族的启蒙之学。这样一段历史浪漫而伟大的历史，为一个现代知识分子提供无限想象和驰骋的空间。于是李舫眼前出现了这样一个历史场景——

这样一群人轰轰烈烈，衔命而出，他们用自己的智慧、立场、观点、方法，去观察，去思索，去判断，他们带来了人类文明的道道霞光，点燃了激情岁月的想象和期盼。当时，凡到稷下学宫的文人学者、知识分子，无论其学术派别、思想观点、政治倾向，以及国别、年龄、资历等如何，都可以自由发表自己的学术见解，从而使稷下学宫成为当时各学派荟萃的中心。这些学者们互相争辩、诘难、吸收，成为真正体现春秋战国"百家争鸣"的典型。

当然，"稷下学宫荟萃了天下名流。稷下先生并非走马兰台，你方唱罢我登场，争鸣一番，批评一通，绝大多数先生学者耐得住寂寞，忍得住凄凉，静心整理各家的言论。他们在稷山之侧，合力书写这本叫做'社稷'的大书。"因此，与其说李舫在写稷下之学，毋宁说她在面对当下。如果没有当下学界的诸多弊端和不堪，稷下之学照亮的或许还只是2300年前的夜空。

李舫不仅关注本土历史题材，西方历史人物和事件，也是她选择和表达的对象，如墨西哥女画家弗里达·卡罗、俄罗斯抽象主义画家瓦西里·康定斯基、瑞士雕塑家贾柯梅蒂、挪威画家爱华德·蒙克等。这些文章原则上可以称作散文，这是相对韵文而言。但具体说来，它们也可以是人物传记、片段艺术史或者其他什么。文体并不重要，重要的是，李舫用她丰富的艺术史知识，以发现边缘的执着，让我们有机会看到了域外那些大艺术家卓然不群的风采和命运。她对人物艺术成就，尤其是命运的关注，给我留下极深的印象。她对这些为艺术带来革命性变化、创造了新时代的巨匠，以敬仰、同情、惋惜、赞颂等丰富又复杂的笔触，就这样展现在我们面前。在丰富我们艺术史知识的同时，也喜忧参半地体会了别样的人生。

修辞的豪放、雄迈，是李舫的散文一大特点。这自然与她个人性格、修养乃至趣味的选择有关。比如在《大道兮低回——大宋王朝在景德元年》一文，是写“命乖运舛的景德元年，宋真宗历经天灾、人祸、兵燹的考验，审时度势，终于在这年的腊月打开了一个叫做‘澶渊之盟’的锦囊，从此，大宋王朝开始了养精蓄锐、潜心发展的进程”。行文开篇却是：“缤纷的焰火，在除夕漆黑的夜空砰然炸裂，如流星雨一般飘然散落，带着明亮的尾巴，划出绝美的线条，辽阔而寂静。”修辞雄健大开大阖，这是为文章“造势”，也是奠定文章的基调。在这种惊天历地的情势中，预示了大宋王朝景德年间的多事之秋。因此，李舫的散文无论是说人说事，都有她整体的构思和设计。她熟悉历史材料驾轻就熟信手拈来，但不是信笔由缰随心所欲。她写的是散文，文字洒脱自如，同时文章又包裹得很紧，须臾未离文章的“核儿”。她所有的文章几乎都有这样的特点。

另一方面，通过李舫的创作，也可以印证当下关于文学艺术论争的某些观点。这就是文学艺术变与不变、创新与守成的争论。在文学艺术史上，古今之争、新旧之争一直在延续。变是绝对的，不变是相对的。但是，就文学艺术而言，坚持那些不变的观念可能更难。面对一个大变革的时代，坚持不变、守成，就意味着守旧、保守、顽冥不化、九斤老太。但是，文学艺术的价值标准，包括对忠诚、正义、爱、友谊、善等的基本人性的要求，能变吗？马克思主义文艺理论关于文学艺术与物

质生产的不平衡规律，已经阐明了这一点。我想，李舫对历史重大事件和重要人物的专注和书写，也可以理解为是对“旧”的坚守，但她有自己心的阐发和立场。这样，坚守中有新解，创新不废知常。她的创作便根深叶茂，既有历史感又有当下性。李舫自己说：“我对于自己的定位，就是一个以笔为刀、为剑、为玫瑰、为火炬的作家。以一己之力，遥问苍穹。而我对作家的定义，就是智慧和担当，作家以笔、以命、以心、以爱、以思，铺展历史的长卷，讴歌生命的宽阔，时而悲怆低回，时而驻足仰望，在暗夜里期冀星辰，他们宛如子规长歌，恰似啼血东风，幽微中蠡窥宏阔，黯淡里喜见光明。……读万卷书，行万里路。这是我的日常生活，也是我关乎大悲喜和大彻悟的哲学问道，其中的趣味和悠然，不言自明。”她对自己的期许令人感动，当然也令人羡慕。在李舫大作《大春秋》即将出版之际，我对她的作品做了这样的评论。我期待她取得更大的文学成就。

原载《光明日报》2018 年 1 月 22 日

泣血书和忏悔录

——评彭学明的长篇散文《娘》

彭学明的长篇散文《娘》，自 2012 年 1 月由湖南文艺出版社出版以来，至今已有四个版本，发行逾百万，是 2012 年以来中国文学的核心读物之一。现在，经过修订和增补，从过去的 8 万字，增至 27 万字，由山东文艺出版社出版。六年间，不时有关于《娘》的消息在文坛传递，有各种评论、报导以及作者现场演讲等。特别是彭学明的现场演讲，声情并茂，有时甚至涕泪交加，令在场者无不动容。

“月光醒了，可以再回到天空；鸟儿累了，可以再回到森林；儿女没有娘了，就再也无处安生。没有娘的家，是残缺的、空虚的、没有生气的。没有娘的孩子，再大的孩子都是无家可归。人活一百岁，都得有个娘！没有娘，你的财富能够买断整个江山又怎么样？没有娘，你的权力能够统治整个世界又怎么样？你还是一个无家可归的孩子！现在，我就是那个无家可归的孩子。我把娘弄丢了。我无家可归了。我再也看不到娘天天站在阳台上目送我远去、等着我回来了……”

这是在绵阳师范学院和四川作家协会联合召开的“彭学明《娘》文学现象学术研讨会”中，当彭学明声情并茂地给师生们朗诵出《娘》的一段文字。此时，台上台下泪水一片。这样感人的场景已经不是一次了。

《娘》的出现已然构成了一种现象。这与中国的“孝”文化有直接关系。《孝经·开宗明义》章中讲：“夫孝，德之本也。”“孝”字的汉字构成，上为老、下为子，意思是子能承其两亲，并能顺其意。《论语·学而》中孔子说到“入则孝，出则悌，泛爱众，而亲仁，行有余力，则以学文”。“孝悌”指的是孝敬父母、尊重长辈、友爱兄弟及关爱幼者的伦理行为，体现出感恩、回报和礼敬。并推及一切，善待他人，这就是行“仁”，也是古人修身齐家治国平天下之基础。在中国传统道德规范中，孝道具有特殊的地位和作用。在古今诗文中表达对双亲孝敬、思念的文字比比皆是。如孟郊的《游子吟》，京剧《三家店》中的诗句和唱词等，几乎妇孺皆知。但是用如此规模书写母亲一生的大型读物，除了张洁的《世界上最疼爱我的人去了》，彭学明的这部著作应该是影响最大的了。

这是一部泣血书和忏悔录。母亲吴桂英，小名吴二妹，一生悲苦难述。拖儿带女多次离异，为了生存和抚育儿女，她忍受所有的屈辱。娘的几次婚姻，一次比一次糟糕。每次离异都不是她的选择。第三次婚姻同样是失败的，但为了孩子也为了自己，她忍气吞声甚至不惜用一种民间秘方放到饭里，以期挽回继父离婚的心。这种有一种奇怪名字的药居然起了作用，居然让继父“回心转意了好几年”。当然，最终还是失败。娘同这位继父离婚后，家里出现了一个奇异的景观：分开后，另挖的火坑，新安的大床。

大人和气了，孩子不打架了，一家做了好吃的也给另一家，一家大人外出了，孩子也会得到另一家的关照。两家居然和平共处相互照应。《娘》的感人，与作者写出了特殊年代的人间冷暖大有关系。作品写娘的婚姻史、屈辱史、苦命史，也写了一个伟大女性的命运抗争史、对儿女的哺育史，写了母亲的坚忍不拔、不屈不挠和顽强的生命史。当然那个年代，受尽苦难的不是吴桂英一个人。作品也不经意间为我们展示了那个年代底层人真实的生存状态，或者说，类似的苦难不仅吴桂英吴二妹一人在承受，她多次离异的丈夫及其家人，同样是因生存艰难做出的无奈选择。他的两个继父离开时——一个是依依惜别，用他们的语言方式话别，他们的相互关心溢于言表；一个是不顾孩儿在场相拥而泣然后各奔东西。而后者突如其来的举动，甚至也瞬间缓解了讲述者对继父的仇恨心理。

《娘》是泣血书，同时也是忏悔录。作品中，我们不时地可以看到作者对娘的怨恨和不满。卑微的出身和生存压力，常使人生出莫名的“戾气”。娘嫁人他不满，听到娘与别的男人有闲话他不满，甚至高考失利，也将怨恨发泄在娘的身上，娘说拖累不了你几天了，他甚至发出咆哮。“我对娘横眉冷对、恶语相向。我对娘暴跳如雷、大发雷霆。只要娘和我搭话，我就点燃炸药，把娘炸回去。”一个孽子的形象活色生香栩栩如生。因此，这也是一部“浪子回头”的忏悔录。2010 年，彭学明的娘去世了，享年 76 岁。在那样艰难困苦中生活了一辈子的吴桂英能够顽强地活到 76 岁，也真是人间奇迹了。彭学明之所以能够在 2012 年代发表这部作品，与他个人的履历大有关系。一方面，年轻时少不更事，他沉浸在个人的世界里，还没有对娘感恩的思想和情感能

力；一方面，与他后来对人情冷暖的认知有关。他在第四十一章中说——

> 可悲的是，很多年，我都不知道自己把娘弄丢了。我一直以为没有娘的世界依然精彩，没有娘的日子依然快乐。我依然看似风光地到处讲学，依然心安理得地接受别人真诚的客气和虚假的恭维，依然自鸣得意地满足一点小小的虚荣。
>
> 直到他在北京这个大都市里痛彻心扉地感到世情的冷漠，真情的缺失、人性的悲凉，娘的身影才得以高大起来。

《娘》被广泛阅读，与当下的世风大于关系。现代性的发展，让人的个性有了极大的生长空间，所谓“主体性”几乎不能僭越。但人与人之间的关系则越发淡漠。这种状况，使传统的母子情感关系越发成为稀有。或许只有这一关系才是最真实、最没有条件和功利的关系。它触动所有的人，只因她是我们的母亲。这几乎是所有人都亲历的情感关系，所以作品才有如此巨大的共鸣。另一方面，敢于触及自己内心深处“无良”想法和念头，敢于将自己不曾言说的“原罪”的丑恶公诸于世，不仅实现了自己的忏悔，同时也是最有力量的文学手段。苦难叙述和真诚忏悔，是《娘》获得成功的两大文学要素，对娘情深如海、如诉如泣的真实情感，是感动广大读者的最终力量。作品的封底有这样一句话：

> 娘，一块坚如磐石的寒玉，以月的清辉把我镀亮，

以天的胸怀把我接纳，以海的深情把我养育。若有来世，
我还是娘的儿子，匍匐在娘的脚下，亲吻娘的前世今生。

真是子欲养亲不待，儿想娘时难叩首。功成名就的彭学明对娘的悠长怀念，也可谓感天撼地了。

原载《光明日报》2018 年 9 月 25 日

他有高贵的文化血统

——评李修文的散文集《山河袈裟》

近一时期的散文频频传来好消息。李敬泽的《青鸟故事集》、李舫尚未出版的散文集《大春秋》、李修文的《山河袈裟》，都给人耳目一新别有洞天的阅读感受。散文界的“三李”，让我们对这个时期的散文刮目相看。我们都知道，散文是最古老的文体，几乎人人可以写。但要想写好散文真不是一件容易的事。一个散文作者的修养、阅历、情怀、趣味、格局以及文字功夫，在散文作品中几乎一览无余。所谓“文如其人”，说散文是最合适的。但有趣的是，作为最古老的文体形式，却偏偏没有什么理论。那些“文章作法”之类的教科书，最终也没说出个所以然。按照这些教科书大概也写不出什么好散文。曹丕《典论》中说“文乃经国之大业，不朽之盛事”，说的是文章之学，不是文学。这文章之学指的就是散文。当然，那是曹丕在他的时代对书、表、奏等诸文体的理解。

新时期以来，散文几经盛衰，闲适散文、小女子散文、文化散文等，都曾领过风骚。其间也有好散文不断问世。因此，散文的传统是极为强悍的。现在要说的李修文的《山河袈裟》，是近期散文领域重要的收获。这个收获的意义，不只是证明了李修文作为一个作家的存在和自我超越的期许与能力，同时，他的写作理念和实践，也为我们提出了新的理论命题。在《山河袈裟》的自序中他说："是的，人民，我一边写作，一边在寻找和赞美这个久违的词。就是这个词，让我重新做人，长出了新的筋骨和关节。"于是，与人民有关，就是李修文的情怀。"人民不是别人，人民是你和我的同伴们和亲人们、是你和我的汇集，在'人民'这个概念之下，我觉得这一个一个的个体，在相当程度上是团队的，是完整的集体，而今天我们各种各样的东西都是粉碎的，碎裂的，烟消云散的。正因为提到人民，才给我一个强大的依靠感，一个背靠感。"他关注的对象，是酒后嚎啕大哭的老路；是穷途末路之际，大年三十聚在一起的兄弟；是唱黄梅小调的女子和她的女儿；是斗殴中奋力抱住小伙子的老妇人；是那些下岗工人、没钱回家的农民工、抚养孩子的陪酒女以及来日无多的垂危病人。他接触的这些人，照亮了他心中潜伏已久那个词，这个词就是——人民。他说：

> 我写的不是底层的人，我愿意说"他"是陷入各种困境的人，底层是一个社会学概念，不是文学概念。即使是奥巴马，他也有困境。在面临困境的时候，我们是就此沉沦还是站直了，不倒下。其实我并不歌颂黑暗，我在赞美面临人生的黑暗没有倒下的人。

如是，李修文让我们"提心吊胆"的"人民"坐实了。文学

与人民的关系、文学的人民性，是我们一直讨论又经常莫衷一是的老问题。过去，我们常常陷入一个怪圈：当文学政治性不够的时候，人民这个词就会被强调；当文学苍白的时候，艺术性又会被强调。我们似乎永远不能与那个理想的文学相遇。李修文的情怀以及他对人民的理解和写作实践，既远离了民粹主义，又使“人民”有了具体的所指。他的文字能够触动、打动我们，与他对“人民”理解的诚恳和由衷有关。因此，李修文十年磨的这一剑，锋利难当。

李修文的气质、气象，是在他的语言中表达的。这个气质、气象，就是胸中的“山河之气”，是在困顿、迷茫乃至绝望中看到希望，体悟温暖、发现美与善的修辞，美丽无比，动人无比。我看到，在李修文的文字中，中国传统的诗、词、文、戏曲等，构成了著文炼句重要的资源。特别是那些与豪放、有浩然之气的作品，是李修文修炼气质、提升气象的秘方良药。他的文字方正、凛然，有高贵的文化血统。李修文说：《山河袈裟》“书名来源于辛弃疾的一首词：但使情亲千里近，无情对面是河山。‘无情对面是河山’传递的是一种‘绝望中的希望’，这是我追求的作品意境。‘河山’不是地理意义上的河山，是我们近在眼前又不能实现的‘指望’，我想每个人心中都有一个‘山河’，每个人都有过‘无情’这种想得而得不到的心灵体验，所以这个书名释放的是我们每个人心中的情绪”。作家自己对书名的释义，是我们理解这部书的钥匙。在我看来，《山河袈裟》篇篇都是好文章。《羞于说话之时》，告诉我们面对人间万象，语言终有无力和难以抵达之处。那是一种和爱、和怕、和震惊和恐惧有关的一种心理乃至生理现象。《枪挑紫金冠》，写的是梨园，但何尝写的不是今日之世界。他写伶人，写出入之间，举重若轻，看似漫不经心却有血泪迸发。他对那个横竖不会再有的、美轮美奂的古代中国，喜忧参半又心向往之。《别长春》，写得也好。那是我家乡的省会城市。但通过这个异乡人的体验和想象，这座曾是伪满洲国首都的城市，有用斯大林命名的大街的城市，在李修文的笔下又别有心裁。李修文说——

> 过去我一个靠审美来推动自己的叙事、创作的写作者，我依靠古典资源，依靠强烈的对故事的迷恋，依靠时代带来的情感冲击，建立起人物命运感。而今，生活的真相、人生老病死的本质一步步在我面前呈现，我的写作面临巨大的困境。我感到恐惧，我的语感、审美乃至想象力都在丧失。我要与广阔的社会生活建立休戚与共的连接，筑牢生活根基。对我来说，这10年是告别，也是新生。

他高贵的文化血统，就是他心怀天下的文化传统。通过他的情怀、气质和气象表达了这个传统。他真是一个好作家。

第三辑

文学的草场与星空

安布鲁斯·比尔斯和他的杰作

20世纪80年代至今，在向西方文学大师学习和致敬的过程中，美国作家安布鲁斯·比尔斯是一个鲜被提及的人物。除了他距我们年代久远之外，似乎找不到他被冷落的其他原因。事实上，他确实是一位伟大的作家。他的短篇小说《空中骑兵》《鹰溪桥上》与欧·亨利的《麦琪的礼物》、马克·吐温《夏娃的日记》等，被认为是20世纪美国最伟大的短篇小说。而安布鲁斯·比尔斯一人就占有两席。如果说这样的光荣还不足以夸耀，那就真有些不公平了。

安布鲁斯·比尔斯，1842年生于美国俄亥俄州梅格斯县一个穷苦的农民家庭。他是美国著名的记者，著名的短篇小说作家。他参加过南北战争。这段不平凡的经历为他的文学创作打下了坚实的基础，同时也形成了他悲观的人生态度。1913年，比尔斯说他已经厌恶美国式的文明，于是他购置了一套马车，并驱车前往饱经战争创伤的墨西哥心脏，去寻找“真、善、美”。次年，即1914年在墨西哥逝世。他著有小说集《战士和平民的故事》（1891）、《怎能如此》（1893）和《在生活中》（1898）等三部以及大量的恐怖、灵异和讽刺性作品。

《鹰溪桥上》是安布鲁斯·比尔斯的名篇。曾被新批评大师布鲁克斯和沃伦选入《小说鉴赏》。《小说鉴赏》被认为是新批评具有里程碑性质的著作，全世界大学都在使用的经典文科教科书。全书仅编选了51篇短篇经典，能够入选这个选本的短篇小说，其价值可想而知。《鹰溪桥上》以1861年至1865年的美国南北战争为背景，讲述了一个名叫法夸的南方种植园主因蓄意破坏联军控制的鹰溪桥而被处以绞刑。就在行刑的刹那，绞索断了，法夸尔如一条穿梭的鱼直坠桥下，他落入河中逃跑了。刚从死神那里逃脱出来的法夸惊魂未定，此时的他只有一个念头：赶快回家。他脚疼、脖子疼、肚子饿，一路的漫长可想而知。他终于到家了——

这时，他站在自己的家门口。一切还都是他离家时的老样子，晨曦中，明亮而美丽。想必他又赶了整整一夜路。他推开门，走上宽敞的白色甬道，看见一件女人的裙衫佛地而来，他的妻子容光焕发，娴静而又甜蜜，正走下前廊来接他。她站在台阶下，微笑地等待着，欣喜万分，真有举世无双的优雅和尊严。啊，她是多么美丽啊！他展开双臂，向前奔去，正要抱住她时，只觉得脖子根上重重地挨了一下。一道刺眼的白光在他四周闪耀，随之是一声巨响，好像是大炮的轰鸣——霎时间，一切又都有沉浸在黑暗与寂静中！

普鲁克斯和沃伦认为，《鹰溪桥上》的结尾与《带家具出租的房间》《万卡》等一样出人意料，但这个转折更充满了讽刺意味。在我看来更重要的是，这是一篇特别典型的意识流小说：一个即将被处以极刑的人，以内心独白的方式，改写了时间的长度。通过人的幻象实现了对物理时间的超越。在那个时代，小说便掌握了这样先进的技巧，领风气之先可谓风毛麟角。

对南北战争生活的表达，是安布鲁斯·比尔斯小说的基本内容之一。其中《空中骑兵》是代表作之一。这是一篇反映亲情与正义、情感和责任的矛盾冲突的故事，同时更是一篇深刻表达人性丰富性和复杂性的小说。卡特·德鲁斯，来自弗吉尼亚一个富裕而有教养的家庭，他是家里的独生子。当联邦军队即将到达他的家乡时，他突然向父亲提出："我要去参军"——

> 父亲抬起狮子般乱蓬蓬的头，沉默地凝视了儿子片刻，说："去吧。无论出现什么情况，都请阁下履行自己的职责。你背叛了弗吉尼亚，但是没有你，弗吉尼亚也一定会继续战斗下去。如果咱俩都能活到战争结束，我们会再谈这件事。另外，医生也告诉你了，你母亲病得不轻，最多只能活几个星期，但是这段时间很珍贵，最好不要惊动她。"

卡特·德鲁斯因恪尽职守，作战勇猛，卡特很快便赢得了战友和上司的认可。于是，他被选派担任最前沿的哨兵。疲惫的卡特·德鲁斯在前沿居然睡着了。他醒来时发现——

> 他的第一感觉竟是艺术所带来的强烈的愉悦。悬崖上，那块巨石的最外侧，在蓝天的映衬下，静静地矗立着一座庄严静穆的雕塑。一名骑手端坐在马上，颇具军

> 人风度，又如希腊石雕神像般安详；灰色的军装与周围的背景和谐统一，军装和鞍辔上的金属在阴影中散发着柔和的光泽；一只卡宾枪横放于鞍头，骑手右手握着枪柄，左手抓着缰绳——当然，左手从卡特这一侧是看不见的。胯下的战马似乎正在眺望对面的山峦，在天空的投射下它的侧影如同浮雕般棱角分明。骑手的头微微偏向一侧，只看得见鬓角和胡须的轮廓；他正俯视着谷底。

看到这个场景，卡特第一感觉是战争结束了，他正在欣赏的是一件如此赏心悦目的艺术品。但他随即发现自己错了。于是他拿起了步枪，对准准星。就在骑手转过头的时候，“卡特松开枪，慢慢地垂下头，直到脸俯在散落了一地的树叶上。这位坚强的绅士，这位勇敢的士兵几乎由于强烈的感情冲击而晕死过去”。这个骑在马上的人不是别人，正是他的父亲。他的枪口不再瞄准骑手，而是瞄准了马并扣动了扳机。卡特·德鲁斯践行了父亲的教诲：“无论出现什么情况，都请阁下履行自己的职责。”同时他也维护了人性的情感和伦理要求。这是一篇只有三千余字的短篇，但它的容量远远超越了它的体量。而且，在如此惊心动魄、悲剧即将酿成的瞬间，安布鲁斯·比尔斯还可以从容不迫的抒情，以神来之笔描绘了一幅美轮美奂的画卷，显示了一位伟大作家掌控小说场景和节奏的深厚功力。

但是，在我看来，安布鲁斯·比尔斯更了不起的，是他对战争的态度和对人性的尊重。他的这两篇小说并不是在讨论战争的性质，南北战争只是小说的背景，而战争的是非远在他的视野之外——那是因为，只要是战争，对人和人性都是致命的伤害——

无论是《鹰溪桥上》的法夸，还是《空中骑兵》的卡特·德鲁斯，他们经历的那一切，无论肉体的被消灭还是心灵遭受的挫伤，都因战争而起。因此，安布鲁斯·比尔斯在那个时代对战争的反思和认识的高度，至今仍值得我们思考。如是，安布鲁斯·比尔斯就是一个伟大的作家。而《鹰溪桥上》和《空中骑兵》作为经典小说，就当之无愧。

文体意识与文学批评实践

尽管大家对文学批评的文体意识莫衷一是，甚至谁也说不清楚，但似乎强调批评的文体意识肯定是正确的。于是，从 20 世纪 80 年代至今，文学批评一出现问题，文体意识就一定适时地被提出来。有时我们肯定一个作家、批评家时，也会将“文体家”的桂冠一并奉上，以强调某人的与众不同或卓然不群。但我的看法可能略有不同。文学批评的文体确实重要，它甚至是一个批评家辨识度的“logo”。鲁迅、李健吾、李长之莫不如此。他们几乎就是现代文学批评有文体意识的典范，特别是李健吾的文学批评。但是，李健吾也是后来“被发现”的。他的“印象主义”批评在他的时代并非主流。时过境迁，当左翼批评家如成方吾的“政治批评模式的”批评、冯雪峰的“中国化的马克思主义批评”、周扬的“社会主义现实主义批评”等，越来越暴露出单一、简单、片面等局限性的时候，李健吾的批评才显示出应有的价值和意义。同样的道理，我们今天重提文学批评的文体意识，显然也有一个未被宣告的对象，也就是学院批评。我曾在一次访谈中说过：“学院派批评”是谢冕先生 1992 年提出来的。学院派在过去多指带有教条、刻板语义的研究和做派，是一个具有贬义性的概念。谢冕先生在20世纪90年代提出来这个词并赋予了新的意义我觉得很重要。这个“学院派批评”实际上是对庸俗社会学的一种拒斥。此前庸俗社会学的影响实在太大了，几乎是一统天下。到了20世纪90年代就需要用一种很知识化的方式，即学院派批评的方式来从事专业的文学批评，以此屏蔽庸俗社会学对正常的文学批评的干扰和强侵入。学术性和学理性的强化，使庸俗社会学批评的合法性和合理性都遭到了不做宣告的质疑。这个概念的提出也是20世纪90年代学术界一种普遍思潮的反映。当时陈思和提倡知识分子的“岗位意识”，离开广场，重进书斋。陈平原的《学人》杂志同仁在倡导思想淡出学术凸显。这些学者思考问题的表达方式不一样，但内在的理路是一样的。但时至今日，这一情况发生了极大的变化，当年“学院批评”提出者的诉求已经完全被颠倒，学院批评已经形成了新的僵化机制，完全失去了生机。有人开玩笑说，当下中国学院出身的教授、博士生的文章，几乎就是美国东亚系的文章。在这样的语境下，提出文学批评的文体意识，是有具体针对性的。但是，我觉得只谈批评的文体意识，以期纠正当下批评的真问题，可能还是没有抓到要害。比如，很多“学院派”的文章，像《作家》发表的张英进的《鲁迅……张爱玲：中国现代文学研究的流变》、《文艺争鸣》发表的张均的《悲剧如何被“颠倒”为喜剧——长篇小说〈林海雪原〉土匪史实考释》，以及众多的有简介的学院批评文章，这些文章言之有物，既了解中国当下的文化语境，也再现了被历史遮蔽的过去。假如有人想推翻这些文章的材料或论点，他会感到十分为难。这就是文章的力量。你能说学院派的文章都不好吗？

因此，我们现在的困境表面看是文体的问题，而本质还是对文学是否有真知灼见以及态度的问题。关于文学批评文体的讨论，我读过耿占春在访谈中这样一段话：

> 对文体与修辞的兴趣，应该来自于“非常道”的背景，有些意义似乎是躲避语言的。我对写作上的更隐秘的渴望是什么？你说得已经非常准确，对自由形式的渴望，对经验与话语形式的“多重跨界”的渴求。我经常注意到自己写作中的一种通过“修辞越界”的冲动。

耿占春是当代重要的文学批评家。他在这里提出了一个特别值得注意的体会。这就是“对自由形式的渴望，对经验与话语形式的‘多重跨界’的渴求”。对自由形式的渴望，就是最本质、最深刻的“文体意识”。但是，要实现这一目标是有条件的，这个条件就是深厚的文化和文学积累。积累得越多，自由的可能性就越大；对世界的认知就会越深刻，文体就会越自由。所谓态度，就是对文学批评对象说出诚恳的体会，就是鲁迅所说的好处说好，坏处说坏。最朴素的道理实践起来又是最难的，甚至也不是理论可以解决的，它更是文学批评实践的问题。比如 2016 年鲍勃·迪伦获得诺贝尔文学奖，国际社会对此评价不一就在预料之中。而中国批评家陈晓明认为这是诺奖评委们的一次“行为艺术”；青年批评家徐刚则认为“诺贝尔文学奖从来都没有众望所归的时候”，它“顽强地提示人们，在主流文学之外，它一直在关注一种独特的生活方式。而这，对于我们

今天面对的不断‘程式化’的文学形式与经验，无疑具有着重要的启示意义”。他们不同的看法告诉我们，不仅诺奖评选结果引起文学界的巨大分歧早在意料之中，同时也告知我们，见仁见智的文学不会有一成不变的标准。诺奖如此，对当下中国文学的评价同样如此。如果是这样的话，不同的意见就是正常的。评奖本质上是文学批评和文学经典化的一种形式。诺奖是国际公认的最权威的文学奖项，它的巨大影响力，使获奖作品常常引发或带动一种新的文学潮流，因此，诺奖具有鲜明的审美意识形态性。这是它引起广泛关注的最重要的原因。争议终将平息，而获奖的作品未必都是伟大的作品。诺奖并非是对文学作品的最终裁决。

但是，对于文学批评而言，它基本的评价尺度还是存在的。文学界内外对文学批评议论纷纷甚至不满或怨恨由来已久，说明我们的文学批评显然存在着问题。我们在整体肯定文学批评进步发展的同时，更有必要找出文学批评的问题出在哪里。在我看来，文学批评本身最大的问题就在于它整体的“甜蜜性”。当然，我们也有一些“尖锐”的不同声音，但这些声音总是隐含着某种个人意气和个人情感因素，不能以理服人。这些声音被称为“酷评”，短暂地吸引眼球之后便烟消云散了。因此还构不成“甜蜜批评”的制衡或对手。所谓“甜蜜批评”，就是没有界限地对一部作品、一个作家的夸赞。在这种批评的视野里，能够获得诺奖的作家作品几乎遍地开花俯拾皆是。批评家构建了文学的大好河山和壮丽景象。而事实可能远非如此。这就是对待文学批评的态度的不端正。

我们知道，肯定一个作家或一部作品在某种程度上是困难的。

这种肯定是在比较中形成的。它需要批评家深厚的文学素养和广博的文学视野，有恒久注视文学的耐心和犀利的审美眼光。它需要批评家对“上游”的文学知识，比如中国古代文学；对“横向”的文学知识，比如西方文学，都要有一定的修养和积累。这样，对作家作品的肯定才会可靠。当然，批评一个作家和一部作品也是困难的，它对批评家的要求与肯定一个作家作品是一样的。这里，诚实和诚恳的态度，尤其重要。这是真正的文学批评，它和先划地为界然后再命名的所谓“研讨”或伪批评风马牛不相及。“甜蜜批评”可以没有要求，不要研究，只要是千篇一律的夸赞即可完成。我们在各种研讨会上听到的耳熟能详的那些发言就是如此。在这种批评风气盛行的环境里，文学批评几乎没有争论，更不要说像样的文学论争。新世纪以来，批评界在“祥和”的气氛里相安无事岁月静好。

另一方面，真正文学批评的缺失，与我们当下的大学的考评机制大有关系。现在文学批评的主要力量集中在高校。从事各专业的教师首先面对的，就是高校的各种评估。评估既包括个人，也包括专业。对当下包括评估在内的学术体制的反思和批判，应该说早已展开。有反思批判愿望和能力的学者，发表了大量言之有物、言之有据的文章，希望改变当下的学术体制以及由此滋生出来的严重后果。但是，这些身怀学术理想和有责任感的学人的声音，似乎刚刚发出就被浊浪排天的世俗声浪所湮灭，很少、甚至没有人愿意倾听这种声音。这时我们才真切地感受到体制力量的强大。强调学术 GDP 的评估机制，促使批评家发表文章为第一要义，只要发表能够应对考评，其他都不重要。这种心态如何能够写出好的批评文章。在这样的考评环境里，我们也大致理解了

当代为什么难以产生大批评家和有影响的文学批评理论。因此，建立良好的批评环境，改变当下文学批评的状况，除了“文体意识”之外，我们还有很多重要的工作没有完成。

原载《文艺争鸣》2018年1期

历史合目的性与乡土文学实践难题

——乡土文学叙事的局限与合理性

当代中国文学，如果从题材方面看，最成熟或成就最大的，应该莫过于乡土文学或农村题材。《创业史》《芙蓉镇》《许茂和他的女儿们》《白鹿原》《秦腔》等，已经成为这个时代文学的扛鼎之作写进了文学史。它们讲述的故事就是中国故事，它们提供的经验就是中国当代文学最重要的经验。这个巨大的传统一直延续至今不衰。2016年，《当代》杂志在评选年度最佳长篇小说时，入选的格非《望春风》、贾平凹《极花》、葛亮《北鸢》、方方《软埋》、付秀莹《陌上》等获年度五佳。除了葛亮的《北鸢》之外，其他四部小说均为乡土文学。这也从一个方面证实了我的看法并非虚妄。当然，这里不在一般意义上讨论乡土文学的成就或问题，而是选择那些近年来与当下生活切近、密切联系现实并对当下乡村的巨大变革表达了不同情感立场的乡土文学作品作为对象，看我们的作家是如何讲述乡村变革、如何用文学的方式进行处理的。显然。这一问题的提出，是缘于当下中国的现代性即不确定性因素带来的复杂性导致的。面对人类历史上这一从未发

生过的乡村变革，作家以他们不同的认知方式，表达了不尽一致的情感立场和态度。于是，转型时期的“乡村中国”在不同的讲述中，仿佛处于不同的时空。

对乡村中国不同的认知和讲述是完全正常的。这也正如恩格斯在《自然辩证法》中所言：“人离开狭义的动物越远，就越是有意识地自己创造自己的历史。未能预见的作用、未能控制的力量对这一历史的影响就越小，历史的结果和预定的目的就越加符合。但是，如果用这个尺度来衡量人类的历史，即使衡量现代最发达的民族的历史，我们就会发现：在这里，预定的目的和达到的结果之间还总是存在着非常大的出入。不能预见的作用占了优势，不能控制的力量比有计划发动的力量强得多。只要人的最重要的历史活动，使人从动物界上升到人类并构成人的其他一切活动的物质基础的历史活动，满足人的生活需要的生产，即今天的社会生产，还被不可控制的力量的无意识的作用所左右，只要人所希望的目的只是作为例外才能实现，而且往往得到相反的结果，那么上述情况是不能不如此的。”[①]现代性就是不确定性，就是多种可能性。因此，对于乡村中国的判断，既要看到历史合目的性的总体性，也要看到不同地区、不同领域、不同人群甚至不同个体的差异性。这些诸多的不同，表明当下中国的整体塑型还没有完成。这就是中国的现代性。因此，如果只从某一角度看到的乡村就指认它是乡村中国的全部，其片面性和先在的问题暴露无遗。从这个意义上说，某些书写乡村中国问题的作品，本身也构成了“问题”一部分。

---

① 恩格斯：《自然辩证法·导言》，《马克思恩格斯选集》第三卷，第457–458页，人民出版社1975年5月版。

近年来，对乡村中国的文学讲述，大致有三种方式：一种是吴玄的《西地》《发廊》等小说。这些作品讲述的是，无论是留在乡下的还是进城的，人心都已经堕落。“所以，我叙述的故乡不是一个温暖的词语，不是精神家园，更不是一个乌托邦。从《门外少年》到《发廊》，故乡无论是在经济上，还是在道德上、伦理上、人性上，都已经一无所有。”① 乡村已经处在全面破产的境遇中。吴玄在小说中表达的认知，与梁鸿的非虚构作品《梁庄》大体相同。梁鸿尖锐地讲述了她的故乡多年来的变化，这个变化不只是“十几年前奔流而下的河水、宽阔的河道不见了，那在河上空盘旋的水鸟更是不见踪迹”。重要的是她讲述了她看到的为难的村支书、无望的民办教师、服毒自尽的春梅、住在墓地的一家人等。梁庄给我们的印象一言以蔽之：就是破败。破败的生活、破败的教育、破败的心情。梁庄的人心已如一盘散沙难以集聚，乡土不再温暖诗意。更严重的是，梁庄的破产不仅是乡村生活的破产，而是乡村传统中的道德、价值、信仰的破产。这个破产几乎彻底根除了乡土中国赖以存在的可能，也就是中国传统文化载体的彻底瓦解。

一种是周大新的《湖光山色》、关仁山的《麦河》。这些作品以乐观主义的情绪表达了乡村变革可以期待的未来。生机勃勃的楚王庄和鹦鹉村，虽然有不尽人意的问题。但总体上乡村中国还是可以看到未来的。周大新和关仁山在描述当下乡村变革的同时，也预示了这一变革的前景。当然，中国的改革开放本身是一个“试错”的过程，探索的过程。中国社会及其发展道路的全部

① 李云雷：《吴玄：站在自己的精神废墟上》，《北京青年报》2011年7月7日。

复杂性不掌控在任何人的手中，它需要全民的参与和实践，而不是谁来指出一条“金光大道”。但这一切仍然具有不确定性，暖暖和乡亲们，双羊、三哥和桃儿们能找到他们的道路吗？

还有一种就是刘亮程的《凿空》。阿不旦在刘亮程的讲述中是如此的漫长、悠远。它的物理时间与世界没有区别，但它的文化时间一经作家的叙述竟是如此的缓慢：以不变应万变的边远乡村的文化时间确实是缓慢的，但作家的叙述使这一缓慢更加悠长。一头驴、一个铁匠铺、一只狗的叫声、一把坎土曼，这些再平凡不过的事物，在刘亮程那里津津乐道乐此不疲。虽然西部大开发声势浩大，阿不旦的周边机器轰鸣，但作家的目光依然从容不迫地关注那些古旧事物。这道深情的目光里隐含了刘亮程的某种拒绝或迷恋：现代生活就要改变阿不旦的时间和节奏了。阿不旦的变迁已无可避免。于是，一个“两难”的命题再次出现了。《凿空》不能简单地理解为怀旧，事实上自现代中国开始，对乡村中国的想象就一直没有终止。无论是鲁迅、沈从文，还是所有的乡土文学作家，他们一直存在一个不能解释的悖论：他们怀念乡村，他们是在城市怀念乡村，是城市的“现代”照亮了乡村传统的价值，是城市的喧嚣照亮了乡村“缓慢”的价值。一方面他们享受着城市的现代生活，一方面他们又要建构一个乡村乌托邦。就像现在的刘亮程一样，他生活在乌鲁木齐，但怀念的却是黄沙梁——阿不旦。在他们那里，乡村是一个只能想象却不能再经验的所在。其背后隐含的却是一个没有言说的逻辑——现代性没有归途，尽管它不那么好。如果是这样，《凿空》就是又一曲对乡土中国远送的挽歌。这也是《凿空》对“缓慢”如此迷恋的最后理由。

对当下乡村中国的三种叙事，表达了作家对转型时代乡村中国的不同认知和情感立场。但是，这并不是对乡村中国叙述的全部。2016年，付秀莹的《陌上》以另外一种完全不同的方式讲述了她的芳村故事。《陌上》一出，文坛好评如潮。这个好评当然主要是基于作品本身，同时也与付秀莹前期中短篇创作奠定的基础和口碑有关。比如她的《爱情到处流传》《旧院》《六月半》《花好月圆》等，在文学界和读者那里都有很好的评价。她的中短篇小说，写得温婉安静、不急不躁，她耐心的讲述和风俗画般的场景，与传统小说的一脉有联系，同时也与今天普遍的粗糙和火爆有了距离。因此，她的小说在今天属于“稀有”一类，于是她的小说便成了“有效需求”的一部分。但在我看来，她的第一部长篇小说《陌上》，更重要的是可以引出一些话题，比如如何从“历史”与“当下”两个角度看待乡土中国的变革和问题，如何将乡土中国的变革用文学的方式讲述等。所谓“历史”，就是从小说与乡土文学/农村题材的历史脉络中，看它提供的新的视野和经验；所谓“当下”，就是《陌上》在大众传媒或主流文学一片“乡愁”“还乡”“怀乡”等陈词滥调中透露出的情感矛盾。或者说，《陌上》既是一个与历史和现实有关的小说，同时也是一部面对乡村变革犹豫不决、充满阐释焦虑的小说。“现代”对芳村的遮蔽，是作家对芳村有意地过滤。一方面，芳村没有雾霾，没有“探头”监控，没有网管，没有高额房价和拥挤的交通，没有银行卡被盗，没有“碰瓷”，没有出租屋的无名女尸或瞬间没了踪影的融资公司。于是，芳村已然是一个世外桃源；一方面，芳村在不动声色中已然完成了它的蜕变。

《陌上》没有完整的线性情节，人物也是散乱的。这当然

是芳村的生活现状觉得的。或者说面对当下的乡村，没有人能够再结构出一个完整的故事。《秦腔》《空山》《上塘书》等莫不如此。因此，付秀莹选择了“挨家挨户”写起的结构方式——既没有人尝试过，同时也是她熟悉的方式。于是，我们便逐一走进了翠台、香罗、素台、小鸾、望日莲等的庭院或家里。听芳村的“妇女闲聊录”，这些家庭除了成员外没有多大差异，甚至家庭矛盾都大体相似，他们日出而作日落而息。除了不多的能够体现时代特征的“现代器物”，芳村的生活与前现代并无多大差异。因此，“芳村”既是付秀莹了解的当下的“芳村”，也是她记忆中的“芳村”。她对芳村的热爱几乎没有一丝掩饰，这在她对芳村自然景物的描写中一览无余。但是，风和日丽下的芳村早已不是过去。芳村已经被“现代”照亮，芳村正逐渐向“现代”屈服。这是芳村真正的可怕之处，它在不被注意之处缓慢沦陷——道德、伦理、价值观的变异以及精神世界的空洞无物。芳村女人对在县城开发廊的香罗的态度，既羡慕又嫉妒。她们看不上香罗，但又“酸溜溜”的；香罗的服饰领导着芳村的潮流，她的头发、化妆品“是芳村女人学习的榜样”。“现代”对芳村的巨大冲击，更在于芳村“差序格局”的解体，不仅几个家庭都有两代人——尤其是婆媳之间的矛盾，更有二流子调戏长辈的事情的发生。更为严峻的是，我们发现芳村的女性没有任何精神生活，没有任何可以皈依的精神宿地。这与传统的乡土中国的世情小说一脉相承。如同在《红楼梦》《金瓶梅》以及明清白话小说里讲述的女性几乎完全一样。这是付秀莹无意中最有价值的发现。乡村文明在悄无声息中彻底溃败了。这就是付秀莹面对芳村的情感矛盾，也是她不得不说的故事。

这些作品是在严肃地表达他们对乡村中国历史变迁的认知和情感态度。在这些作品中我们看到了不同的乡村共生于同一时空下，也让我们通过这些文学化的讲述，进一步理解了中国现代性的丰富性和复杂性。它不同于那些“乡愁”“怀乡”“思乡”的陈词滥调。关于“乡愁”的大肆风行，是这个时代无病呻吟的空前发作。我们知道乡愁、返乡、还乡，在想象中虚拟了一个关于城乡的时空，有了时空就有了情感表达的可能性。这一文学叙事在中国古代文学中非常普遍。比如，“少小离家老大回，乡音未改鬓毛衰”“近乡情更怯”“家书抵万金”。有了时空距离，才会有情感发生，比如思念、挂牵等。亲友因隔了物理时空，也就有了更阔大的情感空间。所谓离愁别绪、生离死别，都是在空间距离中产生的。但在现代社会，这完全是一种莫名其妙的情感——他们既享受现代都市的便捷、多元文化生活，又要那只可想象难以经验——其实并不存在的“乡下”。或者说，这一自欺欺人的说法，连讲述者自身也说不清楚究竟为什么。还是格非说得坦诚，他发表《望春风》后的一次演讲中说，他曾多次回乡，但后来“突然发现有一个惊人的变化，我发现我不想家了。而且我对家乡感到厌恶，我发现农村已经凋敝到一个没法让我待下去的程度”。“我突然发现，你到了乡村以后，你碰到的乡民，乡里面的乡亲父老，他的价值观突然变得极其单一，就是完全是为了钱，完全为了一些简单的经济上的问题，比如他们会不断地问你的收入，他们会说，你当了大学教授，你拿这么点钱，这种观点在乡村变得非常非常严重。”[①] 现代性

① 格非在深圳图书馆举行的深圳读书论坛活动演讲：《当我们谈论乡愁时我们在谈论什么》。

是一条不归路，它不可能按原来路线返回起点。《望春风》的返乡之旅并不是要回到那个起点。因此，以“乡愁”为代表的话题，是向后看的、以煽情为能事的怀乡病、伪情感。它试图建构起一个怀乡的“总体性”，以潜隐的方式抗拒有无限可能性的现代性。这是一种未做宣告的秘密，它与当下乡土文学写作的局限性不在一个范畴里。当任何一个作家难以讲述今日中国乡村全貌的时候，每一种局限性就都有合理性。不同的是他们讲述乡村的出发点不同，但他们试图认识当下乡村中国的目的是一致的。我们希望文学在作用世道人心的同时，也能够直接或间接地参与到当下中国的巨大变革中来，推动中国乡村变革朝着更加合理的方向发展。中国的现代性设计了乡村发展的路线图，它有历史合目的性，但左右这个预期和目的的多种力量又有不可掌控的一面。乡村改革，就是使尽可能祛除那不可掌控的力量缩短我们抵达目的的时间或周期，但它绝不是回到过去。这也正是乡土文学实践的难题所在。

原载《光明日报》2017 年 3 月 27 日

文坛中坚“70后”

关于“70后”文学创作评价的种种说法由来已久，从世纪之交的“被遮蔽”，到前不久的“身份共同体”等等。时至今日，这些临时性的概括或印象，在“70后”创作实绩面前逐一被宣告为“不实之词”。二十年前的“被遮蔽”，现在已经脱颖而出；虽然经历“历史夹缝中”，但并不影响他们对现实中国的认知和表达。一个不容否定的事实是，“70后”作家群体已经是这个时代文学创作的中坚：他们不仅占据了各大文学刊物的显要位置，而且占据国家大奖的份额越来越大。以鲁迅文学奖小说奖为例，自魏微《大老郑的女人》获第三届鲁迅文学奖之后，先后有田耳的《一个人的张灯结彩》、乔叶的《最慢的是活着》、王十月的《国家订单》、李骏虎的《前面就是麦季》、鲁敏《伴宴》、徐则臣《如果大雪封门》、李浩《将军的部队》、张楚《良宵》、腾肖澜《美丽的日子》、弋舟《出警》、石一枫《世间已无陈金芳》、黄咏梅《父亲的后视镜》、肖江虹《傩面》等获奖。这些作品从一个方面表达了“70后”在小说方面所达到的高度和认同度。

在其他代际的作家仍然存在并仍有大量作品问世的情况下，“70后”逐渐得到了文学界和读者的普遍的认同。在我看来，这

有赖于这个创作群体对现实生活的深度介入，对精神难题的正面强攻以及塑造了崭新的文学感受力。魏微、戴来、朱文颖、金仁顺，是最早被命名为“70 后”的作家，现在的他们仍然风头正健锐不可当。魏微在 2003 年异军突起，《化妆》《大老郑和他的女人》等名篇都发表在这一年。两篇作品显示了魏微对世道人心和人性观察体悟的犀利和深入。那个内心猥琐的“张科长”和真心相爱的大老郑与章姓女子，如影随形地走进了我们的阅读记忆，她在不动声色中将人物塑造得迎面伫立一览无余。后来，她的《家道》《沿河村纪事》《胡文清传》等，有更广阔的社会视野，而锋芒锐利依然如故。

鲁敏的小说，是写普通人的小说，她在平白如水的日常生活里，耐心地寻找着新生活提供的文学元素。事实上，越是我们熟悉的生活越是具有挑战性，而最难构成小说的，恰恰是对生活的正面书写。就像在戏剧舞台上，反面人物容易生动，正面人物更难塑造。如果说，鲁敏前期小说穷追不舍地深究人性的“沉浊”，专注于人性的幽暗，接续的是启蒙主义和现代主义文学传统的话，那么，鲁敏后来的小说，执意发掘人间的友善和暖意，承继的则是沈从文、孙犁、汪曾祺的文学传统。她的这些小说放射着迷人的魅力。鲁敏的具有浓重浪漫主义特征的文学人物，就具有了文学史的意义：她重建了关于“底层生活”的知识和价值，提供了另外一种我们不曾经验的民间生活。她对这种生活的体认，也从一个方面修正或弥补了当下“底层写作”苦难深重的“绝望文化”带来的极端化问题。

乔叶的小说大多在人的心理层面展开，她堪称当代人心理的勘探师。她的《我承认我最怕天黑》《孤独的纸灯笼》，与其说是作品的命名，毋宁说是她个人创作特征的确切隐喻。她因《最慢的是活着》获鲁迅文学奖。而《认罪书》则写得波澜壮阔摄人心魄。小说的悲剧性是在罪与罚，忏悔与救赎的主题下展开。作品对每一个人进行了严酷的道德拷问，使其成为近年来为数不多的好小说之一。乔叶写作视野开阔，同时她强调个人的主体性。

李浩是这个时代为数不多的有先锋文学遗风流韵的作家，无论是他的短篇《刺客列传》《拿出你的证明来》，还是长篇《如归旅店》《镜子里的父亲》，他对形式的迷恋在当下几乎无人能敌。在先锋文学风光不再的时代，李浩的坚持是一种添加而不是复制，他的重要就在于为我们提供着一种渐行渐远、但远没有成为过去的文学记忆。

弋舟成名于小说“刘晓东”系列，而后一发不可收。他的《丙申故事集》中的《随园》《出警》等，无疑是这个时代的高端作品。而《巴别尔没有离开天通苑》，则是一篇与现实生活非常密切的小说。小说通过一只猫被偷与归还的故事，讲述了生活在都市底层人群重新选择生活的故事。故事缘起于北京大规模的“驱离”事件，“事件”引发了弋舟对这一再现实不过问题的思考。问题尖锐但必须面对。夫妻双双离开了天通苑。离开既出走，这是小说的叙事原型之一。但小说呈现的故事和问题宏大无比：现代性的进程不仅偏离了它既有的方案，同时也远远超出了我们的想象。过去我们曾预言现代性是一条不归路，那些进入城市生活的人不会轻易离开城市，欲望都市魅力无边。小说反其道而行之——“我”小邵走出了情感选择而敢于“弃城出走”。他们试图在城市之外重建生活，当然也是重建信仰。小说当然是作家的虚构，但现实中在“驱离”的巨大压力下，“活着”是硬道理。他们出走之后

将会怎样？这是后话了。我激赏弋舟敢于面对现实的志向。当然，关于他的“现代性的方案”是否能够实现，弋舟不负有这样的义务，只要小说符合人物的选择和心理逻辑，他就大功告成了。

《良宵》获鲁奖的授奖词说：“张楚的叙事绵密、敏感、抒情而又内敛，在残酷与柔情中曲折推进，虽然并不承诺每一次都能抵达温暖，但每一次都能发现至善的力量。《良宵》以细腻平实的手法描写了一位颇有来历、看惯人世浮沉的老人与一个罹患艾滋病的失怙男童之间感人至深的情意，在寂寞的人物关系中写出了人性的旷远。在一个短篇的有限尺度内，张楚在白昼与夜晚、喧哗与静谧之间戏剧性地呈现当下的复杂经验，确立起令人向往的精神高度。”文如其人，情义是《良宵》的内聚力量。张楚对情义的理解一如他为人的情感方式。他新近出版的《中年妇女恋爱史》，在虚构中将普通人的生存状态、精神面貌呈现得生动又切实，将人生“苦熬”的况味写得一言难尽欲罢还休。

徐则臣的成名作大概是《跑步走过中关村》，由此开始了他的“京漂之旅”和“花街叙事”。“客居”和“故乡”是百年来离乡出走青年作家最常见的题材和路数。这个路数与现代中国从前现代走向现代的社会历史有一种同构关系。如果是这样的话，无论几代作家经历有多么不同，但大体是殊途同归。《耶路撒冷》这部作品无论对徐则臣、对“70后”作家还是对当下长篇小说而言，都有非常重要的意义。对徐则臣来说，这部作品超越了他曾发表过的长篇小说《午夜之门》和《夜火车》；对“70后”作家来说，它标志性地改写这个代际作家不擅长长篇创作的历史；对当下长篇小说创作来说，它敢于直面这个时代的精神难题，处理了虽然是“70后”一代普遍遭遇的精神难题。

石一枫出身于1979年，勉为其难也是“70后”。他的小说，从《世间已无陈金芳》《地球之眼》《营救麦克黄》到《心灵外史》《借命而生》，都从不同角度深刻揭示了当下中国社会巨变背景下的精神困境和道德困境，用现实主义的方法，塑造了这个时代真实生动的典型人物。陈金芳、安小男、杜湘东等，在当下的小说人物格局中占尽风光。如果说陈金芳还是这个时代的“女高加林”，是一个试图出人头地、努力“活得像个人样”的人物，那么杜湘东则是从未出现过、属于今天的“文学新人”。他是一个好人，一个有情有义有责任感的人。但他就是“混不出来”，就是一个地地道道的失败者，仿佛步入社会就是人生的秋天。杜湘东的命运令人唏嘘不已，这个人物却令人一咏三叹。在没有人物的时代，石一枫的小说塑造了这个时代的典型人物；在没有青春的时代，石一枫讲述了青春的故事；在浪漫主义凋零的时代，它将微茫的诗意幻化为一股潜流在小说中涓涓流淌。他的小说，是面当下中国精神困境和难题的小说，他的经验就是中国当下文学经验的一部分。

现在我们可以说，无论“70后”的历史记忆是否隐约，他们是否处在“历史夹缝中”，这都不重要。重要的是，这代作家通过他们的文学实践，已经逐渐成为当下中国文坛的中坚力量。所有的描述都不能抵达他们已经取得的成就，都不能替代他们在当下文坛的地位。如果是这样，那就足够了。

原载《光明日报》2018年31日

历史的证词 心灵的传记

——《知青文学代表作大系》序

1968年——50年前的中国，发生了一场重大的社会历史事件，这就是大规模的知识青年的上山下乡运动。这场运动延续了将近十年，有大约两千多万的知青与这场运动有关。十年之后，数字巨大的知青通过招工、参军、高考以及其他途径，又都纷纷返回了不同的城市。上山下乡运动结束了，但是，关于这场运动的文学书写却如火如荼至今没有终结。被称为“知青文学”的这一现象，已经成为中国当代文学史上重要的篇章。知青作家通过自己的创作，一方面形成了“知青文学”汹涌的大潮，将一个重大的社会历史事件用文学的方式表达；一方面这一现象也造就了日后中国文学强大的后备力量。时至今日，许多重要的知青作家仍站在文学创作的第一线。他们的作品和文学经验，也成为这个时代“中国经验”重要的一部分。

知青上山下乡，对这代人来说，是一场空前的精神洗礼和思想裂变。对他们的成长和后来的人生有关键性的作用。他们后来成了国家各行各业的栋梁之材。在文学领域，他们引领风骚40

年不衰。他们至今仍然是文坛的主力阵容而难以被超越。他们的文学创作拥有如此漫长的生命周期，应该是一个奇迹。这个奇迹的发生，与他们下乡经历一定有关。现实生存的艰难、煎熬或漫长的等待以及情感世界的创伤、欢乐、矛盾等，在铸就他们理想主义情怀和坚忍不拔性格的同时，也为他们提供了持久的文学灵感和生活基础。如何评价这一社会历史事件可能更是历史学家、社会学家的事情，同时也还有待于更长时间的沉淀才能看得更清楚。这里编辑的《知青文学代表作大系》，更多的是这代人亲历历史的文学表达，他们是这段历史的见证者，因此这些作品也更具精神和情感价值，也可以称为是这代人的“青春之歌”。知青一代是深受50年代理想主义精神哺育的一代人，他们对毛泽东时期的红色革命思想有着极深的集体记忆，他们相同的经历和教育背景使他们的“代际”特征相当明显；另一方面，“文革”和十年下乡的经历，他们中的先觉者又率先获得了反省、检讨这一历史事件和理想破碎后重新寻找新方向的强烈意愿和能力。尽管如此，这代人浪漫的理想主义精神仍然根深蒂固印痕鲜明。

知青一代的文学创作始于“文革”期间甚至更早，但形成文学潮流并为批评界所关注则是70年代末期的事情。知青文学一开始出现就表现出了与“复出”作家，即在50年代被打成“右派”一代的差别。“复出”的作家参与了对50年代浪漫理想精神的构建，他们对那一时代曾经有过的忠诚和信念有深刻的怀念和留恋。因此，当他们“复出”之后，那些具有“自叙传”性质的作品，总是将个人经历与国家命运联系起来，他们所遭受的苦难就是国家民族的苦难，他们个人们的不幸就是国家民族的不幸。于是他们的苦难就被涂上了一种悲壮或崇高的诗意色彩。他们的“复出”

就意味着重新获得了社会主体地位和话语权力，他们是以社会主体的身份去言说和构建曾经的过去。知青一代无论从心态还是创作实践，都与“复出”的一代大不相同。他们虽然深受父兄一代理想主义的影响并有强烈的情感认同，但他们年轻的阅历决定了他们不是时代和社会的主角。特别是被灌输的“理想”在“文革”中幻灭，“接受再教育”的生活孤寂无援，不明和模糊的社会身份决定了他们彷徨的心境和寻找的焦虑。因此，知青文学没有一个统一的方位或价值目标，它们恰如黎明时分的远足者，目光迷乱地在没有边际的旷野茫然奔走，而这种精神漂泊激情四溢却也写出了真实的体会。

知青一代过早地进入社会也使他们在思想上早熟，他们后来表现出的迷茫如同早春的旷野，举目苍茫料峭，春色若隐若现。也许正是这种“不确定性”成就了他们独具一格的文学品格，使那一时代的青春文学呈现出了独特的“心灵自传”的情感取向。较早出现的长篇小说是竹林的《生活的路》和叶辛的《蹉跎岁月》。小说虽然在伤痕文学的层面展开，但因其文学的真实性而汇入了思想解放的时代潮流受到读者的欢迎和文学前辈的肯定。张梁、谭娟娟和柯碧舟、杜见春，也成为改革开放初期最早的知青形象。因此，这两部长篇小说的价值应该大于小说本身，它们引爆的知青文学大潮随之爆发。张承志、史铁生、梁晓声、张抗抗、韩少功、王安忆、肖复兴、吴欢、陆星儿、阿城、乔雪竹、陈村、范小青、陶正、邹静之、张曼菱、陈村、池莉、李晓、邓一光、储福金、王小波、王小妮、徐小斌、潘婧、张梅、老鬼、邓贤、陈可雄、晓剑、严婷婷、肖建国、韩东、郭小东、李晶、李盈、王松等，构成了不同时期知青文学的主力阵容。张承志的《骑手为什么歌唱母亲》《黑骏马》《金牧场》，史铁生的《我的遥远的清平湾》《插队的故事》，梁晓声的《这是一片神奇的土地》《今夜有暴风雪》，张抗抗的《北极光》《隐性伴侣》，韩少功的《西望茅草地》《归去来》《日夜书》；阿城的《棋王》《孩子王》，王小波的《黄金时代》，张曼菱的《有一个美丽的地方》，王松的《哭麦》《葵花引》等，构成了知青文学具有代表性的作品。

张承志的《骑手为什么歌唱母亲》发表于1978年，它是“文革”结束后较早的书写知青的短篇小说。小说显示了张承志不同的气象和格局。控诉的泪水在文坛汪洋恣肆，他却独自在草原深处为额吉感动并为她祈祷，他在那里完成了精神的蜕变。因此，“歌唱母亲”是他感动至深的文化信念的宣喻，是一个“骑手”拥有了强大的内心力量的告白。从那个时代开始，他就有幸成了一个“敢于单身鏖战”的作家。也正是在这样的意义上，《骑手为什么歌唱母亲》于作者说来才重要无比。《黑骏马》则是一篇游走于大地的理想主义小说。在一首悠长古老的蒙古族民歌的旋律中，那个忧伤的蒙古族青年踏上了漫漫的寻找长途，他要走遍草原去寻找心爱的妹妹。白音宝力格对爱情的寻找，也即是对归宿和理想的寻找。但骑着黑骏马的白音宝力格对历史和现实的认知视野似乎更为宽阔。民族文化的深层积淀在这个蒙古族青年的视野和经历中被展现出来。于是他获得了检讨和反省自己肤浅和轻狂的意识和能力。对人民和土地的倚重，对古老传统文化的重新认识，使主人公终于找到了能够安放自己心灵的归宿。他的小说成为几代读者的必读之书。梁晓声的《今夜有暴风雪》是当年知青文学社会反响较大的一部作品。小说的背景设定于知青返城前夕，在如何面对“去”与“留”的重大选择中，有三十六个知青毅然决然地选择了留在北大荒。这种悲壮的选择连同牺牲的战友、广袤无垠的土地和风雪交加的自然环境，一起构成了小说肃穆、凝重和崇高的文学气氛。英雄主义、热血青春是响彻小说的高昂主旋。虽然知青在北大荒历尽了生存苦难和命运挫折，但作品却通过自然环境的渲染在展示知青与命运抗争的同时，也转化为审美的对象。这一写作模式与红色经典构建起了历史联系，也是激情岁月理想迸发的最高潮。张抗抗的《北极光》是一部典型的具有知青理想主义色彩的作品。“北极光”这个意象不仅是自然奇观，更重要的是它给人一种超凡脱俗远离尘世的联想。主人公陆岑岑的北极光想象隐喻了她高洁的内心和拒绝与俗世同流合污的精神信念。她的爱情履历并不是寻找爱人的过程，而是寻找精神同道的过程，她与三个男青年的关系就是对“完美”和理想的想象关系。她最后钟情于一个青年管道修理工，预示了她并不在意现实社会的身份地位。管道修理工坎坷的经历、丰富的思想以及对国家民族的深切关怀的形象，既酷似保尔，也类似牛虻。这一选择和意属，既表明了作家在那一时代对理想和完美的理解，同时也表明了她所接受的文化理想和文化认同。这个时代留下的青春文学，应该是最动人的文学景观之一。他们对理想主义和英雄主义以及价值观、人生观的探讨在今天仍然让人怦然心动。那些浪漫、感伤或多少有些戏剧化的悲壮故事，真实地反映了那个既贫瘠又富有的青春时代，它是一代人对生活、对人生以及对社会诚实思考的记录。

阿城的《棋王》虽然也是知青题材的小说，但它发表时知青文学的大潮已过，因而它被文学史家纳入“寻根文学”的作品。

当知青文学经历了悲喜交加之后，阿城从平常人生的角度重新书写了知青生活场景，并在日常生活中衬托了中国传统文化的深厚底色，无论是人生境界还是在修辞炼句上，也多从古代传统小说中汲取营养，从而使这部作品一时洛阳纸贵好评如潮。《棋王》对中国传统文化的皈依，也从一个方面终结了知青文学在社会性和文学性写作的单一。从此，知青文学向四方离散，从题材到书写方式，都发生了重大变化。

知青文学发展至王小波的时代，无论是社会还是作家自身，都意识到了文学的有限性和可能性，这使文学的面貌焕然一新。《黄金时代》无疑是王小波最好的作品，这部作品不只因获台湾《联合报》文学大奖而使王小波名噪一时，同时也为九十年代以来的大陆读者格外重视。如火如荼、激情万丈的癫狂年代，在作者的叙事中仅仅成为一种底色和背景。它对“文革”的揭示，是隐含于文本之外却是最为深刻的，从而也证实了王小波作为一个小说家超前的先锋性。

王松的“后知青小说”，发表于2004年之后。他的小说超越了知青文学经历的不同潮流。在王松的小说中，“文革”或知青下乡只是小说的整体背景，他主要讲述的是知青在乡下的生活状态和心理状态，是一种具有“原生态”意味的知青生活。当知青在乡下度过了短暂的理想主义想象之后，精神与生存的双重贫困，使知青迅速放弃了脆弱的理想主义，精神上陷入了极度危机之中，与贫下中农的师生关系也迅速形成对峙关系。民粹主义的想象在现实中坍塌，乡民的质朴、友善、诚恳等也伴随着狡诈、自私以及几乎失控的欲望“压迫”。因此，与乡民在心智上的“较量”，就不只是年轻人的恶作剧，同时也潜隐着一种恶意的报复

或无意识的叛逆成分。《葵花引》中的小椿，用蜂蜜涂抹在母牛的鼻子上，母牛为躲避蜜蜂走进池塘，当只剩鼻孔在水面呼吸时，小椿用精准的弹弓打在牛鼻子上，致使母牛溺水而亡。知青们对待牲畜的非人性态度的扭曲，在《哭麦》中的得到了诠释。黄毛被知青们藏起来之后，恶作剧地将一张狼皮粘在了羊的身上，然后给它吃田鼠。这个披着狼皮的羊懵懵懂懂改变了习性，温顺为攻击所替代，食草改为食肉。村民骚动人人自危。知青人性残酷性的改变过程，与羊的性情变化就构成了一种隐喻关系。因此，王松的知青小说在本质上就是知青生活的寓言。

知青文学是这代人历史的证词，是他们心灵的传记。无论是如诉如泣慷慨悲歌，还是渡尽劫波心如止水，如果用诗史互证的方法，通过知青文学，我们也大抵可以了解了那段历史的某些方面。因此，知青小说不仅塑造了大批有价值的文学形象，再现了某些历史场景，还原了那一时期社会，尤其是青年的普遍的心理状况，并通过知青文学提供的无数历史细节，呈现了一个时代的真实面貌。如果是这样的话，那么，包括知青小说在内的知青文学，就远远超越了它们自身的文学价值而流传久远。还需要指出的是，社会历史的发展和巨大变化，知青一代作家后来大多离开了知青题材，不再书写个人知青经历的自叙传，他们拥有了更广阔的视野和书写对象，但知青经历对他们的文学情怀和关注对象的选择仍然意义重大。

由于规模所限，《知青文学代表作大系》没有收入更多的作品，这是非常遗憾的。收入作品的选择尺度也一定是见仁见智。略感欣慰的是，找到已经出版和还将陆续出版的关于知青文学的选本并不困难。读者自有选择的巨大空间和可能性。大系在出版过程中，得到了诸多知青作家的热情支持，每每想起总有一股热流在心中流淌。一个群体的情感和情怀总是如此相似并且持久，这让我——作为编者的老知青非常感动。李师东先生既是组织者，也是严格的“审查者”，作为老朋友，他的认真、坚忍和“苛刻”，给我以深刻的印象。可以说，没有他就不会有这套丛书的诞生。因此我感谢他。

2018 年 8 月 5 日于北京酷暑

原载《青年文学》2019 年 2 期

现实主义：方法与气度

现实主义在不同的历史时期的提出，隐含着不尽相同的内容和意义。现实主义在中国的发生发展证实了这一点，特别是历次关于现实主义的大讨论，对这一观念和方法的不同理解，表明现实主义一直是一个有多重阐释空间和可能的概念。在这一概念中，集中反映了不同的文学观、价值观以及文学功能的诉求。因此，现实主义一直是一个不断变化也不断丰富的文学概念。今天重提现实主义，显然有明确的新的时代色彩。但是，在我看来，无论我们怎样重新阐释现实主义，回到恩格斯最初的论述，重新理解恩格斯论述中尚未被发现的思想是非常必要的。恩格斯的《致玛·哈克奈斯》的信，是关于现实主义的论述重要的文献。在这封信中，恩格斯一方面肯定了哈克奈斯《城市姑娘》“现实主义的真实性”和“真正艺术家的勇气”，一方面批评了作品“还不够现实主义”。那么恩格斯通过对《城市姑娘》的批评，表达了对现实主义怎样的理解呢？我想核心的内容起码有这样两个：一是对文学“典型人物”的要求，一是对时代核心知识的提供。

信中言之凿凿地提出：“现实主义的意思是，除了细节的真实外，还要再现典型环境中的典型人物。”这个观念我们耳熟能详。但是，近期的小说创作究竟有多少人物能够称得上“典型人物”，是大可讨论的。我曾在不同的场合多次谈到当下小说没有人物的缺憾。在我们的阅读经验里，与其说我们记住了多少小说，毋宁说我们记住了多少文学人物。现在我们每年出版、发表海量的小说作品，但是能够被我们记住的文学人物有多少呢？因此，不注重典型人物的塑造，是当下现实主义小说创作的一个大问题。在当代文学史中，我们讲述现实主义小说成就的时候，《创业史》《白鹿原》是最具典型意义的作品。而这两部小说不只提供了不同历史阶段的社会图景，或展示了社会主义无可限量的未来，或描述了前现代乡绅制度对乡土中国秩序、价值观、道德等维系社会功能，更重要的是小说创造了诸如梁生宝、梁三老汉、白嘉轩、鹿子霖、白孝文、鹿兆鹏、田小娥等人物形象。尽管批评界对梁生宝的形象有争议，但梁生宝是社会主义新农村的新人物是没有问题的，梁三老汉作为传统中国农民在转型时代的典型性，也是极其成功的。而白嘉轩、鹿子霖及其后代们的鲜明性格，也是小说取得的重要成就。因此，现实主义文学除了坚持细节的真实之外，努力塑造典型人物，这一理论的正确不仅为历史证明，同时对当下的小说创作仍然具有指导意义。

对时代“核心知识”的提供，是现实主义小说未被言说的另一要义。恩格斯同哈克奈斯说，巴尔扎克的《人间喜剧》，“汇集了法国社会的全部历史，我从这里，甚至在经济细节方面所学到的东西，也要比从当时所有职业的历史学家、经济学家和统计学家那里学到的全部东西还要多”。我们知道，贵族衰亡、资产者发迹、金钱罪恶是巴尔扎克小说的三大主题。但这三大主题里，有充沛的“经济细节”的支撑。经济细节，就是巴尔扎克时代的

“核心知识”。地产、房产、金钱甚至票据以及资本的获得与经营，是恩格斯比从当时所有职业的历史学家、经济学家和统计学家那里学到的全部东西还要多的具体内容。因此，没有一个时代的核心知识，小说的时代性和标志性就难以凸显。在当代中国，尤其是都市文学，之所以还没有成功的作品，没有足以表达这个时代本质特征的作品，与作家对这个时代“核心知识”的稀缺，有密切关系。诸如金融知识，人工智能、信息知识等的不甚了了，严重阻碍了作家对这个时代都市生活的表达。“核心知识”不仅科幻作家应该了解，传统小说作家也应该了解。另一方面，高科技给现代生活带来了极大的便捷，但潜在的危机几乎无时无处不在。没有危机意识是当下小说创作最大的危机。因此，像巴尔扎克学习将时代的“核心知识”合理地植入小说中，我们的现实主义文学将有极大的改观。

现实主义创作方法是重要的，新文学诞生以来，文学成就最大的就是现实主义文学。它是我们巨大的文学遗产，也是我们有无限可能的文学未来。但是，当我们强调这一文学方法重要的同时，也要警惕现实主义的一家独大，警惕可能发生的排他性。事实上，当代文学，特别是改革开放四十年文学之所以取得了伟大的成就，除了现实主义的不断丰富和发展外，兼容并包应该是更重要的文学观念。我们拥有强大的现实主义文学，也有诸多不那么现实主义的文学，而不是现实主义文学的一花独放孤芳自赏。无论任何时候，只有坚持兼容并包，文学才会百花齐放春意盎然。因此现实主义不仅是一种方法，同时也应该是一种气度。

原载《文艺报》2018 年 7 月 27 日

你如哨鸽般的无限诗意

——北京的文学地理

北京是当代中国的政治、文化中心，当然也无可非议地是中国当代文学的重镇。北京是“五四”新文化运动的发祥地，这个伟大的传统一直深刻地影响着将近百年的北京作家，他们内心强烈的国家民族关怀，对社会公共事务参与的热情和积极态度，使北京的文学气象宏大而高远。共和国成立初始，散居全国各地的大批优秀作家聚集北京，或从事专业创作或担任文学领导职务。丰厚的文学人才资源在北京构筑起了独特的文学气氛：所谓“文坛”，在北京是一个真实的存在。在这个专业领域内，竞争构成了一种危机，也同时构成了一种真正的动力，特别是在当下的文化语境中，这是为数不多的随处可以畅谈文学的城市。这是北京的优越和骄傲。独特的地理位置以及开放的国内国际环境，使北京作家有了一种得天独厚的文学条件，各种文学信息在北京汇集，不同身份的文学家以文学的名义在北京相会，国内外的文学消息和文学家的彼此往来，使北京文坛具有了不同于其他地方的视野和气氛。因此，在不同的历史时期，北京的文学创作和批评，都

因其对社会和现实世界的敏锐感知和宽广视野，因其不同凡响的万千气象而倍受瞩目。它引领着中国文学的发展，它制造潮流也反击潮流，它产生大师也颠覆大师，它造就文化英雄也批判文化英雄……北京是当代中国影响最大的文学发动机和实验场，从某种意义上说，北京就是中国文学和文化的缩影。通过小说创作，我们可以清晰地了解北京文学地理的走势与变化。

改革开放四十年来，北京先后涌现出了王蒙、汪曾祺、林斤澜、宗璞、邓友梅、刘绍棠、从维熙、谌容、李陀、张洁、霍达、凌力、张承志、陈建功、史铁生、郑万隆、刘恒等一大批文坛著名作家。他们的文学成就不仅写进了不同版本的文学史，重要的是他们仍有力地昭示后来者的文学方向：他们是中国文学巨大的变革势力——他们引领了中国文学走向了新时代；他们是中国文学的守成力量——他们对文学的神圣感一成未变。正因为有了过去的他们，当下北京的文学地理才如此的纷繁和丰富。作协、高校、鲁迅文学院、北京老舍文学院、北京十月文学院以及文学专业研究机构，各大文学专业出版社、文学报刊、文学网站等，汇集了北京文学生产、评论的主要力量。这些机构的设立，是举国办文学的实例。如果是这样的话，在北京、在中国，文学从来就不是个人的事情。

北京作协至今仍是全国实力最为雄厚的作协之一。张洁、陈祖芬、刘恒、曹文轩、张承志、叶广芩、邹静之、毕淑敏、刘庆邦、解玺璋、林白、宁肯、周晓枫、荆永鸣、星河、晓航、凸凹等，都是北京作协的专业或签约作家。“大北京”的观念，极大地拓展了北京的文学疆域，它让那些在京的、体制内外的“外省”作家同样有归属感和依托感。2017 年 10 月，第二届“北京十月文学月”启动的“十月签约作家”计划在十月文学院本部佑圣寺举行。北京出版集团现场启动“十月签约作家”，计划，九位全国知名作家与北京十月文艺出版社正式签约，成为首批“十月签约作家”。其中阿来、叶广芩、红柯、关仁山都不是北京本土作家。政策的包容性也几近北京文学的一个隐喻——这些作家的题材、体裁、人物和故事，其丰富性远远超越了北京的地域性。因此，近年来北京作家取得了令人瞩目的文学成就。著名儿童文学作家曹文轩荣获“国际安徒生文学奖”，为北京文学界带来了殊荣。谢冕先生指出：在曹文轩身上，我们“能看到一种精神，这种精神既有北大的独立思想，也有正义和善良。不管文坛风云如何变幻，他始终不为潮流所动，一直坚持自己对文学的信念，并且身体力行。曹文轩教授用自己的努力，自己的坚持，数十年磨一剑，以唯美的文学理念和写作手法，不断地挑战自己的写作高度，今天终于结出了硕果，这是对曹文轩老师勤奋的奖赏，也是对中国文学的奖赏”。叶广芩、林白等加盟北京作协，提高了北京文学的综合实力创作题材及样貌的多样性。解玺璋的《梁启超传》《张恨水传》在学界和读书界引起极大反响。一切历史都是当代史，解玺璋写《梁启超传》，显然也是面对当下的社会问题。他说：“在这本书里能看到梁启超对子女人格的培养，对改良国民性问题的思考，从而反思当前社会存在的问题。比如当下的中国人有种‘不能输在起跑线上’的教育观，可谓极其荒唐，孩子从零岁开始赛跑，却忽视人格的培养。这也是为什么现在知识分子书读得多，但心灵很脆弱，经受不住风波。我们再看看梁启超对其九个子女的教育会发现，他运用了很多现代教育理念，既有中国传统对人格的关注，也有西方对自由的认可。他推崇挫折教育，对待子女的婚姻、

对学生徐志摩的婚姻，既强调爱情的自由，又强调婚姻的责任性”。宁肯的非虚构文学《中关村笔记》，以陈康、柳传志、王志东、王选、王永民等科技各领域的先行者为主角，展现了中关村锐意求新，解放思想，创造历史，重塑价值的进程，书写了一个时代的伟大精神。他将小说创作的经验移植到非虚构写作中，为非虚构人物和中国故事的书写积累了新的经验。

作家进高校是新世纪文学的一大景观。包括莫言、余华、格非、刘震云、阎连科、苏童、梁晓声、欧阳江河、西川、张悦然等著名作家，先后入驻或调入了清华大学、北京语言文化大学、北京师范大学、中国人民大学等。这些作家入驻大学，不仅为大学带来了浓重的文学气氛，同时带来了新的活力和多种可能性。张清华教授认为：“驻校作家的目的是什么？不是走形式，更不是让驻校作家为高校脸上贴金，而是要推动原有教育理念的变革、推动教育要素的结构性变化，使写作技能的培养成为一种习惯和机制，以此推动教育本身的变革。”入驻高校的作家大多是国内外著名作家，他们在高校的存在，不只是一个象征，而是一个真实和巨大的影响。在北京各大文学机构任职的作家，是北京文学重要的力量。他们虽然业余写作，但他们因自己的创作影响奠定了在文学界的地位。徐坤、李洱、邱华栋、温亚军、徐则臣、付秀莹、计文君、晓航、王凯、石一枫、文珍、马小淘、刘汀、孟小书等，已经成为北京乃至中国文学的中坚力量。文学批评是北京文学重要的组成部分，现代文学馆在京的历届客座研究员，包括李云雷、杨庆祥、岳雯、霍俊明、饶翔、刘大先、刘艳、陈思、徐刚、丛治臣、李蔚超、宋嵩等，形成了北京文学批评的新势力，当然也是中国文学批评新势力的一部分。他们以新的批评视野和新的文体形式表达着他们对当下中国文学新的理解。

近年来，特别值得提及的是青年作家石一枫的小说创作。石一枫引起文学界广泛注意，是他近年来创作的中、短篇小说，尤其是几部中篇小说。这几部作品，从不同的角度深刻揭示了当下中国社会巨变背景下的道德困境，用现实主义的方法，塑造了这个时代真实生动的典型人物。我们知道，道德问题，应该是文学作品主要表达的对象。同时，历史的道德化，社会批判的道德化、人物评价的道德化等，是经常引起诟病的思想方法。当然，那也确实是靠不住的思想方法。那么，文学如何进入思想道德领域，如何让我们面对的道德困境能够在文学范畴内得到有效表达，就使这一问题从时代的精神难题变成了一道文学难题。因此我们说，石一枫的小说是敢于正面强攻的小说。《世间已无陈金芳》，甫一发表文坛震动。在没有人物的时代，小说塑造了陈金芳这个典型人物；在没有青春的时代，小说讲述了青春的故事；在浪漫主义凋零的时代，它将微茫的诗意幻化为一股潜流在小说中涓涓流淌。这是一篇直面当下中国精神困境和难题的小说，是一篇耳熟能详险象环生又绝处逢生的小说。小说中的陈金芳，是这个时代的"女高加林"，是这个时代的青年女性个人冒险家。此后，石一枫一发不可收。他每一部中、长篇小说的发表，都会在文坛引起反响。近期北大中文系举办的"五大文学期刊主编对话石一枫"活动，就是他影响力的一个表征。

80 年代是北京文坛群星璀璨的年代，各种文学潮流都有领袖人物和代表性作品，北京文学在国内的地位可见一斑。90 年代，文学的语境发生了变化，但这个变化并没有影响北京作家对文学试图重新理解和书写的努力，因此它作为文学生产、传播以及评

论的中心地位并没有被颠覆。不同的是，在这个真正的文学领域，那种单一的、“宏大”的社会历史叙事，正被代之以具体的、个性的、丰富的、复杂的，以及宏大和边缘等共同构成的多样文学景观。多样化或多元化的文学格局，不仅仅是一种理想而是已经成为一种现实。他们共同面对当下中国的生活，共同享用来自不同方面的艺术资源，但由于个人阅历、知识背景、取资范围以及对文学理解等因素的差异，他们的作品所呈现出来的面貌可以说是千姿百态各有风骚。社会生活的急速变化，使北京作家不再简单地面对高端意识形态风云，而是普遍放低了观察和想象视角，对日常生活、特别是对普通人日常生活的关注，对变革时代心灵苦难的关注，成为一种创作的常态。

这些年轻或不年轻的作家游弋于广袤的历史、文化空间，沐浴着现代性暧昧的晨风，散兵游勇似的各行其是。但当我集中地阅读他们之后，却发现自己也已置身其间。我们不能解释现代性的历史真相，却真实地体验了现代性的历史馈赠。北京作家来自四面八方，他们带着个人不同的记忆和情感原乡编织着熟悉而陌生的故事。这个“文学地理”只是北京作家近年来创作的一部分，但它却可以在某种意义上代表了北京作家近年来的创作实绩。在我看来，这些作品既有北京作家擅长的宏大叙事的依托和立场，也有对具体人性的描摹和体验；既有对遥远历史的想象和虚构，也有对当下现实的洞察和追问。总体说来，北京作家诚实的思考和写作，使他们成为当代中国最积极和健康的文学力量。文学在社会生活结构中的地位虽然发生了变化，但我们看到的却是燃烧不熄的文学之火。在北京的文学天空中就这样构成了一道动人的风景，这是北京乃至中国文学辉煌的历史和再度复兴的希望之光。

今天的北京，已经成为像彼得堡、巴黎、伦敦、布拉格一样的文学之城，它因文学而闪烁的浩渺、博大和无限诗意，犹如哨鸽弥漫在北京的清晨黄昏，使千年古都风韵犹存魅力无边。

原载《人民日报》2018 年 7 月 18 日

《十月》：改革开放 40 年文学的缩影

1978 年创刊的《十月》，到 2018 年整整走过了 40 年。

《十月》这个刊名，鲜明地体现了那个时代的精神气质——它蕴含了一目了然又丰富无比的时代信息。在一个金色的季节，中国人民和中国文学一起告别了过去，迎接一个与这个季节一样辉煌的新时代。因此，“十月”是庄严和正大，是浪漫和激情，是鲜花和泪水，是飘扬的文学旗帜和火炬。它在北京的金秋迎风招展，吸引的却是全国文学家和读者的目光。就这样，《十月》不仅成了一个时代文学的见证者、推动者，重要的它更是一个参与者和建造者。因此，《十月》的 40 年，某种意义上也可以说是改革开放 40 年文学的缩影。

2003 年，《十月》创刊 25 周年之际，当时的主编王占君先生嘱我组织一个编委会，编选“《十月》典藏丛书”，我请谢冕先生担任主编。丛书出版时，谢先生写下了受到广泛赞誉的序言：《一份刊物和一个时代》。谢先生说：

> 《十月》创刊的时候，文学圈中正是满目疮痍，一派萧瑟的景象。人们面对的是一片精神废墟。从昨日的

阴影走出来，人们已不习惯满眼明媚的阳光，长久的精神囚禁，人们仿佛是久居笼中的鸟，已不习惯自由地飞翔。文学的重新起步是艰难的，它要面对长期形成的思想戒律与艺术戒律，它们的跋涉需要跨越冰冷的教条所设置的重重障碍。也许更为严重的事实是，因为长久的荒芜和禁锢在读者和批评者中所形成的欣赏与批评的惰性，文学每前进一步，都要穿越那严阵以待的左倾思维的弹雨和雷阵，都要面对如马克思所说的“对于非音乐的耳朵，最美的音乐也没有意义”的欣赏惰性的自我折磨。

这是那个年代文学的基本处境。因此，1978 年创刊的《十月》和中国文学一样，面临的首要问题就是如何重建我们的文学。我们发现,《十月》初创时期的编者们是非常有眼光的。在创刊号上，他们专门设立了一个栏目“学习与借鉴”。刊出了鲁迅的《药》、茅盾的《春蚕》、屠格涅夫的《木木》和都德的《最后一课》，并有赏析文章一并刊出。这些传统的经典作品，在那个时代远离作家和读者已久。编者的良苦用心就是要修复文学与中国现代传统和西方经典的关系。同时，创刊号刊出了刘心武轰动一时的《爱情的位置》等标示新时代文学气象和症候的作品，和其他刊物发表的同类作品一起吹响了文学新时代启航的号角。

在文学重建初期，《十月》在坚持兼容并蓄和现实主义精神的同时，也勇于承担了社会批判的职责。创刊不久的 1979 年，反特权、反官僚主义的文学作品从一个方面体现了那一时代活跃、自由的文学环境和作家的责任意识和使命感。但是，文学试图参

与社会批判，必然要受到很多因素的干预。就在这一年，发生了围绕着《苦恋》《在社会档案里》《调动》《女贼》《假如我是真的》《飞天》《将军，不能这样做》等作品的讨论及评价，并引发了1980年“剧本座谈会”的召开。这些备受争议的作品中，有两部发表在《十月》上，这就是刘克的中篇小说《飞天》和白桦的电影剧本《苦恋》。这一情况表明，在新时期文学重建初期，《十月》就处在风口浪尖上，它的重要性由此可见一斑。

靳凡的《公开的情书》和礼平的《晚霞消失的时候》，“文革”中曾以手抄本的形式在青年中广泛流传，它们的作者都是“文革”中的老红卫兵。经历了狂热和幻灭的精神历程之后，他们在更深广的意义上省察了这一历程。他们都生活于中心都市北京，在幻灭的日子里他们阅读了许多经典性作品，从黑格尔、费尔巴哈到马克思、恩格斯以及许多西方文学名著。这一情况我们不仅可以从礼平与王若水的论辩中明确地做出判断，而且丁东的《黄皮书灰皮书》一文对此作了更详尽的介绍。这些并不是面向青年而是“供领导机关和高级研究部门批判之用”的书籍，“青年却成了最热心的读者”。黄皮书为文艺，灰皮书为政治。据介绍，这些书有美国小说《在路上》，苏联小说《带星星的火车票》，爱伦堡回忆录《自然、岁月、人》、剧本《愤怒的回顾》，德热拉斯的《新阶级》，托洛斯基的《斯大林评传》以及《格瓦拉日记》等。作者认为：“黄皮书和灰皮书影响了一代人。”他们从这些书中获得了有别于流行思想的营养，并使自己初步获得了自我反省和思考的能力。

《公开的情书》成书于1972年3月，定稿于1979年9月。小说没有人们熟悉和习惯的故事线索，没有具体细致的场景描写，它通过四个主人公：真真、老久、老嘎、老邪门半年时间的43封书信，反映了“文革”中成长的一代人不同的生活道路和命运，抒发了那代青年对理想、事业、爱情和祖国命运的思考。书信体的形式，与作者追求的精神探寻相吻合，作品深沉而浪漫。作者也选择了主人公“流浪”于路上的形式，在青春想象中营建了向往的浪漫情调。他们谈论艺术和爱情，真诚向友人宣泄失意的苦恼和迷惘的困惑，以理想的方式塑造自己的主人公。但这一“流浪”当然也含有象征的意味。这也正像真真在描绘老久时所说的那样：“纵然两旁是冷漠严峻的悬崖，地上铺满刀尖般的怪石，他总是背起画夹顽强地前进着。路是多么长、多么长，多么难、多么难呵！”自然，《公开的情书》也难免有对“自怜”的钟情，特别是真真，在第六封信“真真致老久”中，亦将自己心灵的创伤作了过分的渲染，不厌其详地复述着自己的“艰难时世”和“悲惨世界”，甚至直截了当地说出：“我不得不对你诉说我经历的坎坷。当你了解到我这些经历在我心上留下的创伤以后，你就会明白我现在感情上的缄默。”但真真终于还是没有“缄默”，她倾诉的欲望同样没有超越那代人对感伤的夸大。但是，这仍然是一部气质不凡的小说，老久的勤奋和庸常心理，老邪门的自信和恃才傲物以及所有人时常发出的议论，都相当真实准确地揭示了那代青年知识分子的心态。更为与众不同的是，在那样的时代作者通过人物而发出的怀疑。

《晚霞消失的时候》则更多地限定于对红卫兵运动的反省。这是一部文字优美、有鲜明抒情风格和浪漫气息的作品，是一部充满了理性思考又有独立品格的作品。它体现了作者的文学才能和艺术想象力，在某种程度上体现了那一时代文学创作的水准。

小说创作于 1976 年，此后四年四易其稿，最后定稿于 1980 年。

这虽然是一部充满了理性思考的作品，但也是以人物和故事作为小说基本结构的小说。在一个春意盎然的清晨，主人公李淮平和南珊在树林晨读中邂逅。他们都是十六七岁的中学生，南珊“聪明而清秀”，她的举止言谈温文尔雅，友善平和，这些内在气质都表达了她所具有的教养；而李淮平则出语粗俗、野蛮霸道，流露出干部子弟常见的优越感和顽劣之气。一场恶作剧之后，他们却讨论了一场远非是他们有能力把握的“文明与野蛮”关系的问题。不久“文明与野蛮的冲突”终于发生，李淮平作为红卫兵的领袖，带领红卫兵抄了国民党起义军官楚轩吾的家，原来南珊竟是楚轩吾的外孙女。在对楚轩吾的审讯中，李淮平又得知了楚轩吾原来是自己父亲李聚兴手下的降将。此后，李淮平成了海军军官，南珊则由一名知青而后当了翻译。十几年过后，世风大变，李淮平依然如故，虽心存苦痛但仍自信无比；南珊则历尽沧桑，不再有“坦率的谈吐和响亮的笑声”。这显然是一个感伤的故事，一个极具悲剧意味的故事。一场动乱改变了南珊的命运，使她原本可以预知的未来变得千疮百孔，心灵犹如千年古潭；那位“淳厚正直”的原国民党将领楚轩吾，曾深深忏悔过个人的人生选择，而动乱又将他的痛苦雪上加霜；李淮平虽然是历史的宠儿，但他却同样因此付出了代价。

20 世纪七八十年代之交，也是中国文学观念发生大裂变的时代。潜伏已久的现代主义文学潮流在这时浮出历史地表，各种文体在现代主义文学潮流的鼓动下汹涌澎湃。王蒙的中篇小说《蝴蝶》、谭甫成的小说《高原》等，都发表在《十月》上。这些作品同其他具有现代主义文学倾向的作品一起构成了百年中国文学地震学的最大震级。应该说，“文革”的历史是中国现代主义倾向文学产生的现实基础。一方面，千奇百怪的非正常性事件导致了一代青年的怀疑和反抗意识，他们精神的春天正是在现实的严冬中孕育的；另一方面，非主流的文化接受使他们找到了相应的表达形式。塞林格的《麦田的守望者》、贝克特的《椅子》、萨特的《厌恶及其他》等现代主义文学经典，已在部分青年中流行，这一文化传播改变了他们的思考形式，它如同催化剂，迅速地调动了他们的现实感受，东方化的现代主义文学正是在这样的现实和文化处境中发生的。现代主义在中国的二次崛起，是一次极富悲剧意味的文学运动，它冒着“叛逆”的指责和失去读者的双重危险，担负起社会批判的使命，并与人道主义一起重新构建了人的神话。那一时代的许多作家几乎都经历了现代主义文学的沐浴，并以切实的文学实践显示了它不凡的实绩。但在中国，传统的巨大影响使其仍然成为百年梦幻的一部分，是近代以降现代性追求在 20 世纪 80 年代的变奏。现代主义文学虽然也无可避免地落潮了，却以自己悲壮的努力争取了文学的自由。可以说，没有这一努力，多元并存、众声喧哗的文学环境大概要延缓许多年。今天我们才有可能看到，是否受过现代主义文学的洗礼，对一个作家而言是非常不同的。应该说，现代主义文学极大地提高了当代中国文学的文学性。

80 年代初期，当汪曾祺重新以小说家身份面世时，他那股清新飘逸、隽永空灵之风，并非突如其来。不同的是，与现实关系习惯性紧张的心态，才对这种风格因无以表达而保持了短暂的缄默。80 年代最初两年，汪曾祺连续写作了《黄油烙饼》《异秉》《受戒》《岁寒三友》《天鹅之死》《大淖记事》《七

里茶坊》《鸡毛》《故里杂记》《徙》《皮凤三楦房子》等小说。这些故事连同它的叙事态度，仿佛是一位鹤发童颜的天外来客，他并不参与人们对“当下”问题不依不饶的纠缠，而是兴致盎然地独自叙说起他的日常生活往事。《十月》发表了汪曾祺的《岁寒三友》《晚饭花》《露水》《兽医》等小说，参与了推动中国抒情小说的发展。

古华的《爬满青藤的木屋》，是一篇非常重要的小说。故事发生在与世隔绝的深山老林，它像是一个原始的酋长国，它远离现实，显示着神秘而遥远的设定。它的人物也相对单纯，只有王木通、盘青青、李幸福三人，他们分别被赋予暴力、美和文明三种不同的表意内涵。因此，这貌似与世隔绝的环境，却并非仅仅是一处流光溢彩的天外之地，它的诗性和风情仍不能掩埋现实的人性冲突。于是，这个“爬满青藤的木屋”就不再是个孤立的存在，它所发生的一切冲突，都相当完整地表达了山外的整个世界。渴望文明洗礼的盘青青始终处于被争夺的位置。她对李幸福的生活方式和状态心向往之，并在潜意识中把他当作“拯救者”。她不失时机地靠近“文明”，她的温柔与笑声传达的是她对“文明”的亲近。但这一亲近由于“契约”关系的规定，使盘青青的向往和行为具有了叛逆性质。这样，就使李幸福和盘青青在与王木通的冲突中，先在地潜含了危机，他们的悲剧从一开始就已经孕育。作家对启蒙话语的被压抑和知识分子的地位深怀同情，但它在现实中的地位已无可挽回，作家只能感伤地寄予幻想，它从另一侧面表述了知识分子话语的无力和无奈。

从创刊至今，《十月》对中篇小说发展做出的贡献尤其值得提及。刊物创办人之一的资深老编辑、散文家张守仁说：“当时那些月刊一期就十几万字，所以发一个中篇就了不得了，而我们一期就发三四个。从‘五四’以来，还从来没有刊物这样做。可以说，《十月》引发了中篇小说的第一个高潮。同时，我们抓紧时机，召开了一个中篇小说座谈会，把很多作家都请来参加，推动中篇小说这个体裁的发展。”事实的确如此。可以说，在中篇小说领域，能够与《十月》杂志抗衡的刊物几乎没有。《十月》的中篇小说获得的全国性奖项(“鲁奖”和“全国优秀中篇小说奖”)有 17 部之多。更重要的不是数量，而是这些作品的巨大影响力。比如王蒙的《蝴蝶》、邓友梅的《追赶队伍的女兵们》、刘绍棠的《蒲柳人家》、宗璞的《三生石》、张承志的《黑骏马》《北方的河》，铁凝的《没有纽扣的红衬衫》《永远有多远》、张贤亮的《绿化树》、贾平凹的《腊月·正月》、张一弓的《张铁匠的罗曼史》、叶广芩的《梦也何曾到谢桥》、方方的《断琴口》等，都是三十多年来中篇小说最重要的作品。

张承志在“新时期”文学中，既在文学前沿，成为人们关注的焦点，同时又在任何文学潮流之外。他桀骜不驯和自视甚高的个性使他很难认同流行的潮流。因此，即便是在“知青小说”的范畴内来谈论他也显得相当勉强。他在自己的第一本小说集《老桥》的“后记”中，流露过自己真实的心态和写作的原则：“无论我们曾有过怎样触目惊心的创伤，怎样被打乱了生活的步伐和秩序，怎样不得不时至今日还感叹青春，我仍然认为，我们是得天独厚的一代，我们是幸福的人。在逆境里，在劳动中，在穷乡僻壤和社会底层，在思索、痛苦、比较和扬弃的过程中，在历史推移的启示里，我们也找到过真知灼见，找到过至今仍感动着、甚至温柔着自己的东西。”在这样认识的支配下，他确定了自己

“为人民”写作的原则。在他看来，“这根本不是一种空洞的概念或说教。这更不是一条将汲即干的枯水的浅河。它背后闪烁着那么多生动的脸孔和眼神，注释着那么丰满的感受和真实的人情，它是理论而不是什么过时的田园诗。在必要时我想它会引导真正的勇敢。哪怕这一套被人鄙夷地讥笑吧，我也不准备放弃。”张承志贯彻了自己最初的创作动机。《十月》发表了他最重要的两部中篇小说《黑骏马》和《北方的河》。后来他的精神向度虽然有某些变化，但理想主义始终是他固守的精神气质。他的这些作品与“新潮”无缘，但又“超越了许多同时代人”。

张贤亮是他那代作家中最有才华的一个。虽然他的作品经常引起争议，那是因为值得争议。《十月》发表的《绿化树》，应该是张贤亮最重要的作品甚至是代表作。主人公章永璘的观念正确与否并不重要，重要的是作品通过人物的忏悔、自省等内心活动的描写，对饥饿、性饥渴和精神世界的困顿等问题进行的思考，生动展现了那一年代知识分子的“苦难的历程”。小说塑造的马缨花、谢队长、海喜喜等人物，给人留下了深刻的印象。尤其马缨花，是那一年代最有文学成就的人物之一。

新世纪以来，《十月》仍是中篇小说的主要阵地。新世纪以来发表的中篇名篇有刘庆邦的《神木》《卧底》、邓一光的《怀念一个没有去过的地方》、荆永鸣的《白水羊头葫芦丝》，叶广芩的《豆汁记》，东君的《阿拙仙传》，吕新的《白杨木的春天》、蒋韵的《朗霞的西街》、方方的《断琴口》《涂自强的个人悲伤》、弋舟的《而黑夜已至》、东君的《苏教授，我能跟你谈谈吗？》、石一枫的《世间已无陈金芳》《地球之眼》《借命而生》、陈应松的《滚钩》、罗违章的《声音史》、刘建东的《卡斯特罗》、荆永鸣的《出京记》、晓航的《霾永远在我们心中》、张楚的《风中事》、严歌苓的《你触碰了我》、胡性能的《生死课》等，同时还发表了张承志、李敬泽、南帆、周晓枫等一大批当代散文圣手的绝妙好文。另一方面，《十月》重视中、短篇篇小说青年作家的培养。1999 年，《十月》开辟了“小说新干线”栏目，意在推出“富有潜力又未引起广泛关注的青年作家”。近二十年来，推出了八十余位青年作家。晓航、叶舟、陈继明、鲁敏、津子围、乔叶、马叙、徐迅、王秀梅、东君、郑小驴、付秀莹、李云雷、朱个、吴文君、张寒、王威廉、祁媛、小昌、于一爽、西维、谢尚发、蒋在等青年作家，通过《十月》的举荐，逐渐成为当下一线的小说作家。而蔡东、文珍、陈再见、孟小书、郑小驴、李清源、毕亮、刘汀等“80 后”作家，也日渐成为《十月》的主要作者。

方方的中篇小说《涂自强的个人悲伤》甫一发表便引起了强烈的反响，重要的原因就是方方重新接续了百年中国文学关注青春形象的传统，并以直面现实的勇气，从一个方面表现了当下中国青年的遭遇和命运。《涂自强的个人悲伤》，很容易让人想到 1982 年代路遥的《人生》。80 年代是中国改革开放的初始时期，也是压抑已久的中国青年最为躁动和跃跃欲试的时期。改革开放的时代环境使青年、特别是农村青年有机会通过传媒和其他资讯方式了解了城市生活。城市的灯红酒绿和花枝招展总会轻易地调动农村青年的想象，于是，他们纷纷逃离农村来到城市。城市与农村看似一步之遥却间隔着不同的生活方式和传统，农村的前现代传统虽然封闭，却有巨大的难以超越的道德力量。高加林对农村的逃离和对农村恋人巧珍的抛弃，喻示了他对传统文明的道别和奔向现代文明的决绝。但城市对“他者”的拒绝是高加林从来

不曾想象的。路遥虽然很道德化地解释了高加林失败的原因，却从一个方面表达了传统中国青年迈进“现代”的艰难历程。作家对“土地”或家园的理解，也从一个方面延续了现代中国作家的土地情结，或者说，只有农村和土地才是青年或人生的最后归宿。但事实上，农村或土地，是只可想象而难以经验的，作为精神归属，在文化的意义上只因别无选择。90 年代以后，无数的高加林涌进了城市，他们会遇到高加林的问题，但他们很难再回到农村。“现代性”有问题，但也有它不可抵御的巨大魅力。另一方面，高加林虽然是个“失败者”，但我们可以明确地感觉到高加林未作宣告的巨大“野心”。他虽然被取消其公职，被重又打发回到农村，恋人黄亚萍也与其分手，被他抛弃的巧珍早已嫁人，高加林失去了一切，独自一身回到农村，扑倒在家乡的黄土地上。但是，我们总是觉得高加林身上有一股“气”，这股气相当混杂，既有草莽气也有英雄气，既有小农气息也有当代青年的勃勃生机。因此，路遥在讲述高加林这个人物的时候，他怀着抑制不住的欣赏和激情的。高加林给人的感觉是总有一天会东山再起卷土重来。但是涂自强不是这样。涂自强一出场就是一个温和谨慎的山村青年。这不只是涂自强个人性格使然，他更是一个时代青春面貌的表征。这个时代，高加林的性格早已终结。高加林没有读过大学，但他有自己的目标和信念：他就是要进城，而且不只是做一个普通的市民，他就是要娶城里的姑娘，为了这些甚至不惜抛弃柔美多情的乡下姑娘巧珍。高加林内心有一种不达目的不罢休的“狠劲”，这种性格在乡村中国的人物形象塑造中多有出现。但是，到涂自强的时代，不要说高加林的“狠劲”，就是合理的自我期许和打算，已经显得太过奢侈。涂自强最后悲惨地死去了，他像游丝扑面，令我们了挥之难去。

近些年，特别值得提及的是青年作家石一枫的小说创作。石一枫引起文学界广泛注意，是他近年来创作的中、短篇小说，尤其是几部中篇小说。这几部作品，从不同的角度深刻揭示了当下中国社会巨变背景下的道德困境，用现实主义的方法，塑造了这个时代真实生动的典型人物。我们知道，道德问题，应该是文学作品主要表达的对象。同时，历史的道德化，社会批判的道德化、人物评价的道德化等，是经常引起诟病的思想方法。当然，那也确实是靠不住的思想方法。那么，文学如何进入思想道德领域，如何让我们面对的道德困境能够在文学范畴内得到有效表达，就使这一问题从时代的精神难题变成了一道文学难题。因此我们说，石一枫的小说是敢于正面强攻的小说。《世间已无陈金芳》，甫一发表文坛震动。在没有人物的时代，小说塑造了陈金芳这个典型人物，在没有青春的时代，小说讲述了青春的故事，在浪漫主义凋零的时代，它将微茫的诗意幻化为一股潜流在小说中涓涓流淌。这是一篇直面当下中国精神困境和难题的小说，是一篇耳熟能详险象环生又绝处逢生的小说。小说中的陈金芳，是这个时代的“女高加林”，是这个时代的青年女性个人冒险家。此后，石一枫一发不可收。他的《地球之眼》《特别能战斗》《营救麦克黄》《心灵外史》《借命而生》等，每一部中、长篇小说的发表，都会在文坛引起反响。北大中文系举办的“五大文学期刊主编对话石一枫”活动，就是他影响力的一个表征。

长篇小说是《十月》2013 年开始经营的一个新品种。但是，发表长篇小说也是《十月》的一个传统。1981 年的四、五两期，

连载了张洁的长篇小说《沉重的翅膀》。这是改革开放以来第一部以改革为题材的长篇小说。小说发表后虽然引起各方面的争议甚至非常尖锐，但通过修订后，小说获得了第二届茅盾文学奖。1983年四期的《十月》，发表了李国文的长篇小说《花园街五号》。小说通过一座特殊建筑发生的故事，深刻而生动地讲述了政治文化与社会历史变革的关系。那里既有刀光剑影铁血交锋，亦有英雄气短儿女情长。它实现了作家通过小说“是想为在这场变革中，披荆斩棘，冲锋陷阵的勇士、斗士唱一支赞歌”，“是替他们呐喊：大家来关心这场改革，支持这场改革，并且投身到这场改革洪流中来”（李国文语）的情怀和期许。1991年四期，《十月》发表了曹桂林的《北京人在纽约》。小说开启了另外一种风尚，这种风尚可以概括为中国人在美国的成功想象。那个时代，文学界有一种强烈的“走向世界”的渴望，有一种强烈的被强势文化承认的心理要求。这种欲望或诉求本身，同样隐含着一种“悲情”历史的文化背景：越是缺乏什么就越是要突显什么。因此它是“承认的政治”的文化心理在文学上的表达。小说表现的是中国男人或女人在美国的成功，尤其是他们商业的成功。“中国式的智慧”在异域是否能够畅行无阻并不重要，重要的是这些作品使中国的大众文化在市场上喜出望外。一时间里，权威传媒响彻着“千万里我追寻着你，可是你却并不在意”，来自纽约的神话几乎家喻户晓。作品的文学价值虽然并不高，它在文化市场的成功，为中国大众文化的兴起临时性地添加了异国情调以及中国人的“美国想象”。

近年来，《十月·长篇小说》又先后刊发的范稳的《吾血吾土》、宋唯唯的《朱尘引》、刘庆邦的《黄泥地》、季栋梁的《上庄记》、红柯的《少女萨吾尔登》《太阳深处的火焰》、付秀莹的《陌上》、董立勃的《那年在西域的一场血战》、任晓雯的《好人宋没用》、晓航的《游戏是不能忘记的》、乔叶的《藏珠记》等，在当下中国长篇小说创作的整体格局中，都是上乘之作。

范稳的长篇小说《吾血吾土》，小说开篇就奠定了赵迅此后一生的命运：他一直处在审查、询问、坐牢、改造的过程中。但是，赵迅只是这个主人公的一个名字，关于赵迅的历史，也只是主人公全部历史的一部分。于是，小说变得复杂起来。赵迅还叫赵鲁班、赵广陵、廖志弘等。每一个名字背后，都有与主人公相关的秘史。那真是一个乱世，赵迅就如一个人乘坐着船帆，在历史的大海上没有方向地闯荡。大海喜怒无常，更糟糕的是，赵迅乘船的这个历史时段，大海一直没有风平浪静的时候，他一直处在波峰浪谷之间。因此赵迅的命运从未掌握在个人手里过。小说结束于赵广陵送廖志弘的尸骨还乡，那曾经"死去"的赵广陵的真实身份是廖志弘。赵迅、赵广陵的另一段不明的历史也由此发生。但是，这个结尾意味深长的是，说不清道不明个人历史的岂止是赵迅一个人？还有多少人的历史和个人命运默默无闻以致阴差阳错。因此，《吾血吾土》讲述的不只是赵迅、赵广陵、廖志弘乃至李旷田的个人悲剧。

宁肯的非虚构文学《中关村笔记》，以陈康、柳传志、王志东、王选、王永民等科技各领域的先行者为主角，展现了中关村锐意求新，解放思想，创造历史，重塑价值的进程，书写了一个时代的伟大精神。他将小说创作的经验移植到非虚构写作中，为非虚构人物和中国故事的书写积累了新的经验。

《十月》不断发掘不同代际有创作实力的作家作品，使刊物

无论作家队伍还是刊发的作品，给人以人脉储备雄厚，作品资源充盈的大刊气象。李敬泽的《会饮记》陆续发表后已结集出版。《会饮记》是李敬泽继《青鸟故事集》《咏而归》之后的又一新作。作为文学批评家的李敬泽，用亲历者的眼光，通过历史观照当代文学现场，试图寻找那些隐没在历史的皱褶和边缘的人与事。发现边缘是《会饮记》的一大特征，那些我们熟悉或不大熟知的人以及久未翻动的书籍，他却从中发现了新的要义和文学之美。通古今贯中西，信手拈来旁征博引汪洋恣肆，显示了李敬泽的学养、文风、视野和趣味。

周晓枫五万字的长篇散文《离歌》，以寒门子弟屠苏为讲述对象，讲一个曾经就读北京大学，身怀理想并想毕业后留京谋生的青年知识分子的悲苦经历。现实没有青睐也没有选择他，最终导致了这个知识分子人生的彻底失败。从某种意义上说，周晓枫是以屠苏为个案，深入到了当代中国知识分子的心灵深处，在关怀他们生存和精神困境的同时，也检讨和反省了他们的某些问题。现在有些散文家离开历史没有办法进行创作，离开历史人物没有办法进行书写，而周晓枫没有写作模式或轨道，她所写的都和自己的生命体验、生命经验有关。文学作品包括散文在内要处理的是人的精神和情感世界，而敢于直面当下精神困境的作家就是好作家。

2018 年，《十月》陆续推出的莫言短篇《等待摩西》、张翎中篇《胭脂》、李宏伟中篇科幻《现实顾问》、肖亦农的长篇《穹庐》、韩东话剧剧本《妖言惑众》等，不仅显示了刊物巨大的号召力，同时给读者带来了可以预期的阅读想象。而“世界文学期刊概览”栏目，约请刘文飞、树才等研究者撰文介绍世界各大语种纯文学期刊历史和现状，则表达了刊物宽阔的文学视野和勃勃雄心。

《十月》不断发表的高品质作品，得到了读者的认可，它的发行量曾达到过60余万册。对于一家大型文学期刊来说，这不啻为天文数字。另一方面，《十月》的办刊思想和整体形象，也得到了中国一流作家的认同和肯定。《十月》造就或举荐了许多功成名就的著名作家，同时仍在培养当下年轻的作家。当然，80年代的文学辉煌已经成为往事，它只可想象而难再经验。但是，通过刊物发表的作品和刊物主政者的表达，我们看到的是《十月》的传统在文学举步维艰的今天，他们仍然坚守在文学的精神高地。主编陈东捷说："未来的《十月》会继续做文学精品，刊登既关注现实人生，又具有成熟叙事技巧的作品，...... 也许我们的影响和上世纪80年代没法比了，但我们依然可以做出有价值的作品。"

40年的时间并不长，但是，在当下中国处在现代性的不确定性的过程中的时候，一份文学刊物能够在波峰潮涌中巍然屹立，既能够引领文学潮流，又保有自己独特的文学风貌，当然不是一件容易的事情。从这个意义上说，《十月》，就是中国改革开放四十年文学的一个缩影。

祝愿《十月》青春永驻，为中国当代文学推出更多更好的作品，培养更多更好的文学新人。

原载《十月》2018年5期

后　记

这本文集大多是我 2017 年和 2018 年写的文章，是第一次结集。文章分为三辑：第一辑是和批评家有关的文章。文坛这些年不大有人关心批评家，我觉得不应该。批评家不容易，说作家的作品好，人家认为是应该的；说不好，人家认为你没看懂；参加研讨会说是红包批评，不参加会议说你傲慢。我写的这些批评家都是当下文坛比较重要的批评家，他们的成就有目共睹。第二辑是评论小说的文章。文章收得不全，但大体反映了我这两年关注的作家作品和批评的价值取向。这两年好的长篇小说有很多，因此我对中国当代文学充满了信心和期待。第三辑是和理论、思潮有点关系的文章。大致的划分是便于读者阅读。

原定的书名是《也无风雨也无晴》，取自苏轼的《定风波·莫听穿林打叶声》。原词：莫听穿林打叶声，何妨吟啸且徐行。竹杖芒鞋轻胜马，谁怕？一蓑烟雨任平生。料峭春风吹酒醒，微冷，山头斜照却相迎。回首向来萧瑟处，归去，也无风雨也无晴。这首“定风波”写尽了苏轼阅尽人间沧桑，从容淡定的心境，也隐含了欲说还休的复杂。我虽不能至心向往之。但是，我还没有资格以此自况。我对文学还深怀热情和期待，我还热爱坚持文学创作和批评的朋友。所以，我重新将书名改为《文学的草场与星空》——书中涉及的作家、批评家和他们的作品，是我们这个时代最后的诗意，我愿意和他们一起生活在这想象的文学草场和星空中，并捍卫这最后的诗意。

2019年元月2日于北京寓所